KB263416

텍스트는 젖줄이다

지은이

김상천金相天, Kim Sangcheon 공주사대 한문교육과 졸업. 시인, 문예비평가. 시 「송사리떼」(『삶의 문학』 동인)로 등단. 오랫동안 독서와 글쓰기로 밥을 구하며 살다 루카치의 『소설의 이론』을 만난 것이 계기가 되어 이 책을 쓰게 되었다. 기호철학의 문예적 실천에 관심이 많다. 시집으로 『새로운 날들의 자유를 꿈꾸며』(공저), 글쓰기 지도서로 『늘샘 논술강의』, 주요 논문으로 「조선 후기 이기철학의 역사철학적 본질-호락논쟁을 중심으로」가 있다.

텍스트는 젖줄이다 대중서사론 입문

초판 1쇄 발행 2014년 9월 5일

초판 2쇄 발행 2014년 11월 30일

지은이 김상천 **펴낸이** 박성모 **펴낸곳** 소명출판 **출판등록** 제13-522호

주소 서울시 서초구 서초중앙로6길 15

전화 02-585-7840 **팩스** 02-585-7848 **전자우편** somyong@korea.com **홈페이지** www.somyong.co.kr

값 25,000원   ⓒ 김상천, 2014

ISBN 979-11-85877-15-0 03800

이 책을 삼가 조재훈 교수님께 바칩니다.

텍스트는 젖줄이다

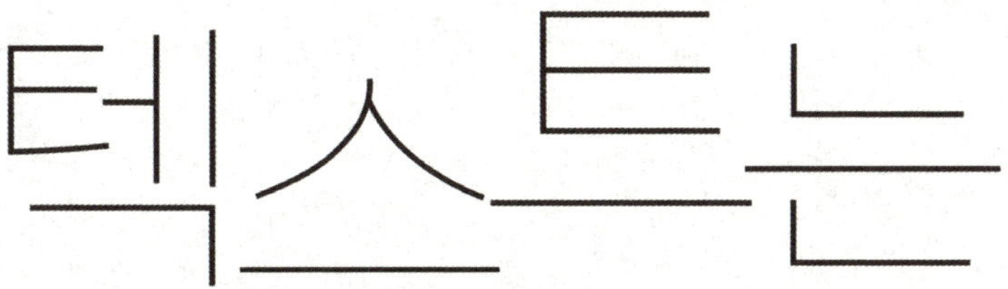

대중서사론 입문

Text is a matrix
An introduction on the theory of peoples' epic

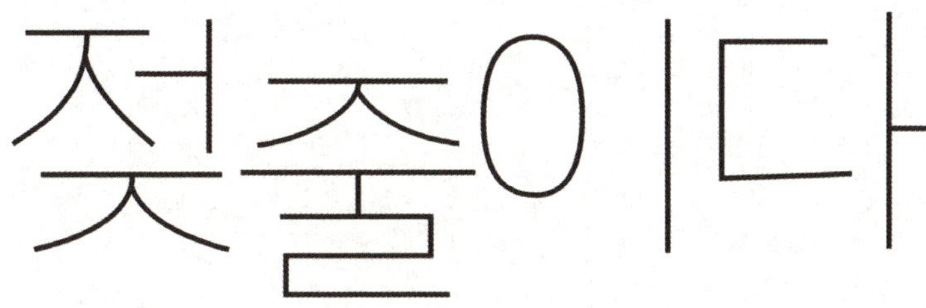

김상천

소명출판

이 책은 오-랜 지적 편력과
글쓰기 강의의 소산이다

1980년대 후반, 민주화와 올림픽 열기로 '임화' 등 해금도서가 얼굴을 내밀고 여기저기 해동의 봄 물결이 출렁거리던, 소위 '문화적 하방下放'이 봇물을 이루던 시절, 저자는 우연히 지방의 어느 서점에서 문제의 『소설의 이론』(루카치, 반성완 역, 심설당, 1985 초판)을 집어 들었다. 국어교육과 조재훈 교수의 '작품 연구' 강의를 통해 귀동냥한 바로 '그' 책이었다. 이후, 마르크스주의 문예이론의 거벽巨擘 루카치가 쓴 이 책은 내 영혼의 닻이 되었다. 저자에게 있어 『소설의 이론』은 사랑하는 여인보다도 더 보고 싶은 책이자 밤하늘에 정금처럼 빛나는 아름다운 달이며 사랑하지 않고서는 배기지 못할 불가항력의 마력을 지닌 책이다.

별이 빛나는 창공을 보고, 갈 수가 있고 가야만 하는 길의 지도를 읽을 수 있던 시대는 얼마나 행복했던가?

—루카치, 『소설의 이론』, 29쪽

행간에는 예술 고유의 인간 해방적 분위기가 지면을 압도하고 있었다. 그러나 몇 십번을 보았는데도 그 오의奧義는 다 밝혀지지 못한 채 갈탄처럼 묻혀 있는 지 오래다. 보면 볼수록 알 것 같기도 하고 모를 것 같기도 한 이 문자의 향연 속에 감춰진 비의는 도대체 뭐란 말인가. 그중에 저자의 관심을 끈 것은 도스또옙스키에 대한 본격적인 연구를 예고하면서 다음과 같이 끝나고 있는 대목이었다.

그(도스또옙스키)는 이미 새로운 세계에 속하고 있는 것이다.

— 루카치, 앞의 책, 206쪽

저자를 매료시킨 또 하나의 책이 바로 러시아의 문예비평가이자 철학적 거장 바흐친의 『마르크스주의와 언어철학』(한겨레, 1988 초판)이다. 러시아는 저자에게 있어 처녀지다. 저자의 의식의 밑바닥에는 일찍부터 도스또옙스키가 자리 잡고 있었다. 저자는 중2 때『가난한 사람들』, 『지하생활자의 수기』를, 고1 때『죄와 벌』을 읽고 전율했다. 대학에 가선 도서관을 뒤져『카라마조프네 형제들』까지 그의 전작을 모두 찾아 읽을 정도로 저자는 그의 광팬이었다. 가난과 유형에 처해진 죽음 같은 현실 속에서도 굴하지 않고 '인간'을 발견한 도스또옙스키는 당시 저자에게 구원처럼 다가왔다. 소냐도, 로쟈도, 알료샤도, 아니 이반도 모두 저자의 분신들이었다. 그는 바흐친의 다성적多聲的 대화론을 대변하는 멀티-페르소나였다.

도스또옙스키에게 취한 것은 나만이 아니었다. 저자는 루카치와 바흐친을 대하면서 '내가 헛공부를 한 게 아니구나'라는 자부심과 긍지를

느끼기 시작했다. 무엇보다 거기엔 '인간'이 있었다. 한때 소쉬르에 경
도되어 관념의 늪에서 허우적거리던 저자에게

> 말은 뛰어난 이데올로기적 현상이다.
>
> — 바흐친,『마르크스주의와 언어철학』, 22쪽

라는 바흐친·볼로쉬노프의 메시지는 그야말로 저자를 '뻥~' 가게 만
들었다.

이후 수십 년의 세월이 흐르는 동안 저자는 아직도 이들의 사상적
자장磁場에서 벗어나지 못했음을 고백한다. 그러나 저자는 그들과 함께
뒹굴고 고민하고 역투力鬪하면서 이만큼 성장했음을 느낀다. 모두 그들
과의 만남이 없었다면 꿈도 꾸지 못했을 일이다. 특히, 조재훈 스승님
과의 만남은 오늘의 저자를 있게 한 결정적 계기가 되었다.

'인문학'이 시대의 화두가 되어 인구에 회자되고 있다. 이는 매우 반
가운 현상이다. 신자유주의라는 유령이 일세를 풍미하는 현실에서 삶
의 '결'을 어루만지는 인문학에 대한 관심이 고조되고 있는 것은 정말
바람직한 문화 현상이라고 아니할 수 없다.
그러나 이는 그만큼 우리 사회가 '비인간화', '사물화'되어 가고 있다
는 반증이기도 하다. 그런데도 냉전 종식 이후 세계화의 펀치가 사회
적 약자들을 얼마나 두드려 패고 죽음의 벼랑으로 내몰고 있는지를 제
대로 고발하지 못하고 '인문학' 공부가 한낱 교양을 쌓기 위한 지적 호

사豪奢, 또는 문화적 장식물로 변질되어가고 있는 것은 아닌지 자문해 볼 일이다.

너도 나도 살아남기 위해, 아니 부자 되기 열풍에 뛰어드는 순간, 'Have more, be less' ― 많이 소유하면 할수록 인간의 본성이 점점 멀어져가고 있는 현실. 그리하여 극단적인 이기주의가 더욱 기승을 부리고 맹목적인 속물주의가 활개를 치고 지상가치로 칭송받는 시대, 효율성이란 이름 아래 공공성은 철지난 상품쯤으로 취급받고 인문학은 한낱 쓰레기쯤으로 취급받고 있는 가면의 현실.

예술적 가공도 중요한 일이다. 소비자본주의 현실에서 교환가치의 대상, 즉 상품이 되기 위해서는 포장에도 미학이 필요하기 때문이다. 그러나 21세기 대한민국은 지금 부르주아 계급지배의 헤게모니가 냉혹하게 관철되고 있는 '반인간적' 시공간이다. 이에 작가라면 모름지기 넘어진 자의 이름을 불러 세우는 '호명부'가 되어야 하고, 어떻게 살 것인가를 치열하게 되묻는 '물음표'가 되어야 한다. 비록 거칠고 어둡지만 희망으로 수놓은 실경實景이 핍진하게 형상화되어 있는, 그러면서도 진실하고 용기 있는 작품들을 쏟아내야 한다. 저자는 그렇게 본다.

저자는 이 책을 가공되지 않은 원석, 방금 캐 올린 햇감자로 이 유치찬란하고 어두운 자본주의 현실에 알몸으로 내 놓는다. 따라서 저자는 저자의 문예철학을 바흐친의 '그로테스크 리얼리즘grotesque realism'과 견주어 '크루드 리얼리즘crude realism' 또는 '대중서사시'라 부르고자 한다.

서울 양천구 신정동에서
늘샘 김상천 씀

차례

글쓰기는 기술이 아니다

글쓰기는 가장 긴급한 문제에 대한 윤리적 결단 행위다

천재의 신화가 저물고 있다. 글쓰기도 마찬가지다. 글쓰기가 작가·기자·교수 등 이른바 전문직 종사자들의 전유물이던 시대는 지나갔다. 누구나 쉽게 데이터를 생산하고 공유하는 웹 2.0시대, 이젠 누구나 글을 잘 써야 먹고 살 수 있는 글쓰기 세상이 되었다. 그야말로 모든 시민이 기자이고, 글쓰기 이웃사촌이며, **다성적**多聲的 목소리의 주인공인 상호주체시대, 바야흐로 우리는 지금 **대중서사시대**를 구가하고 있다.

대학들도 '교양국어'의 간판을 내리고 '글쓰기' 간판을 새로 내걸고 있다. 여기에는 '교양국어'가 이제 국민국가시대에 알맞은 표준화된 교양인 양성을 위한 보편적 텍스트로서의 그 사명을 다했다는 인식이 깔려있다. 이와는 달리 '글쓰기' 간판은 글로벌 시대에 걸맞은 다원적이고 창의적 인재 양성을 위해서는 '주체적'인 사고의 형성과 표현을 제고시켜야 한다는 시대적 함의含意를 담고 있다.

이렇게 글쓰기는 인터넷에 기반한 정보화 사회internet-based information society를 살기 위한 필수조건이자 창의적 인재 양성을 위한 경쟁력의 핵심이 되고 있다. 이에 글쓰기 관련서적들이 불티나게 팔려나가고 관련 강좌가 넘쳐나고 있지만, 중국 속담에 '홍수에 먹을 물 없다'고 단편 지식은 홍수지만 고급 이론서는 가뭄이다. 단편 지식을 담은 기술서는 또 하나의 눈먼 기능인을 양성할 뿐이다.

우리는 지금 문화콘텐츠가 핵심 산업이 되고, 우수한 문화콘텐츠가 생존 경쟁력이 되는 문화산업culture industry시대에 살고 있다. 그렇다고 해서 우수한 문화콘텐츠가 하루아침에 갑자기 만들어지는 것은 아니다. 이에 질적으로 우수하고 독창적인 문화콘텐츠를 생산해내기 위해서는 수많은 시간과 씨름도 해야 하고 셀 수 없는 땀방울도 흘려야 한다. 하지만 무엇보다 염두에 두어야 할 것은 그 어떤 우수하고 독창적인 문화도 저 피라미드 밑돌처럼 사유의 기초가 튼튼하지 않고서는 영롱한 꽃을 피울 수 없다는 사실이다. 사유의 꽃이 피지 않는 사막에서 창조의 열매를 따 낼 순 없다.

정휘창의 『원숭이 꽃신』이라는 우화가 있다. 어느 산에서 자유와 행복을 누리며 살던 원숭이에게 어느 날 오소리가 꽃신을 들고 찾아온다. 이걸 신으면 발에 돌이 박히지 않고 더 자유롭게 돌아다닐 수 있다는 오소리의 말에 원숭이는 꽃신을 사 신을 수밖에 없었다. 처음에는 오소리의 말대로 더 많은 자유를 얻은 것 같았다. 그러나 봄이 되어 꽃신을 벗자 발바닥이 아파 더 이상 맨발로는 걸을 수 없는 자신을 발견했다. 그리고 뒤늦게 원숭이는 오소리가 자신에게 준 꽃신이 더 큰 자유가 아닌 무서운 속박束縛이었음을 깨닫게 된다는 이야기다.

이 작품을 통해 작가는 인간이 기계문명이라는 '꽃신'을 통해 더 많은 편리와 풍요를 누리고 있는 듯 보이지만, 실상은 오히려 그 기계문명의 이기利器에 구속되어 기계화, 사물화 되어 가고 있는, 다시 말해 문명의 발달에 따른 '부작용'을 비판하려고 한 것 같다. 여기서 원숭이는 물질의 노예로 전락한 속물적 현대인을 상징한다. 중요한 것은 오소리가 원숭이에게 꽃신을 삼는 비밀을 알려주기 전까지 원숭이는 오소리에게서 결코 벗어날 수 없다는 점이다.

이는 비단 물신화된 자본주의의 세계에만 해당되는 얘기가 아니다. 우리 스스로 우수한 문화콘텐츠를 창조하지 못하면 언제까지나 우리는 원숭이처럼 문화선진국의 정신적 노예로 살아야 한다. 우리나라가 선진국 지식과 이론의 하청기지란 자괴自愧가 여기서 나오고, 지식인이라면 으레 선진국의 이론을 인용하는 것이 관례가 되다시피 한 현실이 바로 여기서 비롯된 것이다. 이런 점에서 볼 때, 신라 원효元曉가 스스로 공부하여 일종一宗을 이룬 것은 참으로 소중하고, 조선후기 척박한 현실에서 연암, 다산이 꽃피운 인문적 성취 또한 정말 대단한 일이다. 그리고 조동일의 우리의 지적 유산에 대한 독창적인 해석은 매우 든든한 학문적 성취일 뿐 아니라 유홍준의 우리 문화 유산에 대한 재발견 또한 풍성한 문화적 자산이 되고 있다. 또 바로 그런 의미에서 하루라도 빨리 우리의 시각으로 만든 제대로 된 철학서를 갖는다는 것은 정말로 어렵고도 중요한 일이라 아닐 수 없다.

그러나, 현재 우리의 실상은 어떤가. 한국의 3대 종교가 뭐냐고 물으니 돈교·미국교·대학교라는 어느 풍자 만평이 있다. 도정일도 어느 글에서 한국 사회는 지금 '시장의 신', '탐욕의 신', '선망의 신', 그리고 '효율의 신'이라는 행복의 서사가 들려주는 이야기에 흠뻑 빠져 있다는 말을 한 적이 있다. 오늘 한국사회를 규율하고 있는 이른바 '세속종교'의 실체가 무엇인지 시니컬하게 빈정대고 있는 것이다. 실로 쓴 웃음이 아니 날 수 없다.

내가 여기서 쓴 웃음을 짓지 않을 수 없었던 이유는 종교는 아편이라는 마르크스의 유물적 평가 때문도 아니고, 종교는 유치한 미신이라는 아인슈타인의 이성적인 사고 때문도 아니다. 경쟁의 원리에 의해 승패가 분명하게 구별되는 냉혹하고 잔인한 현대사회에서 지친 심신을 달래고 그래도 이타적으로 살 것을 종용하는 종교의 일부 '치유'기능을 인정한다 하더라도 저자는 종교 본래의 그 원시적 맹목성 때문에 기분 좋게 웃을 수 없다.

잘 알다시피 원시인들은 홍수·태풍·화산 등 천재지변을 비롯한 이른바 **자연의 폭력**을 개괄하지 못하고 통제하지 못한 채, 그 자연의 폭력 앞에 무기력하게 지배되는 상태에 있었을 때 자연을 숭배하게 되었다. 아닌 게 아니라, 그리스 신화를 비롯한 고대 종교의 신들은 모두가 자연신들이었다. 제우스는 하늘, 가이아는 땅, 포세이돈은 바다를 각각 주재하는 신으로 숭배되었다. 이에 엥겔스는

> 모든 그리스 신화는 고대 아리안인의 **자연숭배**에서 발전한 것이다.(강조
> —인용자)
>
> — 엥겔스, 『가족 사유재산 국가의 기원』, 아침

라고 말했다. 노신의 경우를 보자.

　　태고 원시인들은 천지만물이 변화무상하며 그 여러 현상이 또한 사람의 힘으로 할 수 있는 범위 이상으로 나타나는 것을 보고 각자 스스로 말을 지어내어 그것을 해석하였는데 모든 해석한 바가 오늘날 **신화**神話라고 말하는 것이다. (강조―인용자)

― 노신, 『중국소설사략』, 범학사

　　사회의식은 사회적 존재의 반영이다. 다시 말해 원시인의 자연숭배는 자연에 대한 객관적 이해가 결여된 원시사회의 역사적 인식의 한계를 보여준다. 즉 원시인의 자연숭배현상은 무지에 따른 두려움과 공포의 산물이다. 자연에 대한 이성적이고 합리적인 지식이 부족하다보니 있지도 않은 허상에 사로잡혀 두려움에 떨고, 공포에 가위눌려 신神이라는 허상 앞에 숭배를 바치게 된 현상, 이것이 바로 원시사회 맹목적 종교의 역사적 본질이다.

　　중요한 것은, 이런 고대사회 원시종교의 허상 숭배적 종교현상이 중세를 거쳐 근대를 지나 탈근대가 논의되고 이마저도 극복해야 한다는 현대에 와서까지 그대로 **재현**되고 있다는 점이다. 하여 오로지 돈과 명예, 사익이라는 명리만을 쫓아 들쥐처럼 내달리는 속물 사회적 현실은 그대로 오늘 우리에게 미만한 야만의 징후를 보여준다.

　　이뿐이 아니다. 유홍준이 **원숭이 정서**라고 일갈한 이 땅 지식인들의 허위의식도 마찬가지다. 모든 것을 자신의 정서에 온전히 내맡기지 못하고 학문이라면 으레 남의 것을 인용하고, 이국적인 냄새라도 조금

풍겨야 촌스러움에서 벗어난 것으로 착각해대는 이 까닭모를 불안감의 정체는 도대체 어디에서 비롯된 것인가.

그리고 우리 사회는 매년 입시철만 되면 입시 경쟁으로 온 나라가 홍역을 치른다. 대부분의 수험생들은 온갖 수단 방법을 동원하여, 심지어는 부정행위를 통해서라도 대학에 들어가려고 한다. 좋은 대학을 나와야만 사람대접을 받을 수 있고 출세할 수 있다고 생각하는 이른바 **학벌주의**가 이 사회에 풍미하고 있기 때문이다.

이렇게 허욕을 추구하고, 허위를 숭배하며, 허명을 숭상하고 있는 이 땅의 한국적 종교 현상의 이면에는 **허상**虛像이라는 가상의 이미지가 자리 잡고 있다. 허상은 말 그대로 빈껍데기다. 이미지가 사실이 아닌 것처럼 허상 또한 사실이 아니다. 그러나 이미지가 하나의 가상적 실체로서 분명 사실이 아님에도 불구하고 내 앞에 현상하고 있는 것처럼, 정치와 자본, 문화가 만들어 낸 **허상적** 실체 또한 사실이 아니지만 가상의 실체로서 실제로 존재한다. 다시 말해 우리는 지금 **신전**과 **성당**, 그리고 **학교**가 만들어내는 지배 이데올로기를 넘어 **미디어**가 만들어내는 또 하나의 허상의 세계에 길들여지고 있다.

그럼에도 우리는 이를 올바로 간파하고 직시하지 못한 채 허상에 이끌리고 있다. 우리는 지금 우리의 감각을 마비시키고 이성을 붕괴시키는 세속적인 성공에 목매여success-obsessed 있다. 이는 그만큼 우리가 속이 없고, 줏대가 없으며, 또 그대로 철학이 없다는 것에 다름 아니다. 그러고 보니 여기저기에 과연 속물들과 맹물들, 그리고 줏대 없는 먹물들이 차고 넘치는 것이 아닌가.

우리가 이렇게 허상이라는 빈껍데기뿐인 가상의 실체에 종교적 열정을 가지고 맹목적으로 매달리고 있는 것은 또 그대로 우리가 뭔가 자신감이 없고 허전하다는 것을 방증한다. 자신감이 없고 허전하니 뭔가 뽀대나는 명품, 아니 짝퉁이라도 걸쳐서 허영심을 달래야 할 터이고, 자신감이 없고 허전하다보니 남 보이기 위해 화려한 스펙이라도 갖춰서 겉포장을 해야 할 터이며, 자신감이 없고 허전하니까 그 헛헛한 마음을 보상이라도 해야 하니 파출부라도 해서 일찍부터 명문 코스를 밟

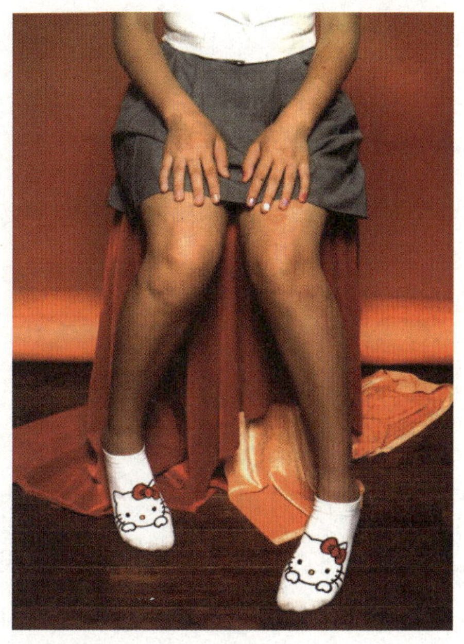

〈불안한 초상〉 　　　　　　ⓒ 오형근

게 해야만 직성이 풀리는 것이었던가 보다. 이렇게 한국인의 의식구조, 행동 패턴의 이면에는 지금 **불안**unrest이라는 감정구조가 깊게 각인되어 있다. 그러나 무엇인가를 닮고자 하는 것은 어딘가 자신이 없고 초조하기 때문이다.

　　오형근의 〈**불안한 초상**〉(사진)은 이와 같은 한국인의 불안에 휩싸인 감정구조를 잘 보여주고 있는 사진작품이다. 여기서 상체가 잘려 나간 교복 입은 어느 소녀의 머리 없는 초상은 하나의 의미를 담고 있는 기호다. 얼굴이 없는 가운데 매니큐어를 칠한 손톱, 짧은 치마, 멍든 다리, 그리고 캐릭터 양말을 신은 부위만을 보여주고 있는 소녀의 초상이 가리키고 있는 것은 무엇인가. 이는 무엇보다 **화려한** 이미지가 아닐 수 없다.

　　그러나 다음 순간, 사진작가는 왜 얼굴을 생략한 채 어느 소녀의 화

글쓰기는 기술이 아니다

려한 이미지에만 초점을 맞췄는가 하고 호기심의 메스를 들이대는 순간, 우리는 이 화려한 이미지 속에 감춰진 놀라운 의미를 마주하게 된다. 그리하여 얼굴이 없다는 사실이, 매니큐어를 칠한 손톱이 가리키고 있는, 짧은 치마가 말하고 있는, 멍든 다리가 보여주는, 그리고 캐릭터 양말이 드러내고 있는 것은 다름 아닌 **불안한** 소녀라는 또 다른 사실이고 이를 탈은폐시키고 있는 기호론적 체험을 하게 된다. 얼굴이 없다는 것은 정체성이 없다는 것을 말한다. 이에 자신이 없다보니 손톱에 매니큐어를 칠해서 보강해야 했을 터이고, 짧은 치마를 입어서 남들처럼 따라해야 했을 터이며, 멍든 다리일망정 캐릭터 양말을 신어서라도 자신을 위장해야 했던 것이리라.

이렇게 이 땅의 소녀들이 자신의 정체성을, 자신의 얼굴을 드러내지 못하고 마치 스튜어디스가 바지를 입어서는 안 된다는 규정에 허상화되는 것처럼 이 소녀 또한 누군가가 휘두르고 있는 획일적인 기호에 의해 '소녀'에서 '여성'으로 허상화, 실체화, 고정화 되어가는 것이다. 여기서 자신의 진정한 개성은 사라지고 소멸된다. 그 자리에 정치와 자본, 문화가 상징적으로 조작한 거짓기호가 들어서게 된다. 이렇게 대중문화가 상징적으로 부여한 거짓기호들을 롤랑 바르트는 **신화**神話, mythologies라고 명명했다. 그 순간, '불안한' 소녀는 자신의 얼굴을 감추고 '화려한' 이미지라는 허상을 뒤집어 쓴 얼굴 없는 **가면**假面, persona으로 탄생하는 것이다.

이처럼 허상의 가면을 쓴 가짜 인생들이 넘치고 있는 것은 우리 사회가 아직도 근대의 문턱을 넘지 못했음을 말해준다. 여기서 **근대**란 철학자 김상봉에 따르면, 개인이 삶과 역사의 주체로 등장하는 것을 말한다. 그러나 가면 인생은 어떤가. 가면 인생은 스스로 자기 삶의 주인이 될 수 없다. 스스로 생각하고 이를 바탕으로 삶을 구성해나가는 주체적 사고가 결여되어 있기 때문이다. 자신이 온전하게 스스로 서 있지 못한 비주체적인 삶에서는 공존도 불가능하다. 더구나 이런 삶에서 어떻게 활기 넘치는 고급문화 창조가 가능하겠는가.

〈말춤〉

ⓒ 싸이

　물론 이렇게 제대로 된 철학서 하나 없는 가운데 깡패 같은 자본주의가 거리를 활보하고 개념 없는 속물주의가 만개한 척박한 현실에서도 꽃은 하나 둘 피어나고 있다. 천편일률적인 사랑타령이 거리를 휩쓰는 가운데서도 싸이의 **말춤**(사진)이 속물 사회의 허욕을 걸쭉하게 풍자하며 전 세계에 통하는 범용성을 지닌 한류 문화 콘텐츠로 조명을 받았고, 경기도에서는 창의, 인성 교육의 일환으로 일찍이 없었던 중학생 철학교육이 실시되면서 **학교는 왜 다녀야 하는가** 등 청소년들이 현장에서 절실하게 고민하는 문제들을 다루기 시작했는가 하면, 또 일터에서는

　왜 모두가 우리를 무시하나요
　　　— 서울대병원 청소하청노조 민들레분회 소속 노동자들의 외침

라며 여기저기서 **인간적** 분노가 폭발하고 있기도 하다.

　그렇다면 오늘 '문제의' 학교 현실은 어떤가. 학교에서는 도대체 '왜'
를 가르치지 않는다. 비판의식을 원천봉쇄해 버리는 주입식 교육 때문
이다. 학교에서는 또한 오직 '하나'만이 진리라고 가르친다. 다양하고
창의적인 사고를 인정하지 않는 획일적 교육 때문이다. 그리고 학교에
서는 '사실'만 가르치지 '가치'를 가르치지 않는다. 사실에 대한 가치중
립이야말로 맹목적 인간을, 도구적이고 실용적인 인간을 양산하는데
더없이 중요하기 때문이다. 이렇게 스펙트럼을 넓히지 못하고 비판의
식이 상실되고 맹목적인 가치가 획일적으로 주입되고 있는 좁직한 현
실에서 학생들은 끝도 없는 시험과 얼굴 없는 통제에 **문화적 폭력**을 내
면화시키며 소금에 절인 배추처럼 점점 생기를 잃어가고 있다.

　잘 알다시피 학교의 이러한 획일적인 학습평가시스템은 창의력을
떨어뜨림은 물론 고등사고능력의 계발을 근본적으로 방해하고 있다.
단편적인 지식의 일방적인 전달과 주입으로 일관된 교수학습 체제 하
에서는 변화된 사회가 요구하는 다양한 문제해결능력 및 정보처리능
력이 개발될 수 없을 뿐만 아니라 나아가 주체적인 참여의식과 민주적
인 의사결정 및 자율적인 행동양식이 성숙하기 힘들기 때문이다.

　아이들이 큰 소리로 책을 읽는다.
　나는 물끄러미 그 소리를 듣고 있다.

　한 아이가 소리 내어 책을 읽으면

딴 아이도 따라서 책을 읽는다.

청아한 목소리로 꾸밈없는 목소리로

"아니다 아니다" 라고 읽으니

"아니다 아니다" 따라서 읽는다

"그렇다 그렇다" 라고 읽으니

"그렇다 그렇다" 따라서 읽는다.

— 김명수, 「하급반 교과서」 중에서

　시인은 우리의 '쓸쓸한' 독서교육의 현실을 환기시키고 있다. 어린 화자는 감각적인 세계 속에서만 살고 있는, 논리성이 부족한 어린이와 같다. 그의 시점은 철저하게 바보스럽다. 이 순진무구한 얼간이는 분명히 비도덕적인 현실의 구조를 제대로 파악하지 못하고 있다(김준오, 『시론』, 삼지원). 시적 화자는 이런 현실에 대해 거리를 두면서 '그' 소리를 '물끄러미' 응시하고 있다. 주목해야 할 것은 '따라서'다. 세 번이나 거듭 반복 처리되고 있는 이 시어를 통해 우리는 학생들이 개성이 없고 주체성이 없으며 비판력을 상실한 채, 단지 시키는 대로만 따라하는 맹목적이고 순종적인 주입식 교육에 길들여지고 있음을 새삼 깨닫게 된다.

　그러나 맹종盲從에 길들여진 것은 비단 학생만이 아니다. 길들여진 것은 교사도 마찬가지다. **「주체성을 지키는 게 근대화다」**라는 제목의 칼럼(『경향신문』, 2011.1.6)에서, 김상봉은 오늘 대부분의 한국사회구성원들이 자본의 노예로 전락하고, 권력의 무기력한 도구가 되어 가고 있는 현실을 개탄하면서 다음과 같은 충격적인 사례를 들고 있다.

급기야 지난해 말 경기도 부천의 어느 초등학교에서는 기말고사 성적이 나쁘게 나온 어느 학급의 담임교사 둘을 교장이 교장실로 불러 30cm잣대로 손바닥을 때린 엽기적인 사건까지 있었다. 절망적인 것은 동료(?)교사에게 처벌을 가하려 했던 교장이 아니라 손바닥을 내밀라 한다고 아무 생각 없이 손바닥을 내민 교사들이다. 그것은 인간의 존엄성과 주체성을 상실하고 완벽하게 도구로 전락한 인간상인 것이다.

물론 이는 특수한 사례에 불과할 것이다. 중요한 것은 이렇게 국민을 자본의 노예로 굴종시키고, 권력의 무기력한 도구로 전락시키는 위압적인 기제가 지배 담론, 주류 가치로 용인되어 아무런 비판이나 제재 없이 반복, 재생산되고 있으며 오늘도 여전히 정상적으로 기능, 작동하고 있다는 점이다. 그리하여 지금 대한민국사회에서는 자본의 포로가 되어 "가격은 십만 원이십니다"라고 아무 생각 없이 응대하고 있는 백화점 여직원의 경우처럼 듣기에도 우스꽝스럽고 굴욕적인 과잉존대가 넘쳐나고, 경기도 부천의 어느 초등학교 교사들처럼 권력 앞에서 아무런 저항 없이 개처럼 굴종하고 사는 것이 너무도 일상화되어 있다.

원래 학교는 **여유**의 산물이었다. 그리스 시대, 학교는 아주 빈곤하지도 않고 또 크게 부유하지도 않은, 또 엄청난 권력자도 아니고 하층민도 아닌 '적당한' 여유를 가진 사람들에 의해 태어났다. 식민지 건설과 지중해 무역을 통해 부를 쌓고 경제적 안정을 이룬 자들이 그들이었다. 그리스의 철학도 여기, 적당한 여유를 가진 경제적 중산층들에 의해 탄생하고 학교academy가 세워졌던 것이다. 여기서 적당한 '여유'를 일컫는 그리스 말이 바로 오늘날 학교의 어원이 된 schole이다. 이로부터 라틴어 schola가 나오고 불어 echole가 나왔으며, 영어 school이 나왔다.

소크라테스가 대표적이다. 서구적 사유의 기원이라 불리는 그리스 정신의 아이콘인 소크라테스가 바로 한가하고 여유 있는 정신문화의 산물이다. 중요한 것은 과연 한가함이다. 한가해야, 정신적 여유를 가져야 발상의 전환이 오고 창의적 사고가 움을 틔울 수 있다. 이렇게 자잘한 일상에서 한발 물러나 정신적인 여유를 가진 한가한 사람들이 흔히 말하는 '건달'이다. 연암도, 다산도, 세르반테스도, 도스또옙스키도 모두 건달이었다. 어디 이들 뿐인가. 소크라테스, 예수, 석가, 공자 흔히 말하는 인류의 4대 성인이라는 그들도 굳이 따지자면 바로 위대한 (?) 건달이 아니었던가.

'한가로움'이야말로 건달의 정서다. 급할 게 없다. 그렇다고 건달이 정말 한가할까. 천만의 말씀이다. 사실 건달처럼 배고프고 고달픈 인생이 어디 있겠는가. 여기, 배고프고 고달픈 불우한 인생 한 대목 어디에서 속 깊은 **창의의 칼** ─ 창조 창創 자에 칼 도 변ㅣ, 刀이 있음은 의미가 자못 깊다 ─ 이 준비되는 순간, 바로 그 순간이 돈키호테적 발검拔劍의 순간이다. 외로운 검孤劍이 빛을 발하는 순간이 바로 이때이고, 뭔가 저지를 수 있는 도전과 창의의 에너지가 발광하는 지점이 또한 바로 이때이다.

글쓰기가 요청되는 이유도 바로 여기에 있다. 글쓰기는 본질적으로 내성적內省的 세계다. 내면의 세계는 자신을 여유 있게 돌아보는 가운데 형성되기 시작한다. 지나온 삶을 반성적 시점에서 저쪽으로 놓고 그 대상을 이야기하기 시작할 때 우리는 비로소 새로운 삶을 시작할 수

글쓰기는 기술이 아니다

있다. 이야기가 자신의 삶에 일정한 거리를 두게 함으로써 삶을 정화시키고 이야기를 통해 자신의 삶을 재구하게 함으로써 무너진 삶을 다시 일으켜 세우게 하는 놀라운 치유healing와 극복standing의 효과가 있음이 입증되고 있는 이유가 여기에 있다.

이뿐만이 아니다. 글쓰기는 문제 해결의 실마리가 될 수 있다. 글쓰기는 어떤 쟁점에 대한 문제의식에서 출발, 비판적 사고를 통한 문제 제기와 심층적 사고를 통해 문제를 새롭게 바라보고, 창의적 사고를 통해 문제를 해결해 가는 일련의 사고 능력을 필요로 한다. 실제로 글을 써 보면, 글을 쓰는 과정은 내 생각을 어떻게 효과적으로 조직하고 표현할 것인가를 끈질기게 고민, 모색하는 문제해결과정임을 체험하게 된다. 이런 글쓰기 과정을 자꾸 쌓다 보면 문제 해결을 위한 다양하고 창의적인 발상이 싹틀 수 있는 토대가 형성될 수 있다.

또한 한 편의 글을 쓰기 위해서는 독자를 고려하지 않을 수 없다. 독자를 고려한다는 것, 그 자체는 자기 안에 갇혀 있지 않고 타인을 향하는 것이며, 이는 곧 자기를 버리고 타인에게 다가가 대화하려는 것이다. 타인에게 다가가 대화하기 위해서는, 무엇보다 자기와 대립적인 입장에 서 있는 사람들의 관점에도 귀를 기울일 줄 알아야 한다. 타인의 관점에 서서 남을 이해하지 않고서는 그들과 제대로 대화할 수 없기 때문이다. 이렇게 글을 쓰면서 우리는 자신만이 아닌 타인과 함께 문제를 바라보게 된다. 이에 따라 우리는 자연스럽게 도덕이라는 가치의 영역에 들어설 수 있고, 나아가 정의라는 실천의 길에 한 걸음 더 다가설 수 있게 된다.

그렇다고 해서 사실is이 곧바로 당위ought가 될 수는 없다. 사실이 당위가 되기 위해서는 먼저 '가치'라는 윤리, 도덕의 기둥을 세워야 한다. 사실이 그대로 당위의 근거가 될 수는 없다. 가치만이 당위의 근거가 될 수 있다. 비유적으로 말해, 밀가루라는 사실이 곧 빵이라는 당위가 될 수는 없다. 밀가루가 빵이 되기 위해서는 먼저 나와 너 사이에 '빵'이라는 개념적 합의를 이루어 내야 한다. 그렇지 않을 경우 '하급반 교과서'의 얼간이처럼 맹목이 될 수 있다.

역사적으로 볼 때, 고중세는 사실(객체, 자연, 영웅)이 인간을 압도하던 시대로 주관적 묘사와 행동서사로 그 사실의 세계를 찬미하던 시기였다. 그만큼 고중세는 객체가 주인인 나를 압도하던 시대였기 때문이다. 그러나 근대는 가치(주체, 인간, 부르주아)가 주도하던 시대로 객관적 묘사와 과학적 설명으로 '이성' 중심의 일방적인 가치를 이야기 하던 시기였다. 근대 사회는 합리적 이성을 앞세운 주체(인간)가 객체(자연)를 압도한다는 시대인식이 지배적이었기 때문이다. 고중세를 **영웅서사시대**라 부르고 근대를 (부르주아 중심의) **시민서사시대**라 부르는 이유다.

그러나 오늘 집단의 정서를 노래(시)하고 개인의 가치를 작가가 이야기(소설)하는 형식만으로는 한계가 있다. 집단의 노래, 영웅서사시가 '맹목적인' 시대의 양식이었다면, 개인의 노래, 시민서사시는 '일방적인' 시대의 유산이다. 우리는 이제 맹목적인 **그리고**와 일방적인 **그래서** 만으로는 만족할 수 없다. 우리는 지금 타당한 근거와 충분한 논의, 그리고 합리적인 절차가 요구되는 **왜냐면**의 시대에 살고 있다. 끊임없는 난제들이 공동의 해결을 요구하기 때문이다. 따라서 해결과정은 일방적일 수 없다. 이런 관점에서 볼 때, 우리는 지금 **대중서사시대**에 살고 있다.

글쓰기는 기술이 아니다

  21세기 지식정보화시대, 이제 말하기·글쓰기를 통한 자발적이고 참여적인 의사소통능력은 생존의 현실로 육박해 오고 있다. 그러나 이는 단지 현실적인 문제를 해결하기 위한 '생존 기술'로서보다는 인류에게 닥친 근본문제를 해결하기 위한 '존재 전략' 차원으로 다가오고 있다. 따라서 글쓰기가 단지 조리 있는 말솜씨를 배우고 매끄러운 글재주를 익히는 한낱 글쓰기 '기계'를 양산하고자 하는 것이어서는 안 될 것이다. 다시 말해 글쓰기는 가장 긴급한 문제에 대한 **가치 평가**이자 **태도 표명**이며, **윤리적 결단행위**이다. 이에 '진리란 무엇인가'를 따지는 치열한 인식론적 문제제기로서의 글쓰기를 논할 수 있다. 인류는 이제 시, 소설의 시대를 넘어 바야흐로 '대중적' 에세이 시대를 맞이하고 있다. 따라서 **인식론**은 이 시대의 대표 철학이고, **글쓰기**는 이 시대의 주류 양식이며, **공존**은 이 시대의 핵심 모럴이다.

제1부

대중글쓰기의 기호 인식론적 기초

1장

글쓰기의 기본 요소

글쓰기의 기본은 '사실'과 '가치'다

한때 한 진보적인 판사가 **내기골프는 무죄**라는 판결을 내려 사회적 논란을 불러일으킨 적이 있었다. 골프의 경우, 승패가 우연적인 요소보다는 실력에 의해 좌우되므로 내기 골프는 도박에 해당하지 않는다는 것이었다.

찬성 측 의견에 따르면, 형법에서 **도박은 우연에 의해 승패가 결정되는 재물의 내기**라고 정의한 기준으로 볼 때, 골프는 우연에 의한 요소보다 실력에 의해서 좌우되므로 도박이 아니라고 볼 수 있다는 것이다.

그러나 이 문제는 그렇게 간단하지 않다. 우선, 골프가 과연 우연보다 실력에 의한 승패 결정이라고 볼 수 있는가이다. 또한 만약 이와 같은 기준에 의해 골프가 도박이 아니라고 증명이 된다 하더라도, 즉 우연의 요소가 없다면, 내기 골프와 같은 모든 행위는 허용되어야 하는가 하는 문제가 남는다. 허용되었을 경우의 사회적 파장의 문제가 자못 심각할 수 있기 때문이다.

반대 측 의견은 한마디로 골프에 있어서 승패가 과연 실력으로만 결정이 나는가의 문제냐는 것이다. 내기골프에 있어서도 다른 도박의 경우처럼 운과 기량이 함께 작용하지 않느냐는 것이다. 더구나 수억 원대의 내기골프는 건전한 근로 의욕을 해치고 사행심을 조장할 우려가 있으며, 중독의 위험까지 생각해 볼 때 국민의 상식으로 인정하기 어렵다는 것이다.

그러나 이 또한 그리 간단하게 볼 일이 아니다. 정부가 국민들을 가산탕진과 자살로 내모는 카지노와 로또복권은 인정하면서 내기골프는 인정하지 않는다면 잣대가 자못 이중적이라는 비판을 피할 수 없기 때문이다.

이처럼 문제는 결코 간단하지 않다. 이런 문제가 계속해서 논란이 되고 있는 것은 우선, 도박에 대한 **개념**에 대해 양측이 서로 합의를 이루지 못하고 있기 때문이다. 또한 자신의 주장을 타당하게 만족시키는 **근거** 확보가 충분하지 못한 점도 논란을 일으키는 원인이 되고 있다. 곧 양측 모두 자기의 주장이 옳다는 것을 명쾌하게 **증명**하지 못하고 있기 때문에 문제가 되고 있는 것이다.

이런 문제는 비단 내기골프의 경우에만 해당되는 것이 아니다. 우리 삶을 돌아보면, 이와 같은 사례는 비일비재非一非再하다.

민주사회에서의 삶은 옳고 그름, 정의와 부정에 관한 이견異見으로 가득하게 마련이다. 어떤 사람은 낙태 권리를 옹호하나, 다른 사람은 낙태를 살인으로 간주한다. 어떤 사람은 부자에게 세금을 거두어 가난한 사람을 도

와야 공정하다고 생각하지만, 다른 사람은 노력으로 번 돈을 세금으로 빼
앗는 행위는 공정치 못하다고 생각한다. 대학입학에서 소수집단 우대정책
을 놓고도 어떤 사람은 잘못을 바로잡는 정책이라며 옹호하는 반면, 다른
사람은 능력 있는 인재를 역 차별하는 공정치 못한 정책이라고 비난한다.
어떤 사람은 테러 용의자를 고문하는 행위는 자유사회에 걸맞지 않은 혐오
스러운 짓이라며 반대하나, 다른 사람은 테러 공격을 예방하는 마지막 수
단이라며 찬성한다.

— 마이클 샌델,『정의란 무엇인가』, 김영사

저자의 경험을 소개해 본다. 저자는 작은 사무실을 운영하다가 다음
과 같은 사실로 재판을 청구하는 어처구니없는 일을 치렀다. 물론 정
당하게 싸워서 승소했다.

청구원인

다음 사실로 재판을 청구합니다.

원고 김상천과 피고 ○○○는 2012.7.16. 피고가 소유한 서울 양천구 신
정1동 1023-12 에벤에셀 209호를 사무실로 쓰기 위해 ○○부동산(대표○
○○)에서 300의 30에 1년 약정, 계약하였습니다.

계약은 물론 기본 시설(전기, 전화 등)에 문제가 없음을 전제로 한 것입
니다. 그런데 막상 입실하고 보니 전화선이 마모되어 못쓰게 되었음을 알
았습니다. 원고는 복구를 요청했으나 피고는 원고의 복구 요청에 응하기

는커녕 저 같은 사람은 처음 보겠다며 인격적인 모독까지 서슴지 않았습니다. 원고는 사업상 불가피하기 때문에 인부를 사서 팔월 염천에 먼지가 뒤범벅이 된 천정을 70m나 지나야 하는 난공사로 전화선을 복구시킨 다음 피고에게 구상권求償權을 행사하였습니다.

문제는 1년 계약이 만료하여 대금을 정산하는 과정에서 발생하였습니다. 피고는 원고의 구상권 행사에 불만을 품었는지 전화복구비용(250,000원)을 보증금에서 제하겠다고 합니다. 이 문제를 두고 두 사람은 전화선이 기본시설이냐 아니냐를 두고 설전을 벌였으나 해결이 나지 않았습니다. 피고는 임차인이 알아서 할 일이라며 배짱을 부리고 있으나 원고는 전화선이 밥을 먹기 위해 숟가락, 젓가락이 필요한 것처럼 업무를 보기 위해 필요한 기본 시설이기 때문에 당연히 임대인 피고에게 시설 책임이 있다는 입장입니다. 원고의 입장은 현재 ○○부동산, 에벤에셀 관리실, 그리고 남부법률구조공단 측의 강력한 지지를 받고 있습니다. 지극히 당연하고 상식적인, 상사常事에 해당하기 때문입니다.

재판장님! 기본과 상식은 민주주의의 핵심 요소이자 건강 사회의 필수 덕목이라고 봅니다. 공정한 판결로 모든 일은 바른대로 돌아가기 마련이라는 진실이 살아있음을 만천하에 보여주실 것을 믿습니다.

작은 일 하나 해결하지 못하고 재판을 청구하게 되어 심히 부끄럽나이다.

2013.7.18

원고 김상천 서명

서울남부지방법원 귀중

이 문제는 근본적으로 볼 때, 전화선이 기본시설이야 아니냐를 두고

시각이 서로 다른 데서 비롯된 문제였다. 피고는 전화선이 기본시설이 아니라고 사실과 가치를 '분리'해서 보고 있고, 원고는 전화선은 기본시설이라고 사실과 가치를 '결합'해서 보는 입장이다. 이렇게 사실에 대한 의견은 첨예하게 엇갈리고 대립하기 마련이다.

다음 사례는 사실과 가치의 세계가 일단 분명한 경계를 이루고 있음을 보여주고 있다.

"음 나쁘지 않군."

폴 샌이 고개를 끄덕였다.

"고맙습니다."

"특히 빗방울이 퇴거당하는 사람들의 얼굴을 때린다는 그 묘사가 마음에 쏙 들어."

"…… 고맙습니다."

폴 샌은 캐멀 담배를 뽑아 불을 붙였다. 그러고는 기사의 맨 뒤를 지목했다.

"여기 보여? '그렇다. 이것은 비극이다'라고 떡하니 당신이 쓴 대목 말이야."

"그렇습니다."

"그 대목, 내가 박박 지워버렸네, 다음부터 그 얼어 죽을 '비극' 같은 단어를 두 번 다시는 쓰지 말라구! 당신은 기자잖아? 두 눈으로 본 그대로만 옮겨 적는 게 임무 아냐? '아, 저건 정말로 비극이군!' 하고 느끼는 것은 독자의 몫이야, 알아들어? 당신이 먼저 펑하고 울어버리면 엉망이 되는 거야, 그렇게 하면 독자들은 막 나오려던 눈물이 쏙 들어가는 법이야."

— 새뮤얼 프리드먼, 『저널리스트에게』, 미래인

윗글을 볼 때, 글은 기본적으로 사실의 세계와 가치, 의견의 세계로 나뉜다. 그런데 기자는 사실의 세계를 충실하게 전해야 하는 자신의 책무를 잠시 잊고 가치의 세계에 개입함으로써 기사의 기본 특성을 벗어났음을 알 수 있다.

사실의 세계 — 빗방울이 퇴거당하는 사람들의 얼굴을 때린다.
가치의 세계 — 그렇다. 이것은 비극이다.

그러나 사실을 둘러싸고 벌어지는 의견은 간단히 볼 문제가 아니다. 테리 이글턴의 『문학이론입문』(사진)이 **이 성당은 1612년에 지어졌다**라는 사실적 진술과 **이 성당은 바로크 건축의 훌륭한 예이다**라는 가치판단의 예를 설명하면서, 여기서 사실과 가치의 경계가 분명한 듯 보이지만 사실은 그렇지 못하다고 설명하는 대목에서도 우리는 사실과 가치의 구분이 간단치 않음을 볼 수 있다. 가령, 내가 외국인 방문자에게 영국을 구경시키면서 전자와 같은 종류의 진술을 했을 때 그는 다음과 같은 이유 때문에 매우 놀랄 수 있다는 것이다.

왜 이 건물들의 건립날짜를 말씀하고 계십니까. 왜 기원에 이렇게 신경을 쓰십니까. 우리가 사는 사회에서는 그러한 것을 전혀 기록하지 않으며 그 대신에 건물들을 북서향이냐 남동향이냐에 따라 분류합니다.

— 테리 이글턴, 『문학이론입문』, 창작과비평사

그렇다고 해서 니체처럼 "사실은 존재하지 않고, 해석만이 존재한다"(『권력에의 의지』)라고 주장한다면 문제 해결은 더욱 요원하다. 해석만이 존재한다면 결과적으로 아무것도 해결할 수 없는 중구난방衆口難防의 현실을 초래하고 말 것이기 때문이다.

여기서 우리는 기본적으로 어떤 사실에 대한 맹목적 수용 자세도 문제지만 일방적 주장도 문제가 될 수 있음을 본다. 다시 말해 사실을 덮어놓고 중시하는 역사학자 랑케류의 사실 절대주의도 문제가 될 수 있지만 눈앞의 사실을 부정하고 일방적 해석만을 주장하는 니체류의 사실 상대주의 또한 문제해결을 더욱 어렵게 만들 수 있음을 본다.

어떤 사실을 지나치게 중시하면 그 사실이 전체의 일부일 수 있다는 것을 놓칠 수 있다. E. H. 카(『역사란 무엇인가』)의 말대로 시저가 루비콘 강을 건넜다는 역사적 사실도 사실 '선택된' 사실이라는 맥락에서 보면, 사실은 가치와 분리해서 볼 수 없다.

그렇다고 사실을 부정하고 자기 멋대로 주장하다보면 역사 상대주의의 나락에 빠질 수 있다. 상대적 가치를 부정하고 자신의 가치만이 최선이라고 여기는 극단적인 상대주의 또한 가치를 절대화할 위험성을 우리는 히틀러에게서 본 바 있다.

저자의 경우도 마찬가지였다. 만약에 보다 타당하고 공정한 보편적 가치가 없었다면 판결은 상황에 따라 뒤바뀔 수도 있었을 것이다. 그러나 다행히도 보편적 상식과 사회적 가치를 반영한 법法에서는 임대인의 기본시설에 대한 설치 의무를 규정하고 있다. 여기서 어떤 논란을 해결하기 위해 제시된 새로운 사실 또는 보다 보편적인 가치의 준거틀을 **근거** 또는 **이유**라고 한다.

이럴 때, 철학에서는 피고의 경우를 유명론이라 하고, 원고의 경우를 실재론이라 한다. 다시 말해 **유명론**唯名論에서는 기본적으로 사실과 가치를 분리해서 보고 보편적 가치는 개별적 사물 다음에 존재한다는 것이고, **실재론**實在論에서는 사실과 가치는 긴밀하게 결합되어 있으며 보편자는 개별 사물에 앞서 존재한다고 본다. 전자가 '대개' 현실을 중시하는 지배담론으로 기능하고, 후자가 이상을 추구하는 대항담론으로 기능하고 있는 이유가 여기에 있다. 다시 말해 강자는 대개의 경우 현실에 기반을 둔 객관적 '사실'을 중시하고, 약자는 이상에 지향을 둔 '가치'에 관심이 많다. 두 개의 담론은 서로 부딪치고 또는 서로 넘나들면서 철학사를 이루고 역사를 만들어왔다.

글쓰기 세계 또한 이런 관점에서 자유롭지 못하다. 글이라는 문자형식 또한 현실을 반영하고, 그런 만큼 그 현실에 강한 영향력을 미치고 있는 사회적인 이데올로기 기호이기 때문이다.

하나의 기호는 단순히 현실의 일부로서 존재하는 것은 아니다. 그것은 자신 이외의 다른 현실을 반영하고 굴절시킨다. 그러므로 기호는 현실을 왜곡할 수도 있고, 현실에 충실하기도 하며, 더러는 현실을 특정한 시각으로 인식할 수도 있다. 따라서 모든 기호는 이데올로기적인 가치평가(즉, 그것이 진실인가, 거짓인가, 옳은 것인가, 공정한 것인가, 선한 것인가 등)의 기준을 적용시킬 수 있는 것이다. 이데올로기와 기호의 영역은 일치한다. 따라서 그것들은 서로가 등가관계이다. 기호가 나타나는 곧 어디에서나 역시 이데올로기도 나타난다. 모든 이데올로기적인 것은 기호적인 가치를 갖는다.

— 바흐친·볼로쉬노프, 『마르크스주의와 언어철학』, 훈겨레

사실과 가치, 즉 사물과 말은 일치하는가. 이는 결코 간단한 문제가 아니다. 여기서 우리는 위에서 부딪치고 있는 문제가 근본적으로 **인식론**認識論, *epistemology*에서 제기되고 있는 핵심 문제들임을 생각해 볼 수 있다. 즉, 사물에 대해 바르게 이해하고 판별하는 마음의 작용과 이를 일반화한 지식의 기원·구조·범위·방법 등을 연구하는 인식론에서는 기본적으로

① 진리란 무엇이며
② 진리의 기준 내지 근거는 무엇인가
③ 이러한 진리를 어떻게 밝힐 수 있는가

에 대해 끊임없이 묻고 또 묻는다. 근대 철학의 기초를 다지고 합리론을 정립한 데카르트는 『성찰』에서,

나는 어릴 적부터 얼마나 많은 거짓된 것을 참인 것으로 인정해 왔으며, 그것들을 바탕으로 해서 세운 것이 얼마나 의심스러운 것인가를 이미 여러 해 전에 깨닫고, 따라서 내가 앎들에서 언제라도 확고부동한 지주점을 정립하고자 한다면, 일생에 한번은 이제까지 내가 받아들였던 모든 것을 근본적으로 뒤엎고, 최초의 토대에서부터 다시 시작하지 않으면 안 된다는 것을 자각하였다.

고 회고하였다.

이른바 **방법적 회의**라고 볼 수 있는 이러한 물음을 거듭한 결과, 그

는 모든 것을 부정하고 회의하였으면서도 이렇게 모든 것을 부정하고 회의하고 있는 스스로의 인식주체에 대한 반성적 인식을 다음과 같이 정리해 내었다.

나는 생각한다. 그러므로 나는 존재한다. I think, therefore I am.

인간 중심의 이성적 사고를 특징으로 하는 서양 근대 인식론의 명제 탄생 순간이다. 그러나 이는 어디까지나 주관적 관념론의 세계다.

이렇게 하나의 '사실'을 두고 벌어지고 있는 '가치' 형성 과정은 진리를 향한 치열한 인식론적 문제 제기의 성격을 띠고 있다. 다시 말해 만일 어떤 것이 진리라면 그것이 진리라는 근거가 충분해야 하고 또 상대가 그렇다고 합리적으로 받아들일만한 것인지 밝혀야 하는 일련의 **정당화**正當化, justification, a good and acceptable reason for doing something 과정이 필수적으로 따라야만 한다.

사실의 영역 : 결과, 근거, 전제, 사례, 사건, 경험 …… 자연, 객체
가치의 영역 : 원인, 주장, 결론, 종합, 분석, 해석 …… 인간, 주체

2장

사실과 가치

'사실'과 '가치'는 불가분의 관계다

사실은 가치(의견)의 기초가 되고 있다. 비유적으로 말한다면, 우리는 '밀가루'라는 사실을 반죽하여 '빵'이라는 새로운 가치를 구워낸다. 사실은 곧 의견을 형성하는 토대이자 세계를 떠받치는 모태^{母胎, matrix}다. 그리스 철학자 아리스토텔레스도 『니코마코스 윤리학』에서 "사실은 무엇보다도 앞서는 것, 즉 제1원리다"라고 말하고 있다. 따라서 우수한 콘텐츠를 창조하기 위해 먼저 객관적 사실을 주목해야 한다.

여기에 더해 사실은 단지 '사실 그대로^{de facto}'일 뿐이고 가치와는 무관하다는 믿음과 통념이 지배적이다. 현실을 놓고 보자. '양극화'가 참여 정부에서 여당의 정체성(친서민정부)을 강화하고자 하는 의도에서 부풀려 만들어진 **과잉 결정된 지식**^{hyper-determined knowledge}임에는 틀림없다. 바흐친의 말대로 사실화된 지식의 이데올로기적 개입과 신화적 조작의, 해석의 문제가 걸려 있기 때문이다.

실용정부라고 일컬었던 신자유주의 정부는 어땠는가. 미국 발 금융 위기로 전 세계적인 경기침체를 겪고 부의 불평등이 극에 이르는 등 자본주의 경제 체제에 대한 근본적인 반성이 일고 있는 가운데서도 우리는 아직도 '신자유주의', '선진화', '민영화'라는 과잉 결정된 지식을 숭배하고 있다. 이러한 사실을 통해 우리는 최소한 사실이 결코 가치와 무관하지 않다는 것을 알 수 있다.

다음 그림에 대한 두 문장의 차이가 무엇인가 보자.

〈끌려가는 날〉 　　　　　　　　　　　　　　　　　　　　　ⓒ 김순덕

① 조선 여인이 일본군에 의해 강제로 끌려가고 있다.
② 일본군이 강제로 조선 여인을 끌고 가고 있다.

①이 피동적 기술이라면 ②는 능동적 서술이다. 즉 행동주行動主를 기준으로 볼 때, ①은 행위를 당한 사람을 피동적으로 기술하여 얼핏 보면 동정심을 유발할 수도 있는 표현 같기도 하지만 사실은 피학적이고 체념적인 정서에 이르게 하는 효과를 낳게 하고 있다. 즉 약자가 끌려가는 것은 현실이고 어쩔 수 없다는 운명적이고 보수적 관점을 형성하고 있다. 이에 비해 ②는 행위를 일으킨 사람이 누구냐는 관점에서 가학적, 고발적 성격을 지닌 것으로 이는 뭔가 잘못된 것이라는, 따라서 개선에 대한 의지를 내포하고 진보적 관점을 유지하고 있다. 그러나 지배언론에서는 ①을 옹호하기 십상이다.

바그다드가 불에 타고 있다는 진술도 마찬가지다. **미폭격기가 바그다드를 맹폭하고 있다**는 진술은 묻혀지곤 한다. 중요한 것은 시각의 문제이고, 어느 쪽이든 가치중립은 없다는 사실을 보여준다.

공자의 언행을 기록해 놓은 『논어論語』 제3편에는 다음과 같은 대목이 보인다.

子夏 問曰; 巧笑倩兮, 美目盼兮, 素以爲絢兮. 何謂也.

子曰; 繪事後素.

자하가 여쭈었다. "'곱게 웃으면 볼우물 일고, 아름다운 눈 초롱초롱한데, 흰 바탕에 고운 무늬 이루었네'라 한 것은 무엇을 뜻한 것입니까?"

공자가 말하길, "그림 그리는 일은 흰 바탕이 있은 뒤에 된다는 것이지."

여기서, **그림 그리는 일은 흰 바탕이 있은 뒤에 된다**繪事後素는 공자의 말은 여러 의미를 담고 있다. 우선, 말 그대로 흰 바탕素이 있어야 그림 그리는 일繪事도 가능하다는 객관적 사실을 말한 것이다.

그러나 이 말은 액면 그대로의 뜻이 아니다. 인용된 대목이 『시경詩經』이고, 『시경』이 풍유의 성격을 지닌 시로 활용되었음은 잘 알려져 있다. 더구나 유교적 덕목을 사상적 모토로 내건 스승 공자와 이를 곁에서 배우고자 하는 제자 사이의 문답이라는 현실적 맥락에서 볼 때, 흰 바탕은 인仁이 되고 그림 그리는 일은 예禮를 말한다고 볼 수 있다. 즉 예는 이차적이고 형식적인 것에 불과한 것이고, 보다 중요한 것은 인간의 바탕을 이루는 인이라는 덕성이라고 볼 수 있다.

공자의 말씀을 잘 보면, 먼저 '인'이라는 덕성이 기본적인 사실적 가치로서 그 바탕을 이루고 있음을 확인할 수 있다. 하얀 바탕이 있어야 아름다운 그림을 그릴 수 있는 것처럼, 인이라는 바탕이 갖춰져야 비로소 예를 이룰 수 있다는 것은 사실과 가치가 마치 밀가루와 빵처럼 결코 분리될 수 없는 불가분의 요소임을 말하고 있는 것이다. 여기서 문제가 될 수 있는 것은 만일 흰 바탕이 아닐 경우는 일그러진 그림이 그려질 수도 있다는 점이다.

이런 두 가지 사례는 사실이 현실에서 긍정적으로 인식되기도 하지만 부정적으로 이용될 수도 있음을 시사示唆한다.

자, 그렇다면, 먼저 사실은 어떻게 긍정적으로 인식될 수 있는지를 보자.

약간 쌀쌀한 오후, 주택가 골목길에 옹기종기 모여 무언가를 열심히 의논하는 아이들이 눈에 띄었다. 여섯 살에서 아홉 살 정도 되었을까? 다섯 아이는 나를 부르더니, 내가 다가가자 "강아지 키우세요?"라고 떠들썩하니 물었다. 키가 제법 큰 여자아이가 든 상자에는 강아지가 담겨 있었다. 길 잃은 강아지인데 누가 데려다 길렀으면 좋겠다는 것이었다. 애완견을 키울 조건이 되지 않는다고 했더니, 아이들은 시무룩해졌다. 다음 순간 한 남자아이가 입을 열었다. 초등학교 2학년이나 되었을까, 똘똘한 눈매의 아이는 내게 "이 강아지가 밉게 생겼어요?"라고 따지듯이 물었다. 사실, 애견 전용 미용실에서 털 손질을 받고 호강했을 '공주과'는 아니고, 야윈 몸매와 길쭉한 얼굴을 한 강아지였다. 뉘 집에선가 싸안고 기르다 이젠 미련 없이 버렸을지도 몰랐다. "밉기는 왜 미워. 강아지가 그렇지 뭐"라고 대답하자 그 아이는 "어떤 할머니는 강아지가 밉게 생겼다고 발로 막 차시더라고요. 그럼 안 되지요. 생명인데"라고 말했다. 말하는 것이 하도 신통해 그의 얼굴을 유심히 바라보면서도 어물쩍거리며 "그러게, 그러진 말아야겠구나"라고 말하는 나에게, 아이는 다시 한 번 못마땅한 어조로, 그러면서도 단호하게 "생명인데"라는 말을 덧붙였다. 아이의 입에서 거듭되는 "생명인데"란 말에는 듣는 사람의 마음에 경탄을 불러일으키는 힘이 있었다.

— 한정숙, '어느 아이의 인문 정신', 한겨레

이 **작은** 사건에서 우리가 어떤 **큰** 마음의 파동을 느꼈다면, 아니, 필자의 말대로 한 초등학생 어린이가 필자의 마음에 **경탄**을 불러일으켰다면, 이는 무엇보다 이 어린이가 버려진 강아지를 소중한 생명으로 여길 줄 아는 성숙한 태도를 지녔기 때문일 것이다.

성숙成熟이란 무엇인가. 성숙은 무엇보다 미숙한 단계를 벗어나는 존재의 내적, 질적 변화를 의미한다. 애벌레가 번데기를 지나 나비로 성장하듯이, 어린이가 청소년기의 미숙한 단계를 지나 어른이 되는 과정과 유사하다. 이런 성숙의 과정에는 반드시 번데기가 스스로 허물을 벗듯 미숙한 껍질을 벗어던져야 하는데, 이 껍질 속에는 칸트(『계몽이란 무엇인가』)가 말하는 바의 **게으름**과 **비겁**이 들어 있다. 따라서 성숙한 존재가 되기 위해서는, 그리하여 의미 있는 삶을 살기 위해서는 무엇보다 엄숙한 판단과 이성적 사고에 바탕하여 나를 둘러싸고 있는 구속의 끈을 과감하게 끊을 줄 아는 **결단**과 **용기**가 수반되어야 한다. 곧 성숙하고 의미 있는 삶을 살기 위해서는 이성에 따르는 사려 깊은 판단과 결단, 그리고 무엇보다 용기를 갖춰야 한다.

이와는 달리, 강아지를 내다 버린 이나 이 강아지를 발로 찬 어떤 할머니, 그리고 무의식중에 애완견이라고 말하고 있는 필자도 모두 게으르고 비겁한 자들이다. 이런 사람들의 사고는 대부분 강아지는 생명이 아니니 잠시 내가 필요한 때 가지고 노는 장난감 완구玩具처럼 강아지 또한 잠시 가지고 놀다 버리면 그만인 **사물**事物이라는 통념에 젖어 있는 경우가 허다하다.

그러나 이 아이는 달랐다. 대부분의 사람들이 인습과 통념에 젖어 강아지는 애완동물에 불과하다는 자기중심적 사고 ― '인간'이 근대의 핵심 개념임을 상기해 보자 ― 에서 벗어나지 못하고 갇혀 있을 때, 과감한 결단과 용기를 보여줬다. 그리하여 개별적 가치를 뛰어넘어 '생명'이라는 보편적 가치를 부여하는 순간, '애완견'은 '반려견'으로, '사물'은 다시 '생명'으로 거듭나면서 새로운 의미를 획득하고 있다. 실로 경탄스런 꼬마 철학자의 탄생 순간이 아닐 수 없다. 이렇게 볼 때, 의미 있는 삶이란 성숙한 결단, 의미 있는 해석을 통한 가치창조에서 온다.

이번에는 사실이 어떻게 부정적으로 이용될 수 있는지를 보자.

왜 모든 사람들은 보호무역주의를 두려워하는가?

Why is everyone afraid of protectionism?

—『중앙 데일리』, 2009.3.3

동북아 경제의 주도권을 놓고 삼국(한·중·일)의 치열한 각축전이 벌어지고 있고, 한-미 간에 자유무역협정을 위한 줄다리기가 진행되고 있을 당시의 이 기사에는 최소한 두 개 이상의 사실이 왜곡 되어 있다. 이는 물론 삼성-중앙 간의 관계를 고려해 볼 때, 당파적 '해석'의 산물이다.

신문이 완벽하게 객관적이고 공정하지 못하다는 것은 이제 상식이다. 신문은 대부분 누군가의 이익을 대변하고, 이윤을 추구하는 신문사의 이익을 우선할 수밖에 없는 사적私的 매체이기 때문이다. 따라서 신문을 읽을 때에는 주체적이고 비판적인 시각을 지녀야 한다.

① 소설가 이문열 씨가 최근 광우병 쇠고기 국민대책회의가 주도하는 촛불집회에 대해 사회적 여론 조작이 개입되어 있다고 본다고 말했다.(『동아일보』, 2008.6.18)

② "불장난 오래 하다 보면 결국 불에 데게 된다. 너무 촛불 장난 오래 하

는 것 같다."(『조선일보』, 2008.6.18)

③ 소설가 이문열 씨와 주성영 한나라당 위원이 쇠고기 협상 관련 촛불집회를 폄하하는 발언으로 눈총을 사고 있다.(『한겨레』, 2008.6.18)

④ 작가 이문열 씨가 17일 촛불시위를 '불장난', '집단난동'에 비유하고 이에 대한 의병운동을 주장하고 나서 파문이 일고 있다.(『경향신문』, 2008.6.18)

①, ②, ③, ④는 모두 신문의 **리드**lead 부분이다. 얼핏 보기에는 모두 같은 내용을 전하고 있는 듯이 보이지만 전혀 그렇지 않다. ①은 이문열 씨의 발언을 호의적으로 보고 있다. ②도 마찬가지다. 더욱이 ②는 발언 내용을 직접 인용함으로써 그 효과를 극대화하고 있다. ③, ④는 딱 보기에도 그의 발언을 삐딱하게(?) 바라보고 있다. 이로써 보건대, 신문은 과연 완벽하게 객관적이고 공정하지 않은 매체다.

그렇다면 교과서 지식을 참고해 보자. 교과서는 지식과 정보에 대해 '일반적으로' 다음과 같은 정보를 제공한다.

인간의 행위(사실)를 놓고 평가하는 윤리적 관점(해석)에는 크게 두 가지가 있다. 우선, 도덕 절대주의는 '가치가 존재보다 우선한다'고 본다. 이에 따르면 어떤 행위는 그 결과에 상관없이 절대적인 도덕적 규정력을 지닌다는 것이다. 예를 들어 '너는 결코 누구를 죽여서는 안 된다'는 격언처럼 어떠한 존재 상황에서도 변할 수 없는 절대적인 의무감이 모든 행위의 근거라는 것이다. 이에 비해 도덕 상대주의는 '존재가 가치를 결정한다'고 보는 입장이다. 이에 다르면 어떤 행위는 특정한 상황을 반영한 가치판단의 일종이라는 것이다. 예를 들어, 전쟁 시 불가피한 상황에서 적을 죽이는 것은 살인죄에 해당하지 않을 뿐 아니라 오히려 영웅적인 행위가 될 수 있다는 것이다.

그러나 이렇게 객관적이고 중립적이라는 교과 지식이 우리에게 가져다주는 것은 무엇인가. 시저의 경우(『역사란 무엇인가』(사진))처럼 역사는 수많은 사실들에서 선택하는 것이며, 따라서 가치평가적이라는 것은 많은 사례를 통해 입증되고 있다. 현실은 어떤가. 이런 교과 지식이 어떤 결과를 초래할 수 있는지 구체적으로 일제시대를 놓고 보자. **역사 절대주의** 입장을 지닌 사람들은 다음과 같이 말할 것이다.

대개의 한국 사람들에게 일제강점기는 어떠한 이유를 들어서라도 선의로 해석할 수 없는 시대였다. 왜냐하면 일본제국주의자들은 조선의 동의를 거치지 않고 강제로 주권을 빼앗고 갖은 반인륜적 만행을 일삼은 패륜 집단이었기 때문이다. 이런 시대에 그들을 돕는 일에 앞장섰던 사람들의, 더구나 역사의 진실이 무엇인지 잘 알고 있으며 자신의 말과 행동이 어떤 현실적이고 정치적인 영향력을 갖고 있는지 너무도 잘 알고 있는 식자층, 사회지도층의 친일행위는 그 어떠한 이유에서도 용납될 수 없는 반민족적 처사이자 반역사적 처신이었다. 이에 민족 대다수의 이익에 반하고 역사의 진실에 어긋나는 이런 행위에 대해 그 어떤 도덕적 가치도 인정할 수 없다. 왜냐하면 도덕적 가치는 최소한 사회적 신뢰를 바탕으로 하고 그 행위의 법적 정당성에 기초하기 때문이다. 따라서 어떤 행위를 두고 내린 평가에 정도의 차는 있을지언정 그 도덕적 가치의 본질이 훼손될 수는 없다.

이에 대해 **역사 상대주의** 입장을 견지한 사람들은 이렇게 말할 것이다.

그러나 일제시대를 살아간 당시의 많은 사람들이 모두 항일운동에 나선 것은 아니었다. 이것은 곧 어떤 행위의 기초가 되는 도덕적 가치가 반드시 일치하지는 않는다는 사실을 방증한다. 다시 말해, 사람들은 각자 그들의 계급적, 현실적 이해관계에 따라 친일, 반일, 항일이라는 다양한 대응을 보여주었다. 그렇다면 과연 민족은 무엇이고 역사는 무엇인가. 민족이라는 절대선과 역사라는 절대가치는 현실과 전혀 무관하단 말인가. 당시의 다양한 이해관계에 따른 계층적 고려와 이해 없이 무조건 민족을 우선시하고 역사를 앞세우는 것은 과연 합당한 일인가. 민족이 있기 전에 개개인의 삶이 먼저 있는 것이요, 역사가 있기 전에 구체적인 삶의 현장이 앞서 있는 것 아닌가. 이렇게 개인적이고 구체적인 삶을 무시하고 나온 가치를 과연 신뢰성과 정당성을 가진 도덕이라고 볼 수 있는가. 따라서 현실을 무시한 도덕적 가치를 현실적으로 받아들일 수 없다. 더욱이 일제는 조선의 근대화에 도움을 주지 않았는가.

자, 사태가 이럴 경우 우리는 누구 편을 들어야 하는가. 흔히 이럴 때 전가의 보도처럼 써 먹는 말이 **중립**中立, neutral이라는 말이다. 말인즉슨 좋은 말이고 중립도 하나의 의견임에는 틀림없다. 그러나 현실적으로 중립이 도대체 어디에 있는가. 물론 상대 의견을 백안시하고 자신의 의견만이 최선이라는 극단적인 사고는 위험하다. 그러나 건전한 민주 시민의 소양을 가진 국민이라면 오히려 건전한 자신의 참된 의견을 지녀야 마땅하지 않은가.

역사 절대주의와 역사 상대주의는 편의적이고 도식적인 분류일 뿐이다. 그러나 현실은 그렇지 않다. 부싯돌에 힘을 가하면 불꽃이 튀는 것처럼, 하나의 행위는 또 하나의 반응을 불러온다. 이는 곧 나의 경험과 너의 의식이, 곧 사실과 가치, 절대주의와 상대주의가 상호 '매개媒介'되어 있음을 암시한다. 다시 말해 현실을 초월한 가치가 있을 수 없고, 가치를 떠난 행위가 있을 수 없다. 헤겔의 말을 빌리자면, "현실적인 것은 이성적인 것이요, 이성적인 것은 현실적인 것이다." 만약에 현실을 초월한 가치가 있고, 가치를 떠난 행위가 있다면, 그것은 신학과 역사 허무주의일 뿐이다. 이렇게 볼 때, 사실은 곧 도덕적 행위의 기초임을 알 수 있다. 일제시대가 우리에게 특히 문제가 되고 있는 것은 그 시기가 우리 역사의 물결이 그 어느 때보다 거세게 출렁거렸던 때이기 때문이다. 이런 절체절명의 위기의 순간에 개인의 행위는 단순한 사실에 그치고 마는 게 아니다. 그의 말 한마디, 행동 여하에 따라 다른 사람들의 재산과 운명이 좌우될 수 있는 위기의 상황에서, 그의 언행은 다분히 사회적, 도덕적 가치 판단의 성격을 지닐 수밖에 없었다. 하나의 사실은 보편적인 규범과 분리될 수 없다. 다시 말해 사실과 가치는 별개가 아니라 긴밀하게 '결부結付'되어 있다.

이제까지의 사례를 통해 우리는 어떤 사실에 대한 해석 행위는 그것이 긍정적이든 부정적이든 의미를 따지는 일종의 **기호**sign 행위임을 알 수 있다. 이런 점에서 볼 때, 이 세계는 근본적으로 기호화되어 있다.

> 기호의 세계 = 사실(소) + 가치(소)

의미를 추구하는 기호의 기본 요소가 '사실'과 '가치'라는 것은 곧 사실과 가치가 인식과 판단의 기본 형식임을 암시한다. 이렇게 사실과 가치에 대한 인식과 판단을 드러낸 기본형식을 **명제**命題라고 한다. 따라서 명제는 기호행위의 기본을 이루는 형식이다. 명제가 사실과 가치를 반영한 기본형식이라는 사실은 기본적인 글쓰기의 전개과정을 예고한다. 즉 글쓰기의 기본은 사실명제와 가치명제와의 **짜임**texting을 통해 실현된다.

전화선은 기본시설이다
그러니 전화선을 깔아 달라.

강아지는 애완견이 아니다.
그러니 강아지를 함부로 발로 차지 마라

흔히 기호를 다루는 학문을 일컬어 **기호학**이라고 한다. 근대 기호학의 아버지 소쉬르(사진)에 따르면, "기호학은 사회생활 속에 있는 기호의 삶을 연구하는 과학"(『일반언어학강의』, 민음사)으로 정의된다. 그러나 정작 소쉬르는 사회생활 속에 살아 있는 동적인 기호 즉, **파롤**parole을 연구하기보다는 사회생활에서 벗어난 정적인 기호 즉, **랑그**langue의 연구에 주력했다. 다시 말해 그는 역사적 관점을 지닌 통시언어학보다는 당대적 언어현상인 공시언어학에 '더' 관심을 가졌다.

소쉬르

소쉬르가 파롤을 언어학의 대상에서 제외했다
— 츠베탕 토도로프, 『바흐친—문학사회학과 대화이론』, 까치

그는 또 언어는 **소리**sigifiant와 **의미**sinifie로 된 분절 가능한 기호로, 그 소리와 의미의 관계는 **자의적**恣意的이라고 주장했다. 가령, 우리는 '개'라 부르는 것을 영어에서는 'dog'이라 부른다는 것이다. 쉽게 말해 말과 사물의 관계는 필연적이지 않다는 것이다. 이는 '매우' 주요한 문제다. 소리와 의미의 관계가 필연적이지 않고 자의적이라는 선언은 근대적 언어의 '자유'의 의미를 내포하는 중요한 선언이면서도 그 선언이 결국 강자의 정치적 논리를 대변하는 언어적 반응이라는 사실을 염두에 두고 보면 매우 실망스럽기 그지없다. 이런 선언은 오늘 왜 '독도'가 '다케시마'로 불려야 하고, 또 '리앙쿠르 락스'로 불려야 하는지를 씁쓸하게 증거하고 있다.

그의 주장doxa은 다시

언어는 형태이지 실체가 아니다.

language is a form not a substance.

— 페르디낭드 디 소쉬르, 『일반언어학 강의』, 민음사

란 유명론적 선언으로 보강되었다. 이는 '언어는 실체다_{language is a sub-}stance'를 전제했을 때만이 가능한 논리다. 이는 다시 '모든 것은 실체다'라는 인식론적 전제를 함의하고 있다. 모든 것을 '실체'라는 인식에 기초했던 사회는 고대다. 이 고대의 사상을 집대성한 아리스토텔레스는 과연

> 분명히, 실체가 있기 때문에 다른 범주들이 저마다 있다.
>
> — 아리스토텔레스, 『형이상학』, 이제이북스

고 주장하고 있다. 이런 주장에 대한 소쉬르의 선언은 아리스토텔레스의 전통 형이상학적 실재론에 대한 부정이자 구조주의와 형식주의의 탄생을 알리는 신호탄으로 서구의 전통적인 지배 철학의 지적 기반을 뿌리째 흔들어 놓은 것이었다. 그리하여 말과 사물은 전통적이고 미신적인 융합 —「요한복음」 제1장 1절을 떠올려보라. "In the beginning was the Word, and the Word was with God, and the Word was God." 곧 태초에 말씀이 계시니라. 이 말씀이 하느님과 함께 계셨으니, 이 말씀이 곧 하느님이시니라 — 의 단계를 벗어나 서로 분리되기에 이르렀다. 이는 곧 사실과 가치의 분리를 뜻하는 근대 선언에 다름 아니다. 이렇게 그는 말과 사물이 갖는 미신적 융합에 종지부를 찍는데 결정적으로 공헌함으로써 근대 언어학의 **태두**泰斗로 불리었다.

그러나 소쉬르가 창조한 근대의 정적 언어학, 기호학의 세계는 근본적으로 부르주아 모더니즘의 언어세계를 대변한다. 그가 보여준 고정된 **형태**form의 세계는 변화 생성하는 현실에서 기능하지 않고 관념의 세

계에 존재한다. 그리하여 테리 이글턴이 소쉬르에서 발원한 구조주의와 정적인 기호학을 **소름끼치도록 비역사적**이라고 한 이유가 여기에 있고, 마르크스주의 문예이론가 프레드릭 제임슨이 역사성을 무시하고 관념성을 띤 구조주의와 형식주의를 비판하면서 이런 사조의 원류가 된 소쉬르의 언어를 **감옥**에 비유한 까닭도 여기에 있다.

우리가 주목해야 할 것은 말과 사물, 즉 가치를 사실과 분리해 낸 소쉬르의 부르주아적 언어가 현실에서 어떻게 작동하고 있느냐는 점이다. 비근한 예를 들어보자. 소쉬르에서 발원한 분리와 대립이 근대 구조주의 언어학의 근본개념인 것처럼 근대 부르주아 과학에서도 사실과 가치를 엄격하게 구분한다. 다시 말해 과학기술은 객관적이고 가치중립적이라는 것이다. 이것을 친절하게 설명하고 있는 중학교 도덕 교과서(천재교육)를 보자.

우리는 과학은 가장 신뢰할 수 있는 지식이라고 생각한다. 그 이유는 과학은 관찰, 실험, 검증이라는 객관적인 방법으로 과학적 원리를 밝히고 있다고 믿기 때문이다. 그리고 이와 같은 탐구 절차를 거친 과학 원리와 이론은 누구에게나, 언제나, 어디서든 같은 결과를 낳는다고 믿는다.

그래서 과학 기술의 가치중립성을 주장하는 사람들은 과학적 지식에는 주관적 가치 판단이 개입될 수 없다고 본다. 우리가 원하는 대로 과학의 법칙을 바꿀 수는 없다. 그렇기 때문에 과학 기술의 원리나 이론을 밝히는 데 있어서 개인의 취향이나 가치관은 연구 결과에 영향을 미칠 수 없다는 것이다.

나아가 이들은 과학적 지식은 그 자체로 좋은 것도 아니고 나쁜 것도 아니라고 생각한다. 단지 그것을 사용하는 사람에 따라 선한 목적으로 사용될 수도 있고 악한 목적으로 사용될 수도 있을 뿐이라는 것이다.

'교과서'라는 서술의 특징상, 이 글은 지금 어떤 지식을 냉정하고 객관적인 시선으로 바라보고 있다. 따라서 곧 비판을 예고하고 있고 실제로도 그렇다. 그러나 전반적으로 볼 때, 교과서의 기술은 그 성격상 가치중립적인 기술에 더 큰 비중을 두고 있다.

그러나 사실과 가치는 결코 별개가 아니다. 사물을 관찰하는 과정에는 관찰자의 주관이 개입되고 매개되기 때문이다. 즉, 관찰자가 가지고 있는 사전 지식이나 경험, 또는 가치관에 따라 동일한 대상물을 관찰한 결과는 얼마든지 달라질 수 있다. 과학의 세계가 사실과 가치의 세계를 엄격히 구분하고 가치중립적이고 객관적인 학문이라고 하지만, 사실 과학의 세계만큼 사실과 가치가 깊이 얽히고 가치지향적인 학문도 드물다.

세계지성사에서 하나의 이정표를 제시했다는 평가를 받고 있는 고전, 『과학혁명의 구조』를 쓴 토마스 쿤은 과학도 인간의 여타활동과 유사한 방식에 의해서 변천하는 것이며 ─ 과학의 역사가 혁명의, 패러다임의 변화의 역사였다는 사실이 이를 뒷받침 한다 ─ 통상적으로 과학의 특성이라고 간주되었던 객관적, 논리적, 경험적, 가치중립적 성격들이 타 분야에 견주어볼 때 정도가 더한 것은 사실이나 본질적으로 크게 다를 바가 없다는 진리를 실증적으로 보여줬다는 평가를 받고 있다. 실제로 과학자의 연구과정은 결코 진공상태에서 진행되지도 않고 구체적인 연구 목적을 가진 프로젝트의 성격이 강하고 그런 만큼 과학은 주관적인 학문이 아니라고 말할 수는 없다.

부르주아 언어 또한 이와 다르지 않다. 언어기호는 매우 구체적이고 특수하며 일정한 방향성을 가진 것으로 많은 사람들의 행동패턴이나 사고과정에 크게 영향을 미친다. 언어는 매우 가치 지향적이고 이데올로기적인 기호현상이기 때문이다. 가령, 우리는 왜 남들처럼 아메리카를 '쌀 미米'자를 써서 미국米國이라 하지 않고 '아름다울 미美'자로 곱게 미국美國이라 부르는가. 이는 결국 우리와 미국과의 관계가 진공 상태라는 관념적 사실관계에 있지 않고 엄연히 역사라는 현실적 의미관계에 있기 때문이다. 즉 언어는 결코 가치중립적이지 않다. 언어에는 당대를 살아가는 사람들의 숨결과 시대적 공기, 그리고 무엇보다 이데올로기적인 **때**가 묻어 있기 때문이다. 이런 시대적이고 역사적인 의미관계라는 사실-가치를 무시하고 초시대적이고 초역사적인 관념의, 순수의, 형이상학적인 언어, 즉 명사적 실체로서 하나의 불변의 **형태**form에 소쉬르가 그토록 지대한 학문적 관심을 갖고 있었다는 것은 그대로 그가 '부르주아 언어학자'라는 사실을 보여준다.

중요한 것은 과학과 마찬가지로 이렇게 사실과 가치를 분리시키고 있는 태도가 갖는 의미가 무엇인가라는 점이다. 주관적 가치가 배제된 채 철저히 사실에 입각한 객관적인 인식을 추구하는 태도는 궁극적으로 기존의 사회질서를 옹호하고 정당화한다. 왜냐하면 기존의 사회질서를 옹호하고 정당화하기 위해서는 즉, 어떤 목적을 위해서는 실증적이고 도구적이어야 하고, 그러기 위해서는 그 대상을 살아 있는 대상이 아닌 단순한 사물로, 도구로, 수단으로 보는 **물**物적, 형태적 시선을 가져야만 가능하기 때문이다. 그래야만 죄의식을 갖지 않고 어떤 행위를 마음 놓고 할 수 있다.

포스트모더니즘의 교과서라는 평을 받고 있는 다음 소설을 보자. 『참을 수 없는 존재의 가벼움The unbearable lightness of being』의 주인공 토마스는 존재의 가벼움에 사로잡힌 인물이다. 그가 수많은 여자관계have an affairs 에서 비교적 자유로울 수 있었던 것은 기본적으로 사랑과 연애는 별개라고 생각하고 있기 때문이다. 루비나 또한 마찬가지다. 그러나 '도둑 씹, 번개씹에도 정이 든다'(조정래, 『태백산맥』)고 한 것처럼 사랑과 연애는 결코 100% 분리되었다고 보기 어렵다. 『죄와 벌』에는 "나폴레옹, 그는 청동으로 된 인간인가"라고 반문하는 대목이 있다. 이를테면 이런 것이다. '나(라스코리니코프)는 '범인'과 '비범인'이라는 기준으로 사회정의 차원에서 악을 상징하는 전당포 노파와 함께 있던 리자베타를 죽였다. 그러나 나는 지금 괴로워 미칠 지경이다. 그런데 어찌해서 나폴레옹은 무고한 인간 수십만을 죽이고도 아무렇지 않단 말인가.' 이 대목 또한 인간이 결코 사실과 가치가 분리된 세계에 살 수 없음을 고발하려는, 즉 근대의 가치체계에 대한 도발적 문제제기를 담고 있다. 그러나 사실과 가치가 분리되어 있다고 생각하는 사람들의 정서의 밑바닥에는 기본적으로 사실과 가치는 고정되어 있어서 인식 가능한 하나의 실체화된 형태form라는 관념이 완강하게 뿌리를 박고 있다.

여기서 우리는 근대 음성언어학에서 중요한 자리를 차지하고 있는 음운론의 기본 개념인 **음소**와 형태론의 중심 개념인 **형태소**, 그리고 근대 과학의 핵심개념인 **원소**와의 유사성을 본다. 여기서 우리는 또한 왜 사회적 강자인 부르주아 언어는 고정불변의 언어인 **명사중심적**인 특징을 지니고, 사회적 약자인 대중들의 언어는 유동적인 언어인 **동사중심적**인 특징을 지니는지를 이해할 수 있다. 그것은 무엇보다 전자가 현재의 상황이 영원히 **지속**되기를 바라기 때문이고, 후자는 현재의 상황을 하루빨리 **변화**시켜야 하겠기 때문이다. 그렇다면 이제 우리는 또한 왜 전자가 '범주화'의 세계인 고정되고 굳어진 형태적 **사실**의 세계에 그토록 맹목적으로 집착하고 있는지, 왜 후자가 **기호화**의 세계인 **가치**의 세계에 그렇게도 집요한 관심을 갖고 있는지를 아니, 더 나아가 왜 전자가 **재현**再現, **재생산**再生産의, **모방**摸倣 세계에, 후자가 **재구**再構, **텍스트**織物의, **창조**創造 세계에 각각 큰 의욕을 갖고 있는지 추리, 상상해 낼 수 있다.

이문열의 경우를 보자. 황도경은 그의 대표작 『사람의 아들』을 분석하며, 그의 소설에는

> 명사형 한자어와 추상명사들의 사용이 두드러지고 있고, 또한 이와 함께 '배고픔'·'목마름'·'결핍'·'흐름'과 같이 형용사 형태의 어휘를 **명사화**하는 경향이 두드러짐을 알 수 있다. 술어적 표현을 명사화함으로써 문장은 보다 간결하고 단정한 느낌을 주게 되고 이에 따라 전달하고자 하는 의미는 풀어지기보다는 안으로 응결되고 있는 느낌을 준다. 특히 감정언어들이 명사 형태로 바뀌면서 사물화되거나 대상화될 때, 감정적 차원의 움직임은 인식적·관념적 차원으로 옮겨오게 된다.(강조—인용자)
>
> — 황도경, 『문체로 읽는 소설』, 소명출판

면서 그가 왜 보수적인 작가로 평가되고 있는지 잘 지적하고 있다.

더 구체적인 사례를 보자. 지금은 잘 모르겠지만, 한때 서울 신촌의 현대백화점 지하 매장 입구에는 프란츠 카프카의 다음과 같은 글이 큼직하게 원어로 박혀 있었다.

Anyone who keeps the ability to see beauty never grows old.

미를 분별하는 능력, 심미안을 지닌 사람은 누구든 늙지 않는다.

카프카가 살아서 본다면 아마 기겁했을 일이다. 관료주의와 자본주의의 쇠우리를 비판했던 그 아닌가. 그러나 굳이 마르크스를 언급하지 않더라도 우리는 지금 장 보드리야르의 말처럼, 사물의, 아니 상품의 시대에 살고 있다. 따라서 상품의 소비는 생활이자 그 이상으로 인식되고 있다. 소비는 생활의 일부이자 예술, 가치로 인식되고 있다.

가령, 제15회 **파리 초콜릿 쇼**(사진)에 선보인 화가 마네의 〈**풀밭 위의 점심**〉을 꽈배기 한 작품은 소비와 예술의 매혹적인 결합을 잘 보여준다. 여기서 먼저 떠오르는 생각은 **데자뷰**, 기시감既示感 ⋯⋯ 그렇다. 어

파리 초콜릿 쇼　　　　　　　　　　　　ⓒ 파리, AP 연합뉴스

디서 본 듯한 장면 같다. 하류층에게 기시감은 악몽의 환기일 수 있지만, 상류층에게 기시감은 행복의 확인이다.

이러한 기시감이 노리는 효과는 무엇인가. 상류층이 한가하게 풀밭 위에서 점심을 먹고 유희하는 장면을 스케치한 마네의 그림은 우리를 아늑함과 달콤함의 세계로 안내하고, 우리를 센슈얼하고 영원한 미학적 향수에 빠지게 하며, 에이 XX 늙어버리지 뭐, 일탈의 충동에 이끌리게도 한다.

그렇다면, 우리를 이렇게 아늑함과 달콤함의 세계로 안내하고, 우리를 센슈얼하고 영원한 미학적 향수에 빠지게 하며, 우리를 일탈의 충동에도 이끌리게 하는 기시감의 정체는 무엇인가.

행복은 반복의 기대감이다.

— 밀란 쿤테라, 『참을 수 없는 존재의 가벼움』, 민음사

단지 행복의 세계뿐일까. 결코 그렇지만은 않을 것이다. 그렇다. 그것은 바로 반복이 가져다주는 행복에의 충족감이고 기대감이자 이런 순간이 영원히 지속되기를 바라는 **부르주아의 안도감**安堵感이다. 부르주아에게는 현재의 행복이 영원히 지속되길 바라고 또 바랄 테니까.

그러나 바로 이것이야말로 변화를 부정하는 상류사회의 일반적 취향이자 그들의 가슴 속에 '졸졸졸' 흐르고 있는 계급적 망탈리테이고, 우리를 타락에 빠뜨리고 미끄러지게 하는 치명적 유혹이자 허영심의 실체다. 오래된 장원에서 긴 드레스를 늘어뜨리며 '성주마님'처럼 살고 싶었던, 플로베르가 근사하게 그려 낸 엠마 보바리가 그랬지 않았

던가. 환상의 대가가 그만하면 충분하지 않았던가. 음독자살로 마감하고만 환멸의 보바리가 반면교사이지 않던가,

그런데도 우리는 끊임없이 미끄러진다. 이것이 바로 지배담론의 핵심을 이루는 '재생산' 메커니즘이다. 반복과 변주, 예정 조화된 미래, 이것이 바로 기득권이 영원히 누리고자하는 그들만의 행복이자 불의한 현실에 눈을 감게 하는 신데렐라 상표다. 이에 편승한 소녀시대, 아이돌 가수들을 보자.

> 그대에게 잘 어울릴 공주가 될래요.
>
> — 소녀시대의 〈Ooola-la〉 중에서

그렇지 않은가. 여기, 노동자가 시위하다 쓰러져 피를 흘리건 말건 아름다운 여인의 숨 막히는 정사 신에 빠져있게 하는 것. 저기, 부당한 법률이 국회에서 날치기 되건 말건 어디선가 백마 타고 오는 왕자님이 나타날 거라는 환상의 마약, 죽음의 주사약에 넋이 빠져 들게 하는 것. 그런 그들이 세상을 비트는 — 사실과 가치를 분리하기 — 방법 중의 하나가 바로 부드럽게 말하기, **완곡어법**婉曲語法이다. 가령, 간통은 부적절한 관계이고, 고문은 물리적 설득이며, 이혼은 화해 불가능한 차이이고, 해고는 규모의 적정화이자 노동유연성 또는 구조조정이다. 아웃소싱도 이것 아닌가. 그리고 사유화는 민영화다. 마찬가지로 정글자본주의는 '자유민주주의'로 미화된다.

부르주아 언어는 보바리의 망토처럼 아름답다. 그러나 부르주아의 아름다운 완곡어법은 그 아름다움만큼이나 치명적이다. 진실을 은폐

하기 때문이다. 여기서 진실이 은폐된 사회를 우리는 **닫힌 사회**라 부를 수 있다. 중요한 것은 진실이 은폐된, 다시 말해 거짓 신화가 판치는 닫힌 사회에서는 『동물농장』의 '복서'처럼 많은 사람들이 그 거짓신화에 속아 비극적 삶을 살게 된다는 점이다 ─『동물농장』은 1945년에 조지 오웰이 발표한 풍자우화소설로, 피통치자로 상징되는 근면한 복서(말) 가 통치자의 연금과 안락한 노후라는 미끼에 속아 무한대의 희생을 강요당하다가 부상당하자 치료해준다고 속이고 폐마도살장으로 보낸다는 내용으로, 통치자(나폴레옹)의 허위와 위선을 간접비판하는 정치적 성격이 강한 이야기이다. 그리고 이렇게 기만적인 거짓 신화에 속아서 살 수밖에 없는 사람들은 끝없는 고통과 억울함을 당하면서도 '(독재자) 나폴레옹은 항상 옳다'는 **이중사고**_double thought_에 길들여지게 된다.

마찬가지로 초콜릿은 누드다, 행복이다, 여자다. 변화는 없다. 불안을 가져다주기 때문이다. 담론은 끊임없이 주입된다. 예술의 경지에 이른 소비미학, 허나 이는 부르주아의 신화일 뿐이다. 상류사회의 질서와 문화를 꿈꾸게 하는 거부할 수 없는 충동과 나른한 유혹, …… 아, XX, 나도 거기에 동참하고 싶다.

그러나 바로 거기, 거부하기 힘든 하얀 엉덩이 살, 욕망의 비곗덩어리, 아름다운 장미 언덕에, 백색 신화의 가면 속에, 악마의 계산서, 죽음의 올가미가 예비 되어 있다.

자, 이쯤 되면 정리가 필요하다. 자본주의 사회에서 모든 것은 상품으로서의 특정한 의미를 갖는다. 모든 것은 사용가치를 넘어서 교환가치의 대상, 즉 동일한 가치를 지닌 그 무엇으로 팔아야 하고, 팔려야만

하는 불가피한 운명을 지니고 있다. 바로 여기에 오늘날 우리 문화가 처한 '갈보적' 성격이 있다.

좀 있어 보이는 속물적 인간들이 벌이고 있는 이 유치찬란한 코스프레는 대체 무엇인가. **재생산, 재현은 기득권 유지의 전략적 수단이다.** 나도 1% 상류사회의 일원이 될 수 있다고 끊임없이 환상을 불어넣고, 대중들을 섹스, 판타지 등 신비주의와 일탈逸脫의 늪에 빠뜨리는 것은 그들의 중요한 지배전략 중의 하나다. 성형, 의약, 건강 산업을 움켜쥔 지배자본의 다이어트라는 욕망의 서사, 외모지상주의라는 행복의 서사도 마찬가지다. 모두 죽음의 서사, 환멸의 서사이다.

우리는 지금 그 어느 때보다 말이 말을 집어삼키는 언어전쟁, 거짓이 진실을 분칠하는 문화전쟁의 시대, **이미지**라는 가면과의 전쟁 시대에 살고 있다.

이런 일련의 사실들은 왜 전자가 사실에 집착하는 한편 개념적 어휘들을 구사하거나 **완곡어법**婉曲語法을 써서 진실을 은폐하려고 드는지, 왜 후자가 형상적 언어를 동원하여 거짓신화를 까발리고, **위악어법**僞惡語法을 이용하여 감정을 노골적으로 드러내려는지 설명하는 유용한 코드를 제공한다.

하나의 예로, 비록 정치적으로 왕당파이고 보수적인 그였지만 프랑스 상류사회의 이면을 어느 경제학자보다도 더 진실하게 그렸다고 해서 엥겔스로부터 **리얼리즘의 진정한 승리**라는 평가를 받은 발자크의 경우를 보자.

부르주아 사회에 진입하기를 염원하여 사교계에 진출하려는 법과

대학생 **라스티냑**에게 사교계의 여왕 보세앙 부인은 나지막한 소리로
다음과 같이 충고하기를 잊지 않는다.

> 성공하기를 원하면 그처럼, 우선 그처럼 감정을 노골적으로 드러내지 마
> 세요.
>
> — 발자크, 『고리오 영감』, 서울대 출판부

이는 상류사회의 언어예법이자 부르주아식 완곡어법에 대한 훌륭
한 예이거니와 다음 대중들의 위악어법과 상반된 짝을 이룬다.

> 밥그릇을 빼앗긴지 1년이 되었습니다.
> 그동안 놀고먹지는 않았습니다
> 벽보와 풀통을 들고 거리를 헤매기는 했습니다만
> 입에 풀칠하기 위한 일은 아니었습니다.
> 빼앗겨 본 적이 있는 사람은
> 빼앗은 사람의 이름과 성격을
> 머리끝까지 새겨두고 살아갑니다
> 내 직업은 그들을 감시하는 것입니다.
>
> — 안도현, 「밥」

여기서 시인은 보세앙 부인이라면 감정을 드러내지 않고 '구조 조정'
또는 '노동 유연성'이라는 완곡한 개념을 구사하여, 말과 사물을 분리하
고, 사실과 가치를 구분하여 무표정하게 말할 것을 굳이 '밥그릇을 빼

앗겼다'고 표현하고 있다. 그러나 '구조조정'이라는 말과 '밥그릇을 빼앗겼다'는 사물 사이에는 물과 기름처럼 건널 수 없는 계급적 인식의 띠가 가로놓여 있다. 또한 '구조조정'이라는 말을 가치중립적 사실로 받아들이는 경영자의 사고에 양심의 가책이라는 가치는 없다. 사실의 세계로 보기 때문이다. 그러나 '밥그릇을 빼앗겼다'하고 표현하면 문제가 달라진다. 생존의 문제는 곧 가치의 문제로 육박해 오기 때문이다.

프랑스의 사회학자 피에르 부르디외는,

> 사회적 정체성은 차이를 통해 규정되고 확인된다
>
> — 부르디외, 『구별짓기』, 새물결

는 기본 전제 아래 다양한 자료를 검토하면서 기본적으로 **사회적 위계의 상층으로 올라갈수록 촌평**寸評**은 점점 더 추상적으로 되어 간다고** 상류 사회의 문화와 취향을 훌륭하게 설명해 내고 있다.

다음 사례는 이와 관련하여 매우 주목할 대목이다. 마르크스는 『자본』에서 1863년 영국 런던에서 과도 노동에 시달리다 사망한 메리 앤 워클리의 '충격적인' 기사를 소개하면서, 계급적 인식에 있어서의 언어의 중요성을 날카롭게 지적하고 있다.

메리 앤 워클리는 금요일에 앓아 누워 마지막 일을 끝마치지 못하고 일요일에 죽었다. 뒤늦게 죽음의 침상에 불려온 의사 키르는 '검시 배심원' 앞에서 **솔직한 말**로 다음과 같이 증언하였다.

"메리 앤 워클리는 과포화 상태의 작업실에서의 장시간 노동과 너무 좁고 환기가 나쁜 침실 때문에 죽은 것이다.”

　그런데 ‘검시배심원’은 이 의사에게 **예의범절을 가르치기 위해** 다음과 같이 설명하였다.

　“사망자는 졸도 때문에 죽은 것이지만, 그 사망 원인이 과포화 상태의 작업장에서의 과도 노동 등으로 촉진되었다고 할 수도 있다.”(강조―인용자)

여기서 우리는 다시 대중언어와 부르주아 언어의 위계를 실감한다. 우선, 의사는 대상을 ‘실명實名’으로 부르고 있는데 비해, 배심원은 대상자를 ‘사망자’라 부르며 애써 이성적인 거리를 두고 있다. 이는 현실에서 거리를 두고자 하는 부르주아의 심리를 잘 드러내고 있는 표지다. 또한 사망원인에 있어서도, 의사는 객관적인 사실을 토대로 사회적 책임을 묻고 있음에 비해, 배심원은 개인 책임(졸도)으로 돌리면서 책임을 회피하려고 획책한다. 죽음을 앞에 놓고 벌어진 ‘아’ 다르고 ‘어’ 다른 이 충격적인 현실인식에 실로 저자는 기가 막힌다. 중요한 것은 이렇게 보세앙 부인, 배심원 등 **부르주아 계층의 언어유희를 통한 진실 왜곡**―여기서 언어는 하나의 자의적인 ‘형태’에 불과하다는 소쉬르의 언어이론을 떠올려 보자―이 현실에서 **지배담론을** 형성하면서 더욱 큰 영향력을 행사하고 있다는 점이다.

　정리하자면, 부르주아 언어가 **단절**의 성격을 띠고 있다면, 대중들의 언어는 **매개**의 성격을 보여주고 있다. 그러나 언어는 진공상태에 있는 기호가 아니다. 따라서 이런 언어로 표현된 사실과 가치 역시 현실적이고 매개적이다.

3장
개념과 진실

개념은 과잉 결정된 지식의 덩어리다

어느 선생님의 소개로 베른하르트 슐링크의 『더 리더 *The reader*』(사진)

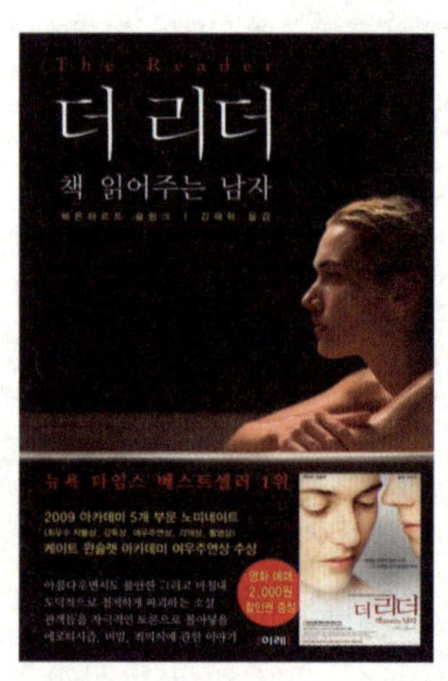

를 읽어보았다. 가독성이 뛰어나고 군더더기도 없었다. 그렇다고 가벼운 소설은 아니었다. 금단의 사랑이라는, 일탈의 매혹과 달콤함을 주는 가벼운 내용이 실은 역사라는, 유대인 대학살이라는 무거운 역사와 짝을 이루면서 얽혀 있기 때문이었다. 새털처럼 가벼운 충동은 이내 무거운 납처럼 가라앉았다.

　항상 느끼는 일이지만 시든, 소설이든, 영화든 그 무엇이든 궁극적으로 **그것**이 먼저 알고 싶어진다. 이를 흔히 **메시지**라고 한다. 저자도 이 소설을 읽으면서 제목의 의미와 더불어

도대체 무슨 얘기인지, 메시지가 뭔지 '그것'이 궁금했다. 물론 그것은 사람마다 다를 것이다. **수용이론**에 따르면 작가보다는 독자를 중시하는 경향이 대세이다. 이를 근거삼아 저자의 감상을 얘기해보자.

메시지는 대개 제목에 녹아 있다. 이 책을 다 읽은 지금, 『**더 리더**』, 제목이 멋지다. 여기서 책 읽어주는 남자 미하일(나)은 법제사 연구학자로, 한때 여주인공 한나와 애인관계였던 일인칭 서술자로 등장한다. 매력적이고 달콤한 한나는, 그러나 **문맹**文盲이다. 이것은 결코 간단치 않고 우연도 아니다. 작가의 구성적 치밀성과 철학적 인식을 드러내는 소설적 장치임에 틀림없다. '나'의 애인인 한나는 한때 전차 안내원이었다가 진급도 뿌리치고 나치 감시원이 된다. 문맹이었기 때문이다.

그러나 감시원이 되어 많은 사람을 죽게 하는데 동참했던 한나의 행위는 이 소설 속에서 맹목적인 행위를 암시하고, 그 맹목적 행동은 바로 문맹에서 비롯되고 있음을 시사하고 있다. 따라서 문자로 쓰여진 책은 문명을 상징한다고 볼 수 있다.

다시 앞으로 가서 작가가 말하고자 하는 '그것'은 무엇일까 생각해보았다. 저자는 그것을 199쪽에서 찾아냈다.

문맹은 미성년 상태를 의미한다.

작가는 이 소설을 통해 한나의 맹목적 행위가, 독일인의 유대인 대학살이, 책을 읽지 못하는, 문명 이전의, 몽매의, 야만성에서 비롯되고 있음을, 바로 문맹인 한나의 맹목적 행위를 통해서 보여주려고 했던 것은 아닐까. 한나는 항상 문맹에서 벗어나야 한다는 문자강박을 갖고 있는 여자다. 그러니 미하일과 만나 사랑을 나누는 행위도 그녀에게는 부수적이다.

Reading first, sex afterwards.
책 읽기 먼저, 사랑은 그 다음.

그렇다면 여기서 책을 읽는다는 것이, 문맹에서 문명의 상태로 바뀐다는 것이 과연 어떤 의미일까 한번 생각해보지 않을 수 없다. 문자 이전, 곧 야만의 상태에서는 왜 잔인한 일들이 끊이지 않는 것일까. 이는 곧 문자를 안다는 것이 어떤 의미인가를 밝혀야 함을 주문한다.

문자, 언어는 사물을, 세계를 인식하는 개념 도구다. 이러한 도구 언어인 문자를 배우면서, 다시 말해, 개념적 언어로 사물을 인식하는 과정을 통해 우리는 점차 지식의, 분별의, 가치의, 평가의 세계로 진입하게 되는 것이다. 한마디로 문자로 쓰여 진 글은 가치판단을 돕는다. 이런 가치 판단의 성격을 띠고 있는 개념적 언어세계를 상실할 때, 칸트의 말대로 **개념 없는 감각은 맹목**이 되는 것이다.

가치판단은 '무엇은 무엇이다'의 명제로 된 가치평가의 세계를 이룬다. 이러한 가치평가는 '전화선은 기본시설이다', '강아지는 엄연한 하나의 생명이다'처럼 비교 우위적 평가를 통해 정당한 행위를 위한 자각적 행위의 필수요건이다. 다시 말하면 개념은 반성적 사고를 형성시키고 정당한 행위의 모태를 이룬다.

가령, 다음 세 사람이 주고받는 대화를 보자.

갑 : 내 가치관이 뭐냐구? 나는 말이야, 사람은 무엇보다도 먼저 **성실**해야 된다고 생각해. 주위를 잘 살펴봐. 남보다 부지런하고 공부도 열심히 하는 사람이 결국엔 성공하잖아.

을 : 물론 네 말에도 일리는 있어. 너 요즘 TV도 못 봤어? 한때 열심히 살아서 성공했다고 떵떵거리고 기세 좋던 사람들이 부정부패 사건으로 줄줄이 감옥에 가고 있잖아. 얼마나 한심하냐구. 그러니 나는 뭐 어쩌구 해도 **정직**이 제일이라고 생각해.

병 : 내 보기엔 갑도 을도 다 틀렸어. 한번 보라구. 을의 말에 따르면 성실하지만 정직하지 못하면 감옥에 갈테구. 또 그렇다구 갑의 말대로 성실하지 못하면 성공할 수도 없잖아. 그러니까 나는 말이야 이렇게 말 할 수 있어. 사람은 그 무엇보다도 성실하면서 정직해야 한다고 말이야. 알겠지.

여기서 '성실'과 '정직'의 개념을 서로 모른다고 가정해보라. 대화 자체가 불가능해 질 것이다. 이렇게 문자언어습득을 통한 가치판단은 소통을 넘어 정당한 행위의 필수적 과정이자 근거가 된다. 그러니 이렇게 중요한 가치판단 과정이 결여된 행동이 그대로 맹목이 될 수밖에. 이렇게 아무런 의식과 판단 없이 많은 사람을 죽게 하는데 맹목적으로 동참한 한나의 행위는 그래서 문명의 야만을 상징하는 것이고, 유대인 학살을 증거하는 철학적 근거가 되는 것이다. 바로 여기에 책 읽어주는 남자의, '나'의 행위가 갖는 역사철학적 의미가 자리하고 있는 것이다. 그녀는 독일인이고 더구나 나와 결코 무관한 여자가 아니기 때문이다.

자, 여기까지 보면 지식(문자)은 한마디로 이롭다는 얘기다.

그러나 지식이 과연 이롭기만한가. 지식의 폐해 또한 심각하지 않은가.

앞에서 본 것처럼 이 세계는 **사실**과 **가치**로 가득 찬 기호의 세계다. 가령, 여기 '장미' 한 송이가 있다고 치자. 이는 분명 사실의, 존재의 세계를 나타내는 표지임에 틀림없다. 사실 여부는 감각으로 확인 가능한 진위의 세계를 이룬다. 이에 대해 사전에서는 '장미과의 낙엽 관목'이라는 자의적이고 사회적인 약속체계, 즉 규범화된 언어꼴form을 써서 '장미'라고 부르고 있다. 이런 규범화된 언어, 표준어가 하나의 개념으로서 인식과 지식의 근간을 형성하며 일상현실을 규율하는 게 문명사회의 질서다. 이렇게 어떤 사물을 하나의 개념화된 언어로 분류하고 인식하는 과정을 우리는 대개 **범주화**categorization라고 한다.

대상세계 → 언어(범주화) → 인간세계

범주화, 그러니까 어떤 대상을 **카테고리중심적**으로 사고하는 것은 현대 언어생활의 기본이다. 월터 J. 옹의 『구술문화와 문자문화』(사진)에 따르면, 인간이 고대 구술문화의 **상황중심적**인 삶의 방식에서 **카테고리중심적**인 삶을 살게 된 것은 근대의 문자문화의 소산이라고 한다. 가령, 루리아라는 이름의 언어학자가 1917년 혁명 직후 러시아에 아직 문자문화를 모르는 농촌공동체를 찾아가 경험했다는 흥미 있는 얘기를 들어보자. 아직 구술문화 단계에 있는 농민의 사고방식은 문자문화에 속한 이들의 것과는 주목할 만한 차이를 보였다.

우선, 사물을 **정의**定義하는 것이 구술문화에서
는 굳이 필요하지 않았다. '나무'가 무엇인지 설
명해보라고 요구하자, 그들은 이렇게 대꾸했다
고 한다. "어째서 그래야 하죠? 나무가 어떤 것인
지는 누구나 알고 있거든요. 누구도 나한테서 그
런 설명을 듣지 않아도 되거든요." 나무를 두 단
어로 '정의'해 보라고 요구하자, 그들은 이런 식
으로 반응했다고 한다. "두 단어로요? 에, 사과나
무·느릅나무·포플러나무가 되려나?"

이런 사실은 구술문화에 속하는 사람들은 **추상**抽象의 능력이 매우 떨
어진다는 점을 암시한다. 예를 들어 해머·톱·나무·손도끼 등을 보
여주며 공통점을 말하라고 했더니, 그 마을의 사람들은 '연장'의 개념
을 떠올리지 못했다. 대신에 이런 식으로 대꾸했다고 한다. "톱은 나무
를 썰고, 손도끼는 통나무를 가르죠. 굳이 내게 어느 한쪽을 버리라고
하면, 손도끼가 될까? 톱은 여러 일을 할 수 있으니까."

추상 능력이 떨어지니 **추론**推論 능력이 부족한 것은 당연하다. 우리
의 삼단논법의 형식논리도 그들에게는 낯선 사고였다. "눈이 있는 북
극지방에 사는 곰은 모두 흰 빛깔을 하고 있습니다. 노바야젬블라는
북극지방에 있으며, 거기에는 늘 눈이 있습니다. 그러면 거기에 있는
곰은 어떤 색깔을 하고 있습니까?" 이렇게 묻자, 농민들은 "글쎄, 잘 모
르겠는데 …… 까만 곰이라면 본 일이 있습니다만, 다른 빛깔을 한 것
은 본 일이 없거든요"라고 대답했다고 한다.

추론능력의 부재는 또한 **분석**分析 능력을 떨어뜨렸다. "당신은 어떤

사람입니까?"라는 질문에 그들은 인격을 기술하는 대신 자신의 신상에 관한 애기를 늘어놓았다. "나는 우츠그루간 출신이죠. 무척 가난했고 지금은 결혼해서 자식도 있어요." 지금의 자신의 모습에 만족하냐는 질문에는 구체적인, 너무나 구체적인 대답을 내놓았다. "땅이 좀 더 있어 보리농사를 지었으면 좋겠어요."

분석능력의 결여는 결국 **반성**反省 능력, **평가**評價 능력의 결여로 나타났다. 자기가 자기 자신을 돌아보는 것을 철학에서는 흔히 **반성**이라 부른다. 반성적 사유 역시 구술문화에는 낯선 것이었다. 가령 "당신의 성격은 어떻습니까?"라는 물음에 농민들은 황당하다는 반응을 보였다. "자기의 성격은 이렇다고, 다른 사람에게 말할 수 있다고 생각합니까? 딴 사람에게 물어보십시오. 그들이라면 나에 관한 것을 당신에게 여러 가지로 말해줄 것이니까요." 자신을 평가하는 데도 익숙하지 않았다. "여러 가지 사람이 있지요. 침착한 사람, 화를 잘 내는 사람 등. 당신은 자신이 어떤 사람이라고 생각합니까?" 그러자 화를 벌컥 내며 말했다. "우리는 똑바로 하고 있어요."

이와 반대로 문자문화에 익숙한 사람들은 생활경험에서 일정한 거리를 두고 지식을 **구조화**構造化한다. 철학이 모든 학문 활동의 기반으로, 그 모선母船 역할에 중요한 의의가 있다면, 그런 역할을 가능케 하는 힘은 바로 현실에 대한 **성찰적 거리두기**다. 현실에서 한 발 뒤로 물러나 그 물리적 현상 세계 너머를 개괄적으로 보게 하는 사유의 '긴 막대' 같은 역할을 하는 것이 바로 철학이기 때문이다.

글쓰기 또한 마찬가지다. 철학이 모든 학문 활동의 기반으로, 그 모선 역할을 수행한다면, 글쓰기는 모든 정신활동의 기초로, 그 모태母胎 역할을 수행한다. 이때, 그 역할을 수행케 하는 힘이 바로 개념적 범주로, 카테고리 중심적으로 사고하기다. 현실에서 한 발 뒤로 물러나서 보면 현실은 어느새 저편으로 물러나 있고, 물러나 있는 현실과 나 사이에 새로운 개념의 **지평**地坪이 열리기 시작한다.

> 농경은 인간의 사유 능력에서 매우 중요한 의미를 갖는다. 고도의 추상 능력을 요구하기 때문이다. 아마도 자연 현상에 대한 최초의 추상은 '사계절의 순환'이라는 개념이었을 것이다. 농경은 인간이 이미 변화무쌍한 현상들 속에서 어떤 '운행 질서'를 발견했음을 의미한다. 즉 그들은 이미 변덕스럽고 혼란스런 자연 현상에 사계절이라는 '도식'으로 질서를 부여할 수 있게 된 것이다. 사계절이란 개념이 없다고 생각해 보라. 눈, 비, 더위, 서리, 가뭄, 우박, 태풍, 홍수 등 시시각각 눈앞에서 펼쳐지는 자연 현상은 혼란스럽기 짝이 없을 것이다. 이 현상들이 수천, 수만 번 반복되고 교차하는 가운데, 점차 그들은 이 현상의 파노라마 속에 어떤 공통성이 있음을 깨닫고, 거기서 '사계절의 순환'이라는 '개념'을 뽑아냈다.
>
> — 진중권, 『미학 오디세이』1, 휴머니스트

이렇게 **개념**槪念은 어떤 사물이나 현상, 느낌 또는 생각 등을 귀납적으로 일반화한 지식이다. 우리는 이런 귀납적 지식을 통해, 다시 말해, 개념화된 언어를 통해 세계를 인식하고, 반성적 성찰을 할 수 있게 됨으로써 동물과 자신을 분리시켰다. 나아가 개념적으로 터득한 지식을 통해 자연을 개괄함으로써 인간은 지구촌의 주인이 되었다. 인간은 생각하는 동물이라고 했을 때, 이는 결국 인간은 개념적으로 사고하고 글을 쓸 수 있다는 것을 의미한다. 그리하여 마르크스는 『경제학-철학 수고』에서,

> 인간은 대상적 세계의 가공에서 비로소 자신을 현실적인 하나의 유적類的 존재로서 확인한다.

라고 말한 바 있다. 여기서 말하는 **유적類的 존재**라 함은 자유롭고 창의적으로 노동하고 생산하는 특성을 소유한 인간을 지칭한다.

그렇다면 언어를 통해 사물을 개념적이고 범주적으로 인식한다는 것이 무엇을 가리키는가 생각해 보자. 문자, 언어는 무엇인가. 사물을, 세계를 인식하는 도구 아닌가. 이러한 도구 언어인 문자를 배우면서, 다시 말해, 개념적 언어로 사물을 인식하는 과정을 통해 우리는 점차 지식의, 분별의, 가치의, 평가의 세계로 진입하게 되는 것이다. 한마디로 글은 가치판단을 돕는다. 이러한 가치평가는 자각적 행위의 필수요건이다.

> 독버섯은 독을 품은 버섯이다. 따라서 식용하면 안 된다.

다시 말해 개념은 반성적 사고를 형성시키고 정당한 행위의 모태를 이룬다. 이렇게 언어를 통한 개념화, 범주화는 의미의, 차이의 경계를 이룬다. 이에 언어세계가 이해와 지식의 근간을 형성하는 기초로서 의미의 경계를 이루고 판단의 근거가 되는 것이다. 곧 우리는 한시도 개

념을 통한 범주적인 사고를 떠나서 살 수 없다. 그래서 칸트는, "**나는 범주 없이는 아무 것도 사고할 수 없다**"(『실천이성비판』)고 까지 언급하고 있을 정도다.

그러나 우리의 일상은 이런 일차적인 범주화의 울타리에만 갇혀 있는 영역이 아니다. 우리 일상에선 장미가 단순한 관목灌木으로, 원예작물만으로 인식되지 않는다. 저마다의 입장과 상황에 따라 장미는 얼마든지 새로운 의미를 부여받을 수 있다. 즉, 장미는 누군가에게는 원예작물로 하나의 생계의 수단일 수 있지만 저마다의 삶 속에서 장미는 또한 '사랑', '순결', '슬픔', '죽음', '재생', '소중함', '진리' 등 문맥에 따라 다양한 상징적 의미 설정, 즉 **약호맺기**encoding와 **약호풀기**decoding라는 기호놀이의 대상이 될 수 있다.

이왕 장미 얘기가 나왔으니, 그 유명한 움베르토 에코의 『장미의 이름』(사진)을 떠올려보자. 에코는 워낙 오지랖이 넓은 이태리의 다재다능한 지식인이자 재기발랄한 기호학자이며, 매혹적인 소설가다. 그는 과연 기호학자답게 『장미의 이름』이라는 참으로 묘하고 매력적인 제목을 달아 놓았다. 도대체 '장미의 이름'이란 무슨 의미일까.

잘 알다시피 그의 출세작 『장미의 이름』은 14세기 초반 이탈리아 북부 외딴 수도원에서 일어난 의문의 연쇄 살인 사건과 이를 파헤치는 과정, 그리고 수도원 안팎에 사는 인간 군상의 모습을 통해 중세 말기의 사회적 모순을 형상화한 문제적 소설이다. 여기서 이탈리아 북부와 수도원, 그리고 일련의 살인사건은 '웃음'과 함께 이 작품을 이해하는 데 매우 중요한 상징코드다.

이탈리아 북부 도시는 근대 르네상스가 발흥한 상업도시다. 밀라노, 피렌체, 베네치아 등 이탈리아 북부 도시는 경제주도권이 네덜란드, 스페인, 영국으로 넘어가기 전까지 당시의 가장 주요한 동서 중계무역의 요충지였다.

베네치아의 상업은 유럽의 모든 지방에 미쳤다.

— 아담 스미스, 『국부론』

이태리 북부도시가 이런 중계무역으로 재미를 보자 먼저 포르투갈 사람들의 탐욕을 부추겼다. 이를 통해 인도를 발견하는 직선항로가 개척되자 누구나 인도로 가고자 했다pivot to India. 이렇게 해서 너도나도 황금을 찾아 떠도는 『대항해시대』(주경철)가 열렸음은 누구나 다 아는 역사적 상식이다.

교과서는 이태리인 콜럼버스가 대서양을 가로질러 새로운 인도, 아메리카를 **발견**했다고 기술하고 있다. 그래서 우리는 오늘날 아메리카 원주민을 '인디안' 또는 '인디오'라 부르고 또한 그곳을 '라틴 아메리카'라 부른다.

엄격하게 생각해보자. 콜럼버스가 아메리카 신대륙을 처음 '발견'하였다고 하나 그가 발견한 곳에는 분명히 원주민이 살고 있었다. 발견은 아무도 살지 않은 곳을 최초로 보았다는 의미다. 그렇다면 콜럼버스에게 있어 원주민은 사람이 아닌가. 과연 그에게 있어 원주민은 사람이 아니었던가 보다. 그가 원주민을 금채굴에 혹사시키고 수십만의 원주민들을 죽음으로 몰아넣자 그를 재정적으로 지원한 스페인 여왕마저 "이 사람아, 그만 좀 죽이게"라고 했다지 않은가.

우리가 알고 있는 '인디안', '인디오'라는 단어를 좀 보자. 이 단어에는 인도인이라는, 요즘말로 '대박'을 가져다 줄 지역에 사는 사람들이라는 인식이 깔려 있는 근대의 언어다. '라틴 아메리카'라는 말도 마찬가지다. 라틴족의 후예인 포르투갈, 스페인, 이태리 식민지라는 인식이 작동하고 있는 이 단어에 대해 정작 라틴아메리카 사람들이 반발하고 있는 이유가 여기에 있다. 강요된 이름이기 때문이다.

아무튼 셰익스피어의 『**베니스의 상인**』의 무대가 바로 이태리의 베네치아 — 베니스 영화제가 열리는 그 유명한 '베니스'는 베네치아의 영어식 이름이다 — 라는 사실은 베네치아가 매우 번성한 무역도시였음을 말해준다.

이런 곳에서 중세의 권력을 상징하는 수도원의 운명은 결국 불에 탈 수밖에 없음을 예고한다. — 근대 프랑스 혁명 과정에서도 중세 지배 권력의 상징인 수도원과 성당이 가장 먼저 공격당했음을 상기해보자 — 그 과정에 일련의 살인사건이 끼어든다. 수도원에 어떤 비밀이 있고 누군가 그 비밀을 훔쳐보고 싶어 했기 때문이다.

수도원에 숨겨진 비밀은 아리스토텔레스가 썼을 것이라고 믿어지는 **희극**에 대한 문서다. 왜 희극인가. 희극은 웃음이다. 웃음은 근엄과 엄숙과 두려움을 무장 해제시킨다. 권력자가 희극을 두려워하고 비극을 좋아하는 이유가 바로 여기에 있다. 그러니 그 희극론은 만인이 알고 싶어 하는 비밀의 문서이고, 그럴 때마다 그는 죽음을 맞을 수밖에 없는 것 — 그 책은 아무도 접근하지 못하게 독을 발라 놓았다 — 다시 말해 문서와 죽음과의 연관에 놓인 비밀이 바로 에코가 말하고자 하는 어떤 메시지가 될 것이다.

　근대 기호학의 태두인 소쉬르를 계승한 에코에게 있어 고중세적 사고를 대변하는 아리스토텔레스는 비판의 대상이 될 수밖에 없었다. 과연 아리스토텔레스의 『시학』은 비극을 서술한 문예이론서 아닌가. 아리스토텔레스가 사자새끼 같은 어린 왕자 알렉산더의 멘토였다는 사실도 첨가해두자. 자, 그렇다면 우리는 이제 비로소 저 어두침침한 중세의 하늘 아래 있었던 비밀이 무엇인지 짐작할 수 있을 것이다. 그것은 바로 웃음이 진리를 까발린다는 것이다. 민중적 웃음과 풍자를 통해 — 풍자와 웃음은 바흐친 문예 미학의 핵심 개념이자 민중들의 전유물이다 — 지배 권력의 권위적인 가면 속에 숨은 맨얼굴을 드러내고 진실을 벗기게 하는데 희극이 중요한 역할을 할 수 있다는 것이다. 그리하여 우리는 이 소설의 막바지에서 평소에도 수도사는 웃으면 안 된다A monk should not laugh며 경계를 게을리 하지 않던 호르헤 신부가,

　　웃음은 죄악이다. 인간이 웃음을 알게 되면 두려움을 잊어버린다. 두려움을 잃게 되면 더 이상 신을 찾지 않을 것

이라며 들고 있던 책을 뜯어 삼키고 도서관에 불을 지르게 되는 장면과 마주하게 된다. 문제의 책은 바로 아리스토텔레스의 저서라고 일컬어진 '희극론'이었다.

　그러면 이제 다시 제목으로 돌아와서 대체 『장미의 이름』은 무엇인

가가 궁금해진다. 제목은 전체내용을 압축한 것이다. 따라서 우리는 이 작품을 통해 작가가 말하고자 한 메시지가 무엇인지 알 수 있다. **진리는 다만 이름일 뿐이지 실체가 아니다.** 고중세 사회와 지배 권력자들에게 말씀이 곧 생명이자 길이자 진리인 것처럼, '이름은 곧 절대 진리'라는 것은 사실 가짜, 거짓신화에 불과하다는 것이다.

중요한 것은 이것이 개념적 범주와 어떻게 연관되는 것인가이다. 우리는 대개 언어로 표현된 것이 실제로 있는 것인 양 언어를 실체화하는 함정에 빠지곤 한다. 그러나, 실제 '잡초'가 없는 것처럼 언어와 실체, 말과 삶은 일치하지 않을 경우가 더 많다. '마녀'도 마찬가지다. 그러나 말과 사물이, 언어와 실체가 일치했던 역사적 시기가 바로 고중세였고, 이를 대변하는 철학자가 바로 아리스토텔레스였던 것이다. 여기서 우리는 왜 그가 플라톤과 함께 지배철학의 비조鼻祖가 되었는지 짐작할 수 있다.

그러나 근대에 오면 사정이 다르다. 근대 언어학의 아버지 소쉬르는 당장에 "언어는 형태이지 실체가 아니다language is a form not a substance"라고 선언한다. 그동안 진리라고 떠받들어져 왔던 권위적인 언어가 — 요한복음 1장을 다시 떠올려 보라. 태초에 말씀이 있었다고 하지 않는가 — 사실은 하나의 자의적인, 그러니까 힘센 놈들이 제멋대로 만들어 놓은 가짜기호라는 사실을 천명하고 있는 것이다. 다시 말해 말과 사물 간의 그 미신적인 융합에 일대 쐐기를 박은 것이나 다름없는 표현이 바로 이 소쉬르의 근대 선언인 셈이다. 그러니 진리는 다만 이름일 뿐이다. 이런 메시지를 그는 기호학자답게 약호code를 부여해서 '장미'라고 한 것이다. 즉 여기서 장미는 '진리'를 달리 말하는 기호다.

〈피레네의 성〉　　　ⓒ 르네 마그리트

그러나, 언어 기호의 세계가 반드시 새로운 가치를 창조하는 것만은 아니다. 오히려 그 반대의 경우도 허다하다. 언어 기호는 현실에서 과잉 해석되거나 진실을 은폐할 경우가 더 많다. 르네 마그리트의 〈**피레네의 성**〉(사진)를 보자. 얼핏 보기에도 충격적인 이미지로 다가오는 이 그림은 우리가 알고 있는 어떤 지식의 근거가 매우 허약할 뿐 아니라 그 지식이 사실은 허구일 수 있음을 잘 보여준다. 여기서 **성**城은 인류가 쌓아올린 문명이자 근대적 지식체계를 상징한다 ─ 그가 현실주의를 비판한 초현실주의 화가임을 떠올려보자 ─ **바위**는 그 지식체계가 매우 견고한 성질의 것임을 암시한다.

그러나 이렇게 견고한 지식체계도 사실은 **허공**에 떠 있는 지구처럼 그렇게 믿을 만한 것이 될 수 없음을 이 그림은 암시한다. 그리고 **바다**는 도저한 깊이를 지닌 진리계를 상징한다고 볼 수 있다. 이런 사실은 결과적으로 우리가 터득하고 있는 근대의 지적 체계인 개념들이 그렇게 신뢰할만한 성질의 것이 아니라는 점을 시사해준다. 따라서 우리는 일상적으로 행해지고 있는 **발화**發話들을 다시 검토할 필요성을 가진다. 일상적으로 행해지는 발화에 거짓의 옷을 두른 개념들이 즐비櫛比하기 때문이다.

이순신의 경우를 보자. 많은 사람들은 이순신 장군이 가난한 집안 출신으로 갖은 난관을 딛고 일어선 신화적, 영웅적 인물로 보고 있다. 즉 이순신은 그동안 조부 때부터 가세가 기울고 가정 형편이 매우 빈약하여 모친이 삯바느질을 하는 등 매우 빈한한 환경에서 자라났음에도 불구하고 바람 앞의 등불 같던 나라를 구한 영웅이 되었다고 너나없이 칭송하기를 마다하지 않는다.

그러나 이런 통설과는 달리 그는 상당히 안정된 경제적 기반을 갖춘 양반 사대부 집안 출신이었음이 최근 밝혀지고 있다. 이민웅 해군사관학교 교수의 고찰에 따르면, 충무공의 집안은 유서 깊은 문반 가문으로 그의 현조부 변은 외교전문가로 세종대 이후 50년간 관직에 있으면서 가세를 일으켰고, 증조부 지 또한 연산군의 스승으로 20년 동안 관직에 있었으며, 한때 조부 백록이 조광조와 뜻을 같이 하다 참화를 겪었지만 그렇다고 가세가 기울지는 않았고, 부친 정 또한 벼슬을 하지는 않았지만 경제적 몰락을 의미할 정도는 아니었다고 한다. 무엇보다 그는 모친으로부터 외거노비와 가옥, 토지를 증여받았다는 구체적인 기록이 있다. 이처럼 충무공에게는 선대로부터 물려받은 양반사대부로서의 경제적 기반이 존재했다. 이런 경제적 기반을 바탕으로 그는 자연스럽게 문무겸전의 소양을 쌓을 수 있었고 ― 그는 문과에 응시했다 떨어져 무과에 급제했다 ― 점차 역사의 무대에 등장하게 되었던 것이지 아무런 뿌리 없이 불쑥 솟아난 영웅적 존재가 아니다.

12척 신화도 마찬가지다. 1597년 9월 명량 해전 당시, 삼도수군통제사 이순신이 이끄는 조선수군은 겨우 12척의 배로 133척을 거느린 왜군에 맞서 대승을 거뒀다고 알려져 왔다. 그러나 이 역시 사실과는 다름이 밝혀지고 있다. 최근 난중일기 전문가인 노승석 여해고전연구소장이 오익창의 『사호집』을 통해 밝힌 내용에 따르면 ― 물론 자신의

문집이므로 신뢰성을 100% 인정하기에는 한계가 있다—그 책에는
명량 해전 당시, 오익창이 피란을 가려는 사대부들을 설득하는 글을
지어 여러 선박을 돌렸고, 이에 감화 받은 사대부들은 100여 척의 배를
전함 12척의 뒤쪽에 세워두고 소리를 질러 군사들을 응원했으며, 수군
들이 먹을 식량이 떨어지자, 그는 사대부들의 배에서 저고리와 쌀가마
를 거둬 군졸들에게 건네주고, 왜군의 총탄을 막기 위해 여러 배에서
솜이불 100여 개를 거둬 물에 적셔 전함에 걸어두기도 하는 등 조선 수
군이 명량 해전에서 실질적으로 승리할 수 있었던 저간의 사정을 자세
히 밝혀놓았다.

누가 이순신을 말할 수 있는가. 누가 있어 과연 그의 충정을 의심한
단 말인가. 그가 바람 앞의 등불 같던 나라를 구한 구국의 영웅이 될 수
있었던 것은 비단 무기와 전략의 힘만이 아니었다. 철갑으로 무장한
거북선과 왜보다 우수한 화포 등을 앞세운 기술기반 리더십과 지리적
이점을 활용한 뛰어난 거점 전략도 물론 승전의 주요 요인이었다. 그
러나 더욱 중요한 것은, 객관적으로 전세가 불리하고 열세인 상황에
서, 그리하여 죽음이 저만치 내다뵈는 격전장 한가운데서, 다가오는
죽음의 불안과 공포에 떨고 있는 병사들을 독려하여 결사항전의 전사
로 만들 줄 아는, '사실'에서 '가치'를 창출하는 특출한 지도력을 그가
지녔다는 점이다.

사즉생死卽生의 자세, 즉 진정 죽기를 각오하고 싸우는 자는 반드시 살
고 말 것이라는 이 놀라운 메시지는 어디서 나온 것인가. 이 모든 것은
평소 글쓰기를 통해 닦은 깊은 사색과 도저한 인문적 소양에서 비롯된
것이리라. 그는 뛰어난 무장이기 전에 문무겸전의 훌륭한 교양인이었

다. 가령, 소설가 김훈이 죽이는 표현이라고 극찬했던 다음과 같은 표현은 어느 날 하루아침에 나온 게 아니다.

나는 밤새 혼자 앉아 있었다

— 『난중일기』

한마디에 천금, 만금의 무게가 실려 있다. 문장이란 바로 이를 두고 한 말일 것이다. 이는 단순한 사실을 기술한 문장이 아니다. 사실 이상의 사실이 담긴 역사적 문건이다. 다시 말해 사실은 가치와 긴밀하게 결부되어 있다는 것을 이 문장만큼 증명시켜주는 글도 흔치 않다.

그러나 중요한 것은 이게 아니다. 이런 몇 가지 사례를 통해 우리는 그가 결코 신화적 인물이 아니라 역사적 인물이었으며, '12척 신화' 또한 기적 같은 대성공이 아니라 여러 가지 사실로 보건대 이길 수밖에 없었던 충분한 이유를 가진 역사적 전쟁이었다는 것을 볼 수 있다. 여기서 우리는 과연 관행과 통념이 우리의 사고를 얼마나 중풍처럼 마비시키고 있으며 그런 만큼 이를 벗어나는 것이 결코 쉬운 일이 아니라는 사실을 안다.

바르트에 따르면, 신화는 일상적 발화, **파롤**parole이다. 다시 말해 신화는 일상화된 언어로 자연스럽게 눈앞에 나타난다. 중요한 것은 이렇게 자연기호화 된, 사실은 의도화 된 기호인 신화는 무엇인가를 의미하는 동시에 그것을 강제적으로 명시하며, 우리가 무엇인가를 이해하도록 하는 동시에 우리에게 무엇인가를 강요한다는 사실이다. 이런 진술은 과연 박정희 시대, 왜 갑자기 현충원이 공원화 되고, 그의 거대한 동상이 세워졌으며, 그를 영웅시한 영화가 만들어져 온 국민이 의무적으로 관람해야 했었는지를 설명하는데, 그리하여 그것이 국민을 동원하고 이용하는데 어떻게 활용되어졌는지를 간파하는데 하나의 시사점을 주기에 충분하다.

다음 단어들은 **개념적 허구**를 잘 보여주는 어휘들이다. 위안부, 마녀, 잡초, 악의 축, 미국, 세계화, 개발, 자유민주주의 …… 따라서 **있는 그대로 보기, 통념 뒤집어보기, 낯설게하기, 가로지르기, 해체하기, 다르게 생각하기** 등 개념적 허구 뒤에 가려진 진실을 탈은폐시켜야 한다. 이에 우리들에게 부여되는 소명은 필연적으로 **탈신화적 글쓰기**임을 확인하게 된다.

4장

고전과 텍스트

기지의 지식은 창의적 글쓰기의 모태다

고전古典을 읽는 이유는 간단하다. 힘이 되기 때문이다. 시 나부랭이나 소설 따위를 읽어 밥이 나오니 떡이 나오니 어쩌구 저쩌구 하는 폄훼는 근시안적이고, 따라서 헛소리다. 소설가 이청준은 어느 글에서 독서 체험이 실제 세상사 이상의 큰 도움과 인내와 위로를 주었다며 '보이지 않는 것' 즉, 독서의 힘을 역설했다.

그렇다면 독서의 힘은 어디서 오는가. 독서는 단순한 즐거움 이상이다. 삶의 위로와 힘이 됨은 물론 위기 대응의 소스까지 제공한다. 어느 기업가는 청년 고학 시절 괴테의 『젊은 베르테르의 슬픔』를 읽고, 베르테르의 '롯데lotte'에 대한 사랑과 정열에 감명 받아 회사를 창업했다고 한다. 또 모택동은 어린 시절에 읽은 『삼국지』의 이른바 '삼분계三分計'가 혁명운동에 크게 힘이 되었다고 한다. 이뿐만이 아니다. 체 게바라는 죽는 마지막 순간까지 네루다의 시집 『우리들의 노래』를 가슴 속에 품고 있었다고 그의 자서전이 전한다.

그리고, 독서는 깊이 있는 사람을 만든다. 한 발 뒤로 물러나서 나와 주변 세계를 주시하다보면, 삶을 관통하는 어떤 중심과 만나게 된다. 그런 어느 순간, 독자는 세계의 본질을 경험한다. 독서행위는 철학행위다. 멀리 보는 지혜와 유연한 사고가 바로 여기서 나온다. 가령, 생텍쥐페리의 『어린 왕자』를 깊이 있게 읽고 자란 어린이는 사막과 바오밥나무가 곧 세계악임을 알고, 그런 속에서도 우물과 장미꽃 같은 희망과 소중한 씨앗을 품고 살아갈 줄 안다.

그러나, 책은 다시 읽히고 다시 쓰여야 한다. 책 속에는 빛나는 보석만 있는 게 아니라 버려야 할 쓰레기도 함께 묻혀 있기 때문이다. 플라톤이 소크라테스를 통해 인간의 보편적인 윤리도덕을 제시하고 정치적 이상에 대한 포부를 밝힌 점은 역사적으로 크게 평가할 수 있는 부분이다. 그러나 사유재산을 부정하며 여자를 공유재산으로 보는가 하면 시인을 추방해야 할 대상으로 본 것은 오늘날 누가 봐도 온당한 생각이라고 볼 수 없다. 고전을 다시 읽고, 다시 써야 할 비판의 대상, 즉 비평적 글읽기와 창의적 글쓰기의 텍스트로 봐야 할 이유가 여기에 있다.

그렇다면 고전을 어떻게 읽고 써야 할 것인가. 소설가 김훈의 경우를 보자. 그가 장편 소설 『칼의 노래』를 쓰기 37년 전 고려대 학생이던 시절―그는 한때 백범 김구 선생의 비서이자 유명한 무협지 작가였던 김광주의 아들이다. 영어를 잘하고 수재 소리를 들었지만 등록금이 없어서 동생에게 양보하고 2학년 때 학교를 그만둬야 하는 불운을 겪었다고 한다. 그 어간에 그는 『난중일기』를 우연히, 정말 우연히 만났다고 한다―우연히 그 책을 만나지 않았다면, 아니 이순신의 절망을 자신의 절망으로 온전히 받아들이지 않았다면 훗날 '한국문학에 벼락처럼 내린 축복'이라는 찬사를 받을 수 없었을 것이다.

중요한 것은 오늘, 여기라는 시공간에 마주한 실존적 체험으로서의 독서 행위가 나에게 어떤 의미로 다가오고 있느냐의 문제다. 아무리 중요한 고전도 현재의 나에게 다가와 반짝거리는 의미의 불로 다시 켜지지 않고서는 고전도 한낱 활자의 무덤일 뿐이다.

외람되지만 저자의 경험을 소개해 보자. 저자의 경험으로 미루어 보건대, 고전은 결코 말라비틀어진 고목枯木이 아니다. 고전은 지금도 여전히 살아 숨 쉬며 윙윙 울림을 주는 검푸른 생목生木이다. 한때 유홍준의 『나의 문화유산 답사기』 1권을 읽다가 다음 시에서 느낌이 오래 기억될 것 같은 예감이 들었다. 그만큼 울림이 큰 시였다.

請看千石鐘

非大扣無聲

萬古天王峯

天鳴猶不鳴

저기 저 큰 절의 범종을 좀 보시오

웬만큼 두드려선 울리지 않는다오

하나 지리산만 하겠소

지리산은 하늘이 울어도 울리지 않는다오

— 남명 조식, 「천왕봉」

짧은 한시지만 뭔가 큰 것이 느껴지기도 하고, 지리산에 담긴 어떤 비장悲壯한 뜻이 전해오기도 했던 시다. 저자는 그만 천둥 번개에 얻어맞은 느낌이었다. 고전의 감동이란 이런 것인가 하고 지나갔다. 그러다가 다시 일상으로 돌아가 치열하게 살다시피 살았지만 쌀독이 비어 있던 어느 날—그날은 유난히도 먹구름이 잔뜩 끼어 있었다—사소한 말다툼 끝에 마누라와 일전이 불가피한 상황이 벌어졌다. 그리하여 운명을 가를지도 모를 감정의 마그마가 폭발하는 통제 불능의, 어느 극점 래디칼radical한 순간, 어디서 튀어나왔는지 모르게 저자는 다음과 같은 시를 말하고 있는 또 다른 나를 볼 수 있었다.

> 저기 저 하늘의 붉은 태양을 좀 보시오
> 이 세상 그 무엇과 견줄 수 있겠소
> 하나 마누라만 하겠소
> 한 번 소리치면 온천지가 어두워 진다오

— 늘샘 김상천, 「여왕봉」

일순간이었다. 저자도 몰랐다. 다음 순간, 못난 저자는 마누라를 끌어안고 용서를 빌었다. 마누라가 감동을 받았는지 멈칫했다. 저자는 그때 저자도 모르게 써진 이 개작시에 땅이 꺼짐을 느꼈다. 그리고 이겨냈다. 어쨌거나 이렇게 살아있지 않은가. 저자는 그때의 일을 지금도 감동으로 기억한다. 고전의 힘, 독서의 힘은 실로 깊고 넓고 웅장雄壯하다 아니할 수 없다. 고학 시절의 김훈에게도 이순신은 아마 그렇게 다가왔나 보다.

　자, 그렇다면 먼저 고전에 플러그를 꽂을 일이다. 그리하여 지금 여기 서 있는 나에게 부르르 떨리는 하나의 진동음으로 다시 태어나게 해야 한다. 그러기 위해서는 또한 고전을 읽고, 그 구체적인 의미를 되짚는 작업으로서의 글쓰기 행위가 요청된다. 그래야만 맹목적 독서의 굴레에서 벗어날 수 있다. 『미학 오디세이』가 그랬듯이, 서사시 『오디세이』는 얼마든지 다시 태어날 수 있고, 또 그래야만 한다. 『춘향전』도 마찬가지다. 춘향이가 굳이 명사일 필요도 없다. 의미는 동일화를 거부한다. 의미는 차이다. 이 차이가 우리를 독자적인 전망前望의 세계로 나아가게 할 것이다.

　독서와 관련해서는 많은 명사들의 이야기가 전해진다. 그러나, 비평적 읽기와 창의적 글쓰기의 관점에서 하나의 사례를 들어보자.

　중국의 지도자 모택동은 자신의 『모택동 자전自傳』에서 다음과 같이 술회하고 있다.

　나는 독서 계획을 세워 매일 호남 성립 도서관에 가서 책을 읽기로 했다. 나는 매우 규칙적이고 성실하게 이 방식대로 반년을 지냈는데, 이 반년은 나에게 있어 대단히 귀중한 기간이었다고 생각한다. 아침에 도서관이 여는 대로 곧바로 들어갔고 종일 머무르며 책을 읽다가 저녁에 폐관할 때가 되어서야 나왔다. 하루 중 쉬는 시간이라고는 정오에 두 쪽의 쌀떡을 사먹는 때뿐이었다. 이것이 나에게는 점심식사였다. 나는 독학하는 동안 많은

책을 읽었으며, 세계의 역사와 지리를 공부했다. 나는 거기에서 처음으로
세계의 지도를 공부했고 굉장한 흥미를 느꼈다. 나는 아담 스미스의『국부
론』과 다윈의『종의 기원』, 존 스튜어트 밀이 지은 윤리학에 관한 책들을
읽었다. 또한 루소의 저작들과 스펜서의『논리학』, 몽테스키외의 법학에
관한 저술들을 읽었고, 고대 그리스의 시가, 로맨틱한 이야기, 신화 등과 무
미건조한 러시아, 미국, 영국, 프랑스 등의 역사와 지리를 함께 공부했다.

동방 오디세이long march라 부를 만한『중국의 붉은 별』에는 또한 그의
독서 체험이 보다 소상하게 기록되어 있다.

> 나는 중국 문학의 옛 전기 소설이나 고사들을 계속 읽었습니다. 그러다
> 가 어느 날, 이런 책들 속에 한 가지 특이한 점이 있다는 것을 알았어요. 즉
> 땅을 가는 농부들이 전혀 등장하지 않는다는 점이었지요. 등장하는 인물
> 들은 모두가 무인이나 관리, 학자들뿐이었고, 농민이 주인공으로 등장하
> 는 경우는 전혀 없었어요. **나는 2년 동안 이 점을 이상하게 생각하다가 소설
> 들의 내용을 세밀하게 검토해 보았지요.** 그 결과 이런 작품들이 땅을 갈 필요
> 가 없는 무인이나 인민의 지배자들을 찬미하고 있음을 알았어요. 이들은
> 토지를 소유하고 지배하면서 농민들이 그들을 위해 일하도록 부리고 있음
> 이 분명했어요. (강조-인용자)

위의 사례들을 통해 우리는, 청소년기의 독서체험이 그의 세계를 바
라보는 시야를 확대시켰음을 알 수 있고, 그가 새로운 세상을 향한 모
험심에 불타오르게 했음을 알 수 있다. 이렇게 해서 그는 사범학교를

졸업, 북경대학 도서관 사서 보조원을 거치는 동안 점점 세상의 이치를 깨우치게 되고, 청년 공산당원이 되었다가 다시 중국공산당의 지도급 인사가 되고, 혁명의 지도자가 되어갔다.

혁명의 과정에서 그는 마르크스 사상의 논리에 단순히 이끌리지 않고 중국적 특수 상황과 여건을 참작, 삼분계를 활용하여 **근거지**(연안)를 구축하고 대장정을 승리로 이끄는 등 독자적인 이론 모델을 개발하여 성공시켰으며, 『모순론』, 『실천론』 등 지도급 이론서를 창안함으로써 명실상부한 이론가이자 실천가로서의 탁월한 면모를 보여줬다.

이 모든 것을 가능케 했던 바탕이 바로 청소년기의 독서였음을 알 수 있다. 여기서 우리는 특히 두 번째 사례를 통해 청년 모택동이 단지 읽기 위해 책을 펼쳐든 맹목적 독서를 한 게 아니라, 세상의 이치를 깨우치고 문제점을 찾아내, 그 문제를 기어코 해결하고자 하는 강력한 의지를 지녔던, **비평적 독서**critical reading를 실천하였던 참 독서인이었다는 사실을 기억해야 할 것이다.

자, 그렇다면 참 독서인의 자세는 어떠한지 좀 더 구체적으로 독서의 과정과 방법을 알아보자.

독서의 과정은 마치 금을 캐는 과정과 흡사하다. 탐광가探鑛家가 굴착기로 금을 캐고자 하는 강한 야심을 가지고 있는 것처럼, 탐독가耽讀家(다른 것을 잊을 만큼 글을 읽는 데 열중하는 사람—저자 주) 또한 독서를 통해 그 **무엇**what을 얻고자 하는 강한 욕망을 지니고 있다.

처음 탐광가가 금을 캐기 위해 광맥을 찾아 여기저기 산지사방을 헤매고 다니며 이곳저곳을 시굴해 보는 것처럼, 탐독가 또한 그 '무엇'을 얻기 위해 뭔가 있다 싶은 책방을 찾아 중원사방을 쏘다니며 이책 저책 책장을 떠들어 보게 된다. 이른바 **다독**多讀의 단계다.

그러다가 어느 사이 금에 미친 탐광가가 그 특유의 감각으로 광맥이다 싶은 곳을 찾아내 노두를 걷어내고 겉맥을 파보듯이, 탐독가 또한 어느 날엔가는 그 특유의 예리한 안목으로 '이 책이다' 싶은 책을 찾아내서는 조심스럽게 겉장부터 한 장 한 장 읽어나가기 시작한다. **정독**精讀의 단계다.

드디어 광맥을 발견한 탐광가가 전심전력을 다해 원줄기를 잡아가지고 파내려가던 어느 순간, "노다지다!" 하고 탄성을 지르며 부삽을 내던지는 때를 만나듯이, 오랜 시간 '그' 책을 붙들고 씨름하던 탐독가 또한 어느 순간에는 과연 "아, 그렇구나!" 하고 무릎을 치는 잊지 못할 개안開眼의 순간을 맞이하게 된다. 바로 **숙독**熟讀의 단계다.

이렇게 해서 금을 캐게 된 탐광가가 그 원석을 가공, 정련하여 보석과 순금을 만들어 내듯이, 독서를 통해 그 무엇을 얻게 된 탐독가 또한 그 원작을 모작, 개작하여 종래에는 창작의 세계에 도달하게 된다.

이처럼 독서는 끊임없는 갱신의 원천이자 창조의 모태임을 알 수 있다. 이때, 다독도 물론 중요하지만 정독, 숙독은 더 중요하다. 광석도 오랜 시간 용광로 속에서 제대로 달궈져야 정금처럼 빛을 발하듯이, 아무리 좋은 내용을 지닌 책이라도 살이 문드러지도록 오래 동안 푹 고아낸 백숙처럼 두고두고 그 오의奧義를 곱씹지 않고서는 진정 그 깊은 뜻을 맛 볼 수 없기 때문이다.

위편삼절韋編三絶이라 하지 않던가. 그 책, 모본母本을 찾아 수십 번, 수백 번 읽어야 한다. 그 유명한 『논어論語』의 머리글도 '배우고 때로 익히면 또한 즐겁지 아니한가學而時習之 不亦悅乎'라 하지 않던가. 여기서 공자 말씀의 핵심은 習에 있다. 한 번 배우는 데 그치지 않고 반복적으로 자주 익히는데 즐거움이 있다는 것이다. 그런데 이 '익힐 습習'자를 보면 재미있다. '깃 우羽'자와 '흰 백白'자로 합성된 이 글자의 의미를 풀어보면, '새가 홰를 치면서 날갯죽지 밑의 흰털을 보인다'는 것을 알 수 있다. 이 말은 곧 어떤 일을 습득하기 위해 몇 번이고 되풀이하는 모습을 뜻한다. 이 말은 또 그대로 숙독의 즐거움과 중요성을 환기시키고 있다.

고전이 어찌 하루아침에 되었겠는가. 내가 조금은 아는 도스또옙스키 형님만 해도 발자크의 『으제니 그랑데』를 러시아어로 번역할 정도로 불어 실력이 뛰어났고, 『죄와 벌』을 쓰기 전에 이미 발자크의 『고리오 영감』과 위고의 『레 미제라블』을 깊이 사숙私淑했다고 아내의 자서전이 전하고 있다. 아니나 다를까, 탁월한 리얼리즘 기법이나 고리대금업자의 잦은 등장, 법과대학생 모델은 그의 작품을 통해 비판적이고 창조적으로 계승, 발전, 승화되고 있음을 볼 수 있다. 그래서 루카치는 『죄와 벌』의 라스꼴리니코프를 일컬어 '러시아의 라스티냑'이라고 하지 않았던가. 또 우리가 사랑해 마지않는 아름다운 창녀 소냐도 『레 미제라블』의 팡틴느를 빼놓고 상상하기는 어려울 것이다.

숙독을 얘기하자니 소설가 김훈을 빼놓을 수 없다.

나는 『난중일기』를 처음 읽던 20대 초반부터 37년이 지난 어느 날, 돌연 연필을 들어 『칼의 노래』라는 소설을 써나가기 시작했습니다. 나는 그 소설을 두 달 만에 다 써버렸어요. 그런데 저는 이틀 일하면 몸이 망가져서 하루를 쉬어야 합니다. 그러니까. 내가 두 달을 일했다 하더라도 정작 일한 날짜는 한 사십일 정도입니다. 사십일 만에 그걸 다 썼어요. 그러니까 그 소설은 나의 내부에서 내 삶의 슬픔과 고통과 더불어 잘 **숙성**熟成되어 있었던 것이겠죠.(강조-인용자)

— 김훈,『바다의 기별』, 생각의 나무

하나의 **작품**이 숙성되어 나오는데 무려 37년이 걸렸다는 얘기다.

자, 그렇다면 이번에는 왜 **텍스트**text가 중요한가를 논해보자.

보바리즘bovarysme이라는 프랑스어가 있다. 자기 자신이나 자신이 처한 현실을 다른 존재, 다른 현실로 착각하는 일종의 자기 환상, 상상 과잉의 증세를 일컫는 말이다. 플로베르의 『마담 보바리』(사진)에 나오는 여주인공 엠마 보바리는 소녀 시절 무분별하게 읽은 낭만적 경향의 소설로 인해 허구의 세계를 현실로 간주한 나머지 자신의 삶도 소설처럼 모든 것이 아름답고 멋진 세계일 것이라고 착각했다.

하지만 현실은 잔혹했다. 현실은 끊임없이 그녀의 꿈을 배반한다. 결혼과 출산, 그리고 두 번의 불륜을 차례로 거치지만 그 어느 것도 그녀의 열망을 실현시켜 주지는 못했다. 지루한 일상으로부터 탈출하기 위한 마지막 출구였던 불륜마저 진부해져 가면서 엠마는 심각한 낭비벽에 빠져들고 결국 경제적 파탄으로 음독자살하고 만다.

낭만주의에 대한 냉혹한 비판서인 『마담 보바리』에는 이렇게 '환상은 결국 환멸을 낳고 만다'는 자연주의 작가의 비관적 역사인식이 깔려 있다. 이는 물론 혁명의 대열에서 비켜선 그의 현식인식과 무관하지 않은 대목이다. **파리 코뮌**Commune de Paris의 대변자임을 자임했던 위고의 휴머니즘에 기반한 혁명적 낭만주의와 비교해볼 때, 인식론과 형식은 결코 무관할 수 없음을 본다.

여기서 우리는 성장기, 감수성이 예민한 청소년 시기의 독서습관이 참으로 중요하다는 사실을 깨닫게 된다. 그렇다면 어떤 책을 읽게 할 것인가. 답은 분명하다. 고전을 읽게 해야 한다. 고전에는 인류의 보편적이고도 웅숭깊은 삶의 지혜가 담겨 있기 때문이다. 고전이 끊임없이 모방과 개작, 리메이크의 대상, 모본母本이 되고 대학별 논술고사에 꾸준히 출제되고 있는 이유도 여기에 있다.

다시 『마담 보바리』로 돌아가 보자. 이 작품을 읽으면서 우리는 우선 헛된 환상과 과잉 현실에 빠져 파멸하고 마는 한 여인의 운명을 차갑게 응시하고 있는 자연주의 작가의 비관적이고 냉혹한 시선을 만난다. 그러는 한편 우리는 또는, 아니 나는 동시에 이 여인의 운명에 공명하지 않을 수 없는 자신을 보게 된다. 플로베르가 '이 여인은 바로 나다'라고 공언한 것처럼, 보바리는 이제 하나의 보통명사가 되었다.

왜 우리는 보바리처럼 불륜에 빠지는가. 아니, 존재의 가벼움에 사로잡히는가. 이성으로는 설명하기 힘든, 인간의, 존재의, 욕망의, 이 불가역적 실존의, 가시나무 같은 인간 존재에 대한 가장 매혹적인 문학 사회학적 보고서이자 가장 통렬한 낭만주의 비판서를 접하게 되면서 우리는 어쩔 수 없이 '나 또한 보바리구나!'라는 탄식을 마주하게 된다. 끈끈이주걱 같이 질기고 질긴, 이 지독한 욕망과 허위의 실체는 대체 무엇인가. **보바리즘**으로 명명되고 있는, 이 상상 과잉의 문제적 캐릭터가 바로 우리들이라는 사실은 나를 당혹하게 한다. 나도 때로 보바리처럼 존재의 가벼움에 사로잡혀 헛된 욕망과 망상에서 헤어 나오지 못하기 때문이다.

오래된 장원에서 긴 드레스를 늘어뜨리며 '성주마님'처럼 살고 싶었던 엠마 보바리. 아! 일탈은 얼마나 아름다운 환상인가.

그러나, 고전은 또한 나에게 도끼날 같은 깨우침을 내려친다. 보아라, 분에 넘친 허영과 환상을 쫓은 대가가 얼마나 비참한 결과를 초래하고 마는지를, 그리하여 일탈의 노예가 되어서는 안 된다는 차가운 이성理性에 눈뜨게 한다. 대중들이 현실이 고달프고 미래가 불안할수록 술, 마약, 섹스 등 마취성 오락물이나 신비주의, 판타지 등에 이끌리기 쉽지만 그것은 한낱 달콤한 환상이고, 그 환상은 누군가가 조작한 신화이고 망상임을, 그리하여 그 허구적 환상에 자꾸 이끌리다보면 우리는 모두 아름다운 여인의 정사 신에 빠질 수밖에 없다는 것, 그러나 그것이 바로 판타지가 노리는 위험성이고, 이러한 위험한 일탈을 조장하고 유포하고 통제하고 재생산하는 것, 이 모두는 결국 모든 독재 권력의 중요한 지배전략의 하나이고 대중기만적인 예술의 본질이라는 사실을 비로소 깨우치게 된다.

이렇게 고전은 일파만파, 물결효과water effect를 일으킨다. 고전을 통한 간접 체험의 효과와 파급력은 실로 넓고 크다. 이러한 고전의 힘이 끊임없이 나를 일으켜 세우고, 멀리 보게 하는 힘과 유연한 사고를 갖게 하는 것이다.

미국의 하버드대가 30년 만에 미국 중심의 편협한 사고에 빠지지 않도록 다양한 사회와 가치를 이루는데 기초가 되는 교육과정을 개편하면서 발표한 필수 과목들이다. 미래 지구촌 사회에서 다른 문화권의 사람들과 소통하고 어울려 살아가기 위해서는 언어에 대한 이해도 중요하지만 다양한 사회와 문화, 삶의 모습에 대한 폭넓은 이해가 필수적이라는 생각에서다.

이때, 독서는 다양한 사회와 문화, 삶의 모습을 이해하는데 훌륭한 안내자 역할을 할 수 있다. 우리는 과연 한 편의 작품을 통해 그 작품에 반영된 다양한 사회와 문화에 깃든 삶의 모습을 파악해 봄으로써 자신이 처한 사회현실을 올바로 인식하고 자신의 삶의 모습과 태도를 돌아보는 계기를 만난다.

그렇다면 구체적으로 작품을 어떻게 읽고 활용할 것인가.

그동안 작품이라면 작가의 전유물로 여겨지던 때가 있었다. 물론 그 영향력은 지금도 여전하다. 이런 생각은 작가 개인에 대한 특권적 지위 ─ 가령, 작가는 천재적 재능의 산물이라는 ─ 를 부여함으로써 가능한 일이었다. 프랑스 기호학자 롤랑 바르트에 따르면, 이는 인격을 중시하던 근대의 산물로 중세에는 없던 개념이었다. 그러나 이제 인간 중심에 대한, 근대 이성에 대한 반성이 대두하면서 그 특권적 지위와 영향력은 점차 감소하고 있다. 이에 따라 **작가**보다는 **독자**가 중시되고,

작품보다는 **텍스트**가 중요한 개념으로 떠오르고 있다. 이제 작품도 획일적 시각으로 통용되던 단계에서 벗어나 독자의 시각과 입장에 따라 다양하고 자율적으로 받아들여지는 탈근대적 유연성을 갖게 되었다.

그러나 현실은 어떤가. 가령, 어느 비평가가

> 고등학교 때 읽은 참고서에서 김유정의 「봄봄」이 '가진자'와 '못가진자'의 대립을 그리면서 가진자가 거짓논리로 못가진자를 수탈하는 과정을 그린 수작이라고 한 것이 생각난다고 적고 있는 글을 읽었다. (…중략…) 그러나 그러한 요약은 「봄봄」을 가진자와 못가진자의 갈등이란 주제를 표현하려고 고심하는 작가가 찾아낸 하나의 사례연구라는 투로 이해하게 할 위험성이 크다. 또 본문을 재미있게 읽고서도 그러한 생각을 못한 학생에게 불필요한 열등감이나 불안감을 안겨 줄 공산이 적지 않다. 아버지와 딸과 데릴사윗감 사이의 미묘한 심리적 음영이나 그것을 감칠맛 나게 드러내는 작가의 입심 혹은 문체에 주목하여 그 재미를 넉넉하게 즐길 줄 아는 능력을 길러주는 것이 일차적 목표가 되어야 한다. 그런데 일차적 목표는 증발되고 어떻게 하면 '정답'을 얻어낼 것인가 하는 요령을 가르치는 것이 목표가 되어버린 것이 교육 현장의 실태이다.
>
> — 유종호, 『문학이란 무엇인가』, 민음사

라고 지적하는 대목에 이르면 다시 어깨 힘이 빠진다.

그러나 사실 알고 보면 작품이 특정인의 시각에 의해 획일적으로 해석될 이유도 없고, 또한 작품이 작가의 전유물이라고 할 수도 없다. 『메밀꽃 필 무렵』만 하더라도 작가가 실존 인물의 실화에 근거를 두고 작가가 이에 새로운 해석을 가함으로써 — 고달픈 삶에서도 메밀꽃 같은 아름다운 사랑은 피어난다 — 다시 말해, 사실과 작품이 똑같지는 않지만, 오히려 그럼으로써 더욱 인간의 보편적 진실을 담아낼 수 있다 — 이를 우리는 문학예술세계의 '개연성蓋然性'이라고 한다.

『마담 보바리』의 경우도 마찬가지다. 미모의 어느 지방 의사의 부인이 지루한 일상을 견디지 못해 바람을 피우고 빚을 내 사치품을 사고 데이트 비용으로 쓰다가 빚 독촉을 받고 차압이 들어오자 자살했다는 당시 신문기사에 난 실화를 바탕으로 꾸민 것이다. 그런데 바로 이 보잘 것 없고 진부한 소재로부터 아름답고 완벽한 세계의 작품을 만들어 냈다는데 플로베르의 천재성과 예술의 자율적 보편성이 있다.

바로 여기에, 또한 독자인 내가 개입할 수 있는 여지가 있다. 작가가 현실에 새로운 해석을 가하고 의미의 옷을 입힘으로써 또 하나의 우주인 작품을 탄생시켰듯이, '나' 또한 단순한 독자가 아닌 또 다른 하나의 '작가'로서 작품에 새로운 해석과 의미를 부여할 수 있다. 그렇다면 **독자는 이제 단순히 작가의 의도를 캐는 수동적 존재가 아니라, 자신이 서 있는 위치와 맥락에서 텍스트의 숨겨진 의미를 캐고 이를 통하여 세계를 새롭게 재구성하고 자신을 더욱 깊이 인식하는 능동적이고 창의적 세계의 주체가 될 수 있는 것이다.** 가령, 여기 한 편의 시가 놓여 있다고 가정해 보자.

나는 천년을 산 것보다도 더 많은 추억을 지니고 있다.

계산서에 시의 원고, 연애편지에 소송 서류,
사랑의 노래, 게다가 또 영수증에 돌돌 말린

무거운 머리털 등이 가득 찬 서랍 달린 육중한 장보다

내 슬픈 두뇌는 훨씬 많은 비밀을 감추고 있다.

내 두뇌는 피라미드, 그지없는 지하 매장소

공동묘지보다도 더 많은 주검을 간직하는 곳,

―나는 달마저 싫어하는 끔찍한 묘지,

길다란 구더기떼 회한처럼 우글거리고,

내 사랑하는 주검을 향해 언제나 끈덕지게 추격을 한다.

나는 시든 장미로 가득 찬 낡은 규방

유행에 뒤떨어진 가지가지 물건들 흩어져 있고,

우수에 잠긴 파스텔 그림과 색 바랜 부셰의 그림만이

마개 빠진 향수병의 냄새를 맡고 있다.

절름절름 끌어 가는 나날보다도 지리한 것은 없다.

겹치고 겹친 눈 잦은 해의 무거운 눈송이 아래

음울한 무관심의 열매인 권태

불멸의 모습 띠고 퍼져 가기에,

―이제부터 너는, 오! 살아 있는 물질이여,

어렴풋한 공포에 싸여, 안개 낀 사하라 사막

저 안쪽에 졸고 있는 화강암에 지나지 않다.

무심한 세상사람 아랑곳 않고, 지도에서도 버림을 받고,

그 사나운 심사 오직 저무는 햇빛에만

노래 부르는 늙은 스핑크스에 지나지 않는다.

―보들레르, 『악의 꽃』 중 「우울」 전문

한마디로 **나는 늙은 스핑크스다**라고 말하는 있는 이 시의 메시지는 자못 충격적이다. 스핑크스하면 반인반수의 여자 괴물이 아닌가. 그리 하여 이 시는 인간은 이성적 존재라는 상식과 통념을 여지없이 뒤집어 엎어 놓는다. 그러나 어찌 보면 이는 인간에 대한 본질적이고 깊이 있 는 해석을 통해 인간을 보다 새롭게 이해하려는 창조행위의 일종임을 볼 수 있다.

위 시를 적고 보니 갑자기 **보들레르적**이라는 단어가 떠오른다. 시집 한 권으로 세계문학사를 제패한 사나이니까 그만한 수사도 어울려 보 인다. 그러나 실제로 이 시를 읽어보면 그럴 만도 하다는, 역시 쟁쟁한 대가다운 면모가 느껴진다. 우선, '나는~'으로 시작되는 첫 행이 그대 로 살아 있다. 마치 첫 출항하는 배가 미끄러져 바다로 들어가듯이 독 자를 동참시키는 자연스런 수완이 놀랍고, 더욱 그런 것은 도대체 무 슨 추억이 그리 많다는 것인지, 독자의 호기심을 유발시키는 도입처리 가 경이롭다. 그러면서 거의 식물적이라고까지 할 정도로 세심하게 배 치된 시적 오브제들이 읽는 맛을 더하는 가운데, '우울'이라는 말 한마 디 안 하고 ― 그렇다. 시는 개념이 아니니까, 형상화니까 ― 철저하게 형상形象과 놀고 있다. 그러다가 결국 '늙은 스핑크스'를 건져 올리는 이 멋진 솜씨에 그냥 탄성이 안 나올 수 없다.

보들레르xxx, 아! xx, 너무 좋다. 좋은데 왜 욕이 나오나. 나도 모르겠다.

이 시를 감상하자니 때로 지독한 절망과 우울, 깊은 침묵이 오히려 그 절망과 우울, 그리고 깊은 침묵을 치료할 대체약이 될 수도 있다는 엉뚱한 생각이 든다. 그 절망과 우울, 그리고 침묵 가운데 더 많은 동료, 피압박 지원군을 만날 수 있을지도 모르기 때문이다.

천재는 또한 우울증의 산물인가. 이 역시 잘 모르겠다. 하지만 실체는 잡히지 않지만 이 무어라 말하기 어려운 **검은 담즙**이 분명 저 깊은 곳에서 다시 나를 길어 올리는 창조적 우물이 될 수 있음을 부정하기도 어려워 보인다.

사실 한 편의 시를 감상하고 우주가 떨리는 감동을 맛보았다면 이미 시인이나 마찬가지다. 저자의 경험을 보자. 저자는 어느 날 기형도의 「폐광촌廢鑛村」을 읽고 있었다.

쉽사리 물러설 수는 없었다

그곳에는 아직도 지켜야 할 것이 있음을

우리는 젖은 이마 몇 개 불빛으로 분별하였다.

밤은 기나긴 정적의 숲으로 우리를 속이려 들었지만

탐조등으로 빗발을 쑤시면

언제든지 두서너 개 은칼을 찾아낼 수 있었다.

그 후에 빗물을 털어버린 시간이

허기의 바람을 펄럭이며 다가오고

우리는 낄낄거리며

쉽사리 틈을 보이지 않는 어둠의 잔등에

시뻘건 불의 구멍을 뚫곤 하였다.

(…중략…)

우리도 한때는 아름다운 불씨였다.

적막이 어둠보다 더욱 짙은 공포임을

흰 뼈만 남은 驛숨까지도 알고 있었다.

깊은 잠 한가운데 폭풍이 일어 우리가 식은땀을 꺼낼 때마다

어둠의 깃 한쪽을 허물고

예리하게 잘린 철로의 허리가 하얗게 일어섰다. 그럴 때면

밤의 절벽에 이마를 깨뜨리면서

우리는 지게의 멜빵을 달았다. 애초부터

우리에게 화덕이 없었던 것은 아니었다.

(…중략…)

역사를 걸어나올 때

무개화차 위에서 타는 불꽃을

잠 깬 등 뒤로 얼른 우리는 빼앗았다.

아아, 그곳에는

아직도 남겨져야 할 것이 있었다.

폐광촌 역사에는

아직도 쿵쿵 타올라야 할 것이 있었다.

— 기형도, 『기형도전집』, 문학과지성사

　한 끼 밥을 위해 우리가 캐내야 할 것은 빛나는 광석만이 아니다. 낡고 버려진 광산촌 언덕 탄가루 날리는 거리마다 바삐 오가는 길손들의 이마 위에 새겨진 한 끼 밥을 위해 우리가 캐내야 할 것은 비단 보석만이 아니다.

저자는 이 시를 해설할 재주가 없다. 감동은 설명의 문제가 아니라 체험의 문제이기 때문이다. 그야말로 **은칼**처럼 빛나는 언어의 저장탱크 속에 담긴 이 시를 저자는 무어라 말하기 어려웠다. 대신 시어의 매력이 무엇인지를 확인시켜 준 이 시를 읽고 감상하면서 저자는 나도 모르게 어떤 언어의 샘물이 솟는 기이한 경험을 했다. 그래서 쓰게 된 졸작이 다음 「소품小品」이다.

겨울나무

길을 가다가
나목裸木으로 서 있는
겨울나무를 보면서
나는
갑자기 휴면기를 맞은
목탄木炭 같다는 생각을 한다

켜켜이 쌓인 버력
물기를 머금은 침목처럼

나는 천년의 세월을 버티고 있다.

뭐가 잘못된 것인가
갈탄은 지천으로 묻혀 있는데

나는 이미 중닭이 된지 오래구나.

아, 다시 푸드덕 하고 날아오르고 싶다
나는 다시 중닭의 힘을 보여줄 수 있을까
푸르던 생목의 아름다움은
재생탄이 되어 다시 돌아올 수 있을까

나도 언젠가는 또 피어오를 수 있을까

여기 저기 작렬하는
지랄탄, 발광탄이 되어
다! 다! 닥! 하고
바—알간 불꽃 한번 피울 수 있을까

어디서 멈춰버린 것인가

길을 가다가
성 프란체스코 수도사 같은
겨울나무를 보면서
나는 다시

검푸른 역청탄瀝青炭이 되고 싶다.

앞에서 말했다시피 소쉬르는 언어를 자의적이고 사회적인 약속체계로서 하나의 언어적 구성물a form로 보았다. 언어는 단순히 현실을 모사하는 실체가 아니라 인간이 만든 구성물로 그 근대적 자율성을 인정한 것이다. 소쉬르를 통해 우리는 말과 사물이 일치하지 않을 수 있음을 보았다. 언어는 이제 있는 그대로의 사물이 아니고 자의적 산물이다. 이는 플라톤, 아리스토텔레스 이래 서양의 실재론적 철학과 인식의 구조를 뿌리째 흔들어 놓은 것이다. 다시 말해 언어는 '재현'이 아니라 '재구'의 산물이다. 이로써 우리는 작품을 단순히 작가의 전유물로 신성시하던 단계에서 벗어나 작가가 나름대로의 시각과 해석을 통해 새로운 의미의 옷을 입혔듯이 나 또한 하나의 작가로서 이 세계를 해석하는 텍스트 생산의 주체가 되는 길을 열 수 있는 근거를 확보하게 되었다.

텍스트 생산의 고전적 사례를 보자. 이 사진은 프랑스의 문화기호학자인 바르트가 신화적 현실 읽기의 고전적 비평서인 『신화론』에서 언급한 유명한 그 사진이다. 여기서 『파리마치』 표지(사진)가 말하고 있는 것은 단순히 **한 흑인 소년 병사가 프랑스 국기에 경례하고 있다**는 형식이 아니다. 이를 통해 우리는 **프랑스는 위대한 제국이다**France is a great empire라는 새로운 내용을 읽어 낼 수 있다. 이렇게 우리는 일차 의미에 새로운 의미를 더함으로써 가능세계를 창조할 수 있다.

여기서 주목해야 할 것은 하나의 작품을 읽고 감상하는 일련의 행위는 그 작품을 읽고 감상하는 주체가 놓인 현실적 조건을 떠나서는 이뤄질 수 없다는 점이다. 러시아의 문예비평가 바흐친이 말한 대로 진공이 존재하지 않듯이 가치중립 또한 존재하지 않기 때문이다. 다시 말하면 언어는 그 자신의 몸에 묻어있는 사회성과 역사성이라는, 의미의 이데올로기적 **때**에서 한 치도 벗어날 수 없다.

가령, 여기 누군가가 퇴근길 전철 안의 한 여성이 『**인터내셔널 뉴욕 타임지**』를 읽고 있는 장면을 사진으로 찍어 신문이나 책 또는 광고에 싣거나 기사화한다고 가정해보자. 여기서 이 장면은 한 여성이 신문을 읽고 있다는 단순한 사실에만 그치지 않는다. 왜

『파리마치』 표지

냐하면 그 장면을 담은 기사, 책, 그리고 광고를 접한 사람들은 제 각각의 위치에서 이를 바라볼 것이기 때문이다. 그리하여 어느 사람에게는 이 장면이 단순하게 영어학도로 비칠 수 있겠지만 다른 사람에게는 지적 허영심이 많은 된장녀로 보일 수도 있고, 또 어떤 사람에게는 국제통이, 부르주아가, 인테리가, 더 나아가 미친년美親女-ㄴ이 될 수도 있다. 계급적 현실인식이 작동하기 때문이다.

위 사진도 마찬가지다. 이는 단순히 한 흑인 소년 병사가 프랑스 국기에 경례하고 있다는 사실만도 아니고 프랑스는 위대한 제국이라는 의미만도 아니다. 위 사진에는 강한 정치적 영향력을 행사하려고 하는, 다시 말해 지배 권력의 민족주의적 이데올로기가 재현되어 있고, 그리하여 알제리를 비롯한 북아프리카 국가들에 대한 식민 지배를 계

속해서 정당화하려는 제국주의 신화가 조작되어 있는 것이다. 『파리 마치』는 우파 대중지다.

　계속해서 『마담 보바리』를 보자. 당시 플로베르는 엠마 보바리를 자신을 다른 존재로 착각하는 상상과잉의 문제적 인물로 창조해냈다. 이 작품이 발표되자마자 공중도덕에 영향을 미치고 종교를 모독하고 미풍양속을 해친다는 이유로 고발당하는 수모를 겪었다. 물론 작품 속에 나타나는 보바리의 행실을 문제 삼은 때문이었다.

　그러나 오늘날이라면 어떨까. 『마담 보바리』가 태어난 지 150년, 오늘 21세기의 관점에서 바라본 문제적 캐릭터, 마담 보바리는 서울 거리의 된장녀, 명품녀에 비하면 초라하기 짝이 없을 것이다. 만일 그녀가 서울 거리에 나타난다면 촌스럽다는 이유로 손가락질을 받을 것이고, 그녀의 허영심이 문제가 된다면 가소롭다고 코웃음을 칠 사람들이 한둘이 아닐 것이다. 사이버 상에서 자신의 캐릭터를 돈으로 사는 이미지 시대, 디지털 카메라와 스마트폰으로 얼짱 각도의 사진을 찍고, 유명 연예인을 따라잡는 패션으로 개성을 복제하고, 어린 여학생들은 필요한 것을 얻기 위해 원조교제를 불사하고, 외관상 별다른 문제가 없어 보이는 가정주부가 성매매의 현장으로 뛰어드는 시대(박상우, 「다시 '마담 보바리'에 대하여」, 『경향신문』, 2006.5.24), 다시 말해, 가상과 현실의 경계가 희미해지고, 이에 따라 그 도덕적 근거마저 희미해진 21세기 포스트모던한 후기 소비자본주의 시대에, 모든 것이 상품이 되고 기호가 되는 시대에 19세기적 문제적 캐릭터인 마담 보바리는 더 이상 명함을 내밀 처지가 못 되는 것이다.

그렇다고 그런 삶을 오늘날이라고 용인할 수 있을까. 대답은 천 가지 만 가지다. 삶의 태도와 이를 결정하는 기준을 정하는 문제는 주관적인 가치평가의 문제이자 동시에 사회적 규범의 문제이기 때문이다. 이 둘은 항상 충돌한다. 이 둘을 화해시키는 것은 결국 당대의 대중들이다. 언어는 이제 절대의 언어도 독단의 언어도 아니다. 언어는 이제 **공존**의 언어가 되었다. 공존의 전제는 주체다. 결국 주체의 태도가 사회적 삶을 결정한다. 이 주체의 삶의 태도를 결정하는 문제가 바로 해석행위이고, 해석은 또한 삶을 창조적으로 재구성하는 기호행위이다.

누가 사랑을 아름답다 하는가. **환상은 환멸을 낳고 만다**는 플로베르의 고전적 명제는 지금도 유효하다. 『돈키호테』도 마찬가지다. 중세는, 기사도 정신은 부질없다는 것. 그렇다면 어떻게 하란 말인가. 꿈도 꾸지 말란 말인가. 꿈은 꾸되 환상은 갖지 말라고? 답은 생각보다 간단하지 않다. 그럴수록 고전이 우리에게 던지는 의미는 더욱 크고 웅숭깊다.

이렇게 고전은 시대와 공간을 뛰어 넘어 여전히 우리 삶에 지하수맥처럼 스며 있다. 그리하여 고전은 지속적으로 우리 삶의 젖줄이 되고 메마른 땅의 수원水源이 되고 있다. **퍼도 퍼도 마르지 않는 샘, 고전은 깊은 우물이다.**

제 2 부

시대와 형식, 그리고 의미

1장

서술방식은 시대, 역사의 산물이다

한 시대의 지배적인 형식은 언제나 그 지배계급의 형식이었다. 글쓰기 형식도 마찬가지다. 고중세 서사시, 비극의 시대를 지나 근대의 소설, 설명의 시대를 넘어 오늘 논증, 에세이의 시대가 된 것은 결코 우연이 아니다. 고중세는 영웅의 시대이고, 근대는 부르주아의 시대이며, 현대는 대중의 시대이기 때문이다. 다시 말해 서사시는 고중세 운명공동체인 집단적 영웅들에 대한 찬미가이고, 소설은 근대의 주역인 부르주아 시민들의 자신감 넘치는 인생 해설서라면, 논증, 에세이는 현대 정보화 사회 집단지성들의 동시대적 감수성을 대변한다. 『신통기』를 비롯한 『일리아드』, 『오디세이아』가 첫째 경우이고, 『돈키호테』, 『로빈슨 크루소』가 둘째 경우이며, **미네르바** 사태와 **대중지성**의 출현이 그 세 번째 경우를 대변하고 있다. 대중지성의 출현은 지금 글쓰기, 이야기가 봇물처럼 넘쳐흐르고 있음을 암시한다.

이 세상의 이야기recits는 그 수를 헤아릴 수 없다. 그것은 우선, 상이한 여러 실체 사이에 분배되어 있는 굉장히 다양한 장르여서, 마치 모든 주제가 인간으로 하여금 인간의 이야기들을 그 주제에 위탁하기에 알맞는 것 같다. 즉 이야기란, 구술적이거나 기술적이거나 분절적인 언어로 유지될 수도 있고, 고정되거나 움직이는 이미지로 유지될 수도 있고, 제스처로도 유지될 수 있으며, 이 모든 실체들의 적당한 배합으로 유지될 수도 있다. 그리하여 이야기는 신화 속에 현전하기도 하고, 전설 속에 현전하기도 하고 우화 속에 현전하기도 하고, 콩트 속에도 있고, 단편소설 속에도 있고, 서사시 속에도 있고, 역사 속에도 있고, 비극 작품 속에도 있고, 드라마 속에도 있고, 희극 속에도 있고, 무언극 속에도 있고, 회화(카르파치오의 〈聖위르쉴〉이라는 그림을 두고 하는 말이다)에도 있고, 그림 유리창에도 있고, 영화 속에도 있고, 코미디 속에도 있고, 3면 기사 속에도 있고, 일상적인 대화 속에도 있다. 게다가 이처럼 거의 한없는 형식을 띤 이야기는 어느 시대, 어느 곳, 어느 사회에나 존재하고 있다.

— 롤랑 바르트, 「이야기의 구조적 분석 입문」, 김치수 편, 『구조주의와 문학비평』, 홍성사

그러나 글쓰기의 역사는 단순히 무엇을 기술하는 것을 넘어 어떻게 기술할 것이냐의, 방법론의, 형식의 역사였다. 여기서 무엇을 어떻게 기술할 것이냐의 방법론의, 형식의 문제는 다시 대상을 어떻게 바라볼 것이냐 라는 **인식론**의 문제이기도 했다. 따라서 시대와 형식, 그리고 의미는 단순한 열거, 배치, 결합의 문제가 아니라 가령, 우리는 다음과 같은 글을 통해 철학이 당대를 바라보는 동시대인들의 사유와 인식을 일반화한 학문인 것처럼, 서술방식 또한 당대적 사유와 인식을 형식적으로 반영한 불가분의 시대적 양식임을 유추할 수 있다.

대체로 말하자면 아리스토텔레스에 이르기까지 그리스 철학은 고대 도시국가에 적합한 사고형식을 표현했다고 말해도 좋다. 스토아 철학은 세계적인 전제정치에 알맞고, 스콜라 철학은 교회조직의 지배를 지성의 힘으로 표현한 산물이며, 데카르트 이후나 적어도 로크 이후 철학은 상업에 종사하는 중산층의 편견을 구체적으로 드러내는 경향이 짙었다. 또 마르크시즘과 파시즘은 현대 산업국가에 적합한 철학인 셈이다.

— 러셀, 『서양철학사』, 을유문화사

부르주아적 특성에 대해 일정한 거리를 유지하면서도 마르크시즘에 대한 비판 의도가 분명한 이 글에서 러셀은 나름대로 역사적 사실과 부합하는 글쓰기 양식의 전사前史를 보여주고 있다. 그의 어법을 빌려 저자는 다음과 같은 내용이 추가되어야할 필요성을 느낀다.

그리고 니체 이후 후기 근대철학은 현대의 다원화되고 정보화된 사회에 적합한 철학인 셈이다.

앞에서 저자가 철학의 역사가 글쓰기 양식의 '전사前史'라고 했던 것은 하나의 양식사는 실로 경제사이자 사회역사학이자 하나의 철학사라는 사실에 기반하고 있다고 보기 때문이다. 가령, 하나의 씨앗이 싹을 틔워 줄기를 세우고 잎을 무성하게 자라게 하여 온전하게 광합성 작용을 왕성하게 해야 비로소 하나의 '꽃'을 피워 뭇 벌들을 부르듯이, 하나의 양식 또한 한 시대의 문화적 양식으로서 입에서 입으로 전해져 그야말로 인구에 회자되기 위해서는 그만한 경제적 토대와, 사회역사

서술방식은 시대, 역사의 산물이다

적 배경 그리고 철학적 인식을 거느려야 한다는 것이다. 현실을 떠난 '순수이성'은 없다.

다음 표는 글쓰기의 역사-철학적 의미를 이해하는데 도움이 될 것 이다.

고중세	근대	현대
영웅서사시	시민서사시	대중서사시
자연	인간	자연과 인간
동일성	차이	공존
집단	개인	대중지성
말	사물	이미지
가치	사실	사실과 가치
실체	형태	텍스트
구술문화	문자문화	영상문화
거대한 현실	응축된 현실	창조적 현실
연역추론	귀납추론	변증추론
객체	주체	상호주체
음소	형태소	문장소
모방론	표현론	수용론
페르소나(가면)	퍼스낼러티	멀티-페르소나
구술	서술	발화, 담론
그리고	그래서	왜냐면
주관묘사 / 행동서사	객관묘사 / 개념서사 / 인과설명	논증 / 유비
서사시	소설	에세이
종속적	일방적	관계적
극적제시	개괄제시	이상제시
-이 / -가	-은 / -는	-을 / -를

2장

고중세, 영웅서사시, 동일성 또는
종속적 언어의 세계인식

말이 사물이 되는 순간, 개념은 사라지고 이미지가 걸어 나온다

여름방학 초등학교 교실들 조용하다

한 교실에는

7음계 '파'음이

죽은 풍금이 있다.

그 교실에는

42년 전에 걸어놓은 태극기 액자가 있다.

또 그 교실에는

그 시절

대담한 낙서가 남아 있다

김옥자의 유방이 제일 크다

—고은, 「대담한 낙서」

　여기, 조용하지만 분명 하나의 허상이 살아 숨 쉬고 있다. 그로테스크grotesque란 바로 이런 것인가. 어린 시절 '낙서'라는 문자 몽상에 사로잡혔던 화자는 아직도 그 시절을 생생한 화면으로 회상한다.

　그의 회상이 멈춰 선 어느 초등학교 교실들, '들'은 생명이다. 이렇게 사물이 살아 있는 바로 그곳에는 지금도 죽은 풍금이 '파'하고 입을 벌린 채 누워 있고, 태극문양의 눈썹꽃이 나를 내려다보고 있다. 또 그곳에는 아직까지도 나를 사로잡고 있는 몽상의 언어가 마귀처럼 나를 홀리고 있다. 그런 순간, 갑자기 죽은 입이 말을 하기 시작한다.

김옥자의 유방이 제일 크다

고. 이렇게 말의 허상이 나를 압도하는 순간, 나는 홀연 아지랑이처럼 중심을 잃고 맹목의 포로가 되고 만다.

　죽어도 고개를 내미는 자라목이여, 끝없이 달라붙는 끈끈이주걱이여. 대체 김옥자의 유방이 어쨌다는 것인가. 왜 '그'가 끈질기게 따라붙는가. 여기서 세 번이나 반복되고 있는 '그the'는 그때 그 문자를 잊지 못하는, 뿌리 깊은 욕망의 선험적 기표이자 그것으로부터 애써 벗어나려고 안간힘을 쓰고 있는, 무의식적 강박의 표지다. 무의식의 뿌리는 깊고 욕망의 구조는 강고하다. 이 시는 우리가 프로이트의 무의식과 라캉의 언어적 욕망의 세계에서 한 치도 벗어날 수 없는 매우 나약한 존재임을 환기시키고 있다.

브로멘델, 〈소크라테스에게 물을 끼얹는 크산티페〉, 1655

　말의, 문자의 환상에서 빠져나올 수 있을까. 방법은 거리두기다. 소크라테스(사진)처럼 현실에서 한 발 뒤로 물러서서 '물끄러미' 바라보기 ㅡ여기서 소크라테스는 이웃집 여자의 유방에 혹한 얼간이가 아니다. 그는 '저 여자의 유방이 이렇게 나를 매혹시키는 것은 대체 뭘까' 하고 미의 근본 문제를 사유하고 있는 철학자다. 이렇게 관조적으로 아름다움의 대상을 제대로 감상하기 위해 취하는 심리적 상태를 우리는 '**미적 거리**aesthetic distance'라고 부른다. 바로 여기에 비판적 성찰을 위한 개념이 예비 된다. 마지막 시행을 독립시행으로 처리한 이유가 바로 여기에 있을 터이다.

고중세, 영웅서사시, 동일성 또는 종속적 언어의 세계인식

말은 실재인가 환상인가, 이 시는 공자와 플라톤, 아리스토텔레스 이래 말과 사물의 관계에 대한 오랜 화두를 응시凝視하게 한다.

고중세의 인식론을 대표하는 **공자**와 **아리스토텔레스**는 닮은 점이 하나둘이 아니다. 우선, 그들은 각각 동서 양 진영을 대표하는 사유의 대개척자들이다. 공자가 중국을 중심으로 하는 **아시아적 가치**를 대표하는 핵심 아이콘이라면, 아리스토텔레스는 그리스를 기원으로 하는 **서구적 가치**를 대변하는 중추 산맥이다. 이들 모두 보수적 성향을 드러내는 지배담론의 상징이라는 점도 비슷하지만, 특이한 것은 이들이 모두 음악과 '시詩'를 중시했다는 점이다.

잘 알다시피 공자는 여기저기 흩어져 있던 주대周代의 시들을 모아 『시경詩經』을 편찬하였다 하고, 아리스토텔레스는 스스로 『시학』을 지어 자신이 만든 학교, 뤼케이온에서 후학들을 가르쳤다고 전해진다. 중요한 것은 이들이 통치수단의 하나로 이 시를 적극 활용했다는 사실이다.

공자孔子부터 보자. 공자는 중국 역사상 가장 위대한 지적 개화 시대를 살다 간 교육자이자 사상가이며 문예이론가다. 그러나 공자는 사실 그가 살았던 춘추시대春秋時代라는 시대적 공간에서 그렇게 인기를 누리지 못했던 사람이었다. 그도 그럴 것이 당시는

① 증가해가는 인구의 압박
② 만족蠻族과의 투쟁

③ 봉건국가 상호간의 계속적인 투쟁

④ 인민 사이의 높아가는 불안

⑤ 철의 출현으로 인한 기술혁명

— 조셉 니담, 『중국의 과학과 문명』

으로 역사적 개변기改變期를 맞이하고 있던 혼란한 때였다. 이런 시기에 모든 상황이 봉건 제후를 당황시켜 조언자mentor를 찾게 했다. 그런데 시대의 스승을 자처하던 공자는 봉건 제후에게 현실적인 해결책보다는 인仁을 통한 이상론을 제시하고 이미 기울어진 주周나라를 가장 이상에 부합한 나라라고 보았다. 또한 공자를 비롯한 유가집단은 세습 '봉건제'를 옹호했다. 이에 유교 집단이 진시황秦始皇 때에 이르러서는 분서갱유焚書坑儒라는 큰 시련을 겪기도 했다. 그러나 다시 한漢나라로 통일이 되고 나라의 안정을 되찾게 되자 그가 비로소 재평가되기 시작하였다.

공자의 '인'을 실천하는 효과적인 방법 중의 하나는 시의 정치적 활용이었다. 그는 『논어論語』에서,

詩 可以興 可以觀 可以羣 可以怨 邇之事父 遠之事君.

시는 감흥을 일으키고, 일의 득실을 관찰하며, 여럿이 사회를 이루어 살게 하며, 바른 방법으로 원망하게 하며, **가까이는 어버이를 모시고, 멀리로는 임금을 섬길 수 있게 한다.**(강조―인용자)

하여 교육을 통해 인격의 도야와 정치적 효용성을 얻고자 한 것을 확

고중세, 영웅서사시, 동일성 또는 종속적 언어의 세계인식

인할 수 있다.

공자의 그 유명한 '시삼백詩三百은 거짓됨이 없이 솔직하다'는 견해도 마찬가지다. 김근은 『한시漢詩의 비밀』에서 다음과 같이 말하고 있다.

공자의 "거짓됨 없이 솔직하다思無邪"라는 말은 '시삼백'의 감각성에 대한 표현이었다. 그런데 이 말이 도덕적 속성을 표현한 말로 인식된 것은 한나라의 경학자들이 '시삼백'을 『시경詩經』으로 경전화하여, 시삼백에 흐르는 초월론적인 시적 감각들을 도덕성이라는 보편자로 환원했기 때문이다

라고 서두를 뗀 뒤 다음과 같은 분석을 내놓고 있다.

이렇게 환원될 수 없는 차이를 동일하게 만들지 않으면 안 되는 까닭은, 더 말할 것도 없이 어떻게든 생존을 위해 거대 집단을 유지해야 한다는 중국인들의 욕망 때문이다. 이를 위해서는 모든 구성원들이 공통적으로 인식하는 하나의 세계를 가정해야 한다. 또한 이러한 세계를 공유하려면 언어로 지시하고 표현할 수 있는 공통감각(상식)을 설정해야 한다. 이것은 분절된 의미를 재조직한 기의를 일정한 기표에 고정시키는 재인식re-cognition 과정을 통해서 이루어진다. 이와 동시에 일반화된 주체가 형성되는 것은 말할 것도 없다. 이렇게 해서 의견doxa이 만들어지기 때문에 의견 자체가 정치적인 것이 되는 것이다.

당대 최고의 팝송이라 일컫는 『시경詩經』도 사실은 **정치적인** 경전화canonization의 산물이다. 『논어論語』 제7편 「술이」에는 공자의 그 유명한

문예관이 소개되어 있다.

<blockquote>

子曰, "述而不作, 信而好古, 竊比於我老彭."

공자께서 말씀하셨다. "옛것을 배워 전하기는 하되 창작하지는 않으며 옛 것을 믿고 좋아하니, 속으로 나는 노팽에 비기는 바이다."

</blockquote>

여기서 '述而不作' 즉, 옛 것을 배워 전하기는 하되 창작하지는 않는다는 공자의 메시지는 매우 중요하다. 이를 통해 우리는 고대 문예관의 핵심을 엿볼 수 있기 때문이다.

우리가 이런 공자의 문예관을 통해 알 수 있는 것은 무엇인가. 우선, 알 수 있는 것은 '述而不作'이 '述而作'과 대조를 이루고 있다는 점이다. 술이부작이 하·은·주 삼대의 성인들의 정치와 문화를 모방하고 재현시키려는 공자의 학문적 이상을 드러낸 것이라면, 술이작의 태도는 이와는 달리 기왕의 정치와 문화를 하나의 텍스트로 삼아 이를 재구, 가공, 개작, 창작하겠다는 의지를 드러낸다.

이런 공자의 문예관은 그대로 근대 소쉬르의 다음 선언과도 비교된다. 즉 근대 언어기호학과 문예기호학의 사상적 태두라 할 소쉬르는 'language is a form not a substance'라 하여 언어를 하나의 자의적 형태로 인식함으로써 언어를 놀이의 대상, 그러니까 자유 부르주아들의 도구로 인식시키는데 결정적으로 기여하였다. 이는 'language is a substance'라는 아리스토텔레스로 대표되는 고대의 전통적, 실체적 언어관을 뒤집은 것이다. 쉽게 말해 언어를 말씀으로 숭배하던 단계에서

고중세, 영웅서사시, 동일성 또는 종속적 언어의 세계인식

‘물끄러미’ 바라보고 이를 이용할 수 있는 대상으로 보기 시작했다는 것이다. 이를 간단하게 도식화해보자.

述而不作	述而作
language is a substance	language is a form not a substance
시인, 공자, 아리스토텔레스	소설가, 소쉬르
고중세적, 보수적, 실재론적 문예관	근대적, 혁신적, 유명론적 문예관

실재reality를 중시하는 공자의 문예관이 나온 것은 우연이 아니다. 우선 생각해 볼 수 있는 것은 자연환경의 영향이다.

> 한족漢族은 먼저 황하 유역에 살고 있어서 자연의 혜택이 부족되어 그들의 생활 또한 근면해야 했으므로 실제實際를 중시하고 현상玄想을 멀리했다
> — 노신, 『중국소설사략』, 범학사

이는 그대로 양자강 유역에 살고 있는 한족들이 풍부한 자연의 혜택에 힘입어 노장사상과 문학과 선禪 등 비실재적인 문화를 일군 사실과 대비되는 대목이다. 즉 유교와 공자의 보수적 문예관은 북방문화의 산물인 셈이라는 것이다.

그러나 이는 어디까지나 객관적인 요소다. 인간이 동물과는 다르게 자연에 단순히 적응하는 차원을 넘어 주체적으로 대응해 왔음을 염두에 두고 볼 때, 이런 인식만으로는 완전하다고 할 수 없다. 다시 말해 공자의 보수적 문예관이 단순한 자연의 영향만은 아니다.

두 번째로 생각해 볼 수 있는 사실은 공자 개인의 정치적 견해이다.

공자는 보수적 관점을 지닌 정치철학자로서 개인보다 사회, 국가의 안위와 도덕을 더 중시하였다克己復禮. 이런 보수적 정견은 그대로 왜 그가 '시詩'를 좋아하고 '소설小說'을 불신했는지를 이해하는 중요한 열쇠가 된다. 한대의 반고가 쓴 『한서예문지漢書藝文志』에는,

小說家者流, 蓋出于稗官, 街談巷語, 道聽塗說者之所造也, 孔子曰, "雖小道, 必有可觀者焉, 致遠恐泥." 是以君子弗爲也, 然亦弗滅也, 閭里小知者之所及, 亦使綴而不忘, 如惑一言可采, 此亦芻蕘狂夫之議也.

소설가의 부류는 대개 패관(정식 史官이 아닌 小吏―인용자 주)에서 나왔으며, 항간에서 사람들이 주고받는 한담이나 아무렇게나 길거리에서 주워들은 자료에 의하여 만들어진 것이다. 공자가 말하기를 "小說이 비록 보잘 것 없는 것이지만 거기엔 반드시 볼 만한 것이 있다. **그러나 그것을 국가·정치 등 원대한 일에 인용한다면 아마도 혼란을 면치 못할 것이다**"라고 하여 이로 말미암아 군자들은 모두 소설을 쓰려 하지 않았다. 그렇지만 또 공자가 '必有可觀者焉'이라고 했기 때문에 그것을 버리지도 않았다. 향리 小賢들의 所作所爲도 이로 말미암아 기록되어 사람들 간에 잊혀지지 않게 하였으니 혹시 여기에 한두 마디라고 후인들이 채용할 만한 가치 있는 말이 있을지도 모르며, 그렇다면 이것은 또한 마치 樵夫 狂人에게 중시할 만한 議論이 있을 수 있는 것과 같은 것이 된다. (강조―인용자)

― 반고, 『한서예문지』, 자유문고

위의 자료는 그대로 공자의 소설小說 적대관敵對觀을 잘 보여준다. 다시 말해 공자는 소설을 국가에 혼란을 일으키는, 아니 더 정확하게 말

고중세, 영웅서사시, 동일성 또는 종속적 언어의 세계인식

해서 소설을 공포^恐의 대상으로 보고 있음을 본다.

공자는 왜 소설을 공포의 대상으로 보았을까 생각해보자. 이야기형식을 지닌 소설은 노래 형식을 지닌 시와 근본적으로 그 성격이 다르다. 즉 노래가 따라 부르기라는 집단적 성격이 강한 외적 형식이라는데 그 기본적인 특징이 있다면, 이야기는 대상에 대한 일정한 거리를 둔 내면적 주체를 전제하지 않고서는 성립이 불가능한 문예형식이다. 즉 시는 극적 제시 성격을 보인다면 소설은 개괄 서술의 특징을 보인다.

중요한 것은 루카치의 말대로 '서사시가 규범적인 어린아이의 형식'이라는 점에 있다. 규범적인 어린아이의 특징은 따라하기다. 상대를 베끼고 흉내 내며, 재현하는 이런 형식은 기본적으로 미숙한 어린이의 세계다. 어린이 같이 말을 잘 듣는 순종적인 백성이라야 통치하기에 유리하다는 점, 이 점을 공자가 모를 리 없지 않은가.

여기서 '재현'의 대상은 공자에게 있어 신^神에게나 비유할 수 있는 성인^{聖人}이다. 어른이 어린아이의 롤 모델인 것처럼, 요·순·우·탕 같은 성인들은 그야말로 모든 한족들이 본 받아야할 이상적인 군주들인 것이다.

> 맑을사 그 빛이여
> 무왕의 법전!
> 제사하기 비롯해 이제토록에
> 그로써 나라를 빛내왔거니
> 참으로 이는 주(周)의 복이시로다

공자의 이상은 고대의 성왕들이 펼쳤다고 하는 인의도덕의 이상세계였다. 결국 『시경詩經』의 「송頌」은 공자에게 있어서는 그대로 『용비어천가龍飛御天歌』에 다름없었다. 중요한 것은 이렇게 복고적 이상주의에 취해 있던 공자에게 현실의 변화는 보이지 않았고 아니 오히려 거부의 대상이었다는 점이다. 더구나 변화해가고 있는 정치현실에 앞서 고대의 전설적인 성왕의 세계 — 성왕聖王이라고 하지만 그들은 실제로 누구였을까. 현실적으로 보아 성왕은 부족의 생존을 책임진 우두머리로서 전투에 능한 맹장들이었다 — 를 흠모하고 찬양하기에 바쁜 공자에게 당시 서민들의 세계는 어떻게 비췄을까.

당시 기록을 보면 서민庶民들의 삶은 관심 밖이었다. 이를 단적으로 보여주는 게 『한서예문지』의 편제방식이다. 한대에 춘추전국시대 제자백가들의 삶을 기록한 『제자략諸子略』에는 소설이 겨우 그 말석을 유지하고 있다.

1. 유가儒家

2. 도가道家

3. 음양가陰陽家

4. 법가法家

5. 명가名家

6. 묵가墨家

7. 종횡가縱橫家

8. 잡가雜家

9. 농가農家

10. 소설가小說家

이런 사실은 서민들의 삶이 통치자들에게 전혀 주목받지 못했음을 말한다. 이에 서민들의 이야기는 오늘날의 개념과는 다르게 小說, 그러니까 '못난 바보들의 찌질한 이야기'에 지나지 않는 것이다. 그리스에서도 영웅들의 이야기인 서사시에 비해 서민들의 우화fable — 이솝은 노예출신이라는 게 정설이다. 그래서인가, 우화에 아직도 '믿을 수 없는', '거짓말 같은'을 뜻하는 fabulous라는 부정적인 수식어가 따라다니는 것은 근본적으로 동양과 큰 차이가 없다 — 를 통해 우회적으로 자신들의 속내를 드러내는 비주류적인 양식으로 표현되었다. 이런 소설에 대해 공자는 한 술 더 떠 '위험하다'는 인식을 드러내고 있다.

그러면 공자가 소설, 그러니까 이야기의 세계에 대해 두렵다는 과민반응을 보인 이유는 무엇이었을까 생각해보자.

잘 알다시피 시는 재현의, 모방의, 술이부작의 산물이다. 이는 그대로 실재를 인정하는 것을 전제로 한다. 이는 곧 왜 시를 인정한다는 것이 정치적 보수주의를 드러내고 있는지를 넘어서, 철학적으로도 실재론적 문예관에 기댈 수밖에 없는지를 보여준다. 즉 시는 동화同化의 양식이고 비주체적 언어다.

공자가 『논어』「술이」편에서 "괴이한 일, 힘으로 하는 일, 어지러운 일, 귀신에 관한 일은 말씀하시지 않으셨다子不語怪力亂神"라고 했던 이유도 여기에 있을 것이다. 즉 괴력난신은 이 세상의 일, 그러니까 현실적인 지배관계에서 벗어나는 저쪽 세계의 언어다. 이런 사실은 그대로 왜 피지배계층인 약자의 정신세계를 대변했던 도교가 한대 이후 중국 고대 지괴志怪소설과 긴밀한 연관을 맺고 있는지를 해명하는데 하나의 시사점을 던진다.

반면 소설, 이야기는 재구의, 창작의, 술이작의 산물이다. 이야기를 꾸며낸다는 것은 이미 창조의 성격을 지닌 것으로, 이는 그대로 대상 세계를 자기식으로 재구하면서 새로운 해석을 한다는 것을 전제로 한다. 이런 세계는 근본적으로 주체의 능동적인 개입을 전제로 하지 않고서는 불가능하다. 즉 소설, 이야기는 이화異化의 양식이고 주체적 언어다. 소설이 형식상으로 볼 때, 말하기(설명을 통한 개괄 서술)와 보여주기(묘사를 통한 장면제시)로 분화되어있다는 것은 두 세계가 서로 분리되어 있음을 나타낸다. 루카치가 서사시가 규범적인 어린아이의 형식이라면 소설이 성숙한 남성의 형식이라고 한 것이 바로 이것이다.

시에 경도되었던 것은 공자에게만 해당되는 것은 아니다. 우리의 경우 다산 또한 서민의 삶보다는 — 유배 이후 그의 삶은 달라졌다 — 고대 성왕들의 삶을 모범으로 보는 존왕주의자이자 시 옹호론자였다.

아리스토텔레스aristotle도 마찬가지다. 그 또한 시대의 스승으로 자처한 무불통지한 철학자이자 교육자이며 문예이론가였다. 그는 여러 영역의 주제를 탐구하여 방대한 저서를 남겼으며, 서양지성사의 방향과 내용을 꼴 짓는데 큰 영향을 끼쳤다. 플라톤의 수제자로 그와 어깨를 겨룰만했고, 오히려 그를 극복했다는 평가다. 중요한 점은 그가 일찍부터 젊은 알렉산더의 멘토로서 훗날 알렉산더 제국의 사상적 기초를

닦는데 일조했다는 점이다. 다시 말해 그는 지배담론의 종조였다. 이는 결코 간단하게 볼 일이 아니다.

> 노예 상태는 올바르며 이롭다.
>
> — 아리스토텔레스, 『정치학』, 동서문화사

라는 주장은 과연 그가 고대 노예제 사회를 대변하는 지배철학의 아버지였음을 확인하게 한다.

그는 『시학poetics』에서 말하길

> 비극은 심각하고 완전하며 일정한 크기가 있는 하나의 행동의 모방으로서, 그 여러 부분에 따라 여러 형식으로 아름답게 꾸민 언어로 되어 있고, 이야기가 아닌 극적 연기의 방식을 취하여 **연민과 두려움을 일으켜서 그런 감정들의 카타르시스를 행하는 것이다.** (강조 – 인용자)

라며 서사시의 일종인 비극의 본질에 대해 정의하면서, "비극은 (…중략…) 연민과 두려움을 일으켜 '카타르시스'를 행하는 것"이라고 서술해 놓고 있다. 서구문예이론의 고전으로 평가되고 있는 『시학』에는 이밖에도 '플롯plot'을 제일의 원칙으로 보고 반면에 '(개인의) 성격personality'을 두 번째로 보고 있디는 점(6장), 시인 자신은 시 속에서 되도록 말을 삼가야 한다는 점(24장) 등 고대 인식론의 문예학적 준거들이 기술되어 있다. 도대체 개인의 성격보다 집단의 삶(플롯)에 더 큰 비중을 두고 개인의 이야기를 삼갈 수밖에 없는 사회는 어떤 사회인가. 그것은 바로

인간의 운명이 외부에서, 타자의 세계로부터 온다는 종속적인 세계인
식에 다름 아니다.

> 모든 공동체 중에 가장 으뜸가며 다른 공동체 모두를 포괄하는 특정한
> 공동체가 있다면, 이는 가장 으뜸가는 좋은 목적을 추구한 것이다. 이 가장
> 포괄적이며 가장 중요한 공동체가 바로 국가, 즉 정치적 공동체이다.
>
> — 아리스토텔레스, 『정치학』, 동서문화사

그리스의 대표적인 비극 『**오이디푸스**』를 보자. 이 작품은 기본적으
로 뛰어난 주인공이 군주인 아버지를 살해하고 왕비인 어머니를 근친
상간함으로 인해 벌을 받게 된다는 것을 줄거리로 삼고 있다. 한마디로
말해 '오이디푸스'는 당대적 금기taboo를 문제화한 작품이라 볼 수 있다.
전문가의 의견을 빌려 보자. 김용석은 『서사철학』에서,

> 비극 작품은 매해 봄 아테네에서 봉헌된 디오니소스 대제전의 주요 의식
> 인 연극 공연을 위해 만들어졌는데, 이 제전은 국가가 지명한 시민들이 조
> 직하고 경비를 부담하는 일종의 '전 국민적 행사'였다. 그러므로 그리스 비
> 극은 태생에서부터 국가적 문화프로그램으로서 정치적이고 이념적인 성
> 격을 띠고 있었다. 이런 의미에서 비극 공연은 폴리스의 시민들이 자신과
> 시민공동체에 대해 성찰하는 중요한 통로였다

며 다음과 같은 해석을 내놓고 있다.

고중세, 영웅서사시, 동일성 또는 종속적 언어의 세계인식

공연되는 극이 재현하는 '비극적 사건'들은 아테네 시민들에게 정체성을 일깨워주는 일종의 '거울'같은 역할을 하는 것이었다. 비극이 보여주는 부모살해, 자식살해, 근친상간, 복수의 악순환, 신의 저주와 같은 상처 입고 **부조리하기 짝이 없는 세상**은, 아테네 시민들의 일상을 반영하는 게 아니라 시·공간적으로 타자의 세계인 셈이다. 즉 **외부로부터 자아정체성을 자극하는 타자**인 것이다. 결국 비극 공연은 아테네 시민들이 한데모여 자아와 시민공동체의 의미를 되새기는 순간이었다. (강조―인용자)

좀 쉽게 말해보자. 그리스 신화를 보면 제우스를 비롯한 대부분의 신들, 타자들이 하는 짓은 여인을 탐한 권력자의 막장드라마를 방불케 한다. 요즘으로 본다면 제우스는 결코 용서할 수 없는 잔인한 성폭행범이다.

그러나 자신들은 얼마든지 금기 너머의 세계에 놀면서 보통 시민들은 금기의 울타리 안에 가두어놓기. 이를 위반하면 눈이 멀게 되는 것 ― 오이디푸스는 자신이 이 모든 금기를 어기게 된 주인공임을 알자 스스로 눈을 찔러 장님이 되었다 ― 과 같은 천형을 벗어날 수 없다는 비극적 메시지를 통해 **연민**과 동시에 **두려움**을 갖게 하는 것은 시쳇말로 어른이 아이를 달래면서 겁주는 것과 동일한 통치의 기술 중의 하나다. 이런 사실들은 특히 그리스 비극의 '합창(코러스)'를 통해 드러난다. 고대적 비극의 전개 방식이 주로 개인 간의 대화보다는 집단의 합창 형식을 통해 드러나고 있다는 것은 그대로 집단적 삶을 영위했던 시대의 불가피한 선택이었다고 볼 수 있다.

(코러스)

내 운명은, 저 드높고 맑은 하늘에 태어나서

숭고한 불멸의 법을 다루고자 모든 말이나 행동에서

경건한 정결을 지키는 이 몸과 운명을 함께 할지어다.

이 법은 올림포스만을 아버지로 하고 죽어야 할

인류가 만든 것은 아니며

결코 망각의 잠 속에 빠지지 않는다.

신은 그 법에서 위대하시며 늙음을 모르신다.

오만은 폭군을 낳는다.

오만은 어울리지도 않고 이롭지도 않은 재물에 이끌려

드높은 돌벽 끝을 기어오르고

험난한 운명의 절벽에 떨어져서

발 디딜 데도 없다.

그래도 나라에 이바지하려는 열망에 불탄

참다운 애국자를 신께서 보호해 주시옵소서!

신을 나의 보호자로 영원히 받들겠나이다.

정의를 두려워하지 않고

신의 모습을 공경하지 않고

말이나 행동에서 오만한 자는

그 불행한 오만 때문에 재앙을 받으리라.

그가 바르게 이득을 구하지 않고

성스럽지 못한 행동을 피하지 않고

어리석게도 신성한 것들을 더럽힌다면

고중세, 영웅서사시, 동일성 또는 종속적 언어의 세계인식

개인적 '오만傲慢, hubris'은 대중들에게는 금기의 모럴이었던 시대의 언어를 지금 우리는 보고 있다 — 여기서 공자의 극기복례를 떠올려보라. 이런 오만은 다만 신에게만 허락된 모럴이었다. 두 사례를 통해 우리는 과연 공자나 아리스토텔레스 모두 시를 하나의 정치적 수단으로 보고 있음을 본다.

그렇다면 이들이 시를 옹호함으로써 얻고자 했던 궁극적인 목적은 무엇인가. 그것은 다름 아닌 그들이 지향하고자 했던 유교적 또는 그리스적 '교양'의 세계였다. 교양culture이라는 말은 원래 '땅을 갈다', '씨 뿌리다'는 뜻의 그리스어 'cultivate'에서 발원한 말이다. 그러나 여기서 말하는 교양은 자연과 단절된 인간적인 문화를 말한다. 따라서 자연이 1차적이고 직접적인 야만의 세계를 이룬다면, 교양은 2차적이고 간접적인 인간 세계를 이룬다. 인간 세계를 이루는 교양의 세계는 **절제**와 **보편성**을 그 본질로 한다. 아리스토텔레스는

우리가 피해야 할 세 가지 비윤리적 성품이 있는데, 바로 악덕과 자제력이 없음과 짐승 같은 상태이다. 이 가운데 처음 두 가지 것은 그에 반대되는 성질이 뚜렷이 구별된다. 즉 악덕의 반대는 덕이고, 자제력 없음의 반대는 자제다. 짐승 같은 상태의 반대는 초인간적인 덕, 영웅적이고 신적인 성질의 덕이 가장 알맞을 것이다.

라고 고대적 교양의 의미를 밝히고 있다. 정리하자면 고전시대, 그리스인이라면 누구나 국가의 영광과 영웅을 찬양하는 호메로스의 서사시를 암송해야 했던 것처럼, 마찬가지로 동양의 군자라면 누구나 한시漢詩를 줄줄 외우고 쓸 줄 알아야 했다. 당시대의 치자가 갖춰야 할 기본덕목이자 군자의 기본소양이었기 때문이다. 곧 시는 국민을 길들이는 매우 효과적이었던 교양교육paideia의 핵심이었던 셈이다. 시詩는 언어적으로 볼 때도 언어言의 절제寺를 본질로 하는 문예양식이다. 이렇게 볼 때, 시는 동서양을 막론하고 알튀세르식으로 말하면 하나의 국가이데올로기장치로 기능했다고 볼 수 있다.

그렇다면 고중세 시대, 국가적 이데올로기 장치의 하나로서 시가 '보편적인' 교양인 양성을 목표로 한다고 했을 때, 그 '보편적' 교양이 갖는 시대적 함의는 무엇이었을까. 그것은 무엇보다 씨족, 부족 단위로 생존을 유지할 수밖에 없었던, 러셀식으로 말해 도시국가적 삶의 형태를 유지했던 당시, 개인보다는 집단이 더 우선시되는 시대적 인식이 반영된 것으로 볼 수 있다. 공자가 『논어論語』에서 '술이부작述而不作'이라고 하여 (객관적)사실을 기술할 뿐이지 (주관적) 의견을 창작하지 않는다고 했을 때의 의미가 바로 이것을 나타낸 것이고, 아리스토텔레스가 『시학』에서 '모방이야 말로 인간의 본성'이라고 여러 차례 강조한 것도 바로 이런 이유 때문이다.

이렇게 집단의 생존이 우선시되는 사회에서 개인의 가치는 무시되기 십상이었다. 다음 시는 집단적 가치가 우선시되는 현실에서 개인이 어떻게 무력화되는지를 보여주는 흥미로운 자료다.

> 나는 얼굴에 분칠을 하고
> 삼단 같은 머리를 땋아 내린 사나이
>
> 초립에 쾌자를 걸친 조라치들이
> 날나리를 부는 저녁이면
> 다홍치마를 두르고 나는 향단이가 된다
> 이리하여 장터 어느 넓은 마당을 빌어
> 램프불을 돋운 포장 속에선
> 내 남성男聲이 십분 굴욕되다

— 노천명, 「남사당」, 1~2연

40~50명의 남자만으로 구성된 놀이패로, 전국각지를 떠돌며 춤과 웃음과 노래로 삶을 영위하던 집단인 남사당, 이 집시the gypsies 같은 유랑 집단의 세계에서 전통 탈춤의 세계처럼 '남성男聲'이라는 개인의 목소리는 거세될 수밖에 없었다. 헬라(그리스) 비극의 세계에서도 마찬가지였다. 기록에 따르면, 거기에서도 역시 남성 배우들은 모두 일정한 형식의 역할을 부여받은 탈, **persona**를 써야 했다. 여기서 탈을 쓴 개인은 개인이 아니라 '일반적' 전형을 암시한다. (이상섭, 『시학』, 문학과지성사) 이렇게 고중세시대, 개인보다 집단적 가치가 우선시되는 현실에서 개인의 가치는 용납되기 어려운 성질의 것이었다.

『논어論語』에서 옛것을 주입식으로 '배우는學' 것, 즉 모방에서 첫마디가 시작되고 — 주희는 자신이 새롭게 주석한 『논어집주』에서 '學之爲言, 效也'라고 배움이란 말하자면 모방하는 것이라고 해석했다 — '임금은 임금다워야 하고 신하는 신하다워야 하며 아비는 아비다워야 하고 아들은 아들다워야 한다君君臣臣父父子子'는 표현 또한 마찬가지다. 즉, 앞의 군君은 이미 정해진 직분에 따른 '사실'을 말한 것이고, 뒤의 군君은 이 사실에 어울리는 행위규범인 '가치'를 말한다. 다른 것도 마찬가지다. '가치'를 더 강조함으로써 사물을 말에 일치시키려는 그의 현실 순응적이고 보수적인 실재론적 성격을 잘 보여주고 있다. 다시 말해 사실이 이미 운명적 가치로 던져진 세계, 그것이 바로 동양적 인식론이자 자연관인 셈이다.

淸江一曲抱村流　맑은 강 한번 굽어 마을을 안아 흐르고
長夏江村事事幽　긴 여름날의 강촌은 일마다 그윽하다
自去自來梁上燕　절로 오가는 들보 위의 제비와
相親相近水中鷗　서로 친근한 수중의 갈매기로다
老妻畵紙爲棋局　늙은 아내는 종이에 그려 바둑판을 만들고
稚子敲針作釣鉤　어린 아들은 바늘을 두드려 낚싯바늘을 만든다
多病所須唯藥物　병약한 몸에 필요한 것은 그저 약물뿐
微軀此外更何求　미천한 몸이 이것 말고 더 바랄 게 무엇이랴?

그 유명한 두보의 「강촌江村」이다. 여기서 '강촌'은 한가로운 자연을 상징하는 것으로, 전체의 분위기를 그윽하게 이끌고 있는 시적 지배소다. 이런 강변에서 한가하게 지내면서 자연과 조화된 유유자적한 삶을

고중세, 영웅서사시, 동일성 또는 종속적 언어의 세계인식

지향하는 것, 이것이 동양적 이상에 부합하는 군자상이다. 이렇게 자연과 조화된 이상적 삶을 추구하다보니 자연은 형식적으로 전면에 배치되고 인간은 후면에 배치될 수밖에 없는 한시적 구성先景後情을 갖게 되었다. 시조 또한 마찬가지다. 이런 사실들은 시가 근본적으로 '한가하게' 음풍농월을 일삼는 고중세 지배집단인 귀족문화의 산물이라는 평가와 맞닿아 있다.

아리스토텔레스 또한 『시학』을 '모방mimesis'에서 출발하고 있고, 모방의 대상이 규범적 현실이고 그 현실은 또한 지배적 현실의 가치체계임을 감안해 볼 때, 그리하여 '말은 곧 실체다(**명제론**)'라고 말과 사물의 관계를 실재론적으로 파악하고 있는 사실들을 통해 볼 때, 그가 추구하는 이상적 세계는 주어진 운명으로서 인간을 압도하는 신화적 세계임을 짐작할 수 있다.

사실에 대한 감각적 경험이 중요한 것은 사실이다. 그러나 감각적 경험에만 매몰되면 현실주의에 갇혀 버린다. 개념이 없는 감각은 맹목이 된다. 여기서 우리는 모방의 위험성을 본다. 모방의 전제는 규범적 현실이다. 이런 현실을 그대로 모사하고 전달하고 베끼고 즐기는 것이 바로 예술의 핵심이고 존재방식이라고 말하고 있는 고대 문예이론가들의 저의가 무엇인가는 어렵지 않게 짐작할 수 있다. 그들이 원하는 것은 바로 현실의 긍정이다. 이렇게 볼 때, 공자나 아리스토텔레스나 매우 목적론적인 인식의 소유자임을 간파할 수 있다. 그러나 지배와 피지배의 계급적 질서가 온존하고 있는 현실에서 모방을 통한 묘사란 무엇인가. 이는 곧 맹목적 인간의 양산에 다름 아니다.

홍세화는 모방의 폐해를 대해 다음과 같은 경험을 들어 지적하고 있다.

왜 미술시간에 학생들에게 석고 데생을 시키지 않느냐구요? 그건 아주 쉬운 얘기입니다. 유치원생에게, 그리고 초등학생과 중학생에게 중요한 것은 테크닉이 아닙니다. 아동들에게 중요한 것은 아름다움을 보는 눈과 미적 상상력을 계발하는 것입니다. 나이가 어릴수록 그렇습니다. 석고 데생은 나중에 미술학교에 가서 하면 되고, 실제로 미술학교에선 많이 실시하고 있습니다. 아동들에게 석고 데생을 시켜선 안 되는 중요한 이유는 하나의 모델을 주입시켜선 안 된다는 것입니다. 석고상을 보고 데생을 하라고 하면 가치관을 획일화시키는 위험이 있고 따라서 창의적 개성을 살릴 수 없습니다. 그리고 하나의 대상을 놓고 그리게 하면 아동들끼리 그린 것을 서로 비교합니다. 아동들끼리 우열을 서로 비교하는 것은 좋지 않습니다. 그리고 서른 명의 학생이 하나의 죽은 정물을 바라보는 모습은 전혀 아름답지 않습니다. 그렇지 않습니까?

— 홍세화, 『세느강은 좌우로 흐르고 한강은 남북으로 흐른다』, 한겨레출판

그러나, 현실적으로 인간이 자연의 폭력 앞에 무기력하던 시대, 모든 것은 자연이라는 알 수 없는 괴력을 지닌 신의 말씀을 통해서 존재한다고 생각되었던 것도 사실이다. 호메로스의 대서사시, 『일리아드』는 다음과 같이 시작되고 있다.

노래하소서, 여신이여! 펠레우스의 아들 아킬레우스의 분노를

그의 또 다른 장편 대서사시, 『오디세이아』 역시 다음과 같이 시작되고 있다.

들려주소서, 무사 여신이여 트로이의 신성한 도시를 파괴한 뒤 / 많이도 떠돌아다녔던 임기응변에 능한 그 사람의 이야기를

헤시오도스의 『신통기』와 『노동과 나날』에서도 무사 여신이 나온다. 웅혼한 이 대서사시들의 서두에서 주목되고 있는 것은 모두冒頭에서 모두 '무사 여신'을 언급하고 있다는 점이다. 여기서 말하는 무사 여신은 물론 제우스의 딸로 ─ 오늘 music의 기원이 바로 여기에 있다 ─ 시가를 '관장'하는 신이다. 여기서 우리는 다시 '관장'한다는 표현에 주목할 필요가 있다. 맡을 관管, 맡을 장掌, 곧 관장은 어떤 일을 맡아서 주관하다는 뜻이다. 이에 시가를 관장하는 무사 여신이 시적 영감을 불어넣어주고 이야기하고자 하는 사건에 대한 기억을 일깨우므로 서사시인은 으레 서사시의 맨 첫 행에서 무사 여신에게 먼저 도움을 청하고 있는 것이다.

이는 우리에게 매우 중요한 사실을 일깨운다. 까마득한 그 옛날, 루카치의 말대로, '별이 빛나는 창공을 보고, 갈 수가 있고 또 가야만 하는 길의 지도를 읽을 수 있던 시대'는 그야말로 자연신이 이 세상의 주인이었던 신화의 시대였다. 이는 비단 무사 여신만이 아니다. 하늘을 관장하는 신 제우스를 비롯하여 땅의 여신 가이아, 바다의 신 포세이돈, 전쟁의 신 아레스, 음악의 신 아폴론, 사랑과 미의 여신 아프로디테, 봄의 여신 페르세포네와 숲의 요정 님프에 이르기까지 이 세상 모든 사물에는 신의 이름이 부여되어 있었다. 이렇게 고중세 시대는 신이 모든 것의 중심에 있고, 그 신의 말씀이 절대적이고 보편적으로 용인되던 시대였다.

그러나 다음 의견은 어떤가.

　요즘 초등학교 교정에 단군상이 우후죽순처럼 생겨나고 있다. 그 중의 몇몇은 끔찍하게 목이 잘려나가고 있다. 누가 봐도 광신도의 소행임이 분명하다. 텔레비전을 커니 이번엔 일군의 기독교인들이 단군상 반대시위를 하고 있다. 이어서 거의 샤머니즘적 접신의 경지에 도달한 신도들의 통성기도 장면. 단군상을 둘러싼 논쟁이 단지 한국 근본주의자와 기독교인들 사이의 종교분쟁으로 비쳐지는 것이 아쉽다. 양자의 단순대립은 또 하나의 가능한 입장의 존재를 가려버린다. 나는 단군상의 설치에 반대한다. 그러나 종교적 이유에서가 아니라 다른 이유에서다.

　먼저 단군상이 종교적 상징인가 아닌가의 사실판단의 문제가 있다. 만약 종교적 상징이라면 그것은 철거되어야 한다. 입장이 바뀌었지만 독일에서도 비슷한 판례가 있었다. 바이에른 주의 한 어머니가 딸이 공부하는 교실 벽에 걸린 십자가를 철거해 달라는 소송을 냈다. 독일 법원은 이를 이유 있다고 받아들여 앞으로 교실에 일절 종교적 상징을 달지 말라고 판결했다.

　하지만 단군상을 종교적 상징이라 하더라도 특정 종교의 상징을 훼손하는 것은 민주주의 사회에선 있을 수 없는 만행이다. 관용을 잃은 종교는 광기로 흐르는 법이다.

　단군상이 종교적 상징이 아니라면? 그래도 나는 철거되어야 한다고 믿는다. 단군상을 설치하는 사람들이야 후손에게 국조의 모습을 보여주는 게 애국애족의 길이라 굳게 믿겠지만, 나는 앞으로 태어날 내 아들이 운동장에서 괴상한 구리동상을 보며 자라는 걸 원하지 않는다. 동상을 본다고 민족애가 생긴다고 생각하는 그 사고방식의 구태의연함도 맘에 안 들고, 20

세기가 끝나가는 시점에 전국을 구리동상으로 도배하는 그 몰취향도 맘에
걸린다.

　기독교계 일각의 광신적 행태는 아직 현대적 수준의 종교성에 도달하지
못한 한국 기독교의 문제점을 보여준다. 하지만 더 큰 문제는 동상을 설치
하는 쪽에 있다. 21세기를 바라보는 시점에 학적으로 실존여부조차 밝혀지
지 않은 신화적 인물의 동상을 세워야 민족의 장래가 밝아진다고 믿는 유치
함도 문제고, '민족'을 위한 것이라고 하면 모든 것이 간단히 허용되는 사회
분위기도 문제다. 단군숭배는 아직 보편성을 인정받지 못한 특정인들의 세
계관에 불과하다. 왜 그것을 만인을 위한 공적인 교육의 장소에 세우는가?
— 진중권, 『경향신문』 칼럼, 1999.10.18

　필자는 이 글에서 단군상은 '보편성'이 없기 때문에 초등교 교정의
단군상 설치에 반대한다는 논지를 드러내고 있다. 이 의견은 일견 매
우 그럴듯해 보인다. 어떤 대상이 보편성이 없다면 특정한 시설에, 더
구나 공교육 기관에 설치한다는 것은 부적절하다는 그의 의견이 부당
하다고 볼 수는 없기 때문이다.

　그러나 이는 어디까지나 근거가 타당할 때 얘기다. 그렇다면 한번 검
증해 보자. 단군상이 과연 보편성이 없는가. 잘 알다시피, 단군신화는
사실로 검증 불가능한 신화 차원의 얘기다. 그러나 단군신화는 한국인
들에게 그들의 국조國祖라는 신념체계를 형성하는 하나의 상징으로서
교과서에 기술되어 있다. 이는 그대로 단군신화가 국민적 상식에 속하
는 이야기임을 방증한다. 이는 마치 신의 존재여부를 검증할 수 없지만
그 신을 하나의 신념체계로 받아들이고 기독교를 대표하는 하나의 신

앙적 상징으로서 신이 보편적으로 인식되고 있는 것과 같은 이치다.

좀 거리를 두고 보자. 신화神話는 세계 공통의 고대 건국 서사시다. 신화는 고대 그리스, 로마에만 있는 이야기가 아니다.

단군왕검이 하늘에 있는 태양신을 나타내는 것으로 여겨지는 환인桓因의 손자였다는 것은, 그가 정치적 지배자로서의 위엄과 권력을 가지고 있음을 상징코자 한 것 같다. (강조—인용자)

— 이기백, 『한국사신론』, 일조각

는 지적처럼 민족을 통합시키는 위엄과 권력이 하늘로부터 나왔다는 것은 제우스 신이 '하늘'을 지배하는 최고신이라는 점과 견주어 크게 다를 바가 없다. 이런 사실을 근거로 해 볼 때, 단군상이 보편성이 없다는 진중권의 의견은 일종의 도그마 — 독단, 철학에서 객관적 자료에 따른 논증도 없이 주관적 인식만으로 판단하는 일 — 가 아닐 수 없다.

한번 생각해보자. 로마의 공공장소에는 늑대의 젖을 먹고 자랐다는 로마의 전설적인 시조 로물로스, 레무스 동상(사진)이 없단 말인가. 필자에게는 로마의 공공장소에 있는 로물로스, 레무스 동상은 고상해 보이고 서울의 공공장소에 있는 단군상은 유치하고 괴상해 보인단 말인가.

레무스 동상

근거도 없는 보편성이라는 허구적 명분을 들어 단군상을 부정하고 민

고중세, 영웅서사시, 동일성 또는 종속적 언어의 세계인식

족의 상징을 폄훼貶毁하려는 것으로 볼 때, 저자는 그를 **사대적** 미학주
의자라 아니할 수 없다.

자, 그러면 다시 또 객관적인 시선으로 신화의 세계를 보자.

무사이 여신들과 우리 한번 시작해보자.
무사이 여신들의 입술에서는 전혀 힘들이지 않고도
달콤한 노래가 술술 흘러나온다.
그러면 큰 소리로 천둥을 치는 아버지 제우스의 궁전은
맑게 들려오는 여신들의 노랫소리에 미소를 보낸다.
그리고 하얀 눈이 덮인 올림푸스 산의 봉우리들과

신들의 처소들도 이에 화답한다.
이 무사이 여신들은 불멸의 선율로 노래를 부르며
우선 신들의 고귀한 자손들,
즉 가이아와 광활한 하늘이 낳은 신들을 찬양하며,
그런 다음 신들의 자손인 선을 베푸는 자들을 찬양한다.
그리고 계속하여 이 무사이 여신들은 노래의 시작과 끝에
신들과 인간들의 아버지인 제우스가 모든 신들 중에서
얼마나 위대하고, 얼마나 힘이 엄청난지 찬양한다.

— 헤시오도스, 『신통기』, 민음사

『신통기』는 신에 대한 찬양으로 가득 차 있다. 신들이 이 모든 자연

을 주재하고 더구나 선을 베푼다고 인식하기 때문이다. 그리고 무엇보다 그들은 힘이 세다고 보았기 때문이다. 그렇다면 여기서 자연을 주재하고 선을 베풀며, 힘이 센 그들은 실제로 누구였을까. 러셀은 이에 대해 그들은 사실 정복을 일삼은 국왕이거나 왕권을 손에 넣은 해적들이라고 정직하게 털어놓고 있다. 아르놀트 하우저 또한

> 기원전 12세기의 아카이Achaea의 왕이나 귀족들, 이 시대에 '영웅시대'라는 명칭을 붙이게 해준 '영웅'들은 스스로를 '뭇 도시의 약탈자'라고 자랑스럽게 칭한 데서도 알 수 있듯이 강도요 해적들이었다.
>
> — 아르놀트 하우저,『문학과 예술의 사회사』, 창작과비평사

라며 그들의 실체를 정확하게 밝혀놓고 있다. 중요한 점은 고중세는 이렇게 하나의 씨족, 또는 부족의 운명을 책임진 족장이나 귀족들, 또는 강도나 해적들이 추앙의 대상이 되었고, 그들이 운명공동체의 핵심적 위치에 있었고, 따라서 그들의 시대는 자연 그들의 삶을 영웅시한 신화, 비극, 서사시가, 루카치의 말대로 하나의 동질적 세계로서의 (영웅) **서사시의 시대**가 되었던 것이다. 이에 물을 요정으로 추켜세우고(물의 요정) 족장을 신으로 받드는(제우스 신) 등 찬미 가득한 '주관적 비유'가 당시의 지배적 언어형식이 될 수밖에 없는 이유가 여기에 있다. 특히, 그리스 제국주의 시대의 민족적 영광을 노래한『일리아드』는 — 그리스인에 있어 가장 빛나는 면류관이라는 이 서사시도 사실은 헬라인들의 약탈과 해적 행위를 시적으로 미화한 것에 지나지 않는다(『문학과 예술의 사회사』) — 헬라인들을 하나로 묶어주는 구심적 역할을 한 대표적

인 웅편 서사시로서 기능하고 있다.

> 헥토르여, 잊지 못할 자여! 내게 협의에 관해 말하지 마라.
> 마치 사자와 사람 사이에 맹약이 있을 수 없고
> 늑대와 양이 한 마을 한 이웃이 되지 못하고
> 시종일관 서로 적의를 품듯이, 꼭 그처럼
> 나와 그대는 친구가 될 수 없으며 우리 사이에
> 맹약이란 있을 수 없다. 둘 중에 한 사람이 쓰러져
> 자신의 피로 불굴의 전사 아레스를 배부르게 하기 전에는
> 그러니 그대는 온갖 무용을 생각하라. 지금이야말로
> 그대는 창수가 되고 대단한 전사가 되어야 한다.
> 더 이상 피할 길은 없다. **팔라스 아테네가 곧 내 창으로 곧 그대를
> 제압할 것이다.** 그리하여 그대는 이제 그대가 미쳐 날뛰며 창으로
> 죽인 내 전우들의 모든 고통을 한꺼번에 보상하게 되리라.(강조―인용자)
>
> — 호메로스, 『일리아드』, 숲

아킬레스의 입을 통해 트로이의 맹장, 헥토르의 죽음을 예고하고 있는, 그리하여 그리스의 영광을 드높이고 있는 가장 극적 장면이다. 그런데 여기서 헥토르의 죽음이 아테네 신에 의해 이미 예고되어 있다는 것을 주목할 필요가 있다. 이 점은 아킬레스 또한 예외가 아니다. 이런 관점에서 볼 때, 고중세는 신에 의해 인간의 운명이 이미 예고되어진 시대로, 이런 시대적 내용을 담은 서사시는 근본적으로 신정론神政論이 될 수밖에 없었다. 인간은 주인공이 아니었다. 고중세, '주관적 묘사'와

‘행동서사’가 당시의 대표적인 양식이 되었던 이유가 바로 여기에 있다. ('주관적 묘사'와 '행동 서사'는 근대의 '객관적 묘사'와 '개념 서사'에 대한 말이다—저자 주)

따라서 대상세계(자연, 신, 귀족, 영웅, 해적)를 찬양하기에 여념이 없었던 서사시의 시대는 자신을 볼 수 없는 시대였다. 이에 대상을 하나의 대상으로 인식하지 못하고 대상에 맹목적으로 이끌려 다니던 시대는 말과 사물이 미신적으로 융합되었던 아리스토텔레스적 실재론의 시대이다. 김준오에 따르면 ‘동일성의 시학’이 지배적인 시대였다고 볼 수 있는 이유가 여기에 있고 시간 또한 미분화된 전체를 이루고 있는 이유가 여기에 있다.

> 시인은 과거, 현재, 미래를 동화시킨다. 시간의 이런 동일화는 시정신의 또 하나의 본질이다. 과학적이고 논리적인 사고는 시간마저도 공간화하고 양화量化해서 과거, 현재, 미래를 나눈다. 특히 산업사회의 시간 가치는 시간의 질적 가치가 아니라 바로 이런 양적 가치에 있다. 과거, 현재, 미래의 공간화, 양화가 논리적 심성이라면 이 세 시상時相을 일체화시키는 시정신은 전논리적 심성이다. 전논리적 심성은 원시적 세계관이요, 신화적 감수성이다.
>
> — 김준오, 『시론詩論』, 삼지원

이런 신화적 감수성을 나타내는 최초의 언어가 바로 원시원어인 **비유**metaphor**다.**

고중세, 영웅서사시, 동일성 또는 종속적 언어의 세계인식

월리엄 아돌프 부게로, 〈호메로스와 길잡이 소년〉

최초의 언어가 신과 자연과 같은 비인간적 대상과 공감적으로 연결되는 것은 원시인들의 의식이 대상을 '그것(es)'으로가 아니라 '너(du)'로 받아들이는 의인관적 세계관임을 시사한다. 그리하여 최초의 언어는 '주술적' 언어가 되는 것이다.

— 위의 책

이렇게 고중세는 그 중심에 '신'이 하나의 형이상학적 관념적 실체로서 일상을 규율, 통제하던 시대였다. 그런 시대적 상징이, 아크로폴리스 언덕에 우뚝 선 신전이 바로 전쟁의 여신 팔라스 아테네를 모셔 놓은, 그 유명한 **파르테논** 신전이다.

그리스 제국의 구심적求心的 실체로서 기능했던 신전이 갖는 현실적 기능은 무엇인가. 그것은 바로 동일성同一性에 이바지 하는 그 무엇이었을 것이다.

> 타자들을 영웅화하고, 영웅들의 신전을 만들면서 그러한 신전의 참여자가 되고, 나 자신을 그 안에 위치시키고 그 안으로부터 자신이 갈망해왔고 타자들과 유사하게 창조된 미래의 형상에 의해서 통제되기 위해 애쓰는 것, 이것이 바로 역사의 영웅적인 인류 속에서 유기적으로 자기 자신을 느끼는 것, 그것의 일부를 이룬다는 느낌, 본질적으로 그 안에서 성장하고 있다는 느낌이며, 자신의 일과 세월이 그 안에 뿌리를 내리는 것, 그 안에서 그것들을 완전히 인식하고 의미화 하는 것이다.
>
> ― 바흐친,『말의 미학』, 길

그리고 이 신전을 어슬렁거리던 시인 중의 시인이었던 호메로스(사진)가 '육체적 결함의 소유자'(아르놀트 하우저,『문학과 예술의 사회사』) 맹인이었다는 사실은 그 진위 여부를 떠나 고중세 시대, 시인이 어떤 사람이었나를 말해주는 하나의 문화적 상징으로 다가온다.

3장

근대, 시민서사시, 차이 또는
일방적 언어의 세계인식

최영미의 시집 『서른, 잔치는 끝났다』에는 동명의 시가 한 편 실려 있다.

물론 나는 알고 있다

내가 운동보다도 운동가를

술보다도 술 마시는 분위기를 더 좋아했다는 걸

그리고 외로울 땐 동지여!로 시작하는 투쟁가가 아니라

낮은 목소리로 사랑 노래를 즐겼다는 걸

그러나 대체 나와 무슨 상관이란 말인가

잔치는 끝났다

술 떨어지고, 사람들은 하나 둘 지갑을 챙기고 마침

내 그도 갔지만

마지막 셈을 치르고 제각기 신발을 찾아 신고 떠났지만

어렴풋이 나는 알고 있다

여기 홀로 누군가 마지막까지 남아

주인 대신 상을 치우고

그 모든 걸 기억해내며 뜨거운 눈물 흘리리란 걸

그가 부르다만 노래를 마저 고쳐 부르리란 걸

어쩌면 나는 알고 있다

누군가 그 대신 상을 차리고, 새벽이 오기 전에

다시 사람들을 불러 모으리란 걸

환하게 불 밝히고 무대를 다시 꾸미리라

그러나 대체 무순 상관이란 말인가(강조―인용자)

―최영미, 「서른, 잔치는 끝났다」, 『서른, 잔치는 끝났다』, 창작과비평사

여기서 눈 밝은 독자라면 화자가 모든 전제에도 불구하고 반복적으로 되뇌고 있는―이를 시에서는 '지배적 정조'라고 부른다―**그러나 대체 무슨 상관이란 말인가**라는 독백에 주목할 수밖에 없다는 것을 알 수 있다.

라캉식으로 말하면, 이렇게 반복적으로 되뇌고 있는 언어 속에는 화자의 어떤 무의식이 구조화되어 있다. 그렇다면 이는 단순한 독백이 아니다. 우리가 이 대목을 주목해야 하는 이유는 바로 여기에 근대 서사에 대한 어떤 기호가 담겨 있기 때문이다.

'상관相關'의 세계, 그것은 잔치의 세계이고 축제의 세계이며, 자연과 인간이, 말과 사물이 하나가 된 동일성의, 시의 세계였다. 그러나 '그러나 대체 나와 무슨 상관이란 말인가' 하고 자의식의 눈이 떠지는 순간,

바로 여기에 근대의 씨앗이 발아하기 시작하고, 공자식으로 말해 '이립_{而立}'의 시간이, 너와 사물과 객체, 신과 분리된 나와 언어와 주체인, 인간의 세계를 여는 문제제기가 고개를 쳐들고 있는 것이다.

루카치는 그의 철학적 문예이론서인 『소설의 이론』에서,

> 소설은, 서사시가 규범적인 어린아이의 형식인데 비해 **성숙한 남성의 형식**이다.(강조─인용자)

라고 말했다. '성숙'의 전제는 미성숙이다. 미숙한 세계의 특징은 따라 하는 것이다. 다른 것을 베끼고 흉내 내며, 모방하는 세계는 규범적인 어린아이의 세계다.

> 어른이 되고 싶어요.
>
> 빨래도 해요.
>
> 설겆이도 해요.
>
> 반찬도 해요.
>
> 밥도 끓여요.
>
> 계란도 튀겨요.
>
>
> 빨리 어른이 되고 싶어요.
>
> ─ 김민정 어린이

집 아이가 근처 튼튼유치원을 다닐 때 가져온 소식지에 실린 동시

다. 누구한테 배웠을까? 이 아이는 벌써 던지고, 풀고, 맺고 하는 글쓰기의 기본 원리를 꿰고 있지 않은가! 물론 '설겆이'는 '설거지'로, 끝 문장의 '어른'은 '엄마'로 바꾸어야 한다.

그러나 모방의 끝은 비극의 세계라는 사실을 우리는 이미 보았다. 개성이, 나의 목소리가, 주체적인 삶의 능동적인 재구가 허락되지 않기 때문이다.

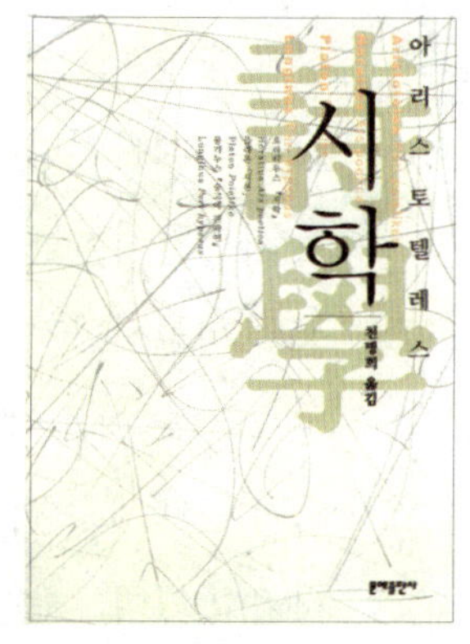

우리가 고대 그리스의 비극에서 목격하는 인간의 파멸은 규범적인 신적 질서를 거스르는 인간의 운명이다. 이에 영웅서사시와 비극은 전통적으로 정해진 규범을 위반하게 되면 필연적으로 복수를 낳게 되고 또 이 복수가 복수를 낳음으로써 이러한 복수가 끝없이 계속되는 철부지 어린아이와 같은 세계이거나 범죄와 벌은 동일한 무게를 지니고 서로 동질적인 것으로 생각해서 이를 세계 심판의 저울대 위에 올려 놓은 완벽한 신정론이었던 것이다.

— 루카치, 『소설의 이론』, 심설당

이런 비극적 모방론의 정점에 아리스토텔레스의 『시학』(사진)이 자리한다. 『시학』이 '모방$_{mimesis}$'에서 시작되고 있다는 것은 무엇을 말하는가. '모방'의 전제는 대상이자 실체다. 그렇다면 시는, 비극은 과연 이렇게 주어진 대상과 실체를 단지 답습하는 어린 아이에 불과한 것이다. 여기서 우리는 다시 아리스토텔레스가 왜 '무사 여신'으로부터 시작하는 『일리아드』와 『오디세이아』의 세계를 옹호하고 있는 지를 짐작할 수 있다. 그것은 곧 신이, 사실은 '귀족'들이 지배하는 세계의 질서이기 때문이다. 신이, 자연이, 운명이, 객체가 인간을, 세계를, 주체를 좌지우지하는, 다시 말해 '무엇이 어떠하다 / 어찌한다'는 주관적 묘사와 행동서사가 지배하는 세계이다.

그러나, 이게 대체 나와 무슨 상관이란 말인가. 칸트의 미학을 계승하여 근대의 미학을 완성한 헤겔은 『미학』 첫 장에서 '자연미'를 제외시키고 있다. 예술미가 자연미보다 우월하다고 보았기 때문이다. 이렇게 예술미가 자연미보다 우월하다고 볼 수 있었던 것은 예술미가 다름 아닌 인간의 정신에서 탄생한 미이기 때문이다. 여기서 우리는 상식적으로 동양화와 서양화를 놓고 볼 때, 동양화에는 인간이 자연보다 왜소하게 나타나 있는데 비해, 서양화에는 인간이 자연보다 크게 제시되어 있고, 심지어 자연이 다만 하나의 배경으로 물러나 있는 것이 왜 그런지를 이해할 수 있는 단서를 얻을 수 있다. 요컨대 서양 근대적 관점에서 볼 때, 자연은 이제 인간과 상관없는 하나의 사물로, 대상으로 전락하고 말았다. 자율성에 기반한 '미적' 근대의 탄생 순간이다.

이런 인간 정신의 세계, 근대 시민의 운명을 서술한 소설을 헤겔은 **시민서사시**라 정의하고 있다. 이 말은 크게 두 가지 의미를 내포한다. 하나는 소설이 서사시의 전통을 계승한 근대적 문학 장르란 것이고, 다른 하나는 그것의 성격이 시민적이라는 점에서 전통적인 영웅서사시와 구별된다는 것이다. 시민사회를 자본주의 사회라 볼 수 있다면, 근대시민서사시인 소설은 근대 자본주의 부르주아의 운명을 형식화한 양식인 셈이다. (하정일, 『20세기 한국문학과 근대성의 변증법』, 소명출판)

그렇다면 근대시민사회의 서사양식인 소설이 어떻게 부르주아의 운명을 적은 양식인지 알아보자. 이는 곧 소설의 형식적 특성에 주목할 때만이 해결 가능하다. 잘 알다시피, 소설은 전대의 서사시와 형식적으로 분명한 차이점을 보인다. 우선, 소설의 주인공은 '신'이 아니라 '인간'이다. 다시 말해 근대소설에서는 신이 추방되었다. 서사시와 비극에서 어김없이 등장하던 신은 추방되었다. 다음, 신이 사라지자 운명의 방식 또한 바뀌었다. 신이 화자이던 시대, 인간은 모방하면 그뿐이었다. '주관적 묘사'와 '행동서사'를 통한 재현이 그것이었다.

그러나 인간이 주인이 되자 자연은, 신의 세계는 인간에 의해 재구되기 시작했다. 재현再現과 재구再構의 차이, 이는 단순한 사실이 아니다. 모방을 통한 재현이 운명에의 순응을 나타낸다면, 재구는 이 운명을 주체의 입장에서 다시 쓰는 것이니만큼 재구는 운명개척 정신의 문예학적 반응인 셈이다. 이에 주체와 객체가 엄격하게 분리되기에 이르자 자연은 인간에 의해 서술의 대상으로 물러나고 말았다. 이로 말미암아 '주관적 묘사'는 '객관적 / 설명적 묘사'로, '행동서사'는 '개념서사'로, '현재적 시간'은 '완료적 시간'으로 대체되었다.

스탕달과 함께 현대 리얼리즘의 창시자라 일컫는 발자크(『고리오 영감』)의 경우를 보자.

여기에는 시정詩情이라곤 없는 비참, 인색하고, 농축되고, 꾀죄죄한 비참이 도사리고 있는 것이다. 그 비참은 아직 진흙투성이는 아닐지라도 얼룩투성이이며, 아직은 그 구멍이 숭숭 뚫린 누더기가 아닐지라도, 그것은 곧 썩어 무너져 내릴 운명의 비참함이다.

— 발자크, 『고리오 영감』, 서울대 출판부

　이 서술은 곧 전개될 객관적 / 설명적 묘사에 대한 개괄적 서술(말하기)로, 독자에게 재구적 현실에 대한 입체적 인식을 조망하게 하는 효과를 제공한다. 이는 형식적으로 매우 중요한 의미를 지닌다. 즉 고중세적 양식인 서사시와 비극이 주어진 운명적 현실인 **거대한** 세계를 단순히 반영하는 평면적, 극적 서술에 그치고 말았다면 근대서사시인 소설은 주어진 운명적 현실을 재구, 굴절시킴으로써 그 현실을 **응축된** 세계로 입체적, 개괄 조망하는 위치에 인간을 올려놓았다. 이렇게 인간적 조망대의 위치에서 바라본 비참의 세계는 과연 어떤 모습이던가.

　아침 일곱 시경, 보케르 부인의 고양이가 제 여주인보다 먼저 나와, 찬장으로 뛰어 올라가서는, 접시가 덮여 있는 몇 개의 사발 속의 우유 냄새를 맡고, 아침마다 들리는 '가르릉' 소리를 낼 때면 이 식당은 모든 광채를 발한다. 뒤이어 곧 과부가 모습을 드러내는데, 얇은 명주 망사로 만든 보네모 아래로 헝클어진 가발 타래를 늘어트린 그녀는 구겨진 슬리퍼를 질질 끌면서 걷는다. 한가운데 앵무새 주둥이 같은 코가 튀어 나온 그녀의 늙수그레하고 통통한 얼굴, 통통하게 살찐 그녀의 작은 두 손, 교회의 쥐처럼 포동포동한 그녀의 몸, 펄럭이며 나부끼는 너무도 팽팽한 그녀의 블라우스는 불행이 스며 나오고, 투기가 웅크리고 있는 그 식당과 조화를 이루고 있다. 보케르 부인은 후끈한 악취가 풍기는 그 식당의 공기를 역겨움도 느끼지 않고 들이마신다. 가을 첫서리처럼 냉랭한 그녀의 얼굴, 무희의 상냥한 미소로부터 어음 할인 중개인의 냉혹한 찌푸림으로 삽시간에 표정이 바뀌는 그녀의 주름진 두 눈, 요컨대 그녀의 모습 전체가, 하숙집이 그녀의 모습을 내포하는 것처럼, 그 하숙집을 설명해 준다. 간수 없는 감옥이 있을 수 없듯이, 여러분은 그 둘 중에서 하나를 빼고 다른 하나를 상상할 수는 없을 것이다. 마치 티푸스가 병원의 발산물의 결과이듯, 이 작은 부인의 희끄무레하고 살찐 모습은 그러한 생활의 산물이다. 낡은 드레스를 고쳐 만들었고, 터진 천의 틈새로 솜이 삐죽이 나와 있는 치마 아래로 늘어져 있는, 털실로 짠 그녀의 속치마는 살롱과 식당과 작은 정원을 요약하며, 부엌을 예고하며, 하숙인들을 예감케 해 주는 것이다. 그녀가 거기에 있으면, 그 곳의 풍경은 완성된다.

근대 리얼리즘 소설의 '전율할만한' 현실감을 선사하고 있는 이 유명한 대목은 이미 에리히 아우얼바하(미메시스)가 '고양이가 이미 들어와 찬장 위에 뛰어 오르는 것을 통하여 어떤 **마녀적**魔女的**인 분위기**를 풍기게 한다'면서 자신의 **미메시스(모방)** 이론을 증명하는 최고의 텍스트로 조명한 바 있다. 여기서 자연과 인간, 사물과 말은 하나로 통일되어 있다.

그러나 아우얼바하는 중요한 사실을 하나 놓치고 있다. 이 작품이 그의 말대로 말과 사물이 일치하는 실재론적인 리얼리즘적 미메시스mim-esis 이론을 뒷받침하는 가장 적합한 텍스트일지는 모르나 이 작품을 단순하게 모방과 재현이라는 고중세적 인식체계로서만 볼 수는 없다. 이는 무엇보다 재구再構와 인과因果와 분석分析과 귀납歸納이라는 근대적 인식논리가 이 작품 모두에 깃들어 있기 때문이다. 다시 말해 이 작품은 단순한 재현도 아니고 끝없이 반복되는 **그리고**의 세계도 아니며, 평면적 실재의 모습도 아니고 연역적 현실은 더욱 아니다. 대신 이 작품은 작가가 새롭게 재편한 19세기 프랑스의 대혁명 이후 자본주의의 길로 들어서기 시작한 사회의 축소판이자 사람과 그가 사는 거처 사이에는,

'꾀죄죄한' 하숙집과 그곳에 사는 사람들 사이에는 밀접한 대응 관계가 있다고 보는 **그래서**의, 예측 가능한 인과의, 귀납적 설명의 세계이다.

이 모든 것을 인식 가능케 한 힘이 바로 인간의 '근대적' 이성이다. 신의 질서가 무력화되면서 인간의 이성이 전면화 되었다. 이성적 사고의 핵심은 합리적이고 주체적인 사고의 힘에 있다. 로빈슨 크루소의 말대로, **이성이 수학의 실체이자 기원이기에 모든 것을 이성에 의거해 가능하고 맞춰서 만사를 가장 이성적으로 판단한다면 누구건 온갖 물건의 제조법을 시간이 지나면 다 숙달할 수 있다**는 자신감, 따라서 인간의 운명은 신에 의해서 예정되어진 조화 속이 아니라 인간 스스로의 합리적인 힘으로 자신의 운명을 스스로 결정해 나가는 운명 개척적인 것이 되었다. 이에 루카치(『소설의 이론』)는

> 예술은 더 이상 모사가 아니라 — 왜냐면 전범적 모델은 모두 사라져 버렸기 때문이다 — 창조된 총체성인데 왜냐하면 형이상학적 제 영역의 자연스러운 통일은 영원히 파괴되고 말았기 때문이다.

라며 그 시원적 모델로서 플라톤의 새로운 인간인 현자, 즉 소크라테스를 근대적 인간의 전형으로서 소급시키고 있다 — 여기서 우리는 플라톤이 아리스토텔레스와 다르게 모방을 비하하고 있다는, 다시 말해 근대적 이성의 시원적 기원인 소크라테스의 후계자인 플라톤이 아리스토텔레스적 실재론의 세계를 부정하고 말과 사물이 일치하지 않는 이상적 유명론의 세계인식을 드러내고 있음을 주의깊게 볼 필요가 있다.

이 점은 미하일 바흐친도 마찬가지다. 그는 『장편소설과 민중언어』(창작과비평사)에서,

> 소설이 지배적인 장르가 되었을 때 철학에서는 인식론이 지배적인 학문이 되었다. 소설을 위한 새로운 예술적 산문의 한 모형이 과학적 사고와 동시에 탄생함을 반영하는 하나의 주목할 만한 기록을 우리는 가지고 있다. **소크라테스적 대화들**이 바로 그것이다. 고전적 고대 시대가 끝나가는 무렵에 태어난 이 주목할 만한 장르의 모든 것이 우리의 연구에 중요한 의미를 지닌다.(강조—인용자)

며 소설의 서사적 조망이 주체적 인간 형성, 즉 인식론의 탄생과 떼어놓을 수 없는 것임을 논파했다.

여기서 우리는 잠시 소크라테스가 어떻게 해서 근대소설의 전사前史로서의 전범적 모델이 될 수 있는가에 대한 타당성을 검토해 볼 필요성을 느낀다. 즉 어떻게 해서 소크라테스가 소설의 모태가 될 수 있는 자격을 갖췄는가를 반문해 봐야 한다.

잘 알다시피 소설은 근대 부르주아의 인식론을 예술적으로 형상화한 시대적 양식이다. 그렇다면 기본적으로 소설과 부르주아적 삶과의 어떤 친연성이 소설이라는 형식 요건에 기여할 수 있었을까를 생각해 보자. 소설을 읽고 감상하기 위해서는 기본적으로 경제적 '여유'를 가져야 한다. 여기 경제적 여유를 갖는다는 것은 물질적 풍요만을 의미하지 않는다. 물질적 풍요뿐만 아니라 정신적 한가함이 갖춰졌을 때, 다시 말해 현실에서 한 발 뒤로 물러나 내가 살아가는 현실을 저편으

로 밀어내고 그 현실을 하나의 개념적 대상인 범주화된 틀로 인식하기 시작했을 때, 거기서 비로소 하나의 '의미'있는 소설적 지평이라는 근대의 서광이 빛나기 시작하는 것이다.

이 근대의 서광이 바로 부르주아지가 그토록 꿈꾸던 자유, 평등, 박애의 정신 아니었던가. 이는 곧 고중세의 구속과 예속, 억압적 노예 현실을 박차고 나온 근대적, 대타적 이념이다. 이런 대타적 이념으로서의 근대적 이념을 창도한 주체가 바로 근대 상업자본가를 주축으로 한 부르주아 세력이었다. 따라서 정치적, 경제적으로 자유를 얻은 부르주아가 마음 놓고 자신들이 주도하는 세계를 이야기하기 시작했을 때, 이미 소설은 하나의 시민서사시로 탄생할 수 있는 여건을 구비하고 있었던 것이다. 어느 좌중이든 물적 주도권을 잡은 자가 과연 자신 있게 이야기보따리를 펼쳐 놓지 않는가.

이런 근대 부르주아의 자유와 이를 형식화한 소설은 또한 르네상스의 산물이었다. 앞에서도 얘기했던 것처럼 르네상스는 이탈리아 북부 도시에서 탄생하였다. 지리적 이점을 이용하여 상업적 성공을 거둔 베네치아를 비롯한 여러 도시국가들이 자신들의 경제적인 기반을 떠받칠 어떤 이데올로기적 갈증을 느꼈을 때, 그들은 고대 그리스에서, 플라톤에서 그 모델을 발견하였다. 그리하여 르네상스renassance, '인간의 재발견'이 부흥운동의 슬로건이 되었다. 그런 그들이 플라톤 아카데미를 다시 세우고, '진리는 나의 빛'이라는 근대적 명제를 내걸었을 때, 비로소 근대적 여명은 밝아오기 시작했던 것이다. 유목철학자 이정우(『세계철학사』)는 르네상스 시대 — 도식적으로 말한다면 15세기, 16세기 — 는 탄생의 시대였다. 이 시대에 오늘날까지도 우리의 삶을 주도하고 있는 여러 방식들 — 국민국가, 자본주의, 주체철학, 과학기술 등등 — 이 탄생했다. 이런 삶의 양식들은 지중해 세계에서 만들어졌지만 점차 전 세계의 주류가 되었고, 때문에 이 양식들을 반추해 보는 것은 곧 우리 삶의 중요한 한 실마리를 파악하는 것

이라고 전제한 뒤

이런 탄생들을 관류하고 있는 핵심은 무엇인가? 그것은 아마도 '인간적인 발견'일 것이다.

라고 하며,

이 모든 변화들의 중심에는 인간적인 것의 발견, 더 정확히 말해 **주체의 발견**이 놓여있다. (강조—인용자)

고 온전하게 기술해 놓고 있다. 여기, '인간 주체의 발견'에 바로 근대 르네상스의 그리스적 기원인 플라톤의 스승, 소크라테스가 놓이게 되는 것이다.

소크라테스(사진), 그는 인류의 철학사뿐만 아니라 문체의 역사라는 관점에서 볼 때도 하나의 **문제-장**problematic이 될 만한 인물이다. 물론 소크라테스가 문체의 역사에서 하나의 문제-장이 될 수 있었던 것은 단

소크라테스

© Wikimedia

순히 신에 대한 불경죄로 고소, 사형을 언도당한 것만으로는 설명할 수 없다. 왜냐하면 여기에는 신에 대한 불경죄로 죽은 그 이상의 '상징적' 의미가 있기 때문이다. 그의 죽음과 관련하여 우선 그가 왜 고소당하게 되었는지부터 알아보자. 『소크라테스의 변명』에는 다음과 같은 소장訴狀이 소개되어 있다.

소크라테스는 악행을 하는 자이며 괴상한 사람이다. 그는 지하의 일이나 천상의 일을 탐구하고 나쁜 일을 좋은 일처럼 보이게 하는 것이다. 그리고 그는 위와 같은 일을 다른 사람에게도 가르친다.

고소의 성격상 상대에 대한 중상中傷(터무니없는 말로 남을 헐뜯어 명예를 손상시킴—저자 주)의 의도가 분명하지만, 행간의 의미를 통해 그가 원고들에게 어떻게 비친 인물인지 추리 가능하다. 즉 그가 악행을 하고 괴상한 자라는 평가를 받았던 이유는 우선, 그가 지상의, 그러니까 현실의 일보다는 지하의 일이나 천상의 일을 탐구한다고 보았기 때문이다. 여기서 우리는 공자가 괴력난신을 이야기하는 것을 좋아하지 않았음을 상기할 필요가 있다. 이는 그가 '현실'에 불만을 품었다는 것을 보여 준다. 또한 나쁜 일을 좋게 말했다는 것은 자신들의 의견과 배치되는 정견을 그가 옹호함은 물론 청년들에게 영향을 미쳤다는 것은 그가 새로운 시대의 아들이라는 사실을 말해준다. 이는 결과적으로 볼 때, 그가 시를 옹호하던 지배 계층에게 매우 불온^{不穩}한 존재로 비춰졌음을 암시한다.

그렇다면 실제로 소크라테스의 생활은 어땠을까? 『국가』 제10권을 통해 우리는 소크라테스가 당시 지배층에게 어떻게 인식되었는지 알 수 있다.

> 철학과 시詩 사이에는 오래된 일종의 불화가 있다고 말이네. '주인을 향해 멍멍 짖어대는 개'라든가, '짖으며 달려드는 개', 그리고 '어리석은 자들의 실없는 이야기로 대단한'이라든가 '지나치게 똑똑한 자들의 무리', '시시콜콜 따지며 생각하는 자들', 그래서 '궁상맞은 자들' 그리고 그 밖의 것으로 이들의 오랜 대립을 나타내는 수없이 많은 표현이 있으니 말일세.

'무엇이든 시시콜콜 따지며 개처럼 멍멍 짖어대는 귀찮은 존재', 단적으로 말해, 그는 지배 계층이 눈엣가시로 보고 있는 반체제 인사였던 셈이다. 더구나 그동안 시가 헬라스(그리스)인들의 모든 교양교육을 떠맡아 행세해 온 데 대해 이제 **문제적** 철학자(이야기꾼)가 나타나 그동안 시가 독점적으로 점유하고 있던 자유를 차츰 빼앗아 가게 되는 상황이 벌어지고 있던 것이다. 이에 기득권층은 불안감과 위기감을 느낄 수밖에 없었을 것이다.

이런 상황은 루카치가 말하는 바, **이중의 내부적 위험**(『우리 시대의 리얼리즘』)이 나타나는 경우에 해당한다. 새로운 양식의 출현은 많은 외부

근대, 시민서사시, 차이 또는 일방적 언어의 세계인식

적인 영향력에 좌우되며, 문학의 역사에서 종종 변화의 시기를 특징지었던 것으로, 한편으로는 어떤 새로운 주제에 대한 논리를 수용하는데 대한 저항감이 있을 수 있으며, 또 다른 한편으로는 전통적 양식에 대한 소심한 집착, 옛 습관의 포기에 대한 저항이 있을 수 있다. 즉 소크라테스는 당시 '자연'과 '신성'이 지배담론으로 기능하고 있던 사회에서, '인간', '이성'에 대한 관심을 나타냄으로써 지배담론인 신화적, 시적 인식체계에 정면으로 도전하는 상징적 인물로 비쳤던 것이라 볼 수 있다. 이는 그를 고발한 자가 다름 아닌 **시인**(밀레토스)이었다는 사실이 이를 정확하게 알려준다. 역사학자 카(『역사란 무엇인가』)는,

> 옛날에는 자연현상이 분명히 신의 의지의 지배를 받는다고 보았기 때문에 그 현상의 원인을 탐구하는 것은 불경스럽다impious고 생각한 사람들이 있었다.

고 했다. 신, 자연이 만물을 주재, 관장한다고 보는 신화적 세계관이 지배하는 사회에서, 인간은 다만 그 신과 자연을 숭배하고 찬양하기만 하면 그만인 사회에서, 소크라테스가 나서서 장바닥(아고라)을 돌아다니며 '너 자신이 (인간임을) 알라' 하고 가르친 것은 이제 신이 중요한 게 아니라 인간이 중요한 것임을 가르친 것이고, '뮈토스'의 시대가 지나고 '로고스'의 시대가, 시의 시대가 가고 소설, 이야기의 시대가 도래했다고 선언한 것이니 그의 운명은 예고되어진 것이나 다름없었다고 볼 수 있다. 다시 말해 소크라테스, 그의 죽음은 시와 소설(철학)이라는 문체적 대결이 빚은 비극의 결과였다 — 문체文體, style는 오랜 옛날부터 로마인

들에 의해 무언가를 기록하거나 찌르기 위해 사용되었던 '날카로운 송곳'으로, 그 기원이 '스틸루스stilus'에 있는 만큼 인류사는 한 편의 문체사라고 거칠게 말할 수도 있겠다.

여기서, 잠시 시선을 돌려 보자. 시인이 소설가(철학자)를 고발한 것은 비단 그리스만이 아니다. 우리역사에서도 이와 유사한 사례, 즉 **이중의 내부적 위험**이 나

연암 박지원

ⓒ Wikimedia

타나던 때가 있었다. 연암(사진)의 『문집』에는 정조의 측근이었던 남공철이 자신에게 보낸 사신에 담긴 정조의 교지教旨가 다음과 같이 소개되어 있다.

요즈음 문풍文風이 이와 같이 된 것은 그 근본을 따져 보면 모두 박 아무개의 죄이다. 『열하일기熱河日記』는 내 이미 익히 보았으니 어찌 감히 속이고 숨길 수 있겠느냐? 이자는 바로 법망에서 빠져나간 거물이다. 『열하일기』가 세상에 유행한 뒤에 문체가 이와 같이 되었으니 당연히 결자해지結者解之하게 해야 한다.

— 연암, 『연암집』, 돌베개

라며 신하에게 하교하는 부분이다. 당시 『열하일기熱河日記』의 인기를 실감케 하는 대목이자 문체를 통해 정치의 혁신을 보이고자 했던 정조

근대, 시민서사시, 차이 또는 일방적 언어의 세계인식

의 고심을 엿보게 한다. 여기서 중요한 것은 문풍을 새롭게 혁신하여 정치를 바로잡으려고 하는, 이른바 **문체반정**文體反正이 갖는 문체의 '정치적' 의미를 새김해 보는 일이다. 이는 이미 정조의 교지를 통해서도 알 수 있듯이 매우 현실적인 사안이기 때문이다. 다산이 쓴 「**문체책**文體策」 서두에는 정조의 다음 말이 머리를 장식하고 있다.

> 문장은 한 세대의 체제가 있어 세도世道와 함께 높아지기도 하고 낮아지기도 하니, 그 문장을 이야기하면 그 세대를 평론할 수 있을 것이다.

참으로 놀라운 안목이 아닐 수 없다. 이러한 군주의 교지에 대해 다산 정약용이 스스로 갖다 바친 소장이 바로 문제의 '**문체책**文體策'이다. 이러한 문체책의 내용 중에는 다음과 같은 내용이 눈에 띤다.

> 패관 잡설稗官雜說은 인재人災 중에서 가장 큰 것이라 생각합니다. 음탕하고 추한 어조가 사람의 심령心靈을 방탕하게 하며, 사특하고 요사스러운 내용이 사람의 지혜를 미혹에 빠뜨리며, 황당하고 괴이한 이야기가 사람의 교만한 기질을 고취시키며, 위미萎靡하고 조잡한 글이 사람의 장기壯氣를 녹여냅니다. 자제子弟가 이것을 일삼으면 경사經史 공부를 울타리 밑의 쓰레기로 여기고, 재상이 이를 일삼으면 묘당廟堂의 일은 변모(弁髦, 한번 쓰고 나면 다시 쓰여지지 않는다는 버려지는 물건을 비유—인용자 주)로 여기고, 부녀가 이를 일삼으면 길쌈하는 일을 끝내 폐지하게 될 것이니, 천지간에 어느 재해災害가 이보다 더 심하겠습니까. **신은 지금이라도 국내**國內**에 유행되는 것은 모두 모아 불사르고 연경**燕京**에서 사들여 오는 자는 중벌로 다스린**

다면, 거의 사설邪說들이 뜸해지고 문체가 한 번 진작될 것이라 생각합니
다.(강조—인용자)

진시황처럼 분서갱유焚書坑儒라도 하겠다는 것인가. 분서갱유가 무엇
인가. 이왕 나온 김에 분서갱유에 대해 알아보고 넘어가자. 진시황 34
년(기원전 213년)의 어느 날이다. 궁에서 한참 성대한 대 연회가 열리고
있던 때, 제나라 출신의 박사 순우월이 나섰다.

저는 상나라와 주나라의 양대 왕조가 1,000년을 이어간 사실에 대해 들
었습니다. 원인은 다른 것이 아닙니다. 이들 왕조의 역대 왕들이 아들들과
공신을 제후로 봉했기 때문입니다. 이들로 하여금 자신을 보좌하도록 했
기 때문에 그랬습니다. 지금 폐하는 천하를 제패했습니다. 그러나 대왕의
아들들은 단 한 치의 땅도 가지고 있지 못합니다. 만약 과거 제나라의 전상
처럼 강씨 왕조의 권력을 찬탈하려는 대신이 출현하면 어떻게 되겠습니
까? 제후들의 보좌가 없으면 어떻게 하겠습니까? **저는 옛사람들의 원칙을 따
라야 한다고 생각합니다.** 그렇지 않으면 오랫동안 집권하지 못합니다.(강조
—인용자)

— 왕리췬, 『진시황강의』, 김영사

박사 순우월 — 박사는 유가다 — 의 관점은 명확했다. 봉건제를 부
활하자는 것이었다. 왜냐하면 세습 봉건제 하에서 자신들은 인의도덕
으로 군주를 견제하고 백성들을 통제하면서 영원히 기득권을 누릴 수
있을 것이라는 정치적 계산이 깔려 있었기 때문이다. 진시황은 순우월

이 자신의 군현제를 반대한다는 것이라는 것을 너무나도 분명하게 깨달았다. 이에, 진시황의 복심이라고 볼 수 있는 이사李斯가 가만히 있을 리 만무하다.

오제五帝의 천하를 다스리는 제도는 연면하게 이어 내려온 것이 아니었습니다. 각각 달랐습니다. 하夏, 상商, 주周의 나라를 다스리는 제도 역시 마찬가지였습니다. 완전히 답습하는 것이 아니었습니다. 각자의 상황에 맞게 다스리면 됐습니다. 시대가 변했기 때문에 치국의 방법 역시 달라야 했던 것입니다. 지금 폐하께서는 대업을 이룩했습니다. 만세를 이어갈 불후의 공훈을 세웠습니다. 이건 멍청하고 우둔한 유생들이 이해할 수 있는 것이 아닙니다. 더구나 순우월이 말한 것은 하, 상, 주 세 왕조의 일입니다. 이게 모방할 가치가 있습니까? 그 시대에는 제후들이 서로 다퉜습니다. 널리 유세객들을 초빙하는 시대였습니다. 그러나 지금은 천하가 태평해졌습니다. 법령 역시 통일됐습니다. 백성들은 열심히 농사를 지으면 됩니다. 사대부들은 당연히 법령을 열심히 배우면 됩니다.

그러면서 그는 목소리를 가다듬었다.

지금 상당수의 유생들은 오늘날의 학문을 배우지 않고 옛날의 학문을 배우려 합니다. 이걸로 지금의 시대를 비판하고 있습니다. 백성들의 마음도 혼란하게 만들고 있습니다. 때문에 저는 목숨을 걸고 진언을 올리겠습니다. 고대에는 천하가 통일되지 않고 혼란스러웠습니다. 통일할 수 있는 사람도 없었습니다. 그래서 제후들이 잇달아 일어났겠죠. 그러나 지금 천하는 통일됐습니다. 시비와 흑백을 가리는 사람은 오로지 폐하 한 사람입니다. 그러나 사학을 배운 사람들은 법령을 무시하고 있습니다. 폐하의 조령을 받으면 자신이 배운 사학을 토대로 시시비비를 분분하게 가립니다. 조정에 들어오면 승복을 하지 않고 조정 밖으로 나가면 항간巷間에서 마구 떠들어 댑니다. 이들에게는 폐하 앞에서 자신을 과시해 이름을 날리고 싶어 하는 속성이 있습니다. 신기한 이설을 주장해 자신을 과시하고 싶어 합니다. 만약 이런 현상을 금지시키지 않으면 폐하의 존엄은 땅에 떨어지게 됩니다. 밑으로는 사사로운 파당까지 형성될 수도 있습니다. 때문에 저는 사학을 금지시키는 것이 상책이라고 생각합니다. 저는 이제 폐하께서 저에게 허해주시기를 청원하는 바입니다. 제가 건의를 드리는 조치와 방법은 다음과 같습니다. 우선 진나라 사관이 쓰지 않은 사서는 모조리 불태워 없애야 합니다. 박사들이 관직을 수행하는데 필요하지 않은 각 지역에 은닉된 『시경』과 『서경』을 비롯한 제자백가의 저작물들은 모두 군수들이 모아 소각하지 않으면 안 됩니다. 감히 이들 책을 다시 은닉하거나 각종 모임에서 언급하는 자는 모조리 사형에 처해 백성들에게 본보기로 삼아야 합니다. 옛일에 빗대 지금의 현실을 비판하는 자들은 멸족시켜야 합니다.(강조―인용자)

'분서갱유焚書坑儒'라는, 유교의 서적을 불사르고 유학자들을 생매장한 실로 무시무시한 사상 탄압의 시작은 이렇게 탄생하게 된 것이다. 조선의 '문체반정' 또한 분서갱유와 다를 바 없는 길을 가고 있었다. 그러나 다산 정약용이 제아무리 왕의 가장 신임 받는 신하라 하더라도 이렇게까지 고변告變하는 것은 좀 심하다는 생각이 드는 것은 저자만의 생각일까.

그러나 중요한 것은 따로 있다. 여기서 우리는 다산 정약용이 정조의 아낌없는 신임을 받는 신하이기 이전에 그가 바로 내로라하는 **시인**이었다는 사실을 상기해야 할 것이다. 다산이 당대 최고의 시인이었다는 사실은 부정하기 어렵다—다산의 고전에 기한 순정한 시는 유배 후에 조선의 현실에 기한 리얼리즘시, 민중시로 바뀐다는 사실을 염두에 두고 볼 필요가 있다—그는 선비들과 서로 어울려 사귀거나 연회를 베풀며 즐겁게 노닐기 위해 그의 주도로 어느 날 시사詩社를 결성한다. 그 모임이 주로 다산의 집竹欄舍에서 이루어졌기 때문에 자연히 '죽란시사'라는 이름이 붙게 되고, 그 결과가 「죽란시사첩」이며, 그 서문 또한 자신이 지었다. 이 **「죽란시사첩 서」**에는 다음과 같은 대목이 보인다.

> 모임이 이룩되자 서로 약속하기를 "살구꽃이 피면 한 차례 모이고, 복숭아 꽃이 피면 한 차례 모이고, 한여름에 참외가 익으면 한 차례 모이고, 서늘한 바람이 불어 서지西池에 연꽃이 피면 구경하기 위해 한 차례 모이고, 국화꽃이 피면 한 차례 모이고, 겨울에 큰 눈이 오면 한 차례 모이고 세모歲暮에 화분의 매화가 피면 한 차례 모인다. 모일 때마다 술과 안주, 붓과 벼루를 준비하여 술을 마시며 **시가詩歌를 읊조릴 수 있게 해야 한다.**(강조—인용자)
>
> —정약용, 『다산문학선집』, 현대실학사

이렇게 시를 통해 풍류를 즐기고 선비들과 교분을 두텁게 하는 것은 보기에도 아름다운 장면이 아닐 수 없다. 여기서 다산을 비롯한 선비들의 면면을 보자. 그들 '열다섯 사람들은 비슷한 연령으로 가까운 거리에 살며 맑은 시대의 신적臣籍에 올라 있고, 거의 비슷한 벼슬의 동급

인데다 그 뜻이나 취미의 지향하는 바가 함께할 수 있는 비슷한 부류들'이다. 이렇게 비슷한 부류끼리 유유상종하는 것은 어디나 마찬가지인가보다. 취미나 기호를 함께 나눌 수 있는 동호인들이기 때문이다. 더구나 이들은 조선의 지배층, 사족士族들이 아닌가. 이런 사실들은 과연 시가 김동석(『부르주아의 인간상』)의 말대로 '한가하게' 음풍농월을 일삼는 고중세 지배집단인 귀족문화의 산물이라는 평가를 방불케 한다.

이런 그들에게 갑자기 『열하일기』를 비롯한 산문들이 우후죽순 일어나 문풍을 어지럽히고 세도를 문란하게 하는, 이른바 '패관소품체稗官小品體' — 패稗 자를 보면 벼 화禾에 낮을 비卑가 결합된 형성자임을 알 수 있다. 패관소품의 글들이 영웅들의 역사歷史를 기록한 서사시에 비해 약자들의, 종놈들의 '찌질한' 이야기라는 시대 의식이 반영된 말임을 미루어 짐작할 수 있게 한다. 이에 제자백가들을 소개한 반고의 『한서예문지漢書藝文志』에 소설가小說家가 맨 끝 자리를 차지하고 있다. 그야말로 말석을 차지하던 소설이 서민의식의 대두와 함께 새로운 시대의 양식으로 대두하기 시작한 게 바로 근대의 소설이다 — 가 횡행한다는 것은 매우 위협적인 일로써 결코 용서할 수 없는 일이 될 것이다. 이옥, 김려 등이 소설문체로 이미 필화를 겪는 상황이었다.

그러나 김시습, 허균, 박지원을 비롯한 패관소품체류의 소설들이 등장해 대중의 인기를 끌게 된 것은 결코 우연한 일이 아니다. 특히 연암의 『열하일기』가 '귀 열리고 눈 밝은' 선비들에게 인기를 끈 이유는 『열하일기』가 단순한 중국 기행문이 아니라 당대의 현실을 중국에 견줘 세도의 진실을 논파論破한 대평론이었기 때문이다.

자, 그렇다면 『조선소설사』에서 김태준이 '조선의 대문호'라던 연암

근대, 시민서사시, 차이 또는 일방적 언어의 세계인식

의 식견은 과연 어떠했던가.

점포를 둘러보니 모든 것이 단정하고 반듯하게 진열되어 있고, 한 가지 일도 구차하거나 미봉으로 한 법이 없고, 한 가지 물건도 비뚤고 난잡한 모양이 없다. 비록 소외양간, 돼지우리라도 널찍하고 곧아서 법도가 있지 않은 것이 없고, 장작더미나 거름구덩이까지도 모두 정밀하고 고와서 마치 그림과 같았다.

아하! 제도가 이렇게 된 뒤라야만 비로소 이용利用이라고 말할 수 있겠다. 이용을 한 연후라야 후생厚生을 할 수 있고, 후생을 한 연후라야 정덕正德을 할 수 있겠다. 쓰임을 능히 이롭게 하지 못하고서 삶을 두텁게 하는 것은 드문 경우이다. 삶이 이미 스스로 두텁게 하기에 부족하다면 또한 어찌 자신의 덕을 바로잡을 수 있겠는가?

이런 식이었다. 단순한 견문에 그치지 않고 귀납적인 정치평론이 이어졌다. 따라서 이런 글은 자연 기득권 정치인들을 불편하게 만들었을 것이다. 왜냐하면 그들은 정덕이라는 연역적 관념론에 기울어 있는 실재론자들이었기 때문이다. 그러나 연암은 달랐다. 그는 이런 관념의 허구성을 여지없이 날려버린 현실주의자였다. 다음 글도 마찬가지다.

『시경』 삼백 편이라는 것은 당시 여항 사이에서 불렸던 노래에 불과할 것입니다. 기쁘고 즐거우며, 화가 나고 아프며, 희로애락하는 사이에 부득불 이런 노랫소리를 내지 않을 수 없었을 터이니, 마치 시절에 맞게 우는 벌레나 새들처럼 절로 울고 절로 읊조렸을 겁니다. 각 지방의 풍속을 살피는 자가 민요를 채집하여 문자로 정리하고 시의 구절로 만들어서 이를 학교에 서 책으로 만들고 악기에 올려 연주를 하였습니다. 이것이 이른바 열국들 의 노래인 국풍國風이니, 시라는 명칭도 여기에서 생겨난 것이지요. 그러니 어디에서 그 시를 지은 사람을 찾을 수가 있겠습니까?

그런데도 '소서'에서는 시를 설명하면서 반드시 시를 지은 사람이 모두 있다고 말하며, '이 시는 누구누구가 지은 것이다'라고 말해서, 마치 후세에 『전당시全唐詩』에 수록된 시의 저자를 말하는 것처럼 하고 있으니, **이는 견 강부회해서 억지로 말하는 것입니다.**(강조─인용자)

시를 하나의 경전canon처럼 대하고 있는 시인들에게 시도 사실 별것 아니라는 식의 이러한 평론 또한 매우 불편한 심기를 안겨주었을 것이 다. 이야말로 소크라테스가 그리스의 시인들을 불편하게 만든 것과 다 르지 않은 것이다. 조선의 소크라테스, 연암이 '문제적' 철학자이자 소 설가로서 위기에 놓였었던 연유가 바로 여기에 있는 것이다.

국문학자 조동일은 소설은 '자아'와 '세계'와의 대결을 형식화한 근 대의 서사형식이라면서 ─ 여기서 '자아'는 근대의 주체인 부르주아지 를, '세계'는 기득권을 상징한다고 볼 수 있다. 조동일은 이를 이기理氣 철학의 바탕 위에서 유례없는 깊이로 파고들고 있다 ─ 소설이 신흥 부르주아지 세계관을 반영하게 된 경위를 다음과 같이 제시하고 있다.

상인은 자기 자신이 소설의 애호자였기 때문에 소설을 상품화하고 소설 을 널리 펴는 데 기여했던 것이다. 상인 자신이 소설에 대해 흥미를 가지지 않았다면, 그들이 소설의 상품화에 착안하기 어려웠을 것이고, 설사 소설의 상품화가 가능했다 해도 세책가貰冊家나 방각본坊刻本의 지속적인 발전은 어려웠을 것이다. 상품화된 소설은 다양하게 읽혔지만, 상인 자신이나 상행위와 관련을 가지고 살아가는 사람들이 소설의 독자로서 중요한 역할을 했을 것이라는 사실은 추측하기 어렵지 않다. 상인 또는 상행위와 관련을 가지고 살아가는 사람들은 흥미본위의 문학을 원했을 것인데, 소설은 이런 경우에 가장 환영받을 수 있는 장르이다. 또한 많은 학식을 갖추지 않아도 쉽사리 이해할 수 있는 작품을 원했을 것인데, 소설은 이런 점에서도 환영을 받을 수 있는 것이다. 그리고 이들 독자는 **소설에 그려진 인물이 만족스럽지 못한 사회적 처지에서 세계와 대결하다가 투쟁에서 승리하여 마침내 상승하는 과정**에서 자기들의 잠재적인 요구가 확인되고 설명되는 기쁨을 발견할 수 있었을 것이다.(강조—인용자)

— 조동일, 『한국 소설의 이론』, 지식산업사

이렇게 자아가 세계와 대결하는 내용이 주를 이루고 있는 소설의 세계가 대두하는 것에 대해 정약용을 비롯한 지배 사족들이 두려움을 가지고 있는 것은 당연한 일이었을 것이다. 이렇게 해서 그들의 고변이 정조에게 들어갔을 테고, 정조 또한 체제의 위기를 의식했음인지 앞에서와 같은 교지를 내렸던 것이다.

이에 대한 연암의 답변은 어땠을까. 연암은 소크라테스와 달랐다. 소크라테스는 변명을 넘어서 항변抗辯을 함으로써 배심원들의 분노를 사 오히려 죄를 자청한 측면이 없지 않았다. 그는 당시 안의 현감 직에 있었다. 그는 남공철에게 답하는 형식을 빌어 다음과 같이 유연하게 변명을 늘어놓았다.

아, 명색이 선비로 이 세상에 태어난 자가 몸소 요순과 같은 임금이 교화를 펴는 시대를 만나고도, 물줄기가 모여 강을 이루듯이 화목하고 평온한 음향을 바라고, 『서경』, 『시경』과 같은 저작을 본받아 임금의 정책을 아름답게 표현함으로써 국가의 융성을 드날리지 못하니 이는 진실로 선비의 수치입니다. 더구나 나 같은 자는 중년 이래로 불우하게 지내다 보니 자중하지 아니하고 글로써 장난거리를 삼아, 때때로 시름과 따분한 심정을 드러냈으니 모두 조잡하고 실없는 말이요, 스스로 배우와 같이 굴면서 남에게 웃음거리를 제공하였으니 진실로 이미 천박하고 누추하였소이다. 게다가 본성마저 게으르고 산만해서 수습하고 단속할 줄 몰라, 자기도 모르는 사이에 화로, 조충 따위의 잔재주가 이미 자신을 그르치고 또한 남까지 그르쳤으며, 부부, 호롱에나 알맞은 글로 하여금 혹은 잘못된 내용이 전파됨에 따라 더욱 잘못되도록 만들었습니다. 차츰차츰 패관소품稗官小品으로 빠져든 것은 저도 모르게 그렇게 된 것이요 이리저리 굴러다니다가 위항에서 흠모를 받게 된 것도 그러길 바라지 않았는데 그렇게 되고 만 것입니다. 문풍文風이 이로 말미암아 진작되지 못하고 선비의 풍습이 이로 말미암아 날로 퇴폐하여 진다면, 이는 진실로 임금의 교화를 해치는 재앙스러운 백성이요 문단의 폐물이라, 현명한 군주가 통치하는 시대에 형벌을 면함만도 다행이라 하겠지요.

— 연암, 『연암집』, 돌베개

이른바 반성문 격인 연암의 「자송문自訟文」을 대하고 있자니 실로 법망을 빠져나간 거물다운 솜씨를 보고 있다는 실감이 든다.

연암이 어떤 위인偉人이었는지는 그의 아들이 쓴 『과정록過程錄』에 자세히 전한다.

그가 안의 현감 이후, 다시 정조의 명을 받아 면천 현감으로 부임하게 되었다. 그가 읍성의 남문을 통과하게 되었다. 그때, 아전이 전례라며,

"새로 부임하는 사또가 남문을 지나면 반드시 체직遞職되는 액을 만난답니다. 그러므로 반드시 길을 멀리 둘러서 다른 문으로 들어가는데, 앞뒤로 그렇게 하지 않은 적이 없었습니다."

하였다. 대개 아전들이 전례를 근거로 다른 문으로 들어가기를 청하는 것은 애초 그 사람됨의 정도를 시험하려는 것이다. 그는 이에 꾸짖기를

"어찌 그럴 리가 있단 말이야!"

하고, 드디어 남문으로 들어갔다. 면천 사람들이 지금까지도 부임 초에 남문으로 들어간 이는 앞뒤로 오직 박공 한 분 뿐이었다고 한다. 그는 부임 이후, 아전들을 불러서는,

"번다한 겉치레는 모두 버리고 실제의 일만을 힘쓰라"

고 명하였다.

'어찌 그럴 리가 있느냐.'

이를 통해 우리는 '전례前例'라는 중세적, 연역적 사고에 갇혀 현실을 올바로 보지 못한 지식인들의 허위의식을 간파하고 '번다한 겉치레'를 과감히 혁파하고자 한 그의 실천적 리얼리스트로서의 면모를 여실히 볼 수 있다. 서양에 **오캄의 면도날**이 있다면, 동양에는 **연암의 남문일화**가 있다.

어떻게 살 것인가. 자, 다시 소크라테스로 돌아가보자.

여기서 우리는 왜 소크라테스가 지배담론인 신화, 서사시를 마다하고 대항담론인 이성, 이야기를 옹호했을까를 한번 현실적으로 따져보자. 소크라테스의 아버지는 석공을 가업으로 이었다고 알려져 있다. 그렇다면 소크라테스의 가계는 계급적으로 중산층이라는, 요즘말로 부르주아라는 결론이 나온다. 무료 변론이 이를 잘 말해준다. 이렇게 소크라테스가 여유 있는 중산층이었다는 사실은 매우 중요하다. 중산층은 밑의 가난한 층같이 지나친 고역에 빠진 것도 아니요, 위의 특권층같이 썩은 것도 아니요, 생활의 여유를 가져 사상할 자유가 있고, 일을 할 경제적 실력을 가지고 있는(함석헌, 『뜻으로 본 한국역사』, 한길사) 계층으로 역사의 주체가 될 수 있는 여건을 구비한 자들이다. 그는 저 높이 솟은 아크로폴리스 언덕의 파르테논 신전이 올려다 보이는 시민광장인 아고라(사진)의 인기 있는 이야기꾼이자 부르주아의 이익을 앞장서서 대변하는 스타 철학자였던 셈이다. 소크라테스의 입을 빌어서 플라톤은 다음과 같이 말하고 있음에 주목해보자.

나의 관심을 끄는 것은 숲의 나무가 아니라 **도시의 인간**이다(강조-인용자)
— 플라톤, 『파이드로스』

"이성은 도시의 산물"이라는 베르낭(『그리스 사유의 기원』)의 주장도 주목할 필요가 있다. 이런 도시에서 그가 인기 있는 철학자이자 이야기꾼이었다는 사실은 그가 부르주아 계급의식을 지닌 철학자였음을 정확하게 방증한다. 그렇다면 당시의 부르주아 계층의 일원이었던 그가 갖

근대, 시민서사시, 차이 또는 일방적 언어의 세계인식

아고라 전경

고 있던 계급의식을 형성시킨 배경은 무엇이었을까. 이는 그리스의 경제적 부흥이었던 것이라 짐작된다. 비옥한 초승달 지역을 배경으로 한 상업문화의 융성은 그리스를 실질적으로 부강하게 이끈 경제적 기초였다고 볼 수 있다. 그리스의 대제국 건설도, 거대한 파르테논 신전의 건축도 여기에서 가능했던 것이고 그의 집안도 이런 국가적 건축사업과 무관하지 않았으리라 짐작할 수 있다.

그러나 상업을 통한 경제적 축적이 가능해지고, 이에 따라 부를 얻은 그들이 실질적으로 정치적 권력을 얻어내면서 자신들의 현실적 이익을 대변하기 위한 이데올로기의 현실화가 요청되기에 이르자 이에 모든 것을 상업적 이익에 우선하여 사고하고, 운명을 개척해 나가는 정서에 익숙해진 그들에게 운명순응적인 지배논리와 이를 노래한 서사시와 비극의 형식은 그들에게 거부감을 줄 수밖에 없었을 것이며,

이에 시인은 그들에게 의심스러운 존재(부르노 스넬, 『정신의 발견』, 까치)로 비쳐질 수밖에 없었을 것이다.

소크라테스의 수제자인 플라톤의 **시인 추방론**도 이런 배경에서만이 이해 가능하고, 플라톤의 아카데미의 정문에 걸려 있었다는 **기하학을 모르는 놈은 얼씬거리지도 말라**는 경구 또한 이런 경제적 현실을 모르는 시인들을 염두에 둔 것임을 이해할 수 있다. 이렇게 **지배담론**dominant discourse과 **대항담론**counter discourse이 서로 주도권을 놓고 옥신각신하는 상황에서 소크라테스를 희생 제물로 삼을 수밖에 없었던 지배계급의 위기의식이 그를 죽음으로 몰아갔으리라 짐작할 수 있다. 게다가 당시는 스파르타와의 일전에서 패한 뒤였다.

자, 그렇다면 이쯤해서 우리에게 던져진 숙제는 '소크라테스의 죽음이 갖는 의미'가 무엇인가를 밝히는 일이 될 것이다. 무엇보다 소크라테스가 지배 계층에게 두려웠던 것은 그가 신화적 세계의 본질과 허구적 진실을 집요하게 까발렸기 때문이다. 『장미의 이름』을 다시 떠올려 보라. 오이디푸스의 비극도 이와 다르지 않다. 그가 진실을 알려고 하면 할수록 그는 결국 비극에 처할 수밖에 없는 '금기taboo'로 가득 채워진 사회, 그게 바로 지배집단의 신화적 허구의 세계 아니었던가.

이는 하이데거적 의미에서 볼 때, 존재의 적나라한 실상을 밝혀 드러내면서, 그 대상이 갖고 있는 허구성을 낱낱이 드러내는 이른바 **탈은폐적** 사건에 해당한다. 현실에 대한 일정한 거리두기를 통해 그 현실 세계를 거리 저편, 즉 타자의 세계로, 사유의 대상으로 밀어내는 순간, 인간과 세계는 분리되기에 이르고, 말과 사물이 균열되고 진실이 허위의 옷을 벗는 순간, 그 순간이 바로 철학과 소설이 탄생하는 지점이다.

오호라, 이제야 저자는 『소설의 이론』의 비밀의 문 하나를 열 수 있
게 되었다.

사르트르(『문학이란 무엇인가』, 문예출판사)가 '집단적인 것에서 발생한
서사시의 시간은 흔히 현재인데 반해, 소설의 시간이 거의 언제나 과
거'라고 논파한 것도 바로 이와 같은 철학적 균열의 의미, 다시 말해 근
대적 유명론의 의미를 잘 파악하고 있다.

소크라테스, 그의 죽음은 철학과 새로운 이야기인 소설의 양식은 말
과 사물이 일치하지 않는다는, 즉 전통적인 형이상학적 실재론에 대한
일대 고발이자 신화적 존재론에 대한 체제 도전이라는 의미를 지닌다.
이렇게 이야기를 통해 거짓 신화를 까발리고 진실을 드러내는 형식은
결국 서사시와 비극, 곧 모방과 두려움을 통해 민중을 통제해오던 지
배 집단의 영수들에게 일종의 전쟁의 선포나 다름없었을 것이다.

그렇다면 이렇게 지배집단에게 두려운 존재였던 소크라테스의 무
기는 무엇인가. 그것은 바로 이야기, 대화다. 사실에 대한 객관적 접근

을 통해 이를 귀납적으로 일반화한 깨달음의 형식을 담고 있는, 이른 바 '산파술'이라 불리는 말하기 방식은 전통적으로 주어진 운명에 순응하는 형식을 담은 연역적 묘사형식이 갖는 시적 허구성을 혁파하는데 효과적인 무기가 될 수 있었다. 이런 방법을 통해 소크라테스의 대화론은 근대 소설의 서사적 기원을 이루는데 그 모태^{母胎, matrix}가 될 수 있었던 것이다.

자, 그러면 여기서 근대 소설의 서사적 기원이 되었다는 소크라테스의 '산파술적' 대화를 검토해 보자.

그래서 내가 말했네. "그런데 내가 생각하기로는 나라가 생기는 것은 우리 각자가 자족하지 못하고 여러 가지 것이 필요하게 되기 때문일세. 아니면 자네는 나라를 수립시키는 기원^{arche}으로서 다른 무엇을 생각하는가?"

"다른 기원도 없습니다." 그가 대답했네.

"그러니까 바로 이런 경위로 해서, 즉 한 사람이 한 가지 필요 때문에 다른 사람을 맞아들이고, 또 다른 필요 때문에 또 다른 사람을 맞아들이는 식으로 하는데, 사람들에겐 많은 것이 필요하니까, 많은 사람이 동반자 또는 협력자들로서 한 거주지에 모이게 되었고, 이 '생활공동체'에다 우리가 '나라, 도시국가^{polis}'라는 이름을 붙여 주었네. 안 그런가?"

"그렇고말고요."

"한 사람이 다른 사람과 서로 나누어 주거나 받거나 할 경우, 그들이 정작 그러는 것은 그게 자기를 위해서 더 좋다고 생각해서겠지?"

"물론입니다."

"자, 그러면 이론상으로 처음부터 나라를 수립해 보세. 그런데 나라를 수

립시키는 것은 우리의 '필요'가 하는 일인 것 같으이." 내가 말했네.

"어찌 그렇지 않겠습니까?"

"그렇지만 여러 가지 필요 중에서도 첫째이며 가장 중대한 것은 생존을 위한 음식물의 마련일세."

"전적으로 그렇습니다."

"그리고 둘째 것은 주거의 마련일 것이며, 셋째 것은 의복 및 그와 같은 것들의 마련일세."

"그렇습니다."

— 플라톤, 『국가』, 서광사

흔히 '산파술_{産婆術}'하면 소크라테스의 독특한 대화술로 잘 알려져 있다. 산부가 출산 시 산파의 도움을 빌어 순산을 할 수 있듯이, 우리들도 소크라테스 같은 철학자의 안내를 받아 순조로운 사고를 진행할 수 있다는 것이다. 이는 마음 속에 막연하게 가지고 있는 생각을 문답식으로 유도하여 명확하게 인식시키는 방법이라고 할 수 있다.

이런 산파술은 매우 효과적인 대화술이 아닐 수 없다. 우선, 대화를 통해 서로의 의견을 주고받음으로써 민주적인 사고를 고양시킬 수 있다. 민주적인 사고의 기본은 역시 자유와 평등, 그리고 박애 아닌가. 또한 대화는 이성적이고 합리적인 생각을 이끌어내는데 매우 바람직하다. 대화에서 흥분은 금물이다. 이와 같은 방법은 결국 무지를 일깨우는 데도 탁월한 효과가 있다. 산파술이 뛰어난 계몽효과를 가지면서 신화적·시적 허구성을 혁파할 수 있는 이유가 여기에 있는 것이다.

'노래(시)'를 그 핵심으로 하는 아리스토텔레스식 서사시와 비극이 집단적이고 맹목적이고 무지한 상태에 기초해 있다면, '대화(소설)'을 그 정점으로 하는 소크라테스식 산파술은 민주적이고 합리적이고 계몽적 이성에 기반하고 있다. 바로 여기서 우리는 왜 루카치와 바흐친이 소크라테스를 근대 소설의 그리스적 기원으로 소급하고 있는지를 확인할 수 있다.

소설은 '재현'이 아니라 '재구'의 세계를 보여준다. 재현의 전제가 현실이고, 따라서 이는 어쩔 수 없는 운명적 현실을 받아들일 수밖에 없는 굴종의 세계를 전제로 하는 고중세적 세계라면, 재구는 그 현실을 재구성한다. 재구는 해체를 전제로 한다. 해체는 다시 상대를, 현실을, 자연을, 객체를 배제해야 가능한 세계다. 이는 곧 자연에 대한 인간의 우위를 전제한다. 비로소 자연은, 객체는 대상으로 밀려나 3인칭, 객화된 사물 '그'가 되고, 대신 신(무사여신)이 아닌 인간이 서술 주체의 자리로 올라서게 된다. 여기서 우리는 한국 '근대' 소설의 창시자라 일컫는 김동인의 얘기를 들어볼 필요가 있다. 그는

He와 She도 조선말에 없는 바었다. 춘원의 작에 '그'라고 한 곳이 두세 군대 잇기는 하지만 보편적으로 사용되지 못하엿다. 춘원은 지금의 '그'라고 쓸 곳을 대개 일홈(고유명사)으로 하여 버럿다. He와 She들을 몰모 '그'라고 하여 보편적으로 사용하여 버린 그 때의 용기는 지금 생각하여도 장쾌하엿다. ('몰모'는 분명 '모두'의 오기다─인용자 주)

라며 기염을 토하는가 하면,

근대, 시민서사시, 차이 또는 일방적 언어의 세계인식

‘한다’, ‘이라’, ‘—인다’ 등의 현재법 서사체는 근대인의 날카로운 심리와 정서를 표현할 수 업는 바를 깨다럿다. 현재법을 사용하면 **주와 객체의 구별**의 명료치 못함을 깨다럿다. (강조—인용자)

— 김치홍 편, 『김동인 평론전집』, 삼영사

며 역사를 앞서간 자의 기상을 드러내고 있다.

이런 재현과 재구 사이에는 자연과 인간, 신적 세계와 인간 세계와의 역전이 있어야 가능하다. 이는 ‘무엇이 어떠하다’, ‘무엇이 어찌한다’는 지배세계에서 벗어나 그 세계를 ‘무엇이 어찌하다’, ‘무엇은 무엇이다’라고 개념적으로 인식함으로써 가능하다. ‘무엇이 어떠하다’, ‘무엇이 어찌한다’는 묘사의, 시적 세계가 인간으로서는 통제 불능의 세계에 대한 인식론적 절망을 담고 있는 사물 중심의 객체의 언어라면, ‘무엇이 어찌하다 / 무엇은 무엇이다’는 서사의, 설명의 세계는 자연세계가 인간에 의해 포착 가능한 하나의 인식 대상으로 조망되는 인간 중심의 주체의 언어다. 다시 말해 작가가 밀도 있게 재구성한 ‘어찌어찌’한 경험현실의 귀납적 성찰은 독자를 새로운 전망, 의미의 세계로 이끌면서 인간이 이 세계의 주인이라는 근대적 자각을 일깨우는 힘으로 작용한다.

그러나, 근대의 기차는 어느 날 갑자기 오지 않았다. 중세의 말馬에서 근대의 기차로 갈아타기까지는 중간기착역에서 중세의 잔재와 피나는 전투를 치러야 했다. 그 싸움은 바로 인식론의 싸움이자 문체의 싸움이기도 했다.

먼저 인식론부터 보자. 인식론은 이 세계를 어떻게 볼 것인가를 핵심으로 하는 철학의 핵심 분과다. 전문가의 의견을 빌려보자.

> 학문의 생명은 객관성에 있고, 이것은 곧 말과 사물의 일치를 뜻한다. 누군가가 하는 말이 객관적 뒷받침이 없는 말이라면, 그것은 허구나 상상이나 감정의 표현 등등은 될 수 있어도 학문적 언사는 될 수 없었다. 이것을 언어철학적으로 말하면 말과 사물이 서로 상응해야 한다는 것이다. 이는 곧 '지시reference'의 문제로서, 학문적 언사가 객관적으로 존재하는 그 무엇인가를 지시하지 않으면 곤란하기 때문이다. 이 지시 문제는 '의미론'에서 다루어지거니와, 현대 철학에 이르러 의미론은 매우 복잡한 변전變轉을 겪어왔다. 그러나 **아리스토텔레스는 고대인답게 말과 사물의 자연스러운 일치 — 이질동형isomorphism — 를 믿었고(파르메니데스에서 확립된 존재와 사유의 일치), 또 그런 전제 위에서 작업했다.** 명제는 사태와 일치한다. 훗날 비트겐슈타인이 말하듯이 명제는 사태의 '논리적 그림'인 것이다. (강조—인용자)
>
> —이정우, 『세계철학사』 1, 길

이런 고중세적 인식론을 대변하는 게 바로 '말씀'에 대한 숭배현상으로 나타난 것이다. '태초에 말씀이 있었다'는 요한복음 제1장 1절이나 고대 그리스의 신탁의 말씀은 모두 데리다의 말처럼 '음성중심주의'시대, 말과 사물의 일치가 현실을 규정하던 시대의 실상이었다. 죽은 사람의 넋을 전하는 무당의 공수 또한 마찬가지다. 이런 현상은 개체보다는 보편, 개인보다는 집단을 중시할 수밖에 없었던 고중세 시대의 삶의 조건들과 긴밀한 관련을 가진 것으로 볼 수 있다.

그러나 역사적 조건이 도시의 상업자본가를 중심으로 지배 세력을 형성해가면서 집단보다는 개인이, 보편보다는 개체가 더 중요하다는 인식으로 바뀌어 가기 시작했다. 이에 세계를 바라보는 인식 또한 바뀌어 가기 시작했다.

> 파르메니데스 이래 '존재와 사유의 일치'는 서구철학을 이끌어오던 대전제였다. 말과 사물의 일치라는 대전제 위에서 아퀴나스, 나아가 스코투스에 이르기까지의 서구철학사가 전개되었다. 그러나 **오컴에 이르러 말과 사물 사이에는 어떤 근본적인 균열이 생기기 시작했다.** (오늘날 우리는, 특히 소쉬르로부터 라캉으로 이행하면서, 이 균열이 거의 메우기 불가능한 지경에 이른 시대를 살고 있다) 오컴은 개체라는 자연적 구분을 예외로 한다면 인간이 세계에 투영하는 모든 구분들 — 존재론적 분절들ontological articulations — 은 객관적인 것이 아니라고 보았다.(강조-인용자)

— 위의 책

고중세의 세계에 대한 투쟁은 인식론에서만이 아니었다. 문체의 세계에서도 이에 못지않은 치열한 역투力鬪가 벌어지고 있었다. 이런 치열한 역투 현장의 한가운데 그 이름도 반가운 만인의 친구 '돈키호테'와 고독한 근대인 '로빈슨 크루소'가 있다. 세르반테스의 『돈키호테』를 소설 중의 소설로 치는 이유가 바로 여기에 있을 터다.

> 돈키호테Don quichotte의 모험은 매우 획기적인 전환을 이루면서 경계선을 형성한다.

— 푸코, 『말과 사물』, 민음사

　이런 돈키호테적 모험의 '획기적인 전환'을 보여준 철학적 인식론의 문학적 상징을 보여준 장면이 바로 그 유명한 **풍차공격** 장면이다.

　주인과 종자는 이런 말을 주고받으며 길을 가다가 들판에 우뚝우뚝 서 있는 30~40개나 되는 풍차를 발견했다. 이것을 본 돈키호테가 종자에게 말했다.

　"행운의 신은 우리가 예상했던 것보다 더 좋은 방향으로 사건을 마련해 주는구나. 산초여, 저것 좀 보아라. 서른 명은 훨씬 넘는 괘씸한 거인들이 모습을 나타내지 않았느냐? 나는 저놈들을 몰살시킨 뒤 그것에서 얻은 전리품으로 부자가 되어야겠다. 이 싸움은 정의의 싸움으로, 이런 사악한 씨를 이 지구상에서 뿌리 뽑는 것은 신에 대한 커다란 봉사이기도 하다."

　"거인이라뇨?"

　산초 빤사가 물었다.

　"저놈들 말이다. 바로 저기에 있는 게 거인들이 아니고 뭐냐? 놈들 중에는 2 레구아나 되는 긴 팔을 가진 놈도 있지 않느냐?"

　"잠깐만 나리, 저기 보이는 것은 거인이 아니라 풍차인뎁쇼. 팔이라고 하는 것은 날개인데, 바람의 힘으로 돌아서 맷돌을 움직입죠."

　"너는 정말 이런 모험을 모르는 모양이구나. 저것은 틀림없는 거인들이야. 만약 겁이 나거든 여기서 멀리 떨어져서 내가 저놈들을 상대로 싸우는 걸 구경하고 있거라."

　돈키호테는 산초 빤사가 아무리 풍차라고 해도 들은 척도 않고 로시난테에 박차를 가했다. 돈키호테는 놈들이 거인이라고 굳게 믿어 의심치 않았으므로 소리 높여 외쳤다.

근대, 시민서사시, 차이 또는 일방적 언어의 세계인식

"도망치지 마라, 이 비겁하고 어리석은 자들아! 너희들과 대적할 사람은 오직 이 기사뿐이로다!"

이때 바람이 불어와 풍차의 커다란 날개가 움직이기 시작했다. 돈키호테는 이것을 보자 또 소리쳤다.

"비록 네놈들이 저 거인 브리아레오스보다 많은 팔을 움직인다 할지라도 나하고 한판 겨루지 않으면 안 될 줄 알아라!"

돈키호테는 사모하는 둘씨네아에게 이런 위기에 처한 나를 보호하소서 하고 마음속으로 빌었다. 그러면서 방패로 몸을 가리고 창을 옆구리에 낀 채 최고의 속도로 로시난테를 몰아 돌격해 들어가서, 바로 정면에 있는 첫 번째 풍차를 향해 창을 냅다 찔렀다.

무서운 속도로 돌아가던 풍차 날개를 찌른 순간 창은 박살이 났다. 동시에 사람과 말도 휩쓸려 하늘 높이 떠올랐다가 떨어지면서 들판을 데굴데굴 굴렀다.

산초 빤사가 당나귀를 몰아 그곳으로 달려가 보니 주인공은 꼼짝달싹도 못하는 형편이었다. 돈키호테가 로시난테와 함께 받은 타격은 엄청난 것이었다.

"맙소사! 글쎄, 똑똑히 살피고 일을 저지르라고 제가 그토록 말했는데 이게 무슨 꼴입니까? 저건 풍차라니까요."(강조—인용자)

— 세르반테스, 『돈키호테』, 동서문화사

어느 금속털이범 얘기가 생각난다. 형사가 그를 취조하면서 하는 말, "야 이 병신 새끼야, 왜 멀쩡한 대낮에 금방을 털다 걸려들고 난리냐, 이 얼간아."

"모르겠어요, 저는 금뿐이 뵈는 게 없었어요."

돈키호테(사진)도 말하자면 금에 눈이 먼 털이범처럼 기사도 소설을 하도 읽어 약자를 위하고 정의감에 산다는 기사도에 눈이 먼 기사다. 그래서 그런가. 그의 머리를 지배하고 있는 것은 말(거인)과 사물(풍차)이 결코 다르지 않은 맹목적인 실재론적 세계다.

<돈키호테와 산초 빤사>

이 소설을 읽으면서 우리는 작가가 마치 채만식이 『태평천하』에서 '윤직원'이라는 우스꽝스러운 인물을 통해 왜곡된 현실관을 지닌 인물을 풍자하려고 했던 것처럼 세르반테스 또한 돈키호테를 하나의 우스꽝스런 인물로 그려놓고 그가 매우 시대착오적인 인물임을 풍자하려고 한 의도를 알 수 있다. 그것을 환기시켜주는 존재가 바로 종자 산초 빤사다. 다시 말해 이 소설을 우리가 근대의 대표적인 소설로 평가하는 이유는 이 소설이 바로 근대 인식론의 세계 인식을 소설이라는 이야기로 탁월하게 형상화해냈다는 사실에 있다. 돈키호테가 공격한 대상은 고대세계를 대표하는 거인이다. 그러나 다시 산초 빤사를 통해 돈키호테 또한 아직도 말과 사물, 그러니까 풍차와 거인을 구별하지 못하는 미몽의 세계에 갇혀있음을 고발, 풍자하고자 한 것임을 알 수 있다. 그리하여 작품의 말미에 이르러 작가는 비로소,

내게는 방랑 기사도에 대한 모든 모험 이야기가 지긋지긋한 것이 되고
말았네. 이제야 내 자신의 우둔함과 그런 책을 읽고 내가 빠져 있던 위험을
잘 알게 되었네.

라며

그리고 나는 내가 쓴 것의 열매를 내가 바라던 대로 유감없이 맛볼 수 있
었던 최초의 인간이라는 것을 만족스럽고 자랑스럽게 생각한다. 왜냐하면
내가 처음 품은 소원은 **기사도에 대한 책에 쓰인 엉터리 이야기**에 대해 사람
들이 혐오를 느껴 싫어하게 한다는 것 이외에는 아무것도 없었으니까(강
조―인용자)

라고 드디어 '중세의 기사도는 시대착오적'이라고 자신의 의도를 정직
하게 술회하고 있는 것을 확인하게 된다. 이런 사실은 과연 아르놀트
하우저(『문학과 예술의 사회사』)의 평가가 매우 적실適實한 것이었음을 확
인하게 한다.

기사계급이 시대착오적인 존재가 된 것은 그들의 무기가 낙후했기 때문
이 아니라 그들의 '이상주의'와 비합리주의가 낡아버렸기 때문이었다.

이런 중세와의 역투를 통해 우리는 비로소 현실주의와 합리주의라
는 근대의 기차를 탈 수 있었다. 세르반테스, 아니 『돈키호테』의 위대
함이 바로 여기에 있는 것 아닌가.

그러면 이제 디포의 『로빈슨 크루소』를 보자. 영국이 자랑하는 최초의 근대 소설이라는 평가를 받고 있는 이 소설의 근대성은 무엇인가. 규범적인 기성 세계의 질서에 묶어두고자 하는 아버지의 끈질긴 만류에도 불구하고 모험을 자처하고 나선 '로빈슨 크루소'는 여러 번의 항해 끝에 남미 브라질로 가게 된다. 거기서 사탕수수와 담배농장을 경영하면서 농장에 쓸 노예들을 잡으러 아프리카로 가는 도중 풍랑을 만나 난파하게 되고, 그만 홀로 구사일생으로 무인도에 버려지게 된다. 로빈슨 크루소가 이렇게 해서 무인도에 표류하여 외로운 신세가 되었지만, 이는 그대로 신神을 잃어버린 시대, 곧 자기 스스로 운명을 개척해야 하는 근대인의 운명과 유사하다.

자연과의 관계를 잃어버리고 스스로 운명의 주인공이 되어야하는 고독한 근대인. 그리하여 루카치가 소설은 신에 의해 버림받은 서사시라며, 그러나 괴테와 실러가 주장한 것처럼 서사시의 주인공이 수동적인 성격을 지니고 있다면 근대소설의 주인공은 자신을 찾기 위해 모험을 떠나지만, 이들 모험은 모두 견딜 것이라는 자신에 대해서는 의문의 여지가 없다는 식으로 전망적인 시각을 보여준다. 그는 무인도에 도착한 직후 다음과 같이 스스로에게 되묻는다.

나쁜 점

① 나는 끔찍한 무인도에 내버려진 처지로 구출될 가망이 없다.

② 하필이면 나만 떨어져 나와서 이 세상을 등지고 홀로 이 처참한 지경에 빠져 있다.

③ 나는 인간들 세계에서 차단되었고 인간 사회에서 추방된 외톨이다.

좋은 점

①하지만 나는 살아 있고, 우리 배의 나머지 모든 동료들처럼 물에 빠져 죽지 않았다.

② 하지만 하필이면 같이 배를 탔던 동료 가운데 나만 죽음을 면제받았고 나를 기적적으로 죽음에서 구해주신 그분이 이 형편에서도 나를 구원해 주실 수 있다.

③ 하지만 나는 먹을 것이 없는 황량한 곳에서 굶어서 죽어 가고 있지는 않다.

— 다니엘 디포,『로빈슨 크루소』, 을유문화사

여기서 우리는 대차대조표 같은 이성적 분석의 힘을 빌려 **거대한 현실** 세계에 맞서는 근대인의 **응축된 현실** 인식을 마주한다. '나쁜 점'의 세계는 형용사의, 정지의, 묘사적 절망의 세계를 나타내고, 그것은 '무엇이 어떠하'기 때문에 내가 어떻게 할 수 없는 비관의 세계라면, '좋은 점'의 세계는 동사의, 행동의, 서사적 희망의 세계를 보여주고, 그것은 '무엇이 어찌할' 수 있고 '무엇은 무엇이'라고 개념적으로 범주화시킬 수 있기 때문에 내가 얼마든지 극복해 나갈 수 있는 낙관의 세계를 형성한다.

다시 말해 근대의 세계는 역전의 시공간, **그러나**의, **차이** 세계다. 근대의 언어가 비교 / 대조, 분류, 구분, 분석, 정의 등 '차이'의, '설명'의 언어일 수밖에 없는 이유가 바로 여기에 있다.

4장

현대, 대중서사시, 공존 또는
관계적 언어의 세계인식

여기저기서 한 시대가 끝나가고 있음을 알리는 '종언終焉'이 요란하다. 역사가 끝나고, 지식인이 죽었으며, 자본주의가 그 단말마적 비명을 질러대고 있다고 진단을 내놓는가 하면 근대문학 또는 소설의 시대가 막을 내렸다고 한다. 여기에는 분명 90년대 동구권을 비롯한 사회주의의 붕괴와 정보개방화에 따른 지식의 대중화, 신자유주의의 살인적 경쟁논리와 지구촌 시대의 도래에 다른 민족주의 논리의 한계 등이 크게 영향을 미친 탓으로 볼 수 있다.

반론 또한 만만치 않다. 문학평론가 도정일(『오늘의 문예비평』, 2007 겨울)은

지금까지 '소설'에 집중되어온 문학비평은 소설의 범위를 넘어 '서사'로 확대되어야 한다.

라고 오히려 서사 장르의 필요성을 더 힘주어 말하고 있다. 그만큼 서사, 이야기는 인간과 떼어놓고 생각할 수 없는 본질적인 형식이라는 것이다. 시 또한 지나간 시대의 양식이라고만 볼 수 없을 정도로 여전히 많은 사랑을 받고 있는 보편적인 문예양식이다. 분명한 것은 '종언'이 우리시대를 설명하는 하나의 코드로 자리 잡고 있다는 엄연한 사실이다.

무엇이 끝났다는 것은 분명 하나의 징후적인 현상이다. 다시 말해 역사와 지식인, 자본주의 그리고 근대소설의 종언은 근대적 유산의 청산을 의미한다. 이는 그만큼 근대적 가치의 시효가 만료되어가고 있으며, 따라서 새로운 사상적, 문화적 가치에 대한 발본적拔本的인 성찰을 주문한다고 볼 수 있다.

근대에 이르기까지 세계는 다수의 제국에 의해 지배되었습니다. 그 때의 언어는 문자언어였습니다. 동아시아라면 한자, 서유럽이라면 라틴어, 이슬람권이라면 아라비아어입니다. 그것들은 세계어인지라 각 지방의 보통 사람들은 읽고 쓸 수 없었습니다. 근대국가(네이션nation=스테이트state)는 그 같은 제국에서 분절된 형태로 나온 것인데, 그 경우 중요했던 것은 이런 세계어에서 벗어나 각 민족의 속어vernacular로 국어를 만들어가는 것이었습니다.

그 경우 실제로는 속어를 쓴다기보다는 오히려 라틴어 등의 세계어를 속어로 번역하는 형태로 자신들의 국어를 만들어갔습니다. 루터는『성서』를 속어로 번역했는데, 그것이 근대 독일어의 기초가 되었습니다. 단테의 소설에 대해서도 같은 것을 말할 수 있습니다. 그는 소설『신생新生』을 이탈리아 한 지방의 속어로 썼는데, 그것이 지금은 표준적인 이탈리아어가 되었습니다. 라틴어의 명수로서 알려진 단테가 라틴어로 쓰지 않았기 때문에 애석해 할 수 있지만, 그러나 그가 쓴 글이 나중에 규범적이 된 것은 그것이 실은 라틴어의 번역으로 씌어졌기 때문이라고 생각합니다.

단테의 견해로는 연애와 같은 감정은 라틴어로 쓸 수 없다는 것입니다. 일본에서 한문에 통달한 무라사키 시키부紫式部가 『겐지 이야기』에서 전혀 한어漢語를 사용하지 않은 것도 그와 같은 것입니다. 한문과 같은 지적 언어로는 감정의 느낌을 붙잡을 수 없기 때문입니다. 그러나 무라사키 시키부의 야마도大和 말은 분명 교토 주변의 속어가 아니라 한어의 번역어로서 쓰여 진 것이고, 그 때문에 이후 고전적인 규범이 될 수 있었던 것입니다.

이처럼 모든 근대국가는 한문이나 라틴어와 같은 보편적인 지적 언어를 속어로 번역하면서 새로운 문어를 만들어 냈습니다. 일본의 경우는 메이지시대에 다시 속어(구어)에 기초한 문어를 만들어내야 했습니다. '언문일치'라고 불리는 것인데, 그것은 역시 소설가에 의해 실현된 것입니다. 앞서 '미학'에 관해 상상력이 감성과 이성을 매개하는 것으로서 중요하게 되었다고 말했습니다만, 언어의 레벨에서도 같은 것을 말할 수 있습니다. 언문일치는 감성적·감정적·구체적인 것과 지적이고 추상적인 개념을 연결하는 것입니다.

이 같은 과정은 근대 네이션 = 스테이트가 형성되었을 때, 모든 곳에서 일어났다고 말할 수 있습니다. 예를 들어 중국에서도 옛날의 '한문'이 아니라 '언문일치'로 쓰게 되었습니다. 청일전쟁 후, 일본에 유학을 온 많은 젊은 중국인들이 일본의 언문일치에서 배운 것을 중국에서 시작했다고 이야기됩니다. 그 경우에도 소설이 중요했습니다.

그러나 오늘날에는 이미 네이션 = 스테이트가 확립되어 있습니다. 즉 세

현대, 대중서사시, 공존 또는 관계적 언어의 세계인식

계각지에서 네이션으로서의 동일성은 완전히 뿌리를 내렸습니다. 그 때문에 옛날에는 문학이 불가결했지만, 이제 그 같은 동일성을 상징적으로 만들어 낼 필요는 없습니다. 사람들은 오히려 현실적이고 경제적인 이해에서 네이션을 생각하게 되었습니다.

— 가라타니 고진, 『근대문학의 종언』, 도서출판b

요약하자면 제국에서 분리되어 근대국가를 형성하는 과정에 소설이 중요한 역할을 했으나 이제 국가가 이미 확립된 이상 그 역할은 끝났다는 것이다. 다시 말해 소설은 그 시효가 만료된 문학이라는 주장이다.

근대서사로서 소설이 그 시효가 만료되었다면 대안은 없는가.

김종철 『녹색평론』 발행자는 얼마 전 한국작가회의를 찾아 강연하는 자리에서

4대강이 강으로서의 존재를 잃어버리면 우리 정신의 토대가 붕괴될 것이라고 봅니다. 우리 정신이 추상적으로 존재하는 게 아니라 만물의 관계 속에서 정신이 형성되고, 만물의 근원에 강, 바다, 산, 나무, 풀이 있는 것입니다. 지금 파헤쳐지고 있는 낙동강을 한번 가 보세요, 참혹합니다. 물새와 나루터의 시적 정경들이 전면적으로 파괴되고 있습니다. 한 달 뒤면 이것들은 사라지고 수로만 보게 될 것입니다. 작가들의 **비근대적인 강의 의미**를 글로 써서 들려줘야 합니다. (강조—인용자)

하면서 근대적인 것이 더 이상 대안이 될 수 없다며 일본의 세계적인 평론가 가라타니 고진(『근대문학의 종언』)의 말대로 근대적인 문학, 소설이 망했다면 새로운 차원의 문학은 주술사로서의 말의 힘을 회복시키고 민중의 생류生類들과 더불어 사는 공동체적 관계망 속에서 사는 시원적始原的 인간관계를 회복하려는 글쓰기가 되어야 한다고 덧붙였다.

김종철의 발언은 우리가 지금 근대적 유산을 성찰하고 새로운 시대적 가치를 모색해야 하는 시점에서 볼 때, 매우 시의적절한 제언이 아닐 수 없다. 여기에는 분명 '차이'와 '배제'를 근간으로 하는 근대가 놓친 '연대'와 '공동체'에 대한 가치가 담겨 있기 때문이다. 그렇다고 시원의, 주술사의, 맹목적인 비유의 언어로 돌아갈 수는 없는 노릇이다. 비유는 아리스토텔레스의 성을 지키는 근위병의 곰털 장식일 뿐이다. 대상(원관념)을 수식하는 보조물에 불과한 종놈의, 노예의 수사학이기 때문이다.

근대는 또 어떤가. 잘 알다시피, 근대 세계는 이성의 빛이 강자의 질서로서 지배서사를 이루었던 세계로 그 여파는 지금도 유효하다. 그것은 한 치의 오차도 없이 돌아가는 냉혹한 자본주의 세계다. A는 어디까지나 A일 뿐이지 비非A가 될 수 없는 고정 불변의 세계, 그것은 명사의 세계이고, 실체로 인식된, 그러나 사실은 관념의 세계이며, 무거운 소크라테스의 세계이기도 했다. 이에 무거운 소크라테스적 이성의 세계에 눌려 감성이 기를 펴지 못한 세계, 바로 이것이 소크라테스를 기점으로, 플라톤을 정점으로, 다시 아리스토텔레스로 종합되어, 중세를 거쳐, 근대의 데카르트로 부활, 칸트, 헤겔에서 비로소 완성을 본 근대

인식론의 이원론적 세계관이다. 그러나 무거운 이원론의 세계는 죽음의 세계이다. 들뢰즈식으로 말한다면, '무엇은 무엇이다'라는 판단의 세계는 죽음의 세계이다. '―이다'는 죽음이다. 분별하고 범주화하기 때문이다. 따라서 근대의 언어는 분열과 차이, 배제의 언어다.

> 리좀은 시작하지도 않고 끝나지도 않는다. 리좀은 언제나 중간에 있으며 사물들 사이에 있고 사이―존재이고 간주곡이다. 나무는 혈통관계이지만 리좀은 결연관계일 뿐이다. 나무는 "~이다"라는 동사를 부과하지만, 리좀은 '그리고 …… 그리고 …… 그리고 ……'라는 접속사를 조직으로 갖는다.
>
> — 질 들뢰즈·펠릭스 가타리, 『천 개의 고원』, 새물결

그렇다면 김종철과 들뢰즈·가타리가 말하는 새로운 세계는 어떻게 만들 것인가. 가령, 다음 예문들을 검토해보자.

    ① 물의 요정이 노래하고 있다.
    ② 물은 수소와 산소의 화학적 결합물이다.
    ③ 물은 여성이다.

①은 '무엇이 어떠하다'의 묘사, 더 정확히는 주관적 묘사의 세계를 이룬다. 물을 하나의 대상화된 개념 세계로 바라보지 못하고 물을 하나의 살아있는 생명의 의인화된 세계로 인식하는 세계에서는 기본적으로 언어와 사물은 미분화되어 있다. 언어가 마술적 신비감을 지니고 숭배되는 이유가 여기에 있다. 이것은 인간 주체가 자연 객체에 사로

잡힌 맹목의, 비유의 세계다.

비유의 본질은 보조적이고, 종속적이라는 데 있다. **그녀는 한 송이 꽃이다**에서 '한 송이 꽃'은 그녀라는 원관념을 수식하는 보조수단으로 쓰였다. 이처럼 비유는 근본적으로 대상을 빛내기 위한 화려한 장식에 불과하다. 일종의 언어적 토핑처리다. 이런 비유에 대해 아리스토텔레스가 『시학』에서 비유는 천재만이 할 수 있는 것이라며 비유의 유사성을 들고 있지만 이는 막말로 쌩 구라다. 그녀와 한 송이 꽃 사이에 엄격하게 말해 유사성이 있지는 않다. 그녀를 보고 도망가는 사람도 있을 수 있다.

자, 그렇다면 비유가 과연 고대적 노예의, 종놈의 수사학인지 한번 보기로 하자.

이 무사이 여신들은 불멸의 선율로 노래를 부르며

우선 신들의 고귀한 자손들,

즉 가이아와 광활한 하늘이 낳은 신들을 찬양하며,

그런 다음 신들의 자손인 선을 베푸는 자들을 찬양한다.

그리고 계속하여 이 무사이 여신들은 노래의 시작과 끝에

신들과 인간들의 아버지인 제우스가 모든 신들 중에서

얼마나 위대하고, 얼마나 힘이 엄청난지 찬양한다.

— 헤시오도스, 『신통기』 중에서

신에 대한 찬양으로 가득 차 있는 이 『신통기』를 자세히 분석해 보자.

㉠이 무사이 여신들은 불멸의 선율로 노래를 부르며

→ 무사이 여신들의 선율은 불멸이다.

㉡신들의 고귀한 자손들

→ 신들의 자손들은 고귀하다.

㉢가이아와 광활한 하늘이 낳은 신들

→ 가이아와 신들은 광활한 하늘이 낳았다.

㉣신들의 자손인 선을 베푸는 자들

→ 신들의 자손인 자들은 선을 베푼다.

㉤신들과 인간들의 아버지인 제우스가

→ 제우스는 신들과 인간들의 아버지다.

위의 다섯 개의 문장을 다시 일반화해 보면 **무엇이 어떠하다, 무엇이 어찌한다**는 규범적 사실의 세계를 말하고 있는 것을 알 수 있다. 이런 규범적 사실의 세계를 장식하는 과잉 결정된 언어가 바로 '주관적' 묘사이자 '보조적' 비유의 세계다. 아니나다를까 ㉠~㉤까지 그 어느 하나도 사실과 부합하지 않는다. 이를 통해 우리는 고대적 신화의 언어가 두려움에 떨던 약자들이 강자들에게 갖다 바친 굴욕적인 찬가임을 미루어 짐작할 수 있다.

그러나 ②는 어떤가. '물'은 벌써 인간 주체에 의해 개념적으로 포착된 분석적 실체로 파악된 채 인식의 저편으로 물러나 있다. 이렇게 대상화된 자연인 물은 인간의 이성적 인식능력에 의해 수소와 산소로 구성된 화학적 원소의 결합물로, 그 실체가 낱낱이 밝혀진 대상으로 제시되어 있다. 따라서 그 실체가 인간 앞에 낱낱이 밝혀진 이상 자연은 더 이상 인간을 제어할 수 없다. 주개념(物)은 인간에 의해 파악된 지식인 빈개념(화학적 결합물)보다 클 수 없다. **인간 앞에 발가벗겨진 적나라한 자연, 이것이 근대다. 이에 자연은 범주화된 '린네적' 체계로 분류되어 인간의 질서 속에 편입되고 만다. 이것이 근대 인식론을 이루는 '응축된' 귀납의, 설명의 세계이다.**

그러나 바흐친의 말대로, "설명에는 단지 하나의 의식, 하나의 주체만이 존재한다." 일방적인 세계인식의 언어이기 때문이다. 소설 또한 마찬가지다. '무엇이 어떠하다'는 경험적 인식을 개괄한 과정을 통해 독자는 새로운 의미의 세계, '무엇이 어찌하다', '무엇은 무엇이다'는 세계를 깨닫게 된다.

    ⓐ 『감자』 이야기 — 환경은 인간의 운명을 결정한다.
    ⓑ 『돈키호테』 이야기 — 중세의 기사도 정신은 부질없다.
    ⓒ 『메밀꽃 필 무렵』 이야기 — 고된 삶에서도 메밀꽃 같은 사랑은 피어난다.

이처럼 근대 서사에는 인생에 대한 깨달음과 현실 비판, 그리고 삶의 위로 같은 다양하면서도 새로운 의미가 광맥처럼 박혀 있다. 근대 서사가 시대의 주역인 부르주아의 안도감을 표현한 양식이라는 말이 이 말일 것이다. 왜냐하면 소설은 이 세계가 어찌어찌 돌아가는지, 그래서 결국 이 세계는 무엇인지를 환하게 이야기 하고 밝혀주는 조명등 같은 세계이기 때문이다.

그러나 모든 것에 양면성이 있듯이 근대 서사와 설명 또한 마찬가지다. 근대 서사와 설명의 세계는 해방과 동시에 억압을 낳았다. 인간은 단순히 그림만 그리는 어린아이와 같은 묘사적 모방 단계를 지나 '이것은 이런 거야' 하는 어른의 세계와도 같은 서사, 설명의 단계에 이르자 미신적 세계에서 빠져나오기 시작했다. 관찰과 경험을 일반화한 귀납적 지식을 통해 인간은 자연세계가 더 이상 불가사의하고 신비한 세계가 아니라 명료하게 정확한 수치로, 하나의 고정된 수식으로 설명할 수 있는 서사적 설명대상임을 인식하기에 이르렀다. 이제 숫자는 계몽의 경전이 되었다. (호르크하이머·아도르노, 『계몽의 변증법』) 그래서 갈릴레이도 "자연은 하나의 수학이다"라고 했다지 않은가. 이에 푸코식 설명에 따르면,

> 그러므로 16세기 말과 17세기 초에 나타난 백과사전적 계획의 형태는 인간이 아는 어떤 것을 언어라는 중립적인 요소 속에 반영하는 것이 아니라 공간상의 단어들의 연쇄와 배치에 따라서 우주의 질서를 재구성하려는 것
>
> — 푸코, 『말과 사물』, 민음사

으로 설명되었다. 그리하여 모든 자연에 대한 지식은 명제라는 가장 일반적이고 기본적인 형식, '무엇은 무엇이다'라는 설명의 형식으로 질서화, 범주화되고 말았다. 이렇게 해서 모든 사물들은 지식이라는 범주의 나무로 분류되기에 이르렀다. 이것이 17세기 백과전서파의 출현이고, 또한 근대적 계몽의 시작이었다. 따라서 그가 보기에 인간이 출현하기 시작한 것은 불과 200년도 지나지 않았다는 것이다.

그러나 귀납적 지식을 통해 얻은 지나친 자신감은 때로 오만과 독선, 나아가 지배와 정복을 정당화 하는 위험을 안고 있었다.

ⓐ 독일 민족은 우수한 민족이다.

ⓑ 최대 다수의 최대 행복을 약속하는 공리주의는 정의다.

ⓒ 표준어는 교양 있는 서울 사람들이 쓰는 현대 서울말로 정한다.

ⓐ는 필연적으로 '유대인에 대한 차별은 정당하다'는 결론에 이르고, ⓑ는 '소수자에 대한 차별은 정당하다'는 근거가 되며, ⓒ는 '따라서 지방 사람들이 쓰는 사투리는 교양이 없으므로 이에 대한 차별 또한 정당하다'는 합리적 차별의 정당한 이유가 된다. 이렇게 이성이 합리적 살인에 도달할 수 있는 세계, 그것이 근대세계이고 그런 세계의 논리적 귀결에 다다른 참화가 바로 유대인 학살이고, 1, 2차 세계대전이며, 국가표준어 제정의 일방적 횡포였던 것이다. 이에 롤랑 바르트가

모든 분류는 억압이다.

— 롤랑 바르트, 『텍스트의 즐거움』, 동문선

라고 근대 인식론의 한계를 올바로 보고 이를 비판하고, 들뢰즈와 가타리가

나무라면 진절머리가 난다

— 질 들뢰즈·펠릭스 가타리, 『천 개의 고원』, 새물결

며 근대적 인식체계에서 하루빨리 벗어날 것을 촉구한 것도 바로 이런 이유 때문이었다.

현대, 대중서사시, 공존 또는 관계적 언어의 세계인식

　자연 과학이 단지 하나의 '인간'을 다룬다면 인문과학은 천의 '얼굴'
을 마주한다.

　　살펴보면 나는
　　나의 아버지의 아들이고
　　나의 아들의 아버지이고
　　나의 형의 동생이고
　　나의 동생의 형이고
　　나의 아내의 남편이고
　　나의 누이의 오빠고
　　나의 아저씨의 조카고
　　나의 조카의 아저씨고
　　나의 선생의 제자고
　　나의 제자의 선생이고
　　나의 나라의 납세자고
　　나의 마을의 예비군이고
　　나의 친구의 친구고
　　나의 적의 적이고
　　나의 의사의 환자고
　　나의 단골술집의 손님이고
　　나의 개의 주인이고
　　나의 집의 가장이다

 텍스트는 젖줄이다

그렇다면 나는
아들이고
아버지이고
동생이고
형이고
남편이고
오빠고
조카고
아저씨고
제자고
선생이고
납세자고
예비군이고
친구고
적이고
환자고
손님이고
주인이고
가장이지
오직 하나뿐인
나는 아니다

과연

현대, 대중서사시, 공존 또는 관계적 언어의 세계인식

아무도 모르고 있는

나는

무엇인가

그리고 지금 여기 있는

나는

누구인가

— 김광규, 「나」

  화자는 권고한다. 잘 살펴보라고. 이는 '나'라는 존재가 그동안은 진실이 망각된 채 간과되고 있으니 주의 깊게 관찰해 보라는 주문에 다름 아니다. 그리하여 화자의 주의 깊은 권고를 따라가다 보면 우리는 '나'라는 존재가 단순히 나이고 말뿐이라는 전래의 실재론(A=A)적 대상이 아니라 다양한 삶의 국면과 맥락과 상황에서 구체적으로 살아있는 직물적인, 텍스트적 존재(A=~A)를 확인해 볼 수 있다. 여기서 우리는 해체주의자 데리다의 '텍스트 외에는 아무것도 없다'는 선언을 떠올리게 된다. 그의 선언은 기존의 근대의 구성체a form를 무너뜨리고자 하는 해체전략과 맞아떨어지면서 그가 왜 그토록 '차연'에 매달리고 있는지를 확인하는 열쇠를 제공한다.

  '차연差延'은 '차이'와 '연기'의 준말로 데리다가 창안한 말이다. 다시 말해 '차연'에 따르면 인간의 언술행위는 끊임없이 소쉬르적 차이의 세계로 미끄러지면서 그 차이는 그러나 계속해서 연기될 뿐이라는 것이다. 인간은 실존적으로 끝없는 국면과 맥락과 상황에 기투하기 때문이다. 그리하여 나는 끊임없이 '나'라는 본질을 드러내지 못한 채 다만 연기될 뿐이다. 이는 한편 무언가를 규정하려는 전통 형이상학의 뿌리 깊은 실재론에 대한 도발적 폐기의 의미를 지닌다. 그리하여 나는 다양한 국면과 맥락과 상황에 따라,

나의 아버지의 아들이 되었다가, 아들의 아버지가 되고, 형의 동생이 되었다가, 다시 동생의 형이 되고, 아내의 남편이 되었다가, 다시 누이의 오빠가 되기도 하며, 아저씨의 조카가 되는가 하면 조카의 아버지가 되고, 선생의 제자인줄 알았는데 어느새 제자의 선생이 되고, 나라의 납세자가 되었다가 마을의 예비군이 되는가 하면, 친구의 친구이며 동시에 적의 적이 되기도 하며, 의사의 환자가 되었다가 어느새 단골술집의 손님으로 기어들기도 한다. 그리고 나는 다시 돌아와서 개에게는 주인이 되고 집에 와서는 가장이 된다.

이렇게 본다면 과연 화자의 말대로 '나는 누구인가'라고 묻지 않을 수 없다. 왜냐하면 나는 아들이고 아버지고 동생이고 형이고 남편이고 오빠고 조카고 아버지고 제자고 선생이고 납세자고 예비군이고 친구이자 적이고 환자인가하면은 손님이고 주인이고 가장이니, 나의 실체는 가면처럼 밝혀지지 않고, 나는 오직 하나뿐인 '나'가 아니기 때문이다.

이는 매우 중요한 진술이다. 왜냐하면 이런 시적 진술 속에는 그대로 근대 부르주아지의 정서, 즉 근본적인 것을 알고 싶어 하는 자연과학적 인식론에 대한 강한 반감anti-pathy이 있기 때문이다. 부르주아지는

근본주의자다. 왜 그럴까. 부르주아지가 근본에, 체언에, 순수음에, 자장면에, 소주에, 랑그에, 추상에, 서술에, 고정된 실체에, 대상에, 형태에, 하나에, 정관사에, 중심에, 말하기에, 가치에, 입체에, 초월에, 규정에, 개념에, 인간에, 주체에, 숫자에 뿌리처럼 악착같이 매달리고 있는 것은 무엇 때문일까. 그것은 바로 부르주아지의 세계가 현실을 벗어나 있다는데 그 기원이 있다. 다시 말해 '근본'의 세계는 초현실이고 관념이고 형이상학이고 선험과 전제의, 그러니까 연역적 세계인식을 대변한다. 현실을 벗어난 연역적 선험 전제의, 아리스토텔레스의 형이상학적 세계는 높은 성城처럼 솟아 있다. 부르주아가 감성보다 이성을 선호하고, 양반이 기氣보다는 이理의 세계를 추구하고, 부르주아 학자인 소쉬르가 실제음인 파롤보다는 이상음인 랑그에 애착을 가졌던 이유가 다 여기에 있을 터이다.

중요한 것은 이를 통해 확인할 수 있는 것이 무엇인가라는 점이다. 그것은 바로 자신들은 남과 다르다는 우월의식이자 차별의식이다. 곧 근본주의는 계급적 사고의 관념적 이데올로기 형태다. 그래서 현상의, 용언의, 현실음의, 짜장면의, 쏘주 / 쐬주의, 파롤의, 구체의, 대화의, 생성의, 맥락의, 직물의, 다양체 리좀의, 부정관사의, 보조의, 보여주기의, 사실의, 평면의, 현실의, 지연의(~의), 사물의, 세계의, 객체의, 사태의 생생한 현실세계를 물끄러미 바라보고 중성적으로 거리를 유지하려고 하는 것이다. 이것이 바로 들뢰즈·가타리가 『천 개의 고원』에서 '~이다'는 죽음이라며 '나무라면 진절머리가 난다'고 했던 그 이유다. '이다'와 '나무'는 바로 근대적 설명체계이자 린네적 분류체계를 상징하는 것이고, 이런 설명과 분류를 통해 인간은 드디어 대상이자 사물로, 하나의 형태a form로 분류되어 죽음의 가스실로, 운명의 세월호로 보내질 수도 있는 그야말로 '괴물monster'같은 사고가 잉태될 수 있기 때문이다. 사물화냐 인간화냐, 이것이 문제라고 볼 때, 이는 결국 햄릿적 물음에 다름 아닌 생사의 문제이자 문체적 인식론의 문제이다.

『로빈슨 크루소』를 들어 보자. 우리는 아직도 서구적이고 과학적인, 근대적 삶의 양식을 이어받고 있다. 우리가 따르는 사상, 신봉하는 종교, 즐기는 예술, 그리고 연구하는 학문이 대부분 서구적인 것들이다. 이러한 서구적 삶의 태도를 한마디로 말한다면, 그것은 바로 '합리적인rational' 생활 태도라고 볼 수 있다.

최초의 근대소설이라 일컫는 『로빈슨 크루소』는 바로 이런 서구적, 합리적 생활태도가 어떠한지를 생생하게 보여는 작품이다. 그는 무인도에 표류하여 혼자서 갖은 어려움을 겪으면서도 결코 좌절하거나 실망하지 않고 현실에 기반하여 역경을 헤쳐 나가는 영국 근대시민의 부르주아정신을 잘 대변하고 있다.

여기서 중요한 것은 그가 온갖 고난과 시련을 극복하는데 현실적이고 합리적인 생활태도가 결정적인 힘이 되었다는 점이다. 그는 이성적인 사고를 무기로 도구를 만들고 온갖 물건의 제조법을 알아내어 심지어 맥주를 만들어 먹는 등 생각의 힘으로 원시상태나 다름없는 무인도를 문명화된 섬으로 변화시키는데 성공한다. 이 모든 과정에 만사를 이성적으로 판단하는 성숙한 사고의 힘이 작동하였다.

그러나 합리적인 생활태도가 반드시 최선만은 아니다. 어떤 것을 지나치게 합리적으로 처리하다보면 보다 중요한 것을 놓칠 수 있기 때문이다. 이에 이성에 치우치다보니 감성이 배제되어 기계화되기 쉽고, 인간이 우선이다 보니 자연이 파괴되고, 나를 전면에 내세우다보니 네(프라이데이)가 무시되고, 심지어는 인간조차 인간에 의해 대상화, 객체화, 사물화 될 수밖에 없다.

이렇게 인간 중심의 합리적인 생활태도에 대한 지나친 경사는 '중심의 오류'를 초래하고 말았다. 이성의 도구화, 자연의 재앙, 소외문제가 다 여기서 나왔다. 따라서 이제 이성과 감성, 인간과 자연, 너와 내가 함께 어울려 살아가는 공존의 모럴이 요청되기에 이르렀다.

근대적 인식을 담은 전통적인 서사에서 탈주하는 세계를 보여주는 것 중의 하나가 '판타지'의 세계다. 무거운 소크라테스적 다수자의 지배적 현실에서 탈주를 꿈꾸는 판타지 세계는 따라서 소수자의 탈일상적 현실을 투영한다. 가령, 『해리포터』의 주인공 해리포터는 천애의 고아이고, 『반지의 제왕』의 주인공 프로도는 호빗 난쟁이이며, 『오페라의 유령』의 주인공은 왕따 같은 불우한 존재들이다. 다시 말해 공전의 히트를 기록하고 있는 이 시대 대중 서사물의 일종인 판타지의 특징은 **결핍동기**defective motive가 서사의 배경을 이루고 있다.

여기서 우리는 대중적 소수자, 약자들의 서사인 판타지가 어떻게 해서 시민서사시인 소설을 밀어내고 새로운 대중서사시로 자리 잡게 되었는지 궁금해지지 않을 수 없다. 잘 알다시피 신화, 판타지의 세계는 어디까지나 비논리적이고 비현실적인 이야기의 세계다. 자연과 인간이 대화를 나누고, 처녀들의 웃음에서 봄이 왔음을 느끼며, 정의를 위해 벼락을 내리치는 신과, 마법사의 이야기들은 모두 지난 시대의 소재들을 재탕, 삼탕 울궈 먹는다. 또 황당하기 그지없다. 그럼에도 불구하고 이런 신화, 판타지가 21세기 탈주술의 시대, 이성과 논리로 무장한 현대인의 마음을 사로잡고 있는 이유는 무엇인가.

그 이유는 우선, 신화, 판타지가 현대인에게 자연을 바라보는 새로운 시각을 열어주기 때문이다. 그동안 자연은 인간에게 이용 가능한 개발과 착취의 대상으로 여겨져 왔다. 그 결과는 오늘 환경재앙이라는 끔찍한 현실로 나타나고 있다. 이런 시점에서 신화, 판타지의 의인화 장치는—비근한 예로, 『반지의 제왕』에서, 프로도는 나무수염과 대화를 나누고 숲의 요정이라는 의인적 생명체들이 빈번히 출현한다—자연이 더 이상 객체가 아니고 주체이며, 단순한 사물이 아니 소중한 생명이라는 유기적有機的, organic 자연관을 형성하게 한다.

신화, 판타지는 또한 이성과 논리로 무장한 현대인에게 감성의 중요성을 환기시켜 주고 있다. 이성과 논리는 자칫 모든 것을 합리화시키고 객관적으로 바라볼 것을 요구하다보니 사실과 가치를 분리시킬 것을 강요한다. 이에 가치중립과 도구적 사고가 내면화되고 효율적 사고가 일상적으로 작동하게 된다. 과연 CCTV를 비롯한 '대형大兄'같은 첨단 감시 장치와 핵무기를 비롯한 '반지'같은 가공할 무기의 개발은 이성의 도구적 사고가 인간을 어떻게 위협하고 있는지 잘 보여준다. 이때, 작은 꽃에서도 봄처녀의 미소를 느끼게 하는 의인적, 미학적 감수성(『소를 웃긴 꽃』 참고)은 논리와 이성에 지친 현대인들에게 풋풋한 감성을 회복시켜주기도 한다.

그리고 신화, 판타지는 정체성의 위기에 처한 현대인에게 정체성 회복의 계기를 제공한다. 갈수록 높아가는 경쟁의 파고, 불안한 직장환경, 거친 노동의 여건 속에서 현대인은 누구나 불안을, 아니 존재의 위기를 체험하기 마련이다. 이때 신화, 판타지의 주인공은 문제해결의 영웅적 대안으로 다가온다. 〈주몽〉, 〈대조영〉, 〈불멸의 이순신〉을 비롯한 남성 신화의 주인공들이 시공을 초월해 여전히 현대인의 영웅이 되고 있는 이유다. 이뿐이 아니다. 공전의 히트작인 『해리포터』, 『반지의 제왕』, 『오페라의 유령』은 또 어떤가. 이 작품의 주인공들은 하나같이 불우한 존재들이다. 그러면서 마법사이고, 해결사이며, 사랑의 승리자이기도 하다. 바로 여기서 우리는 현대인들이 신화 또는 판타지를 읽으면서 '위기-반전-성공'이라는 스토리 구조를 공유한다는 사실을 깨닫게 된다.

이처럼 신화, 판타지라는 대중 서사물은 단순한 이야기가 아니다. 비논리적이고 황당한 이야기임에는 틀림없지만 그 속에는 분명 근대의 이성과 논리가 다 말하지 못한, 김종철의 언어로 말하자면 그 이야기들 속에는 인간과 세계에 대한 '비근대적인' 진실이 스며있다고 볼 수 있다. 다시 말해 신화, 판타지에는 여러 가지로 위기에 처한 현대사회와 그 구성원들에게 위기의 탈출구이자 돌파구라는, 희망에 찬 '반전' 메시지를 던져주고 있는 것이다.

바로 여기에 ③항이, '물은 여성이다'라는 새로운 문법이 놓일 수 있는 것이다. 지금까지의 논의를 통해 우리는 신화, 판타지에는 말과 사물, 사실과 가치, 인간과 세계에 대한 새로운 관계가 드러난 것을 볼 수 있었다. 그러나 그 관계는 ①처럼 자연에 대한 숭배에 기초한 맹목적이고 종속적인 세계가 아니고 그렇다고 ②처럼 자연을 대상화시켜 바라보는 일방적인 세계도 아니다.

그러나 '물은 여성이다'라는 서술은 간단하지 않다. 이것이 바로 우리가 논의해야 할 내용의 핵심이다. 이를 우선 편의상 데리다의 말대로 '텍스트'의 세계라 부르기로 하자. '물'이라는 날줄과 '여성'이라는 씨줄로 엮어 만든 '물은 여성이다'라는 새로운 텍스트의 세계에서는 정전과 원본을 인정하지 않는다. 이는 대단히 중요한 문제다. **정전**canon, **원본**original text을 인정한다는 것은 그 대상이 신이든, 작가이든 그 권위를 인정한다는 것을 전제로 하기 때문이다. 이는 결국 상호-텍스트론이 고중세적 글쓰기의 인식소인 '동질성'에 바탕한 종속적 세계인식이나 근대적 글쓰기의 인식소인 '차이'에 근거한 일방적 세계인식을 부인하려는 전략적 고뇌의 산물임을 암시한다. 데리다의 스승 니체가 "사실은 없다. 있는 것은 해석뿐이다"라고 했다거나 푸코와 바르트 또한 근대적 의미의 '인간'의 죽음과 '작가'의 죽음을 논하고 있는 일련의 선언들이 모두 이와 관련이 있다. 따라서 '물은 여성이다'는 새로운 지평을 여는 창의적 해석의 세계이자 작가이자 독자인 이 시대 대중들이 여는 새로운 글쓰기의 세계를 암시한다.

텍스트적 글쓰기 세계에서 작가와 독자, 독자와 작가는 결코 분리된 대상이 아니다.

　작가 안에 이미 독자가 들어와 있고 독자 또한 읽기를 통하여 텍스트를 다시 쓰니 작가와 독자는 둘이 아니다. 반면에 작가는 텍스트를 쓰는 자이고 독자는 텍스트를 읽는 자이며, 전체의 부분이 아니라 이 속에서 스스로 창조하고 조직하니 둘은 하나도 아니다. 이처럼 텍스트를 통하여 작가와 수용자는 끊임없이 서로 소통하고 상호작용을 한다.

— 이도흠, 『화쟁기호학, 이론과 실제』, 한양대 출판부

여기서 말하는 '작가'는 그동안은 근대적 의미의 인간이었다. 그러나 근대적 인간은 칸트식으로 말해 천재적인 인간형들이다. 천재는 천부의 자질을 타고난 사람들이다. 그렇다면 근대적 인간은 선험적이다. 바로 여기에 근대적 인간이 노출시키고 있는 어쩔 수 없는 엘리트주의적이고 반자연적이고 반역사적인 한계를 보게 된다. 다시 말해 서사, 설명의 자신감 넘치는 이야기, 분류의 언어는 사실 이항대립과 배제라는 근대 논리를 형식화한 천재들의 인식론이었던 것이다. 근대, 계몽의 시대는 천재들의 시대였다. 그러나 천재의 시대는 저물었다.

우리의 경우, 2008년 미네르바 사태와 대중지성의 탄생은 이제 누구나 글을 쓸 수 있고 참여할 수 있는 웹 2.0시대, 그러니까 천재의 시대가 끝나고 대중글쓰기의 시대가 되었다는 신호탄이 되었다. 미네르바 사태는 먹물을 먹은 식자들, 시쳇말로 가방끈이 긴 사람들만 글을 쓰는 게 아니라 누구나 글쓰기의 주인공이 될 수 있다는 것을 보여주었고, 특히 SNS를 이용한 대중지성들의 정보 생산과 참여는 정보의 생산과 유통, 공유의 방식을 획기적으로 바꾸어놓았다.

바로 여기에 다시 '물은 여성이다'가 갖는 비근대적非近代的 의미가 놓인다. '물은 여성이다'는 진술은 시적 은유와 상징의 형식을 띠고 있다. 그러나 고중세 언어처럼 단순한 묘사가 아니다. 『신통기』처럼 비유적 묘사는 대상 사물에 사로잡힌 미신적이고 융합적인, 맹목의 세계다. 비유의 세계는 다시 말하건대 아리스토텔레스의 성채를 수식하는 곰털 장식일 뿐이다.

그렇다고 해서 '물은 여성이다'는 설명도 아니다. 설명은 분석하고 쪼갠다. 개구리를 해부하면 생명이 없어지듯 분석은 죽음의 언어다. 주개념을 빈개념의 울타리 안에 꼼짝 못하게 가둬놓기 때문이다. 동물원이 바로 근대적 분류의 세계를 잘 보여주고 있다.

그러나 '물은 여성이다'는 다르다. 묘사도 아니고 설명도 아니지만 이는 물에 대한 전혀 새로운 인식을 보여준다. '물'이라는 씨줄과 '여성'이라는 날줄이 서로 만나 '물은 여성이다'라는 하나의 직물을 탄생시켰다. 그러나 그 인식은 고정되어 있지 않다. 따라서 그것은 중심이 없다. 그렇다고 의미가 없는 것도 아니다. 오히려 그 의미는 물결효과를 일으키면서 일파만파의 의미를 내장하고 있다.

물은 **여성**이다(생명이다 / 깨끗하다 / 순수하다 / 투명하다 / 부드럽다 / 본질적이다 / 원천이다 / 아름답다 / 소중하다 / 무섭다 / 겸손하다 / 죽음이다 / 빠르다 / 가볍다 / 깊다 ……).

미의 여신이 재림하였나. 여기, 화보(사진)라기엔 너무나 아름다운 하나의 예술작품이 있다. 이 작품을 하나의 아름다운 예술이 되게 하는 조건은 무엇인가. 예술은 일상의 현실이라는 이성논리보다 탈일상의 환상이라는 감성논리가 우선한다. 다시 말해 긴장보다는 이완의 논리가 지배하는 게 예술작품의 기본 조건이다. 미의 향수享受는 우선 정신적 여유를 수반해야 가능하기 때문이다.

여기서 우리의 긴장을 풀어놓게 하는 것은 바로 '시원적始原的' 자연이다. 연못에 한 여인이 폐목선 위에 앉아 있다. 연못–폐목선–여인은 박

루이비통 광고, 『인터내셔널 뉴욕 타임스』, 2012.2.18.

자가 잘 맞는 시적詩的 오브제다. 물과 여인은 하나의 상상라인에 위치하면서 우리를 탈일상의 세계로 안내하고 일상에서 경험하지 못한 미적 현실세계에 빠뜨린다. 이렇게 하나의 예술작품에 가까운 광고를 보면서 우리는 자신도 모르게 이성이 마비되고 무장해제를 당하게 되는 미적 맹목盲目에 사로잡힌다.

그러나 이 정도라면 참 봐줄 만한 광고다. 저자는 이 광고를『인터내셔널 뉴욕 타임스』에서 처음 보고 참으로 감동했다. 광고도 광고 나름이다. 이 작품을 매력적으로 만든 또 다른 조건이 바로 '텍스트' 논리다. **직물적 상상력**textile imagination. 그렇다. 이 광고를 만들기 위해 동원한 일차 텍스트를 보자. 장소는 캄보디아이고 주인공은 미국인이다. 물론 루이비통은 프랑스가 자랑하는 명품 브랜드다. 캄보디아와 미국과 프랑스, 저자는 너무 국적에 고정관념을 갖고 있었나 보다.

거장 피카소의 〈기타〉를 본 적이 있다. 걸레조각, 종이, 못, 그리고 실이라는 일상 소재들을 얽어서 하나의 작품을 탄생시키고 있다. 여기서 걸레조각, 종이, 못, 실은 단순한 하나의 사실, 오브제에 불과하다. 그러나 어느 순간, 하나의 '기타'가 될 수 있다는 유기적인 상념이 작가를 지배하는 순간 그 사실들은 '가치'로 재생reproduction한다.

이 작품도 마찬가지다. 캄보디아, 미국, 프랑스는 중요하지 않다. 자본의 세계에 국경은 없다. 그래서 그런가. 셰익스피어는 돈을 만국의 창녀라 했다지. 그러나 여기 연못, 폐목선, 여인이 어느 순간, 화살이 과녁을 뚫고 지나가듯 하나의 이미지가 뇌리를 관통하는 순간, 우리는 **물적** 현실세계를 넘어 하나의 **미적** 현실세계라는 놀라운 마술magic의 세계를 맛보게 된다. 그러면서,

아, xx, 루이비똥!

하고 어쩔 수 없이 탄성을 내지르는 순간, 우리는 벌써 상품의 포로가 되어 있는 것이다. 이미지는 매직이다.

이처럼 직물적 언어가 보여주는 의미의 파동은 넓고 깊다. 직물적 언어는 무엇보다 대등하고 평등한 인격과 인격, 인격과 사물의 '만남'에 기초하기 때문이다. 바로 그렇기 때문에 텍스트의 세계는 중심이 없다. 모두가 중심이기 때문이다. 모두가 중심인 세계인 다원론의 세계는 혼자만 잘났다는 일원론의 절대주의적 세계를 용납하지 않을 뿐만 아니라 그렇다고 모두가 다 잘났다는 무정부주의적 상대주의 세계 또

현대, 대중서사시, 공존 또는 관계적 언어의 세계인식

한 인정하지 않는다. 중심이 없다고 해서 중심이 아주 없는 것은 아니다. 바로 여기에 지금, 현실이라는 구체적 시공간이 끼어드는 것이고, 어떤 것이 옳고 그른지를 결정하는 공존의 모럴이 존재하는 것이다.

21세기 정보 개방화시대, 이런 텍스트의 세계를 지배하는 것은 단연 전자직물의 세계다.

> 빛으로 달리는 전자로 이루어진 비물질적인 물질, 실리콘의 지붕 아래서 뒤엉키는 전자들의 모습은 엄청난 인터넷 현상의 위력을 말해준다. 인터넷에서는 무수한 유랑적인 연계들이 뻗어나가고 이것들의 위치 확인이 불가능하다. 비물질의 바다인 인터넷은 실체 없는 이미지들이 서로 묶고 묶이는 전자그물망 행위자들의 의지에 따라 잠깐 스쳐가듯 주름 잡힌 시각적인 것들이 매듭짓고 풀어지기도 하는 곳이다.
>
> — 미레유 뷔뎅, 「인터넷과 들뢰즈」, 『비평』 2호

전자직물의 세계 언어는 '이미지image'다. 이 이미지는 언어와 마찬가지로 하나의 가상에 불과하다. 그렇다고 완전한 가상이라고 할 수도 없다. 지금까지 보아왔던 것처럼 언어는 실체도 아니고 그렇다고 실체가 아니라고 볼 수만도 없다. 언어는 분명 인간의 의식세계와 관련되어 있기 때문이다. 이미지도 마찬가지다. 이미지가 사실이 아님은 자명하다. 그렇다고 또 사실이 아니라고 할 수도 없다. 왜냐하면 이미지는 사실은 분명 아니지만 이미지에는 어떻게든 인간이 마음이 투영된 현실이 관계하기 때문이다. 간단하지 않다. 다음 시를 보자.

나주 들판에서

정말 소가 웃더라니까

꽃이 소를 웃긴 것이지

풀을 뜯는

소의 발밑에서

마침 꽃이 핀 거야

소는 간지러웠던 것이지

그것만이 아니라

피는 꽃이 소를 살짝 들어 올린 거야

그래서,

소가 꽃 위에 잠시 뜬 셈이지

하마터면,

소가 중심을 잃고

쓰러질 뻔한 것이지

— 윤희상, 「소를 웃긴 꽃」

　이 '엉뚱한' 시가 우리를 놀라게 하는 힘은 어디서 오는가. 화자는 강변한다. '정말' 소가 웃더라고. 왜 웃느냐고. 꽃이 소를 웃겼다고. 아니, 꽃이 소를 간질였다고. 게다가 피는 꽃이 소를 살짝 들어올리기까지.

　이 시는 완전히 중력의 법칙을 비웃고 있다. 그러니 이렇게 잠깐 뜬 상태가 되지 않았냐고. 중심을 잃고 쓰러질 뻔한 것이 아니냐고. 이 시는 보기 좋게 이성을 조롱하고 비웃는다. 이성의 세계는 한 치의 오차도 없이 중력의 법칙에 의해 중심을 유지하고 있다. 그것은 현실의 세계다. 측량사의 세계다. 모든 것은 완벽한 개념, 숫자로 등기된다.

그러나 일상에서 빗겨나간 그곳, 나주 들판에서 일상은 바람 빠진 풍선처럼 날아간다. 대신 새로운 마법의 순간 같은 비일상의 진실이 우리를 마주한다. 바로 그곳에서, 소가 웃고 있다. 생명은 동사다. 이렇게 사물을 살아 움직이는 이미지로, 신화적 의인화의 눈으로 현상을 직시하는 시인에게 실상은 그대로가 진상이다.

해체를 통해 재구된 직물의 세계에서는 너와 내가 대등하게 만나고 흩어진다. 이는 고중세의 '맹목적인' 비유의 세계도 아니고 근대의 '일방적인' 설명의 세계도 아니다. 직물의, 상호주체의, 대중서사시의 세계가 대등하고 평등한 질서, '유비적' 관계에 터하고 있는 이유가 여기에 있다.

헤어진 뒤, 이십년 만에 다시 만난 친구는
눈이 크고 두 눈 사이가 움푹 패어 삼식이를 닮은 채
불빛 흐린 수족관 앞에 웅크리고 앉았다.
실업의 고통으로 머리에는
단단한 가시들이 발달되어 있었고
눈 아래쪽에는 어둠이 먹장구름처럼 덮여 있었다.
삼식이는 입이 매우 크며
양 턱에는 작고 가느다란 송곳니가 무리지어 있어서
술잔을 부딪치며 나누는 작은 대화에도 예리한 이빨을 드러냈다.
위턱 앞부분과 아래턱을 제외한 몸 전체가 작은 빗비늘로 덮여 있어
나의 흔한 웃음에도 까칠한 피부를 드러내며

순간순간 탱자나무 가시로 변하는 물고기.

바다에는 늘 조류가 빠른 암초 지역이 널려 있고
삼식이의 사냥습관은 오직 외로운 야행성뿐이다.
추운 겨울에는 깊은 곳으로 이동해야 하고,
따뜻한 봄에는 얕은 곳으로 이사를 해야 하는데,
셋방살이 십년에 반지하 단칸방을 전전하는
저서생물底棲生物이 된 삼식이를 보며 나는 수족관을 응시했다.

몇 순배의 잔을 돌리기 전에
삼식이는 자신의 서러운 내장을 숨김없이 드러냈다.
나무도마 위에서 식칼에 등짝이 찍혀 비틀거리다
미처 뱉지 못한 울분이 가득 찬 누런 알을 왈칵 쏟아내더니,
일당으로 벌어들인 새우와 갯지렁이를 꾸역꾸역 바닥에 토해낸다.
그러자 마침내 보기 좋게
낮은 시궁창으로 헤엄쳐 도망가는 작은 물고기들.

삼식이의 재산은
아무런 독도 품지 않은 연약한 탱자가시뿐인가.
술자리를 접고 그만 귀가하자고 내가 삼식이를 끌어안자,
낮은 바닥에 납작 엎드려 있던 등지느러미가
갑자기 붉은 빛을 띠며 날카롭게 가시를 세우더니
메마른 내 손바닥을 사정없이 찔러댔다.

현대, 대중서사시, 공존 또는 관계적 언어의 세계인식

찬바람 부는 아침,

식감 좋고 얼큰한 속풀이국을 식구들과 나눠먹으며

간밤에 캄캄한 바다 밑으로 다시 떠난 삼식이를 떠 올릴 때

자꾸만 목에 잔가시가 컥컥 걸리는 것이었다.

— 하재일, 「해후」 전문, 『창작과 비평』, 2013 가을

어느 날엔가. 우연히 만난 옛 친구는 실업자의 모습으로 내 앞에 웅크리고 앉아 있다. 삼식이 — 삼식이는 쏨뱅이목 삼세기과의 바닷물고기다. 아귀와 함께 가장 못생긴 물고기로 손꼽히며, 몸에 작은 가시가 많아 '삼쐬기'로 불리는데 전라도와 서해안에선 '삼식이'란 이름으로 더 잘 알려져 있다 — 를 닮은 친구는 못생기고 거칠다. 해병대 위장복을 걸친 듯한 얼룩덜룩한 무늬를 온몸에 지닌 그는 건드리면 몸을 잔뜩 부풀려 자신을 방어하는 등 자못 전투적 이미지를 풍긴다. 아니나 다를까, 실업의 고통으로 머리에 단단한 가시들이 발달되어 있는 그는 작은 대화에도 예리한 이빨을 드러내고 몇 순배의 술잔을 돌리기도 전에 자신의 서러운 내장을 숨김없이 드러낸다.

이 시는 우리를 매우 불편하게 한다. 나의 또 다른 나인 영락한 타자를 대해야 하기 때문이다. 그러면서도 이 불편한 시가 왜 우리를 공명시키고 있는 것일까. 우선, 실업자라는 비근한 소재는 보편적인 관심을 불러일으키기에 충분하다. '삼식이'라는 환유적 이미지 처리 또한 감정의 토로를 절제하고 실업자의 모습을 생생하게 환기시키는데 기여하고 있다. 더구나 서사적 얼개를 엮어 읽는 재미와 활기를 더하고

무엇보다 그 스스로 자신의 상황을 토로하게 함으로써 감정을 정화시키게 하는 '극적' 효과까지 맛보게 했다. 여기서 '그 스스로 자신의 상황을 토로하게' 하는 것은 발화에서 상대의 의견을 듣고자 하는 상호 주체적 관계에서 발생한다. 이에 바흐친(『말의 미학』)이,

> 청취된다는 것은 그 자체 이미 대화적 관계이다. 말은 들어주기를 바라며 다시 대답이 대답을 하고자 한다. 그리하여 말은 무한하다. 말은 의미의 끝을 갖지 않는 대화로 들어선다. 이것은 물론 말의 순수하게 대상적이며 연구적인 지향, 즉 자신의 대상에 대한 집중성을 조금도 약화시키지 않는다. **두 계기는 동일한 하나의 두 측면이고, 서로 뗄 수 없이 결합되어 있다.**(강조-인용자)

는 진실한 언어와 마주하게 된다. 그리하여 **자꾸만 목에 잔가시가 컥컥 걸리는** 대목에 이르러서는 나 또한 그의 미적 현실세계에 깊이 빠져들지 않을 수 없게 된다.

자, 여기서 우리는 비로소 바흐친의 저 유명한 **도스또옙스키적 대화**의 세계로 가는 오솔길을 만나게 된다. 도스또옙스키적 대화는 고대 비극의 코러스 중심의 맹목적인 대화와 소크라테스적 일방적인 대화의 세계와 다르다. 고대 비극의 대화가 집단 중심의 '코러스(합창)'가 주를 이루고, 근대 사유의 기원이 된 소크라테스의 대화가 그의 뛰어난 지력에 의지한 채 그를 중심으로 한 일방적인 대화로 유도되고 있다면, 도스또옙스키적 대화의 세계는 전민중적 성격을 지닌 상호관계적이고 개방적 언어로 전개되고 있다.

현대, 대중서사시, 공존 또는 관계적 언어의 세계인식

"한데 말이야, 나는 한 가지 진지한 질문을 하고 싶은데 말이지," 학생은 다시 열을 내기 시작했다. "물론 지금 얘기한 것은 농담이지만, 알겠나. 한 쪽에는 멍텅구리이고, 아무런 가치도 없는 존재인데다가 심술쟁이여서 누구에게도 필요치 않을 뿐 아니라 누구에게도 해로운 존재여서, 자기 자신도 무엇 때문에 살고 있는지조차 모를뿐더러 내일이라도 저절로 죽을지도 모르는 병자인 노파가 있다. 알겠나? 알아듣겠나?"

"응, 알아듣고 말고" 하고 장교는 열을 올리고 있는 친구를 줄곧 바라보면서 대꾸했다.

"그럼 계속 이야기 할게. 그런데 다른 한쪽에서는 원조의 손길이 뻗치지 않기 때문에 허무하게 사라져 가는 젊고 신선한 힘이 있다. 그건 몇 천이든지 있고 또 도처에 있다. 뿐만 아니라 수도원에 기부하기로 되어 있는 노파의 돈으로 몇 백 몇 천이라는 훌륭한 사업과 계획을 추진할 수도 있으며 개선할 수도 있는 것이다. 또한 어쩌면 몇 백, 몇 천이라는 무법자를 올바른 길로 걸어가게 할 수도 있을지 모른다. 수많은 가족들이 빈곤, 부패, 죽음, 타락, 성병의 병원으로부터 구출될 수도 있다. ―이런 것들을 모두 그 노파의 돈으로 해결할 수 있는 것이다. 그 노파를 죽이고 그 돈을 약탈하라, 이 말이야. 단, 그것은 그 후, 그 돈을 전 인류와 공공사업을 위해서 사용한다는 것을 전제로 하고서 말이야. 너는 어떻게 생각하나. 하나의 조그마한 범죄 같은 것이 몇 천이라는 훌륭한 사업으로서도 보상될 수 없다고 생각하는가? 단 하나의 죽음으로 몇 천 명의 생명이 부패와 타락으로부터 구출되는 것이다. 하나의 죽음과 백의 생명을 바꾸는 것이다. ―이것은 산술처럼 전적으로 명백한 것이 아니냐! 게다가 사회 전체의 비중으로 보아서 저 폐병장이이고 바보고 심술궂은 노파의 생명이 어느 만큼의 가치가 있느냐? 벼룩이 바퀴벌레의 생명보다 더 가치 있다고 할 수는 없는 거야. 아니, 그 정도의 가치조차도 없는 거야. 그것은 그 노파가 해롭기 때문이다. 그 노파는 타인의 생명을 핥아먹고 있으니 말이야. 요 먼저도 그년은 골이 잔 뜩 나서 리자베타의 손가락을 깨물어 하마터면 잘라질 뻔하였던거야!”

“물론, 그런 년들은 살고 있을 가치가 없는 인간이지.” 장교가 말했다.

— 도스또옙스키, 『죄와 벌』, 범우사

도스또옙스키의 대화를 눈여겨보면 근대의 소설가가 일방적 시선으로 대상세계(인물)를 일정한 거리를 두고 물끄러미 바라보고 이야기하는 서술식 표현과는 상당히 다른 것을 느낄 수 있다. 즉 그의 소설은 **상호 중심적**이라는 데 그 특징이 있다. “한데 말이야, 나는 한 가지 진지한 질문을 하고 싶은데 말이지” 하는 대목에서 우리는 상대의 동의를 구하는 자세를 엿볼 수 있고, “알겠나? 알아듣겠나?” 하는 대목에서는 대화의 축에 상대가 있다는 상호 주체적 시선을 볼 수 있다. 그러면서 대화 도중에도 “너는 어떻게 생각하나”라고 중간 중간 상대의 의견을 묻고 동의를 구하는 것을 놓치지 않는 것을 볼 수 있다.

도스또옙스키적 대화는 소크라테스식 대화와는 확실히 다르다. 소크라테스식 산파술은 분명 탁월한 계몽효과가 있다. 상대의 무지를 일깨우는 매우 적절한 방법이기 때문이다. 그러나 계몽의 전제는 무엇인가. 나는 똑똑하고 너는 무지하다는 것 아닌가. 이런 관계는 사실 정상적인 관계라고 볼 수는 없다. 소크라테스의 산파술은 현자와 바보 간의 대화라는 인상을 풍긴다. 게임은 결국 주입식이 될 수밖에 없다. 말이 대화이지 사실 ‘나’를 중심으로 쓴 서술에 가깝다.

서술은 근대의 산물이다. 사실의 세계를 가치로 분리시키고, 말하기를 통해 보여주기를 내려다보고, 개념으로 형상을 범주화하는 것은 대상을 객체로 보는 근대의 주체가 낳은 표현방식이다. 이는 마치 주류 양반세력이 높은 정자에 올라 계급사회적 현실을 내려다보듯이, 서술이 상대적으로 우세를 보이고 있는 근대적 형식에는 지배적 권력을 획득한 근대의 부르주아지가 그 지배현실을 조망하는 계급적 시각이 형상화한 결과다. 이런 과정을 통해 전통의 보여주기, 사실적 묘사의 세계, 시적 형상의 세계, 극적 대화의 세계는 그 동력을 잃고 말았다.

서술은 필연적으로 **개념화**概念化, conceptualization를 필요로 한다. 경험적 현실을 귀납적으로 일반화한 개념의 세계는 근대 부르주아지의 지배적 현실인식에 기초한다. 대상을 인식, 판별, 구분, 분석, 분류하여 대상을 일정한 가치의 질서 속에 편입시킨 린네적 세계인식은 대상을 동질적으로 바라보지 않고 '차이'의 눈으로 바라본다. 이렇게 대상을 일정한 차원 속에 위치시킴으로써 인간은 드디어 자연을 하나의 '사물'로 생명을 분리해내고, '그'로 너를 소외시키고 말았다.

물론 개념은 사고의 방향과 틀을 결정짓는 매우 유익한 지식이다. 가령, 우리는 어떤 일을 시작하고자 할 때 흔히 '컨셉concept을 잡는다'는 말을 한다. 여기서 '컨셉'은 물론 어떤 일을 시작하기에 앞서 그 일에 대해 설정해놓은 일반적인 개념 혹은 전체적인 경향을 말한다. 예를 들어, '명품' 브랜드의 컨셉은 하나같이 클래식을 기본으로 하면서 절제된 우아미와 세련된 기풍을 지향하고 있다. 이런 컨셉을 지향함으로써 도시적 감수성을 지닌 까다로운 소비자들을 만족시킬 수 있다. 다시 말해 콧대 높은 도시 소비자들의 '로코코한' 자존심을 주무르는데

효과적인 이런 '명품' 컨셉은 까다로운 고급 소비자들에게 보다 차별화
된 이미지를 제시하면서 그들에게

'당신은 특별한 사람, 선택받은 소수'

라는 특별한 목걸이를 매달아 줄 수 있는 것이다.

　그러나 개념, 그러니까 컨셉은 어디까지나 누군가가 설정해 놓은 일
방적인 경향을 말할 뿐이다. 그 누군가는 누구인가. 그들은 바로 지배
자본가들이다. 다시 말해, 개념과 서술, 설명은 근대 지배 권력의 자신
감 넘치는 일방적인 ─ 여기서 다시 소쉬르의 '자의적인' 개념을 떠올
려 보자 ─ 선언이다.

　설명에는 단지 하나의 의식, 하나의 주체만이 존재한다. 이해에는 두 의
식, 두 주체가 존재한다. 객체에 대한 대화적 관계란 있을 수 없기에 설명
은 대화적 계기를 결여하지만 이해는 항상 어느 정도 대화적이다.

─ 바흐친, 『말의 미학』, 길

라는 바흐친의 언술이 중요한 이유도 여기에 있다. 설명과 달리 이해
는 서로의 세계에 도달한다. 여기서 새로운 만남이 시작된다. 만남은
서사의 물꼬를 트는 상호 계기를 이룬다. 따라서 대등한 상호 관계를
나타내는 '그리고'는 처녀지다. 아직 규정되지 않았기 때문이다. 우리
는 다음 시를 통해 근대적 영토의 세계를 가로지르는 비근대의 시원적
탈영토화의 세계인식을 엿볼 수 있다.

병원에 갈 채비를 하며
어머니께서
한 소식 던지신다

허리가 아프니까
세상이 다 의자로 보여야
꽃도 열매도 그게 다
의자로 앉아 있는 것이여

주말엔 아버지 산소 좀 다녀와라
그래도 큰 애 네가
아버지한테는 좋은 의자 아녔냐

이따가 침 맞고 와서는
참외밭에 지푸라기도 깔고
호박에 똬리도 받쳐야겠다
그것들도 식군데 의자를 내줘야지

싸우지 말고 살아라
결혼하고 애 낳고 사는 게 별거냐
그늘 좋고 풍경 좋은데 의자 몇 개 내놓는 거여

— 이정록, 「의자」 전문

설명exposition이 높은ex 곳에 위치position 해야 가능하다면 이해understand 는 낮은under 곳에 서stand야 가능하다. 설명이 정자처럼 높은 곳에 서서 낮은 곳을 내려다보는 근대의 지배적 서사형식이라면 ― 그 유명한 파르테논 신전이 서 있는 자리가 바로 아크로폴리스 언덕이다. 여기서 '아크로acro'는 그리스말로 '높은 곳'이라는 뜻이다. 전통적으로 높은 곳은 지배공간이었다. 신전과 성당, 학교, 관청은 모두 높은 곳에 지어졌다. '학교 상庠', '관청 부府' 모두 '엄호밑 부广'을 부수로 한다는 사실에서도 이를 확인할 수 있다 ― 이해는 아고라agora 같은 낮은 시장바닥을 중심으로 하는 탈근대의 축제적 서사형식이다.

이 축제 같은 비근대의 새로운 현실에서 의자는 단순히 '걸터앉도록 만든 도구'가 아니다. 의자는 이제 그 사물의 본래적 의의를 획득하면서 꽃도 되고 열매도 되고 참외밭도 되고 호박도 되며, 큰 애도 되었다가 사물 모든 곳에 스민다. 이렇게 의자가 단순한 도구에서 그 생명을 획득하면서 '그'는 '너(Du)'로 재생한다. 그런 어느 순간, 우리는 드디어 저 드넓은 삶의 바다에, 처녀지 같은 인생의 심층부에 도달하게 되는 것이다. 이런 자세는 어디서 오는가.

의자는 걸터앉도록 만든 가구다	의자는 꽃, 열매, 참외밭, 호박, 큰 애다
대상화, 범주화, 영토화, 사물화, 나무, 설명, 근대, A = A, 차이, 개념의 세계	인간화, 탈범주화, 탈영토화, 의인화, 리좀, 이해, 탈근대, A = ~A, 공존, 텍스트의 세계

다시 도스또옙스키로 돌아가 보자. 이러한 자세는 바흐친의 말대로 하면 '점点들'(『도스또옙스키 시학』, 정음사)에서 온다. 즉 그는 상대를, 타자를, 인간을 일정한 관점으로 보는 '원근법적' 시각으로 대하지 않는다.

대신 그는 '문턱, 현관, 복도, 층계참, 계단, 계단의 층층이, 계단을 향해 열려 있는 문, 대문, 그밖에도 도시, 즉 광장, 거리, 건물의 정면, 선술집, 밀실, 다리, 운하' 등 모든 '위기적인' 소설의 공간에서 그 중심점을 획득하고 있다. 이런 사실은 그가 전민중적이고 카니발적 축제적 공간으로서의 삶의 제 현실에 **상호계기적**으로 대응함으로써 러시아적 현실을 올바로 그려내는데 성공한 소설가임을 말해준다. 이런 사실은 또한 왜 톨스토이 소설이 광활하고 도도한 서사시적 흐름을 보이고 있는 것과 달리 도스또옙스키의 소설이 대부분의 평론가들이 강조한 바 그대로 '극적'형식을 지니고 있는지 보여준다. (아르놀트 하우저, 『문학과 예술의 사회사』 4) 이것이 바로 루카치가 『소설의 이론』에서 "그는 이미 새로운 세계에 속하고 있는 것이다"라며 그것은 "작품의 형식 분석에 의해서만 밝혀질 수 있을 것"이라고 말했던 진정한 의미일 것이다. 즉 그는 근대의 시민서사를 넘어선 **대중서사**의 선구였다.

　여기서 우리는 원효元曉가 진리의 세계를 '불일이불이不一而不二'의 세계로 보고 있음을 떠올려 볼 필요가 있다. 진리는 결코 하나도 아니고不一 둘도 아니다不二. 이는 실재론不二에 대한 날카로운 비판이자 유명론不一에 대한 통쾌한 대안이 아닐 수 없다. 다시 말해 나는 삼식이가 아니고 삼식이 역시 내가 아니다. 그러나 나와 삼식이는 결코 둘이 아니다. 나는 삼식이를 통해 의미의 세계에 닿아 있고 삼식이 또한 나로 인해 그 스스로를 의미화하고 있기 때문이다. 마찬가지다. 싸구려 간이식당에서 만난 대학생과 장교는 결코 둘이 아니다. 「의자」도 마찬가지다. 나와 너는 서로의 시각을 자유롭게 공유하는 가운데, 다시 말해 너와 나는 상호주체 간의 대등한 대화를 통해 **물적 세계현실**을 뛰어넘어 **미적 세계현실**을 공유한다.

「해후」와, 「의자」, 『죄와 벌』이 보여주는 새로운 유비의, 점들의 세계 인식은 매우 중요하다. 여기서, 삼식이는 단순히 실업자만을 지시하는 기표가 아니다. 삼식이는 의미 해석상 인간의 무분별한 파괴에 신음하고 있는 자연이 될 수도 있고, 실의에 빠진 네가, 주인에게 버림 받은 강아지가, 그리고 분단으로 고통 받고 있는 이 땅의 수많은 갑돌이와 갑순이가 될 수도 있다. 다른 경우도 마찬가지다. 그렇다. 이들은 모두 우리 사회를 구성하는 가는 실선들이고, 리좀rhizome같은 땅밑줄기들이다.

유추, 리좀적 사고의 근본은 관계 맺기다. 서로 다른 이질적 요소들 간에 뭔가 공통점과 유사점이 있음을 발견하는 일이다. 그리하여 삼식이와 노동자가 결코 둘이 아니고, 의자와 꽃이 또한 둘이 아니며 대학생과 장교의 의식이 둘이 아님을 깨닫고 하나로 다가오는 가운데 우리는 뜻밖의 경험을 할 수 있다. 알고 보니 너와 내가 서로 다르지도 않다는 사실을, 인간과 인간, 인간과 사물, 인간과 동물이 서로 관계 속에 얽히고 소통함으로써 우리는 드디어 그들이 더 이상 그들이 아니고 나이며, 객체가 아니고 상호주체이며, 도구가 아닌 목적으로 다가오고 있음을 경험할 수 있게 된다.

그런 어느 순간, 사물이 인간으로 화하는 찰나, 피는 꽃이 소를 살짝 들어올리고, 삼식이가 인간에게 말을 건네고, "세상이 다 의자로 보여야" 하며 개안을 하고 "응, 알아듣고 말고" 하고 상대가 호응해 오는 순간, 드디어 여기저기서 이야기'꽃'이 피어나기 시작하고, 모든 이가 '명작'이 되고 모든 사람이 제각각 하나의 '고원'이 되기에 이른다.

너와 나는 둘이 아니다. 그렇다면, 우리는 모두 삼식이다! 우리는 모두 저마다의 의자다! 우리는 모두 로쟈 ─ 로쟈는 라스꼴리니코프의 애칭 ─ 다. 여기서 우리는 다시 서양 전래의 이원론적 세계관의 한계를 뛰어 넘는 화쟁적 和諍的 세계관의 도저 到底한 인식론과 마주하게 된다. 그리하 여 원효의 화쟁적 세계관이 현대의 '텍스트' 이론에 다름 아니며 말과 사물에 대한 전통적 모순을 해결할 하나의 창조적 대안으로 다가옴을 확인하게 된다. 이 창조적 세계를 저자는 **직물적 상상력**textile imagination이 라 부르고자 한다.

이렇게 서술의 역사, 철학의 역사는 '객체' 중심에서 '주체' 중심으로, 다시 '상호주체' 중심의 시대로 꾸준하게 변화, 발전하고 있음을 볼 수 있다. 이는 역사가 실재론에서 유명론으로, 다시 변증론으로 꾸준하게 이동해온 과정이고 이에 따라 당대의 인식을 담은 형식 또한 '묘사' 중 심에서 '서사', '설명' 중심으로, 다시 '논증'과 '유비' 중심의 글쓰기 형식 으로 꾸준하게 변화해 나가는 것을 볼 수 있다. 그리하여 상호주체적 성격이 강한 글쓰기가 고중세로 갈수록 부정되다가 근대, 현대로 내려 올수록 점차 중심적인 시대적 양식으로 부각되고 있음을 확인할 수 있 다. 푸코, 데리다, 바르트, 들뢰즈 등 후기 근대철학자들만이 아니라 테 리 이글턴 등 이른바 '눈 밝은' 식자들이 하나같이 글쓰기를 강조하는 이유도 바로 글쓰기가 다원화된 시대, 상호주체들의 소통의 방식이자 의미 있는 존재방식임을 누구보다 잘 알고 있었기 때문이다.

1장

우리말글쓰기의 시론

편협한 민족주의와 천박한 경제주의에서 벗어나야 한다

다음은 전문가가 쓴 칼럼이다. 이를 논의의 마중물로 삼아 이야기를 시작해 보자.

올해 우리말과 글에 대해선 몇 가지 좋은 소식이 있었다. 인도네시아의 소수 민족 찌아찌아족은 한글을 공식 문자로 채택했다. 한글이 훌륭한 글자임을 또다시 입증한 기쁜 소식이었다. 비록 부분적이기는 하지만, 뜻있는 기업의 도움으로 지난해 2월 루브르 박물관에서 시작된 한국어 안내가 올 6월 에르미타주 박물관에 이어 12월 들어 대영 박물관으로까지 확대되었다. '어떻게 하면 한국어를 유엔 공용어로 만들까'라는 행복한 고민도 하고 있다. 우리말글의 자리는 경제력에 걸맞게 여러 나라에서 점차 오름세를 타고 있다.

그러나 막상 이 땅에서 우리말을 우리 스스로가 대수롭지 않게 여기는 태도가 너무 넓게 번져 있다.

『교수신문』은 올 한해 한국 사회를 나타내는 사자성어로 '방기곡경旁岐曲逕'을 뽑았다. 이는 '샛길', '굽은 길'을 뜻하는 말로 '일을 정당하지 않은 그릇된 수단으로 억지로 하는 것'을 비유할 때 주로 쓰인다고 한다. 한문을 숭상하던 시대의 현학적인 표현을 고집하는 낡은 말글 의식은 여전해 보인다.

입학, 취직, 고시에서는 영어가 차지하는 비중이 너무 커 모두의 관심이 영어에 쏠려 있다. 교육과 학문 영역에서도 대학 평가의 중요한 요소로 영어 전용 강의가 번져가고 있다. 이 영어 전용 강의는 신임 교수 채용과 신입생 선발에까지 크게 영향을 끼치고 있다. 『교수신문』 보도에 따르면 2009년 2학기 신임 교수 임용에서 미국 박사가 차지하는 비중이 역대 최고를 기록했다. 외국인 교원도 신임 교수 4명 중 1명꼴이다. 영어 전용 강의의 비율을 일류 학교의 상징으로 내세우고 국문과 교수를 채용하면서 영어로 면접을 보는데도 공개적인 문제 제기가 없다.

이런 흐름의 역사적 뿌리는 매우 깊다. 전통 사회에서 유림은 천하동문天下同文이란 생각에 젖어 있었다. 학문과 교육은 한문 경전을 읽고 한문 쓰기를 익히는 것이었다.

천하를 오늘날의 '세계' 개념으로 보면, 천하동문은 '세계어'인 영어를 학문과 교육의 언어로 삼자는 주장과 다를 바 없다. 이런 관점에서 우리말은 학문이나 교육과 무관한 언어로 나날의 상스러운 말이 되며, 이런 말을 적는 글자는 '언문'이 된다. 또 우리말은 중국을 중심에 둔 천하의 한 부분에 제한되어 쓰이는 '방언'이 된다.

'국제어, 세계어'는 특정 패권국의 언어를 분칠하는 말로, 그 실상은 통용되는 범위가 다른 언어보다 더 넓다는 것뿐이다. 세계 모든 사람이 알아듣

는 언어란 뜻도 아니고 세계 모든 사람이 배우는 언어란 뜻도 아니다. '국제
어, 세계어' 규정은 정치적, 경제적 상황에 따른 유동적인 것이므로 다른 언
어로 쉽게 바뀔 수 있다.

　국제사회에서 우리말과 글의 자리가 높아지는 것은 좋은 일이다. 그런데
우리말의 본고장에서 한쪽으로는 한자와 중국 고전에 대한 낡은 태도가 버
티고 있는 반면, 학문과 교육에서는 영어 숭배가 굳건히 뿌리내리고 있다.
전통사회나 21세기 한국 사회나 우리말과 글에 대한 관점은 '천하동문, 언
문, 방언'에서 크게 변한 게 없는 셈이다.

　앞으로 우리말과 글에 대한 무관심을 조장하는 사회·경제적 요인을 없
애 나가려면 우리말과 글에 대한 낡은 통념에 대한 비판적 반성이 앞서야
하리라 생각한다.

— 김영환,『경향신문』, 2009.12.27

필자는 이 글에서, 우리말글의 자리가 경제력에 걸맞게 오름세를 타
고 있지만 막상 이 땅에서는 우리말글을 대수롭지 않게 여기는 태도
가 너무 넓게 번져 있다고 운을 뗀 뒤, 이는 우리의 의식 구조 속에 아
직도 한문을 숭상하던 낡은 말글의식이 여전하고, 영어를 국제어, 세
계어로 숭배하는 과잉 이데올로기가 굳건히 뿌리내리고 있기 때문이
라며, 이를 바로잡기 위해서는 우리말글이 한문, 영어에 비해 상스럽
고 촌스럽다는 낡은 통념을 깨야할 것을 촉구하고 있다.

말인즉슨 옳은 말이다. 그러나 좀 비판적인 관점에서 바라보자.

저자는 우리말글에 대한 낡은 통념을 깨야 한다는 필자의 논지야말로 낡은 통념에서 한 치도 벗어나지 못하고 있다고 생각한다. 우선, 필자의 논리는 국수주의적 우경 논리에서 자유롭지 못하다. 우리 것은 무조건 좋다는 단순하고 맹목적인 사고가 위험하다는 것은 이제 상식이다. 타자他者를 배제하는 이항二項 대립의 근대 논리이기 때문이다. 물론 우리말글이 소중하다는 기본취지에 저자라고 반대할 이유는 없다. 그러나 당장 내 것만이 옳다고 하면 할수록 그런 만큼 네 것은 옳지 않다는 근본주의, 범주화의 울타리에 갇히게 된다. 다문화 교류와 국제간 협력이 절실하게 요청되는 시대에 내 것이 옳고 중요한 만큼 상대 것도 옳고 중요하다는 인식은 기본이다.

이런 관점은 한문, 영어를 지나치게 숭배하는 게 나쁘다는 기본 전제를 바탕으로 하고 있다. 물론 지나친 숭배는 문제다. 그러나 지구촌이 하나가 된 세계화 시대, 중국어, 영어가 보편적인 의사소통수단으로 인식되면서 바야흐로 중국어, 영어배우기 열풍이 불고 있는 가운데, 지나친 영어숭배가 우리의 언어주권을 훼손시킬 수 있음을 우려하고 있는 필자의 생각은 과연 옳은가.

우리가 영어를 많이 사용한다고 해서 반드시 우리의 언어주권이 사라지는가. 가령, 사이버 외교사절이라고 자칭하는 독도전문 영문사이트인 **반크**의 경우를 보자. 이를 통해 우리는 우리의 생각을 대내외에 널리 알리기 위한 수단으로 영어를 효과적으로 잘 활용하고 있음을 볼 수 있다. 그렇다고 해서 우리말글이 사라지는가. 그렇지 않다. 우리의 생각을 알리기 위해 이렇게 영어를 효과적으로 활용함으로써 오히려 우리의 영토주권은 물론 언어주권까지 지킬 수 있는 게 현실이다. 다시 말해 문화다원주의 시대, 문화의 종 다양성을 유지하고 우리의 문화적 정체성을 건강하게 유지하기 위해서는 물론 우리말글을 더욱 아끼고 연구, 발전시켜 보급하는 노력도 중요하지만 이와 동시에 우리의 생각을 제대로 표현하고 나아가 우리의 우수한 민족문화를 널리 알리기 위해서라도 세계어인 영어를 '도구선'으로 잘 활용할 필요가 있는 것이다.

필자의 국수주의적 우경 논리는 경제력을 바탕으로 한 성장논리에 기대고 있다. 다시 그의 논리를 보면, 우리말글의 자리는 경제력에 걸맞게 점차 오름세를 타고 있으며, 국제어 세계어 규정은 정치적, 경제적 상황에 따른 유동적인 것이므로 쉽게 다른 언어로 바뀔 수 있다는 것이다. 이는 그대로, 우리말글도 점차 경제력이 커짐에 따라 그 자리 또한 커질 것이고, 그렇게 되면 언젠가는 우리말글도 국제어, 세계어가 되지 못하리란 보장이 없다는 것이다. 이는 문화를 단순하게 경제논리, 성장논리로 보는 대단히 유치한 사고가 아닐 수 없다. 일반적으로 경제가 성장하면 문화 또한 발전할 가능성이 큰 것은 사실이다. 이탈리아 르네상스의 화려한 미적, 예술적 성취 뒤에 13세기 동방무역과 금융으로 번성한 부호, 메디치가의 후원을 놓칠 수 없고, 조선후기 서민문화의 개화 뒤에도 숙종, 영·정조 간의 상업적 번성을 빼놓고는 설명이 어려울 것이다. 그러나 로마의 세계지배에도 불구하고 문화는 그리스에 미치지 못했고, 70년대 이후 압축적 경제성장에도 불구하고 우리의 정신문화가 아직도 개화하지 못하고 있는 것은 무엇을 말해 주는가. 다산, 연암의 경우만 보더라도 하나의 문화가 융성하기 위해서는 시대와 역사, 가치에 대한 치열한 고뇌가 스며있어야 함을 간과해서는 안 될 것이다.

성장논리의 바탕에는 또 '양quantity'에 대한 근거 없는 신화가 자리를 틀고 있다. 과연 다른 민족이 더 많이 한글을 공식문자로 채택하고 한국어가 여러 나라에서 점차 오름세를 타고 있다고 좋은 일인가. 물론 나쁘지만은 않은 일이다. 그러나 우리말글이 점차 오름세를 타고, 국제어, 세계어가, 유엔 공용어가 된다고 해서 반드시 좋기만 할까. 저자는 여기서 독일의 문호 괴테(사진)가 1825년 자택을 방문한 영국인에게 독일어의 우수성을 열정적으로 자랑하는 다음 말을 떠올려 본다.

귀국의 젊은이들이 우리나라에 와서 독일어를 배우는 것은 좋은 일입니다. 왜냐하면 우리나라의 문학이 배울 만한 가치가 있다는 사실 때문만 아니라, 이제 독일어를 잘 이해하기만 하면 다른 말을 많이 알지 못해도 되기 때문이지요. 다만 프랑스어만은 배워야겠지요. 프랑스어는 사교 언어이고, 특히 여행 중에는 없어서는 안 되니까요. 누구나 알고 있어서 어디로 가든 통역 대신에 그 말로써 일을 볼 수 있으니까 말입니다. 그러나 그리스어나 라틴어, 이탈리아어나 스페인어의 경우 이들 나라의 최고 작품은 훌륭한 독일어 번역으로 읽을 수 있기 때문에 특별한 목적이 없는 한 그 말들을 배우기 위해서 많은 시간을 들일 필요는 없는 것입니다. 독일인의 본성 속에는 모든 외국의 것을 그 본래 모습대로 평가하면서 이질적인 특성에 자신을 동화시키는 능력이 있습니다. 그뿐만 아니라 우리나라의 언어는 매우 유연합니다. 그 때문에 독일어 번역은 매우 충실하면서도 완전한 것이 될 수 있습니다.

여기서 우리는 괴테가 독일어가 매우 우수한 문화적 '콘텐츠'를 보유하고 있는 것에 민족적 자부심을 지니고 있음을 알 수 있다. 이런 사실은 그대로 오늘 우리가 한문, 영어를 무시할 수 없는 이유이기도 하다. 중요한 것은 독일어가 매우 우수한 문화적 콘텐츠를 보유하게 된 원동력이 독일어의 그 통합성, 유연성에 있다는 사실이다. '괴테 사전'이라는 말처럼 괴테는 독일정신과

괴테

문화를 상징한다. 그러나 이런 자부심은 거저 나온 게 아니다. 괴테가 '세계문학'을 선언하면서 유럽은 물론 중국, 아랍의 문화와 사상, 언어까지 배우기를 마다하지 않았던 통합력과 유연성에 바탕한 것이었음을 잊어서는 안 된다. 한마디로 독일어의 우수성은 왕성한 문화 창조의 힘에서 비롯된 것이지 단순하게 경제력의 힘만이 아니었던 것이다.

필자의 생각을 분석하다 보니 혹 필자는 다른 나라 말을 경멸하는 그만큼 우리말을 지나치게 **숭고**하게 여기는 도그마에 빠져있는 게 아닌가 하는 생각을 해 본다. 그러나 숭고는 외적, 양적 크기가 아니라 내적, 질적 크기에 대한 것임을 염두에 두지 못한 모양이다. 칸트는 『판단력 비판』에서,

숭고한 것은 수의 크기에 있다기보다는, 우리가 전진함에 따라서 더욱더

큰 단위들에 도달한다는 데에 있다. (…중략…) 진정한 숭고함은 오직 판단하는 자의 마음에서 찾아야지, 그것에 대한 판정이 마음의 정조를 야기하는 자연객관에서 찾아서는 안 된다.

고 강조한 바 있다. 물론 칸트의 이 발언은 그 중요성에도 불구하고 이런 숭고미를 비롯한 미적 판단능력을 가진 이를 천재에 한정함으로써 어쩔 수 없는 부르주아적 한계를 드러내고 있기는 하다. 그러나 중요한 것은 그의 말대로 단적으로 많고 크다는 수학적, 양적 개념으로만 대상의 어떠함을 평가하는데 한계가 있다는 그의 주장은 평가할 만하다.

중국의 문호 노신의 「작은 사건」이라는 장편掌篇을 보면 중요한 게 결코 양의 문제가 아님을 잘 알 수 있다. 나는 베이징이라는 도시에서 하루하루 경멸적인 삶을 살아가는 청년이다. 그날도 인력거를 타고 삶터로 가는 도중, 인력거가 여자 행인과 부딪치는 작은 사고가 났다. 나는 빨리 갈 것을 종용했으나 인력거꾼은 들은 체도 않고 인력거를 내려놓고 그 여인을 부축하고 자세한 사정을 묻고는 파출소로 데리고 가는 게 아닌가. 이 순간, 나는 기이한 감동을 받았다며 다음과 같이 독백하는 대목이 이채를 띤다.

갑자기 나는 기이한 감동을 받았다. 온몸에 먼지를 뒤집어 쓴 그의 뒷모습이 일순간 몹시 커지더니, 한 발짝씩 떼어놓을 때마다 그것은 점점 커져서, 마침내 우러러보지 않으면 안 될 만큼 확대되어 갔다.

이것은 내적, 질적 크기의 특성을 가진 숭고미에 대한 하나의 훌륭한 사례가 될 만하거니와 어떤 것이 좋다 나쁘다는 쾌, 불쾌의 미적 판단은 분명 양만의 문제가 아님을 알 수 있겠다.

  그렇다면 답은 분명하다. 우리말글을 사랑하기 위해서는 어떻게 할 것인가. 이를 위해서는 우리말글에 대한 편협한 민족주의적 시각과 천박한 경제주의적 안경을 벗어던져야 한다. 우리말글을 제대로 사랑하는 길은 괴테가 세계 문화의 우수한 장점을 수용하면서 자국어에 대한 올바른 이해를 통해 자국어를 깊이 있게 사랑하고 이를 훌륭한 문학으로, 우수한 문화콘텐츠로 창조해 냈듯이, 우리 또한 우리말글에 대한 올바른 이해를 통해 필자의 말대로 우리말글이 결코 상스럽고 촌스러운 말글이 아님은 물론 세계가 찬사를 아끼지 않는 우수한 문자이고 콘텐츠에서도 결코 뒤지지 않는 훌륭한 지적 자산, 문화 자산이 될 수 있음을 증명해 내는 일이다.

2장
우리말글의 구조와 특징

우리말글, 한국어는 '생성론적' 특성을 지닌 언어다

우리말글을 가지고 글을 쓰고 우수한 문화적 자산을 만들어 내려면 우선 우리말글의 기본 구조와 그 특징을 숙지하고 있어야 한다. 자동차를 운전하기 위해 자동차의 기본에 대해 잘 알고 있어야 하는 것과 같다. 또 대상의 속성을 제대로 알면 공부의 수고도 덜 수 있다.

저자는 우리말글을 영어와 비교해 보려고 한다. 많이 쓰이면서도 구조적 차이가 다른 언어와 서로 견주어 보아야 우리말글의 두드러진 점을 더욱 잘 파악할 수 있기 때문이다. 비교 과정에서 '문화선택'이라는 개념어를 써서 우리말글의 기본구조와 특징을 설명해 보겠다. 찰스 다윈이 **자연 선택**natural selection이라는 개념 도구로 인간을 비롯한 생명의 진화 과정을 효과적으로 설명해 낸 것처럼, 저자는 **문화 선택**cultural selection 이라는 개념 도구를 써서 우리말글의 특징을 좀 밝혀보려고 한다.

여러 사실들을 종합해 볼 때, 우리말글, 한국어는 분명 문화적 선택의 결과라 아니할 수 없다. 가령, 다음 두 사례만 해도 그렇다. 서양인이 대개, "Who are you?" 하는 것을 우리는 예외 없이 "너는 누구의 아들 / 딸이냐?" 하고 묻는다. 또 "What did you have for lunch?" 하고 물을 때도 우리는 그냥 '햄버거' 하고 말지만 그들은 군이 관사를 붙여 'A hamburger' 하곤 한다. 이는 단순한 언어 관습상의 차이로만 볼 수 없는 중대한 문화적 차이를 단층적으로 보여주고 있다.

중요한 것은 이렇게 알게 모르게, 우리의 말글 생활에 자연스럽게 흐르고 있는 언어의 강물에는 분명 우리만의 또는 그들만의 어떤 문화적 감정구조가 일상 속에 깊이 내면화되어 있다는 사실이다. 이에 대해 저자는 서양인이 겉으로 보이는 현상보다는 그 이면에 감춰진 본질, 즉 **그리스적** 사유라고 볼 수 있는 이데아적 실체에 근본적인 관심이 있기 때문이라면, 한국인은 기본적으로 그 실체적 본질보다는 그가 관계 맺고 있는 주변 현상에 보다 더 관심이 집중되고 있는, 다시 말해 **한국적** 사유라고 볼 수 있을 어떤 문화적 원형질이 현상하고 있다고 우선 말하고 싶다.

역 대합실에서, 사무실에서, 또는 어떤 사교 모임에 참석했을 때, 모르는 사람을 만나게 되면 제일 처음으로 서로 시작하는 일이 범주화의 의례이다. 범주화가 일어나는 순서는 우리나라 사람의 경우 거의 틀에 박힌 것이다. 처음에 상대방의 고향을 묻는다. 지연이 있는지 알아내려는 것이다. 다음에 나온 학교를 묻는다. 학연을 알아내려는 것이다. 세 번째로 어떤 비교적 잘 알려진 사람(흔히 동향인이거나 학교 동문이거나 직장 관계로 아는 사람이거나)을 혹시 아느냐고 묻는다. 인연을 확인하려는 것이다. 이 세 가지가 맞아떨어질 때마다 상대방에 대해 안심하게 된다.

— 김경용, 『기호학이란 무엇인가』, 민음사

　이렇게 모든 것을 그 개별적 실체로서 파악하는 것보다는 '연고주의 緣故主義'라는 한국적 인간관계의 틀 속에서 상대를 인식하려고 하는 현상은 우리말글, 한국어의 구조에 자연스럽게 스며들어 하나의 문화적 '띠'를 형성하고 있다.

　물론 영어권 사용자들이라고 해서 우리와 크게 다르진 않다. 미국인들도 기본적인 인사가 끝나면 흔히 다음과 같이 묻는다고 한다.

　① Do you live in this area?

　② How do you like living here?

　③ What are you studying?

　④ What do you do?

— D. R. levine · M. B. adelman, 『*beyond language*』

　과연 그들도 우리처럼 거주지를 확인하고 이에 대한 만족도를 알고 싶어 하며, 무얼 공부하는지, 신분이 무엇인지 알고 싶어 하는 등 기본적인 탐색과정을 거치는 것을 확인할 수 있다. 다시 말해 그들 또한 지연, 학연, 인연에 관심을 보이고 있는 점에서 우리와 별반 다르지 않아 보인다.

　그러나 주의 깊게 관찰, 분석해 보면 그들의 태도는 우리와는 분명 다르다는 것을 알 수 있다. 그들의 관심은 직접적이고(live, like, studying, do)

개별적이며(you), 본질적(how, what)이다. 이에 비해 우리는 간접적이고 집단적이며(고향, 학교, 유명인사), 현상추수적(유동적) 경향을 나타낸다.

잘 알다시피, 우리말글, 한국어는 우랄-알타이어족의 하나로 형태적으로 **첨가어적 특성**을 지니고 있다고 알려져 있다. 이는 무엇보다 우리말글의 운용에 있어서 고정불변의 의미를 갖는 실질형태소(명사, 어간)보다는 시시각각 변화하고 있는 현실을 나타내는, 다시 말해 문법적 기능을 표시하는 형식형태소(조사, 어미)가 언어생활에서 매우 중요한 위치를 차지하고 있음을 시사한다. 가령, 다음 예문을 보자.

① 얼굴**이** 아름답다.
② 얼굴**은** 아름답다.
③ 얼굴**도** 아름답다.

— 이규호, 『말의 힘』, 좋은날

①에서 '이'가 아름다운 얼굴의 단순한 객관적 묘사라면, ②의 '은'은 얼굴은 아름다울지 모르지만 '교양은 없다'거나 '마음씨는 나쁘다'는 주관적 평가가 숨어 있으며, ③의 '도'는 얼굴도 물론 아름답지만 '교양도 있다' 또는 '마음씨도 좋다'고 해석할 수 있다. 이렇게 같은 아름다운 얼굴이라도 '이', '은', '도'처럼 어떤 형식형태소인 첨가어를 덧붙이냐에 따라 이 말을 듣게 될 사람에게는 전혀 다른 반응과 결과를 불러올 수 있다. 다시 말해 청자는 아름다운 얼굴에 대해 말하는 사람의 칭찬을 안심하고 들을 수 없다. 이렇게 우리말글은 기본적으로 본질보다 현상에 더 관심이 많은 언어다. 우리말글이 영어에 비해 상황적이고,

우리말글의 구조와 특징

유동적이며, 가변적이고, 현상추수적인 이유가 여기에 있다고 본다. 문학적 성취를 통해서 확인해보자.

차디찬 아침인데

묘향산행 승합자동차는 텅하니 비어서

나이 어린 계집아이 하나가 오른다

옛말속같이 진진초록 새 저고리를 입고

손잔등이 밭고랑처럼 몹시도 터졌다

계집아이는 자성慈城으로 간다고 하는데

자성慈城은 예서 삼백오십 리 묘향산 백오십 리

묘향산 어디메서 삼춘이 산다고 한다

쌔하얗게 얼은 자동차 유리창 밖에

내지인 주재소장 같은 어른과 어린아이 둘이 내임을 낸다

계집아이는 운다 느끼며 운다

텅 비인 차안 한구석에서 어느 한 사람도 눈을 씻는다

계집아이는 몇 해고 내지인 주재소장 집에서

밥을 짓고 걸레를 치고 아이보개를 하면서

이렇게 추운 아침에도 손이 꽁꽁 얼어서

찬물에 걸레를 쳤을 것이다

— 백석, 「팔원―서행시초 3」

백석은 일제 강점기에 활동한 시인들 가운데 가장 아름다우면서도 감각적인 시를 쓴 시인으로 평가 되고 있다. 그의 시가 오늘날에도 많

은 사람들의 사랑을 받고 있는 이유도 바로 여기에 있으리라. 그렇다면 이 시가 그토록 아름답고 감각적인 것이라면 그 이유가 어디에 있는지 밝혀보자.

우선, 이 시는 슬프지만 아름다움 색조를 자아내고 있다. 차디찬 아침, 승합차 속의 텅 빈 공간, 진한 초록색 저고리를 입고 차 속으로 들어오는 소녀, 그 소녀의 고단한 삶을 연상케 하는 밭고랑처럼 터진 손잔등의 이미지와 그녀의 흐느끼는 울음소리, 그리고 그 소녀의 처연한 모습을 보고 눈물짓는 또 한 사람의 모습, 더욱이 어린 소녀가 찾아가야 할 먼 묘향산의 삼촌 집, 그곳에서 또 더 먼 곳으로 떠나가야 할 소녀의 기약 없는 행로 등 이런 여러 가지 시적 오브제들이 날줄과 씨줄로 얽어지면서 이 시의 지배소를 슬프면서도 아름답게 수놓는데 기여한다.

저자가 보기에 이 시를 슬프지만 아름답게 장식하는 데는 조사를 감각적으로 구사하는 것과도 관련이 있다. 우선, '가'를 통해 어린 소녀를 객관적으로 거리감 있게 소개하는 솜씨가 인상적이다. '는'은 또 어떤가. 여기서 '는'은 그 어린 소녀를 돋보기처럼 돋보이게 하는데 효과적으로 기능하고 있다. 또한 절대격 '이'로써 소녀를 '쌔하얗게 얼은 자동차 유리창 밖'의 차가운 현실과 대비시키며 슬픔에 떨어지지 않게 조율하고 있다. 그러면서 '도'를 통해 어린 소녀의 울음을 효과적으로 증폭시키고 있음은 물론 보편적 감응을 이끌어 내게 하는데도 성공하고 있음을 볼 수 있다. 특히 '도'의 사용은 놀랍다. —칸트는 감동을 불러일으키는 미감의 특징 중의 하나로 '공통감共通感, common sense'을 들고 있다 —여기서의 이 '도'야말로 단 한마디로 일파만파의 파도물결을 일으키는데 효과적으로 기능하고 있는 것이다. 백석 시를 보고 있자면 시의 생명은 역시 심미적 거리aesthetic distance, 보여주기 그러니까 감각적 묘사에 있음을 새삼 확인하게 된다. 사랑은 덤비는 게 아니다. 시도 마찬가지다.

백석뿐만 아니라 우리는 다음 사례를 통해 또한 시인 한용운이 우리 말글, 특히 조사를 얼마나 잘 알고 있었으며, 이를 어떻게 지혜롭게 활용하고 있는지 보게 된다.

"여러분! 얼큰한 된장찌개 맛보는 기분으로 내 말을 들어보오. 우리들의 가장 큰 원수는 대체 누구일까요? 소련? 미국? 아닙니다. 그럼 일본? 남들은 그럽니다. 모두들 그래요. 일본이 우리의 가장 큰 원수라고 ……"

말이 채 맺어지기도 전에

"중지! 연설 중지!"

하는 소리가 장내에 울린다. 임석 경찰관이 그대로 있을 리 없다. 낯빛이 변하여 연설 제지를 외쳤다.

만해는 이에 재빠르게 말머리를 돌린다.

"우리의 원수는 일본이 아닙니다. 절대로 아닙니다. 그러니 다들 안심하고 안심하십시오. 일본이 어째서 우리의 원수이겠습니까? 아닙니다. 그렇다면, 우리의 원수는? 소련도, 미국도, 일본도 물론 아닙니다."

그는 잠시 장내의 청중들을 훑어보고 나서 언성을 높인다.

"우리들의 원수는 바로 우리들 자신의 게으름, 이것이 바로 우리의 가장 큰 원수가 아니고 무엇이겠습니까?"

청중들의 요란스런 박수와 환성이 장내를 진동한다.

— 임중빈, 『만해 한용운』, 명지사

　　여기서 우리는 만해 한용운이 우리말을 자유자재로 구사하면서 그 특유의 능청과 반어와 기지로 '우리의 원수는 일본이 아니다'라고 일본 순사를 농락하는 대목과 마주하게 된다. 한국 사람이라면 잘 아는 사실이지만 '는'은 기지정보로 신정보에 대한 2차 정보에 불과하다. 그렇다면 이 말은 이미 '일본이 우리의 가장 큰 원수'라는 사실 인식을 전제로 하고 있음을 알 수 있다.

　　이번에는 어미의 활용을 눈여겨보자.

　　　진지 잡수셨습니까?

　　　진지 잡숬습니까?

　　　진지 잡수셨어요?

　　　진지 잡숬어요?

　　　진지 잡수셨에요?

　　　진지 잡숬에요?

　　　진지 잡수셨나요

　　　진지 잡숬나요?

　　　진지 잡수셨우?

　　　진지 잡숬우?

　　　진지?

　　　진진?

　　다 밥먹었느냐 묻는 말이다. 그러나 다 말이 가지고 있는 신경이 다르다.

‘잡수셨습니까?’ 하면 ‘까’가 몹시 차고 딱딱하고 경우 밝고 도드라진다. ‘잡
쉈우?’는 너무 텁텁해서 사십 이상 마나님의 승허물 없는 맛이 난다. ‘잡수
셨에요’나 ‘잡수셨나요’는 회웃둥하는 리듬이 생긴다. 날씬한 젊은 여자의
몸태까지 보인다. 그냥 ‘진지’하는 단어 만에는 은근한 맛이 나고 그 ‘진지’
에 ㄴ을 붙여 ‘진진’하면 악센트가 훨씬 또렷해진다. 말하는 사람의 명랑한
눈이 보인다.

— 이태준, 『문장강화』, 서음

이렇게 한국어의 묘미는 ‘신경이 다른’ 첨가어의 사용에 있다고 해도
과언이 아니다. 앞의 사례들을 통해서 볼 수 있었듯이 첨가어는 공감
을 불러일으키기 위해서도, 목숨을 보존하기 위해서도, 유연한 대응을
위해서도 매우 효과적으로 기능하는 언어적 장치로서 한국어의 가장
중요한 특징 중의 하나라고 볼 수 있다. 김훈의 말대로라면, 한마디의
조사에 의해서 의견의 세계와 사실의 세계가 뒤바뀔 수 있는 것이 우
리 언어 세계이다. 이런 사실들은 우리말글이 때에 따라서는 애매한
요소도 있지만 매우 주체적이고 창의적인 언어형식이 될 수 있음을 암
시한다. 문맥과 상황에 따라 가감, 첨삭, 개폐를 자유자재로 조절할 수
있는 이런 언어적 형식은 또한 한국인이 그만큼 자연 조건과 사회역사
적 환경에 매우 민감하게 반응해 왔다는 것을 뜻하기도 한다.

자, 그렇다면 이제 자연조건과 관련하여 우리말글이 이렇게 ‘첨가어’
라는 언어적 특성을 보이는 이유는 어디에 있을까 생각해 보자. 이는
우선 첨가어가 매우 ‘현상추수적’이라는 특성에서 찾을 수 있다. 다시
말해 첨가어 분석을 통해 우리말글이 고정불변의 의미를 지니고 있는

실질형태소보다는 시시각각 변화하고 있는 현실을 나타내고 있는 조사, 어미 중심의 문법형태소가 매우 발달한 것은 그만큼 우리의 삶이 불안정했다는 것을 시사한다.

리처드 니스벳은 기본적으로 동양과 서양이 세상을 바라보는 시선이 서로 다르다면서, 근본적으로 서양의 언어가 명사를 강조하고 동양의 언어가 동사를 강조하는 것처럼 이런 두 문화 간의 차이는 두 사회의 생태환경의 차이에 기원한다고 말하고 있다. 생태환경의 차이는 경제적인 차이를 가져왔고, 이 경제적인 차이가 사회구조의 차이를 초래했으며, 이 사회구조의 차이는 다시 각 사회를 유지하기 위한 사회적 규범과 육아방식을 낳았다. 이는 환경의 어떤 부분에 주의를 기울여야 하는지를 결정하고, 필연적으로 서로 다른 주의 방식은 우주의 본질에 대한 서로 다른 이해를 낳고, 이는 다시 지각과 사고 과정의 차이를 가져왔다는 분석을 내놓았다. 다시 말해 생태환경의 차이가 사고의 차이를 가져왔다는 것이다.

문화적 차이는 생태적 환경의 산물이라는 이런 생각은 제레미 다이아몬드의 생각과도 유사하다. 이런 견해들은 모두 환경결정론적인 한계에도 불구하고 ― 왜냐하면 인간은 또한 그 환경을 극복해 온 자유의지의 존재이기도 하기 때문이다 ― 사회의식은 사회 존재의 반영이라는 객관적 타당성을 지닌다.

우리말글의 또 다른 특징으로 대개 어순語順을 든다. 어순이 서로 다르다는 것은 단순한 배치의 문제가 아니다. 이는 무엇을 더 중시하고 무엇을 경시하는가에 대한 문화적 의미를 갖는다. 리처드 니스벳의 말처럼, 환경의 차이에 따른 서로 다른 주의 방식은 서로 다른 사고의 차이를 낳았다. 즉 인식의 차이는 결국 언어의, 형식의 차이를 낳게 된다. 그렇다면 영어의 어순이 기본적으로 '주어 + 술어 + 목적어'이고, 우리말글의 어순이 '주어 + 목적어 + 서술어'라는 특징에 나타나는 의미는 무엇인가. 이는 단순하게 말하면, 영어는 '의견 + 사실'의 구조이고, 우리말글은 '사실 + 의견' 구조라는 사실을 보여준다.

① The Iraq invasion of the USA is an immoral invasion without credibility and justification.
② 미국의 이라크 침공은 신뢰성과 정당성을 갖추지 못한 부도덕한 침략전쟁이다.

①을 배열 순서로 재구하면 다음과 같다.

미국의 이라크 침공은 부도덕한 전쟁이다(의견)
신뢰성과 정당성을 갖추지 못했기 때문이다(사실)

②를 재구하면 다음과 같다.

미국의 이라크 침공은 신뢰성과 정당성을 갖추지 못했다(사실)
따라서 이는 부도덕한 침략전쟁이다(의견)

'의견 + 사실'의 문장구조로 짜여진 영어는 그만큼 주관적이라는 얘기다. 반면 '사실 + 의견'으로 구성된 우리말글은 기본적으로 객관적이라는 뜻이다. 주관적이라는 것은 개인주의 사회와 이에 따른 주어^{主語}의 발달을 생각해 볼 수 있고, 객관적이라는 것은 집단주의 사회와 이에 따른 객어^{客語}의 발달을 생각해 볼 수 있다.

① 그녀는 눈이 파랗다. She has blue eyes.

② 서울은 인구가 많다. Seoul has a large population.

③ 그는 딸이 일곱이다. He has a seven daughters.

④ 나는 머리가 아프다. I have a headache.

— 문용, 『한국어의 발상, 영어의 발상』, 서울대 출판부

두 문장들을 비교해 볼 때, 의미는 같지만 표현구조가 다르고 뉘앙스도 다른 것을 느낄 수 있다. 즉 영어가 주관적 특성상 기본구조가 '주어 + 서술어' 형식을 갖는데 비해, 우리말글은 객관적인 상황을 우선하다보니 주어에 또 주어가 끼어드는 '주어 + 주어 + 술어'라는 이중주어의 구조적 특징을 드러낸다. 이는 더 나아가 주어 없는 객어만의 상황을 가능하게 한다.

① 무엇 타는 냄새가 난다. I smell something burning.

② 감기가 들었다. I have caught a cold.

③ 문제가 생겼어. I have got a problem.

④ 작년에는 비가 많이 왔다. We had a lot of rain last year.

— 위의 책

이렇게 영어가 '주어'에 관심이 집중된 반면, 우리말글은 '객어'에 관심이 집중되어 있다. 한마디로 영어가 '나' 중심의 주관의 세계를 대변하는 언어라면, 우리말글은 '상대' 중심의 객관의 세계를 지향하는 언어다. 서양의 이러한 언어적 현상을 두고 들뢰즈와 가타리는 전자를 '수목적樹木的' 언어체계라 비판하면서 '나무라면 진절머리가 난다'고 서구적 전통 형이상학에 대한 이유 있는 반감을 드러내고 있다. 왜냐하면 나무처럼 나를 거슬러 올라가다보면 궁극적으로 나를 가능케 한 형이상학적 본질이자 실체의 뿌리, 주어에 이르기 때문이다. 대신 그들은 **리좀**rhizome — 땅밑줄기라는 뜻으로 그들의 생성적 사상체계를 대변하는 개념어 — 을 제시하고 있다. 그러면서 그들은 단정의, 일방적인, 그러니까 죽음을 뜻하는 주어중심의 '무엇은 무엇이다'를 배격하면서 '그리고'를 쓸 것을 주장하고 있다. 왜냐하면 '그리고'는 상대를 일방적으로 규정하지 않고 그를 배려하는 상호주관적인 미결정의 언어이기 때문이다. 그러고 보니 영어가 작은 것부터, 나로부터 기술해 나가는 언어라면, 우리말글은 큰 것부터, 상대부터 기술해 나가는 것도 이에서 무관하지 않아 보인다.

① The atomic bomb flashed at exactly five minutes past eight in the morning on August 6, 1945.

② 원자폭탄은 1945년 8월 6일 오전 8시 5분 정각에 작렬했다.

— 위의 책

이렇게 주관적인 입장에서 모든 것을 대상화시켜 바라보려는 영어 사용자들의 사고 경향은 그들이 왜 가산성可算性에 강한 집착을 보이는 지 설명하는 데 충분한 근거를 제공한다. 다시 말해 실체 중심, 주어 중 심의 사고를 강하게 보이고 있는 영어는 모든 대상을 셀 수 있느냐 없 느냐라는 가산성의, 타산적인 맥락에서 모든 대상을 명사화하려는 강 한 집착을 보인다. 이에 대해 최정화 교수는 앞서 말한 'hamburger' 에 부정관사 'a'를 붙인 것은 그들의 언어상의 습관에 불과하니 '왜 그러냐 하고 따질게 아니라 '아! 그렇구나' 하고 받아들이고 익혀야 할 것을 주 문하고 있다. 이는 매우 무지하고 맹목적인 주입식 교수방식이 아닐 수 없다.

그리스어, 라틴어의 영향을 받은 영어는 거의 모든 명사에 정관사든 부정관사든 관사를 붙이거나 단수이든 복수이든 반드시 계량표시를 한다. 이는 대상을 실체화하려는 가산적 흔적임에 틀림없다. 그러나 우리말글은 숫자에 대해 두리뭉실하다. 이것은 무엇을 말해 주는가. 중요한 것은 이 역시 영어가 실체적 세계의 언어이고, 우리말글이 상 황적 세계의 산물이라는 점과 떼어 놓고 생각할 수 없는 점이다. 가산 성은 일반적으로 대상을 계산 가능한 분리된 실체로 보고 이를 설명할 수 있고, 예측할 수 있고, 그리하여 지배와 통제가 가능한 사회지배층 의 사고와 밀접한 관련을 가진다. 그러나 이렇게 대상을 고정시킨 가 운데 그 실체를 하나의 객관적 대상으로만 보기 시작하면 대상은 생명 을 잃어버린다. 도스또옙스키의 말(『지하생활자의 수기』)대로 "2×2=4, 이 는 인간에 대한 멸시에 지나지 않는다."

그러나 사물을 본질로, 고정된 실체로, 명사로 바라보려는 과학자에 게, 아니, 수학적, 이성적 사고로 무장한 영어권 사용자들에게 있어 실상은 그대로가 다만 실측의 대상일 뿐이다. 그들에게 사실과 가치는 엄연히 분리된 세계이고 가치중립적 세계다. 이렇게 계산을 통해 모든 대상을 고정된 실체로, 객관적인 대상으로 바라보려는 서양인의 태도는 기본적으로 '그리스적 사유'에서 비롯되었다. 그리스적 사유의 종조인 플라톤이 세운 아카데미 입구에는 '기하학을 모르는 놈들은 여기에 얼씬도 하지 마라'라는 팻말이 있었다 전해진다. 서구인들에게 있어 숫자가 얼마나 중요한 것인지를 상징적으로 보여준다.

① 나는 개가 있다. I have a dog.
② 나는 네가 잃어버린 개를 데리고 있다. I have the dog that you lost it.
③ 나는 개를 좋아한다. I like dogs.
④ 개는 충실한 동물이다. The dog is a faithful animal.

얼핏 보아서는 별 차이가 없어 보인다. 하지만 자세히 보면 미세하지만 분명하고 확연한 차이가 나타난다. 우리는 '개' 하면 두리뭉실하게 '개dog'의 의미로 문맥적으로 충분히 이해하고 또 그렇게들 표현하고 말지만 영어권에서는 정확하게 'a dog 한 마리를', 'The dog 그 개를', 'dogs 개들을', 'The dog (일반적으로) 개는'을 각각 개별화하고 있다.

일반화시켜 볼 때, 이런 언어적 현상의 배후에는 그 언어적 현상을 규율하는 삶의 방식과 이에 따른 사유 방식과의 긴밀한 연관성을 떠올릴 수 있다. 다시 말해 영어의 실체중심의 사고가 '그리스 사유'의 본질, 즉 현상을 넘어 본질arche의 세계를 인식하려는 그리스의 과학적, 철학적, 이데아적 사고에서 비롯되었다는 사실을 염두에 둘 때, 그리하여 존재하는 모든 것은 숫자화 된, 설명 가능한 하나의 실체로 볼 수 있다는 존재론적 사유가 서구인의 합리적 사유의 기초로 작용하고, 이것이 그대로 언어에 영향을 미치고 있음을 볼 때, 우리는 비로소 영어에 나타난 언어적 특징의 배후를 짐작해 볼 수 있다.

이와 관련하여 부르노 스넬은 서구적 사유의 그리스적 기원을 언급하며,

> 그리스어에 정관사가 없었다면 그리스에서 어떻게 해서 자연과학과 철학이 발생할 수 있었는지 도무지 확인할 수 없었을 것이다. 과학적 사고라는 것이 '물이라는 것', '차가운 것', '생각하는 것' 등과 같은 어법이 없이 어떻게 가능할 수 있었겠는가? 만일 정관사가 이른바, 이와 같은 '추상개념'의 형성을 가능하게 하지 않았더라면, 어떻게 보편을 특수로 상정하거나 형용사적인 것 혹은 동사적인 것을 개념적으로 확정할 수 있었겠는가.
>
> ―부르노 스넬, 『정신의 발견』, 까치

라고 되물음으로써 정관사 the의 탄생이 갖는 문화사적 의의를 역설하고 있다.

철학도 마찬가지다. 보편적인 개념을 의미하는 정관사가 없었다면 개별적 존재를 넘어 어떻게 보편적이고 형이상학적인 본질을 추구할 수 있는 인류 최초의 철학이 그리스에서 탄생할 수 있었겠는가. 그렇다면 이런 추상개념은 어떻게 그리스에서만 탄생하였을까.

유목철학자 이정우는 이에 대해 첫째, 참혹한 정치 현실과 둘째, 경제적 안정이 그 이유라고 말한다. 그리스 말기의 참혹한 정치 현실에

대한 환멸이 이상국가를, 이데아적 본질을 꿈꾸게 했으며, 비옥한 초
승달 지대를 배경으로 한 지중해 무역의 성공과 경제적 안정이 중산층
들로 하여금 시끄러운 현실을 떠나 '한가한' 사유의 세계로 안내함으로
써 그리스에서 인류 최초로 위대한 형이상학이 꽃피었다는 것이다. 플
라톤의 스승 소크라테스도 알고 보면 시민광장인 '아고라'에서 그들과
함께 하던 부르주아 철학자였던 셈이다.

그렇다면 여기서 우리는 이제 사회적 존재가 인간의 의식을 결정한
다는 기본 전제에 따라 우리말글을 쓰는 한국인들의 의식을 결정짓게
한 사회적 존재는 구체적으로 무엇인가를 상정하게 된다. 다시 말해
우리말글이 기본적으로 '주목술' 구조를 노정하면서 첨가어라는 특성
을 보이고, '달랑달랑', '대롱대롱' 등 상징어, 감각어가 유난히 발달하
고, 경어체가 두드러지게 나타나고 있는 보다 근본적인 요인이 무엇인
지를 검토할 차례다.

이에 대해 저자는 우선 우리말글의 의식을 결정하는 데 있어 근본적
인 이유가 되는 생태적 요소로 안정된 삶보다는 '불안정한' 삶을 살 수
밖에 없었던 현실에서 그 원인을 찾을 수 있다고 본다. 즉 우리는 유사
이래 역사적인 이동을 통해 한반도와 그 주변을 무대로 터전을 잡기까
지 오랜 동안 무수한 변화를 겪어왔고, 특히 지정학적 요인으로 인해
대륙과 해양으로부터 끝없는 외침에 시달려야 했던 사정 — 이에 대해
역사학자 강만길은 한반도는 중국, 러시아 등 대륙세력과 미국, 일본
등 해양 세력의 각축장이라고 말하고 있다 — 들이 우리들로 하여금
자연스럽게 '주변'의 상황에 민감하게 반응하게 하고, 바로 이것이 우
리의 언어 의식을 형성하는 데 있어 가장 기본적인 인식의 틀로 작용

했을 것이라 본다.

　이와 같은 추론은 다음과 같은 사실을 통해 보강될 수 있다. 즉 중국어가 같은 동양권의 문화이면서도 고립어라는 명사적, 개념적 특성이 매우 발달하고 어순상으로도 영어와 같은 구조를 이루고 있는 점이 그리스의 지중해성 기후와 무역을 통한 경제적 안정이 철학을 꽃피웠고 이로 인한 문화적 우월감이 야만인과 대비되는 '문명인'이라는 헬라인의 주체의식을 낳았으며, 이런 의식이 결과적으로 실체와 주어, 명사 중심의 언어를 형성하는 데 근본적인 요인으로 작용했던 것처럼 중국어 또한 이모작이 가능한 남방의 풍족한 생활이 노장사상과 선종, 문학을 꽃피운 배경이 되었고, 이에 바탕한 문화적 자부심이 주변 오랑캐에 대한 '중화中華주의'를 낳는 배경이 되었으며, 언어 역시 고립어라는 특성과 주술구조를 낳는 배경이 되었으리라 짐작해볼 수 있다. 이와는 다르게 동아시아 북방에 위치하면서 시시각각 변화하고 있는 뚜렷한 사계절과 지정학적 요인을 안고 살아가야 했던 한국인들에게 변화무쌍한 환경은 그대로 언어 의식의 형성에 있어 이들과는 다른 영향을 미치지 않을 수 없었을 것이다.

　저자는 여기서 한국의 국민 생선이라면 빠지지 않는 '가자미'(사진)를 통해 우리말글의 생태적 특징을 우회적으로 설명해 보고자 한다. 잘 알다시피, 가자미는 '바다의 카멜레온'이라 불리는 넙치과의 어종으로, 주로 온대나 한

가자미　　　　　　　　　　　ⓒ Naver

대, 특히 우리나라 해안에 주로 서식하는 물고기다. 가자미는 주로 저서(底捿, 낮은 바닥에서 생활한다는 뜻—저자 주)생활을 하면서 서식환경에 따라 보호색을 띠고, 눈이 한쪽으로 몰려 있는比目 특이한 형태를 취하고 있다. 여기서 보호색을 나타내는 것은 적의 공격으로부터 자신을 보호하기 위한 하나의 생존 본능이며 비단 가자미만의 특징은 아니다. 그러나 눈의 위치 이동은 매우 주목되는 현상이다. 이에 대해 찰스 다윈은 『종의 기원』에서 이렇게 말하고 있다. 모든 생물종들은 자신을 보존하기 위해 주어진 환경에 가장 적합한 체질을 갖추고 개체를 선택하는 경향이 있다며,

가자미의 눈은 아주 뛰어난 특질을 보여주고 있다. 왜냐하면 두 눈이 다 머리 위쪽에 놓여 있기 때문이다. 하지만 어렸을 때에는 두 눈은 서로 상대하고 있고, 그 당시는 몸 전체도 상칭적相稱的이며 양쪽이 같은 빛깔을 띠고 있다. 얼마 안 가서 아래쪽에 있을 눈이 차츰 위쪽으로 머리 주위를 돌기 시작하는 것이지만, 전에 상상되고 있었던 것처럼 두개골을 뚫고 곧바로 나가는 것은 아니다. 이와 같이 아래쪽 눈이 돌아서 옮겨 가지 않는 한 이 물고기가 습관적인 자세로 누울 때 그 눈을 전혀 사용할 수 없음은 뻔한 일이다. 또한 아래쪽 눈은 모래 바닥에 스쳐서 긁히기 쉬웠을 것이다. 넙치류의 고기가 넓적하고 비상칭적인 구조로써 그들의 생활 습성에 훌륭히 **적응**되어 있는 사실은, 혀넙치와 가자미 같은 많은 종이 극히 보통인 것으로 보아도 명백한 일이다. 이와 같이 해서 얻어지는 주요한 이익은 적에 대한 방어와 바다 바닥의 먹이를 쉽게 찾는 데 있는 듯하다. (강조—인용자)

— 다윈, 『종의 기원』, 을유문화사

가자미의 눈이 한쪽으로 쏠리는 비목比目현상은 문태준의 시 「가재미」
를 통해서도 엿볼 수 있다.

— 문태준, 「가재미」, 『가재미』, 문학과지성사

여기서 우리가 분명하게 봐야 할 것은 가자미의 생태적 특징이 어디까
지나 자연선택에 따른 적자생존의 진화적 '적응'의 결과라는 사실이다.
그렇다면 여기서 우리가 주의해야 할 또 하나의 사실은 우리말글 또한
가자미처럼 주어-서술어가 곧바로 상응하지 못하고 목적어라는 새로운
상황의 발생으로 인해, 마치 가자미가 살기 위해 한쪽 눈을 다른 쪽 눈으
로 옮겨야 했던 것처럼 우리말의 서술어 또한 살아남기 위해 자신의 위
치를 목적어(상대) 다음으로 옮길 수밖에 없었던 것인가 라는 점이다.
저자는 분명 아니라고 본다. 왜냐하면 가자미의 경우는 주어진 환경
에 따른 생존적 차원의 **적응**의 문제였다면, 우리말글의 경우는 단순한
생존 차원을 넘어 이를 의식적으로 자각한 인간이 보여주고 있는, 문
화적 차원의 **대응**으로 보아야 하기 때문이다. 다시 말해 적응이 불가
피한 자연선택의 문제라면 대응은 자발적인 문화선택의 문제다. 앞서

한용운의 예를 통해서도 보았듯이 이는 단순한 적응을 넘어선 주체적 결단의 결과라고 볼 수 있다.

이와 관련하여 저자는 『훈민정음』의 창제 또한 우리민족이 이룩해 낸 주체적이고 창조적인, 뛰어난 문화적 대응이라고 본다. 『훈민정음』 이 과연 그러한지는 다음 글을 보자.

우리나라 말이 중국과 달라 한자와는 서로 잘 통하지 아니한다. 이런 까 닭으로 어리석은 백성들이 말하고자 하는 바 있어도 마침내 제 뜻을 펴지 못하는 사람이 많다. 내가 이것을 가엾게 생각하여 새로 스물여덟 글자를 만드니, 모든 사람들로 하여금 쉬이 익혀서 날마다 쓰는 데 편하게 하고자 할 따름이니라.

— 세종, 『훈민정음』 서문

세종(주어)이 『훈민정음』을 왜 만들었는지 창제 동기와 그 취지를 밝힌 글이다. 여기서 첫째, 둘째 문장은 세종이 창제 동기를 언급한 '사실'(목적어)부분이다. 셋째 문장은 창제 동기를 이룬 사실을 바탕으로 세종이 『훈민정음』을 만들게 된 참뜻을 나타낸 '의견'(서술어) 부분이다. 즉 훈민정음 서문은 '사실'과 '의견', 주어 + 목적어 + 서술어로 구성된 글이다.

물론 『훈민정음』을 만들게 된 동기, 명분은 이것만은 아니었을 것이 다. 세종의 『훈민정음』 창제 동기는 이외에도 다음과 같은 역사적인 이유들이 추가되어야 할 필요가 있다.

① 고려 오백 년간에 끊임없이 다른 겨레들로 더불어 겨루는 살림을 하여 오다가, 끝장에는 몽골에게 큰 곤욕을 당하여 겨레의식, 민족의식이 눈 뜨게 되었을 것이고,

② 원, 명의 교체에 즈음하여 왕조를 세운 조선 왕실에서는 저절로 '우리'라는 자아의식이 싹트게 되었을 것이며,

③ 세종이 동북으로 '육진六鎭'을 개척하고 서북으로 '사군四郡'을 차려놓고, 남쪽 백성들을 옮겨 심었으니, 자연 자아 충실의 필요성이 강렬하게 대두되었을 것이고,

④ 세종이 전제田制, 세제稅制를 개혁하여, 백성과 나라의 부강을 꾀하였으니, 경제적, 사회적 발전에는 당연히 백성들을 계몽시키기 위한 지식의 보급이 무엇보다 중요하다는 것을 알았을 것이며,

⑤ 무엇보다도 고려말기, 특히 무신란과 망이, 망소이 등 천민의 난을 통하여 이미 정치적, 사회적 의식 수준이 한 단계 높아진 백성들을 효과적으로, 즉 무력이 아니라 문화의 힘으로 다스려야 할 수밖에 없었던 저간의 사정이 『훈민정음』을 만들게 한 가장 현실적인 이유가 되었을 것이다.

그러나 여기서 더욱 중요한 사실은 세종과 그의 신하들이 이렇게 새로운 통치수단과 방법이 요청되는 현실을 단순하게 받아들이기보다는 이를 주체적이고 창조적으로, 매우 수준 높은 문화적 대응물로 역사 앞에 내놓았다는 점이다. 더구나 세종의 『훈민정음』 창제가 백성들이 처한 문화적 정황, 즉 '우리나라의 말이 중국과 달라 한자와는 서로 잘 통하지 아니한 까닭으로 어리석은 백성들이 말하고자 하는 바가 있어도 마침내 제 뜻을 펴지 못하고 있는 사람이 많다'는 객관적 '사실'에 바탕

우리말글의 구조와 특징

하고 있다는 점은 우리말글이 결코 '허상'에 근거하지 않고 구체적이고 객관적인 사실에 매우 충실한 구조를 지닌 과학적이고 실용적이며, 민주적인 언어임을 확인하게 한다. 이는 이미 전제적으로 주어진 대상에 대해 서술해 가는 영어에 비해 우리말글이 상황에 알맞게 첨가어(조사, 어미)를 통해 분위기를 살리거나 죽이고, 대상에 따라 서술어를 통해 판단을 유보하거나, 수식을 통해 내용을 보강하거나 제한하는 등 우리말글은 매우 신축성 있는 '유연한' 언어라는 사실을 보여준다.

이런데도 불구하고 일부에서는 우리말글이 영어에 비해 비판적이고 논리적이지 못하다며 혀를 차고 있다. 이는 매우 터무니없고 자못 맹목적인 사대적인 발상이 아닐 수 없다. 조사 하나만 들더라도 이는 분명한 일이다. 우리말글에서 조사는 이미 어떻게 말하겠다는 예고편이기 때문에 청자나 독자는 이를 근거로 비판적으로 따져가며 상대의 말글을 검토할 수 있는 여지가 충분하다. 물론 그렇다고 해도 자신 있게 자신의 의견을 던지지 못하고 눈치를 보는 것처럼 의견을 뒤로 미루는 것은 큰 약점이지 않느냐고 말할 수도 있다.

그러나 실제로는 그렇지도 않다. 가령, 조사 '이 / 가'는 대상을 객관적으로 또는 신정보를 얘기하겠다는 태도를, '은 / 는'은 신정보에 대한 주관적 평가를 내리겠다는 의지를 읽을 수 있게 하고, 그리고 '을 / 를'을 통해서는 어떤 대상을 문제 해결의 대상으로 삼겠다는 화자의 결행 의지와 동참을 요구하는 상황이니 미리 염두에 두라는 예고임을 알리는 언어적 표지다. 따라서 우리말글이 영어에 비해 비판적이고 논리적이지 못하다는 어느 국어교과서 저자의 진술은 고쳐야 마땅하다.

경어체의 발달 또한 우리말의 특징에서 결코 간과할 수 없는 부분이다.

① 저기 길동이가 오는구나. Kildong's coming over there.
② 저기 아버**님**이 오**시**는구나. Father's coming over there. (강조―인용자)

영어와 비교해 우리말은 대상이 누구냐에 따라 어법이 다르다. 무릇 모든 것이 그렇듯이 문화도 결코 가치중립적이지 않다. 문화에는 필연코 그 시대와 역사의 고유한 땀과 공기, 그리고 이데올로기적 '때'가 묻어 있기 때문이다. 독도만 해도 그렇다. 일본이 제아무리 자기네 땅이라고 망언을 하지만 언어만 봐도 독도는 우리 땅임이 명백하다. 일본인들이 독도를 '다케시마'라고 부르지만, 이 말은 순전히 우리말이다. 조사 자료에 따르면, 독도는 '독섬'의 한자 표기다. '독'은 돌의 전라 경상 지방 방언으로, 따라서 독섬은 돌로 이뤄진 섬이라는 자연스러운 지명이다. 그런데 일본 가나는 한 낱말을 한 음절로 적지 못한다. 그에 따라 '독'은 도꾸-더께-다께로 전와轉訛 ― 전와는 어떤 말의 뜻이 잘못 전하여 굳어진다는 뜻 ― 하고 '섬'은 다시 시마로 전와한 것이다. 다시 말해 독도는 독섬이고 다케시마는 독섬의 와음인 것이다. 대 한 그루 자생하지 않는 섬에 일인들이 얼토당토않게 죽도竹島, 다케시마란 이름을 붙였다면 이는 천하가 웃을 일이다. 이렇게 하나의 어원도 따지고 보면 자연적이고 역사적 사실에 바탕을 두고 있는 것이다.

그렇다면 경어체는 또 어떻게 해서 우리말글의 일반적인 특징으로 자리잡게 되었는가. 이를 알아내기 위해서는 경어체가 무엇보다도 상하관계를 언어적으로 반영하고 있느니만큼 어느 시대보다 상하관계가 뚜렷하게 나타났던 조선시대에 대한 사회-역사적 상상력에 의지해야 할 필요가 있다.

고려시대에 비해 가정에서 남녀의 지위가 비교적 불평등했다고 얘기되고 있는 조선사회는 어떤 사회였는가. 전문가의 의견을 빌려보자. 최익한은 『실학파와 정다산』에서,

> 조선에 들어와서 송유 성리학이 유학계를 지배하면서 유리론唯理論이 일종의 '순수이성' 철학으로서 크게 기염을 토했다. 이 유리론적 성리학 앞에서는 문학, 예술, 기술 등은 말할 것도 없고 정치, 경제 등 민생문제를 취급하는 학문까지도 모두 긴요하지 않은 일로 인정되었다. 성리학은 출발부터 관념적 이론임에도 불구하고 모든 학문에 대한 왕권적 지위를 점령하여 유일한 실학적 원천을 가진 고귀한 학문으로 행세하였다.

라며 조선사회는 성리학이 지배하는 사회임을 역설하고 있다.

중국뿐만 아니라 조선사회가 전래의 불교중심의 '공관空觀사회에서 유교 중심의 '도리道理사회가 된 것은 성리학이 자연의 질서이자 사회의 질서로서 사대부 중심의 봉건적인 지배질서를 정당화하는 통치 이데올로기로 작동하였기 때문이다. 이런 성리학도 처음에는 개국공신들인 훈구파勳舊派에 밀려 제대로 힘을 쓰지 못하다가 훈구파가 큰 세력을 형성하자 이에 위기를 느낀 성종成宗이 지방에 근거를 둔 사림파士林派들을 기용하면서 큰 힘을 떨치게 되었다.

이 과정에서 훈구파들이 사림파들을 정치적으로 탄압하게 되면서 사림파들의 수난, 즉 사화士禍를 겪었다. 그러나 인조반정仁祖反正 이후 사

림파가 득세하면서 이번에는 사림파 간에 서로 정쟁이 벌어져 붕당朋黨
이 갈려 나오면서 신진관료그룹인 동인東人, 기성관료그룹인 서인西人이
갈라섰다. 동인에서 다시 온건파인 남인南人, 강경파인 북인北人이 갈라
섰다. 서인에서도 수구파인 노론老論, 혁신파인 소론小論이 갈라섰다. 이
런 가운데 동인의 북인이 물러나고 남인이 살아남았다. 서인도 소인이
물러나고 노론이 살아남았다. 다시 남인과 노론이 옥신각신하다가 한
때나마 숙종, 영정조간의 남인 치세를 지나 정조正祖의 급거 이후 서인
의 노론이 당쟁에서 최후 승자가 되었다.

　이에 남인들은 지방으로 물러나야 했으며 — 영남남인 이황과 기호
남인 정약용이 대표적이다 — 오랜 권력투쟁 끝에 주도권을 잡은 보수
노론 세력들은 현상유지를 가장 기원하였다. 그래서 그들은 예학禮學과
보학譜學을 장려하고 강권하였다. 왜냐하면 예학은 성리학에 기반한 예
법 질서, 곧 삼강오륜三綱五倫 같은 도덕 윤리로 현실을 통제하기에 유효
한 규범이었고, 그 가운데 하나가 '장유유서長幼有序'다. 보학 또한 가부장
중심의 종법宗法질서를 합리화하기에 효과적인 이념이었고, 그 대표적
인 것이 '족보族譜'였다. 다시 말해 예학과 보학은 기득권을 쥔 노론 중심
의 양반사회의 질서를 유지, 강화하는데 매우 적절한 도덕적, 현실적
이데올로기적 통제 수단이었던 셈이다. 즉 조선 왕조 오백년, 특히 인
조반정과 정조 사후 조선 후기 몇백 년간 조선 사회가 그 생명을 다하
기까지 우리 사회는 수구, 보수의 노론세력에 의해 유지되었던 것이다.

　이 과정에서 경화硬化된 송유 성리학이 '무시무시한' 현실로 — 주자
와 다른 견해를 가졌다 하여 사문난적으로 몰려 죽은 윤휴, 박세당을
떠올려보자 — 나를, 주어를, 본질을 압도하고, 너를, 목적어를, 현상을

주목할 것을 요구했던 사회풍조가 넘쳐흐를 수밖에 없었다. 이에 어미에 선어말 존칭어미 '시'를 달아야함은 물론 말꼬리를 비트는 '어미'가 발달하고(이태준의 사례를 다시보라), 상대를 추켜세우는 허례와 보신주의가 일상화되었을 터이다.

물론 경어법을 부정적으로만 볼 필요는 없다. 이 또한 부정적 사회역사적 상황 속에서 나름대로 주체적으로 자신의 안위와 정체성을 유지하려는 의미 있는 문화적 대응차원으로 볼 수도 있을 것이다.

그러나 이게 다는 아니다. 첨가어와 주목술이라는 어순상의 구조적 특징이 다른 한편에서 보면, 구술문화의 잔재라는 사실임을 간과해서는 안 된다. 앞에서 보았다시피(70쪽), 구술문화의 특징은 상황중심적이라는 데 있다. 그래서 그런가. 우리는 아직 분석적이고 추상적인 사고에 의한 합리적 토론보다는 감정적인 언어가 앞서는 상황의존적인 행동양태에 더 익숙해 있다. 개념어, 즉 명사보다는 동사, 형용사 중심의 사물어가 더 발달해 있는 것도 이와 관련이 있음을 주목할 필요가 있다.

지금까지의 영어와 우리말글, 한국어에 대한 모든 논의들을 종합해 볼 때, **언어에는 문화적 선택이 구조화 되어 있다는** 명제를 귀납해 볼 수 있다. 그리하여 실체를 중심으로 하는 **존재론적**存在論的, being 특성을 지닌 언어인 영어에 비해 우리말글, 한국어는 현상을 중시하는 **생성론적**生成論的, becoming 특성을 지닌 언어로 기본적으로 객관적 '사실'에 기초한 충실한 언어이면서도 감각적이고 역동적이며 생동감 넘치는, 살아 있는 실존적 언어양상을 보이고 있다고 말할 수 있겠다.

이것이 바로 다음 장에서 우리말글은 발음기관을 본떠서 만들었고,
그래서 과학적으로 매우 우수한 문자언어라는 사실과는 구분되는 또
다른 문화적 특성이다.

3장
한글맞춤법의 '근대'적 의미

한글맞춤법은 민족의 독립의지를 담고 있는 역사적 형식이다

최근 몇 년 사이 우리말글의 사용과 관련하여 몇 가지 두드러진 조치들이 눈에 띄었다. 2009년 5월 28일 헌법재판소는 국민들이 지역 언어의 특성과 기능을 무시한 채 서울말을 표준어로 규정하고, 표준어로 교과서와 공문서를 만들도록 한 국어기본법은 행복추구권과 평등권, 교육권을 침해한다는 헌법소원에 대해 현행 표준어 사정 원칙상 표준어는 서울말로 정한다는 표준어 규정을 합헌이라고 판결했다.

또 2011년 8월 31일 국립국어원은 그동안 표준어로는 인정되지 않았지만 실제 언어생활에서 많이 쓰이고 있던 단어들을 새롭게 표준어로 인정했다며 '짜장면'을 그 대표 사례로 들면서 표준어를 장려하는 것만으로는 실제언어와 규범언어 간의 괴리를 좁힐 수 없어 현실을 반영해 표준어를 확대하게 됐다고 그 배경을 설명했다.

이런 일련의 조치들과 변화들을 통해 우리가 우선 느끼게 되는 것은 근대의 표준어 체계가 위기를 맞고 있다는 사실이다. 다시 말해 표준어와 어법생활을 규율하고 있는 한글맞춤법에 매우 의미 있는 변화가 일고 있음을 암시한다. 이는 결과적으로 볼 때, 표준어가 갖고 있던 '현실 적합성'이 문제가 되거나 최소한 장애가 되고 있다는 것을 말한다. 이는 결국 언어규범도 그 언어를 실질적으로 사용하고 있는 언어대중들의 현실을 무시하고서는 그 실질적 의미와 영향력을 잃을 수밖에 없다는 자명한 사실을 일깨운다.

그러나 무엇보다 중요한 것은 이런 일련의 사실들이 언어정책을 변화시키지 않으면 안 될 어떤 근본적인 시대의 조류가 꾸준히 흘러넘치고 있음을 예고한다는 점이다. 요컨대 '현실음'을 중시하는 언어정책에로의 전환에는 그동안 '이상음'을 기치로 내건 근대 어법 중심의 한글맞춤법 정책이 시대 형식에 맞게 새롭게 수정되어야 할 당위성을 문제제기한다.

이에 저자는 우리말글을 가지고 글을 써야 하는 태생적 현실에서 우리말글이 겪어 온 지난 역사의 의미를 되돌아보고 그 역사적 의미와 배경 및 한계와 더불어 적절한 대안을 모색해 보고자 한다. 이러한 언어적 모색은 시대와 형식 간에는 상호 긴밀한 역사적, 철학적 인식이 상동적으로 얽혀있음을 깊이 있게 탐색하는 의미가 있다고 본다.

어느 시대나 그 시대의 고유한 주요 양식이 있게 마련이다. 한글 또한 예외가 아니다. 한글맞춤법은 나라세우기가 좌절당한 일제강점기(1933)에 역사의 산물로 태어났다. 이런 한글맞춤법은 현재까지 근본적인 변화 없이 우리말글을 규율하는 실체로 기능해왔다. 그리하여 대한

민국 헌법이 대한민국 국민 개개인의 일상생활을 규율하는 모법母法의
기능을 하고 있는 것처럼, 한글맞춤법 또한 대한민국 개개인의 언어생
활, 말글생활을 규범 짓는 모법母法으로 그 역할을 다하고 있다. 다시 말
해 대한민국 헌법 제1장 총강 제1조 1항,

　　대한민국은 민주공화국이다.

라는 규정이 대한민국의 국가적 정체성을 단적으로 설명하듯이, 한글
맞춤법 제1장 총칙 제1항,

　　한글맞춤법은 표준어를 소리대로 적되, 어법에 맞도록 함을 원칙으로 한다.

는 규정 또한 우리말글살이의 정체성을 총체적으로 규정짓고 있다. 즉
한글맞춤법은 "표준어를 소리대로 적는다"는 전제에다 "어법語法에 맞
도록 함을 원칙으로 한다"는 새로운 조건을 달아 언어생활의 대원칙을
표명한 것이다. 이를 통해 우리는 한글맞춤법이 고중세의 '소리' 규정
과 근대의 '형태' 규정, 달리말해 **표음주의**表音主義와 **표의주의**表意主義가 공
존해 있는 규정으로 당대의 의식을 문법 형식으로 반영한 역사적 산물
임을 확인한다.
　그런데, 역사의 산물로 태어난 한글맞춤법은 문제투성이다. 우선,
명제부터 부적합하다. 모순 규정이기 때문이다. 명제는 단일해야 한
다. 그래야만 논리적으로도 일관성이 있을 뿐만 아니라 정확한 판단에
도 도움을 줄 수 있다. 가령, "선생은 신나게 가르쳐야 하고 학생은 열

심히 공부해야 한다"는 표현은 주제가 이원화 되어 있어 부적합한 명제다. "선생은 무엇보다 신나게 가르쳐야 한다"거나 "학생은 모름지기 열심히 공부해야 한다"처럼 따로 써야 마땅하다. 한글맞춤법 또한 마찬가지다. '대한민국은 민주공화국이다'처럼,

① 한글맞춤법은 표준어를 소리대로 적음을 원칙으로 한다.
② 한글맞춤법은 어법에 맞도록 함을 원칙으로 한다.

고 둘 중의 하나를 써야 마땅하다. 서로 다른 두 개의, 더군다나 모순되는 원칙이 양립兩立할 수는 없다. 이율배반이기 때문이다. '소리' 대로 하되, '어법' 기준에 맞추라는 것은 이만저만한 모순이 아니다. 이는 곧 소리대로 '꼬치'라고 쓸 수도 있고, 동시에 어법 기준에 따라 그 원형을 살려 '꽃이'라고 쓸 수도 있음을 말한 것과 같은 효과를 갖는 것으로 전혀 앞뒤가 안 맞고 부당한 진술이다.

　물론 하나의 원칙으로 모든 언어생활을 규율 짓기에는 한계가 있다는 현실적인 고려를 무시할 수는 없다. 현실과 이상이라는 시대정신을 반영할 수밖에 없었던 당시의 사정을 모르는 바 아니다. 그러나 이로 인해 당장 언어적 소통에 큰 혼란과 지장이 초래되고 있으며, 그리하여 『훈민정음』 창제 이후 표기법을 표음주의 쪽으로 정할 것인가 또는 표의주의 쪽으로 운용하느냐 하는 문제가 언어학계의 가장 큰 쟁점 중의 하나임을 감안해 보면, 적지 않은 문제가 있는 게 사실이고, 따라서 한글 맞춤법에 대한 이해가 새롭게 요청되는 이유도 바로 여기에 있을 것이다.

그러면 먼저, '표준어를 소리대로 적는다'는 소리규정, 고중세적 표음주의가 갖는 역사적 의미부터 보자. 단적으로 말해 소리대로 글자를 표기한다는 것은 소리 나는 그대로의 발음을 따르겠다는 것이다. 이는 『훈민정음訓民正音』이 최초로 만들어질 당시 발음기관을 본 따 만든 과학적이고 보편적인 소리글자 즉, '백성을 가르치는 바른 소리'라는 사실에서도 짐작이 간다.

그렇다면 여기서 '소리'와 '고중세'는 무슨 연관이 있는 것인가. 언어발달사를 보면 최초의 언어는 '말'이지 '문자'가 아니었다. 근대에 들어 인쇄술이 발명되어 문자가 대량으로 보급되기 전까지 말소리는 인간이 자신의 의향을 나타내는 — 루소는 이를 '정념'이라 했다 — 가장 기본적인 형식이자 표현의 실체였다. 그 당시는 말과 사물이 하나가 된 시대였고, 시와 노래와 춤, 그리고 말이 하나로 어우러진 종합예술의 시대이기도 했다. 요한복음 제1장 1절에 '태초에 말씀이 있었다'라는 것처럼 최초의 언어는 과연 말이었다. 이런 고중세 시대는 천둥과 번개, 지진, 화산폭발, 바람소리를 비롯하여 신의 대리인 동물들의 울음소리까지 천지가 온통 말이 지배하는 것처럼 인식되어졌던 시대였다. 이런 시대에 말은 신령한 말씀이자 현실적인 법이고 진리이자 권력이었다. 서구의 담론과 사상을 이해하는데 있어 기본 열쇠말 '로고스logos'라는 개념은 '말한다'는 의미이자 법이고 진리이고 이성이자 현실이었다. 동양의 사상을 대표하는 핵심개념 중의 하나인 '도道, tao' 역시 '말한다'는 뜻인 동시에 길이고 진리이고 법이다. 고중세의 삶은 이렇게 모든 게 말씀으로 규정되었고, 이런 말씀을 담은 신탁神託으로 행해졌다.

이 신의 말씀은 외부에서 인간에게 온다. 이것은 곧 주체 스스로 자

신의 뜻을 결정하는 태도 및 언어와는 사뭇 다른 조건을 말한다. 신의
소리는 인간의 세계를 넘어온다. 다시 말해 신의 소리가 인간의 의지
보다 우선시되는 상황에서 발음 그 자체는 인위적으로 손상시킬 수 없
는 절대형식이다. 그러니까 말씀은 인간이 함부로 손대서는 안 되는
금기의 대상이자 신령스런 그 무엇이었다. 가령, 주문과 방언이 갖는
그 마술적 권위를 상상해보라. 이제 우리는 비로소 쓰기에 편하다는
장점 때문에 소리대로 쓴 현실적인 이유도 있었지만 한글 맞춤법 이전
까지 소리대로 발음하고 적는 연음連音규정이 왜 큰 문제의식 없이 수
용되어 왔는지를 이해 할 수 있게 되었다.

　이런 사실은 그대로 『훈민정음』이 자연의 소리를 그대로 모방해서
만들었다는 사실을 통해 확인된다. 즉 『훈민정음』의 모음 11자는 하
늘, 땅, 사람을 각각 본뜨고, 자음 17자 또한 사람의 발성기관을 각각
본뜬 다음 가획加劃의 원리를 이용해 만든 문자로 이는 결국 『훈민정음』
이 자연을 본떠 만든 '자연음'이었다는 사실을 여실히 증명하는 것이
다. 특히 자음은 허파, 후두, 입천장, 코, 혀, 치아 그리고 입술 등 발성
을 위한 신체기관의 도움이 없다면 생겨날 수 없음을 볼 때, 한글 탄생
의 유물론적 기반을 주목하게 된다.

　발음 또한 『훈민정음』이 만들어진 이후 20세기 초까지는 『훈민정음』
해례의 이른바 '8종성법' 규정에 따라 『용비어천가』와 『월인천강지곡』
을 제외한 거의 모든 문헌이 받침에 8개의 자음(ㄱ, ㄴ, ㄷ, ㄹ, ㅁ, ㅂ, ㅅ,
ㅇ)을 썼다. 종성을 8자에 국한시킨다는 것은 한 형태소가 환경에 따라
모습을 바꿀 때 바뀐 대로 적는다는 뜻이다. 이는 지금의 어법과는 달
리 중화中和현상을 표기에 그대로 반영하여 실제 발음에 가깝게 반영하

한글맞춤법의 '근대'적 의미

도록 표기한 것임을 알 수 있다. 다시 말해 한글맞춤법이 새롭게 제정되기 전까지는 일부 예외적인 사례가 있다고는 하나 '자연음'이 기본적인 표기원칙이었음을 확인해준다.

명칭	음소	기표	기의	모음(초 / 재출), 자음(가획)의 응용
훈민정음	모음	·	하늘	소멸
		ㅡ	땅	ㅗ, ㅛ, ㅜ, ㅠ
		ㅣ	인간	ㅏ, ㅑ, ㅓ, ㅕ
	자음	ㄱ	어금니	ㅋ
		ㄴ	혀	ㄷ, ㅌ, ㄹ
		ㅁ	입술	ㅂ, ㅍ
		ㅅ	이	ㅈ, ㅊ, △(소멸)
		ㅇ	목구멍	ㆆ(소멸), ㅎ, ㆁ(소멸)

『훈민정음』의 창제원리와 음소적 의미

　　이런 사실을 좀 더 일반화시켜보면,『훈민정음』이 성리학적 우주관, 즉 모든 것은 서로 불가분의 관계에 기반하고 있다는 유기적 자연관에 기초하고 있음을 말한다. 천지자연의 도인 음양이 서로 친화하고 배척하면서 우주만물을 생성화육生成化育하는 것처럼, 인간의 목소리 또한 모음과 자음이 서로 만나고 물리치면서 하나의 음절을 이루고 단어를 형성하면서 무한한 변별적 의미를 생성해내는 이치와 같은 것이다. 그렇다면 이는 매우 객관적이면서도 혁신적인 언어적 성취가 아닐 수 없다. 인간의 언어가 자연적 사실에 기초하면서도 이를 인간의 삶에 창의적으로 적용하여 만들어 낸 것으로 이는 대단히 객관적이고 합리적이며 타당한 언어운용방식에 기초하고 있는 것이기 때문이다. 이렇게 『훈민정음』은 고중세 시대 자연의 객관적 현실을 창의적으로 반영한 과학적인 문자로 태어났다.

이와는 달리 '어법'에 맞도록 한다는 형태 규정, 즉 표의주의는 근대적 이상을 표상한다. 여기서 '어법語法'이란 변함없는 말의 본래 형태를 밝혀 적는다는 것을 말하고, 이는 크게 두 가지 의미를 갖는다. 첫째, '형태를 밝혀 적는다' 함은 문자의 발명과 인쇄술의 보급으로 독서문화가 일반화되면서 독서의 편의를 고려한 시각적 배려에서 나온 것이다. 이언 와트는『소설의 발생』에서,

> 근대 부르주아로 등장한 신흥 중산층이 거대한 힘과 자신감을 바탕으로 인쇄업과 서적 판매업, 신문 잡지업 등에 뛰어들면서 소설이 근대적 양식으로, 중산층의 의식을 대변하는 시대형식으로 등장하게 되었다

면서 '개인주의'가 이런 근대 양식의 특수한 이데올로기라며, 그 근거로 근대 산업자본주의의 발생과 특히, 칼뱅주의 혹은 청교도주의 형태로서의 프로테스탄티즘의 확장을 들고 있다. 이런 근대적 개인주의는 당연히 전통적인 노래가 갖고 있는 집단적인 합창형식이 요구하는 동일성의 세계와는 매우 다른 이데올로기다. 집단적인 형식에서 요구되는 노래와는 달리 개인적인 이야기 형식이 요구되는 소설에서는 자연 개인을 집단과 분리된 독립적인 실체로 인식하게 된다. 이는 그대로 말과 사물, 즉 자연과 인간을 동일시하는 실재론적인 고중세적 사고에 반성적 거리를 갖게 한다. 이와 같은 반성적인 거리두기를 통해 대상(자연, 집단, 신, 세계, 사실)은 거리 저쪽으로 물러나게 되고 점점 작아지는가 하면, 그 대상을 인식하는 주체인 인간은 오히려 점점 커질 수밖에 없는 근대적 '자아'를 경험하게 된다. 이런 근대적 자아 경험은 바로 인

쇄된 문자를 보게 되면서 자연스럽게 내면화되고, 익숙하게 되며, 하나의 시대적 형식으로 자리 잡게 된다. 이렇게 해서 자연은 '그'가 되고, 타자가, 객체가, 사물이, 하나의 **꼴**form이 되었다.

"이거야 원! 대관절 당신의 책들이란 게 뭐요?"

"이것이 그 중 한 권입니다." 부주교는 말했다.

그리고는 독방의 창을 열면서 그는 거대한 노트르담 성당을 손가락으로 가리켰는데, 성당은 별이 총총한 하늘에 두 개의 탑과 돌로 된 측면과 괴물 같은 궁둥이의 검은 그림자를 우뚝 솟아 올리고 있어, 마치 시내 한복판에 앉아 있는, 머리가 둘 달린 거대한 스핑크스와도 같았다.

부주교는 한동안 말없이 그 거대한 건물을 바라보다가, 한숨을 지으면서 오른 손은 자기 책상 위에 펼쳐 놓은 인쇄된 책 쪽으로, 왼손은 노트르담 쪽으로 뻗치고, 책에서 성당으로 슬픈 눈을 옮기면서, "아 슬프다! **이것이 저것을 죽이리라**" 하고 말했다.

후다닥 책 쪽으로 다가갔던 쿠악티에는 이렇게 외치지 않을 수 없었다.

"아니! 도대체 이 속에 뭐 그리도 무서운 것이 있단 말이오? 『성 바울로의 서간 주해』, 뉘른베르크, 안토니우스 코부르거 출판사, 1474? 이건 신기한 게 없는데, 금언의 대가 피에르 롱바르의 책인데, 이게 인쇄됐기 때문에 그러는 것이오?"

"바로 그렇습니다."

하고 대답한 클로드는 깊은 명상 속에 빠져 있는 것 같았으며, 유명한 뉘른베르크 출판사에서 나온 2절판 책 위에 집게손가락을 구부려 짚고 서 있었다. 그런 뒤에 그는 다음과 같은 신비로운 말을 하였다.

"오호라 슬프도다! 오호라 슬프도다! 작은 것들이 큰 것들 끝에 온다. 하나의 이齒가 하나의 돌덩이를 물리친다. 나일강의 쥐가 악어를 죽인다. 황새가 고래를 죽인다. **책이 건물을 죽이리라!**"(강조―인용자)

―빅토르 위고,『파리의 노트르담』, 민음사

여기에는 말씀의 종언과 이런 말씀을 전하는 성당의 종언 곧 고중세가 끝나가고 있으며, 고중세시대의 종언은 책에 의해서 운명을 다하고 말 것이라는 역사적 통찰을 담은 노트르담 부주교의 묵시록이 펼쳐져 있다.

여기서 우리는 아직도 어떻게 인쇄기의 발명, 즉 독서 문화의 보급이 새로운 시대를 열 수 있었는가에 대한 근본적인 궁금증이 있는 게 사실이다. 이렇게 생각해 보자. 납 활자로 인쇄된 책은 잘 팔리기 위해 재미도 있어야 하겠지만 무엇보다 '쉽게 읽혀야' 한다는 전제가 있다. 독자가 인쇄된 글자를 쉽게 읽기 위해서는 어떤 조건이 요구되는가. 이는 곧 듣거나 쓰기에 편하던 방식에서 읽기에 편한 방식으로의 일대 전환을 요구한다는 의미를 갖는다. 다시 말해 읽기에 편한 방식으로 글자를 인쇄할 수밖에 없다는 것은 곧 신의 말씀, 소리를 읽기 편한 방식, 즉 의미를 지닌 하나의 독립적인 형태를 지닌 '꼴form'의 모습으로 바뀌야 함을 말한다. 이는 결과적으로 신의 말씀인 소리를 변형시키지 않고서는 불가능하다는 것을 암시한다. 요약하자면 이제 신의 외부적 입김보다는 인간의 내면적 의지가 더 중요해졌다는 의미다.

우리의 경우도 예외가 아니었다.『한글학회 50년사』에는,

주시경

말의 소리만 충실히 재현함이 목적인 발음기호는 문자가 아니므로, 문자는 언어의 두 가지 요소인 뜻과 소리를 나타내야 함을 강조하였고, 소리글자의 의미 전달 과정이 더디어, **독서능률을 낮게 하므로, 표의화해야 한다.**(강조—인용자)

— 한글학회, 『한글학회 50년사』, 한글학회

고 강조하기에 이르렀던 것이다.

둘째로, '어법에 맞도록 한다'는 것은 시대 현실을 충실히 반영한다는 의미도 있었다. 읽기 편하게 글자의 '본래 모습'을 밝혀 적겠다는 것은 그만큼 남과는 다른 주체성을 갖겠다는 의지의 발현이다. 소리가, 청각이, 외부와 객체, 그리고 신을 전제한다면, 형태는, 시각은, 내부와 주체, 그리고 인간을 전제한다. 즉 독서문화는 경제적으로 여유 있는 근대 부르주아 개인들의 내면적인 주체문화의 소산이었던 것이다. 특히 우리의 경우는 남달랐다. 일제에 의해 국권이 상실된 상황에서, 우리말글의 원형을 밝혀 적겠다는 것은 곧 '독립'이 될 수 있음을 일찍이 간파한 당시 한글학자들의 내면의식, 역사의식과도 맞닿아 있는 대목이다. 당시 언어학자이자 독립운동가인 주시경(사진)이 『훈민정음』을 한국의 글이라는 근대적 의미의 '한글'로 개칭하고, 오늘날의 형태소 개념인 '늣씨'라는 새로운 개념을 만들어 후일 한글맞춤법(어법) 제정에 초석을 놓은 뜻도 여기에 있었고, 일제하 조선어학회의 한글운동이 **항일투쟁**의 성격을 지니게 된 것(박용규, 『조선어학회 항일투쟁사』)도 이와 무관하지 않다. 이를테면 어법—원형—꼴—주체—근대-독립에는 시대와 형식, 그리고 의미가 상호 일치하는 상동성이 담겨 있었던 것이다.

『한글학회 50년사』의 다음과 같은 진술은 이와 같은 내용을 잘 뒷받침한다.

> 무엇보다도 맞춤법 통일안 제정에서 그 규정에 참여했던 사람들의 의견이 완전 일치하는, 맞춤법 이론의 가장 중요하고도 핵심을 이루는 문제는 '본래의 소리글자인 조선글자를 뜻글자화 시키는 것'이다. 그것은 맞춤법 통일안에서의 이상으로 추구하였던 문제였다.

당시 한글맞춤법통일안을 정초하는데 핵심 역할을 한 이극로가 지난 인생 역정을 돌아보는 내용을 담고 있는 『고투 40년』에는 또 다음과 같은 구절이 보인다.

> 나는 정치학과 경제학을 주과로 삼고 철학과 인류학을 부과로 삼고 그 밖에 또 취미와 **필요에서** 언어학을 한 부과로 더하여 공부하게 되었다.(강조-인용자)

는 진술 중, '필요에서 언어학을 공부'하였다는 대목은 '언어문제가 곧 민족문제의 중심'이었다는 그의 말에서처럼 우리는 한글맞춤법 제정 당시의 시대배경이 왜 그들로 하여금 '어법'을 강조하지 않을 수 없었는지를 해명하는데 하나의 단서가 될 수 있을 것이다.

그러나 그것은 어디까지나 이상이었지 현실이 아니었다. 3년간 125

차례, 총 433시간의 회의가 열리고 표음과 표의 중 어느 것을 택할 것인지를 놓고 치열한 논쟁이 벌어졌다. 그래서 이극로는

의견 대립으로 의자를 던지고 퇴장하는 사람이 있으면 집에 찾아가 민족을 위해 참으시라고 설득했다

고 회고했다. 이런 가운데 마침내 1933년 10월 29일 드디어 총 65항의 '한글 맞춤법 통일안'이 발표됐다. 이 맞춤법은 낱말의 **형태소**形態素(뜻을 가지는 최소 단위)를 훼손하지 않는다는 원칙을 확립해 연음표기의 혼란을 극복했다. 이렇게 우리의 언어생활을 규율하는 어문규범인 한글맞춤법은 시대의 산물로 태어났던 것이다. 이에 한글맞춤법이 크게 '소리'와 '형태'의 이원구조로 되어 있는 이유가 바로 여기에 있다.

한글맞춤법의 구성과 내용

제1장 총칙
제2장 자모
제3장 소리에 관한 것
제4장 형태에 관한 것
제5장 띄어쓰기
제6장 그 밖의 것
(부록) 문장 부호

띠어쓰기와 문장부호도 독서를 편하게 하고 독립의 의미를 분명하게 나타나게 하기 위한 것으로 볼 때, 한글맞춤법이 근대의 산물임을 미루어 짐작할 수 있다.

그러나 서두에서 말한 것처럼 역사적 산물로 만들어진 한글맞춤법은 소리와 형태, 고중세와 근대, 현실과 이상을 동시에 보여주고 있는 모순규정이다. 한글맞춤법이 어렵다는 볼멘소리가 여기저기서 터져 나오고 실제로도 큰 혼란을 일으키고 있는 이유가 바로 여기에 있다. 다음 자료는 국립국어원에서 우리나라 사람들이 가장 크게 혼란을 느끼고 있는 맞춤법을 조사한 내용을 순서대로 보여주고 있다.

① '없음'과 '없습니다'의 올바른 표기

② 사이시옷의 쓰임

③ '이에요 / 이어요'의 쓰임

④ '-(으)ㅁ으로(써) / -므로'의 구분

⑤ '돼라 / 되라'의 차이

⑥ '연도 / 년도'의 구분

⑦ '오'와 '요'의 쓰임 구분

⑧ '-ㄹ게 / -ㄹ께'의 올바른 표기

⑨ '만듦 / 만듬'의 올바른 표기

⑩ '로서 / 로써'의 쓰임

위의 내용들을 정확하게 구분하고 설명할 수 있는 한국인이 과연 몇 사람이나 될까. 먼저, '없음'과 '없습니다'의 경우를 보자. 표준말로는

한글맞춤법의 '근대'적 의미

'없습니다'가 등재되어 있지만 사실 '없습니다'는 한글 맞춤법 어디에도 어긋나는 말이다. 소리 나는 대로 쓴 연철표기인 '업씀'도 아니고 그렇다고 어법에 맞게 본래의 형태를 밝혀 적은 분철형태인 '없읍니다'도 아니기 때문이다. 이렇게 스스로 정해 놓은 규정도 이중적인 데다가 표준말로 제시한 어휘도 일정한 규칙 없이 제멋대로 — '자의적恣意的인 것은 근대 언어학의 핵심 개념이다 — 정해지다보니 국민들의 언어생활, 말글생활이 혼란을 겪을 수밖에 없는 것은 자명한 이치다.

'사이시옷'은 또 어떤가. 신문을 펼치니, 『불평등의 대가』라는 책제목이 눈길을 끈다. 그런데 '대가'는 문맥적으로 볼 때, 혹시나 '댓가'가 아닌가 하고 사전을 찾아보니 역시나 '대가'로 나와 있다. 그러나 인터넷에서는 '댓가'로 통용되고 있다. '초점'도 혼란스럽다.

우리 한글의 이런 이중적 모순 때문에 오늘 언어혼란을 잘 보여주는 가장 대표적인 사례가 바로 '짜장면' 논쟁이었다. 그러나 이 논쟁도 이제는 일단락을 짓게 되었다. 국립국어원은 지난 2011일 8월 31일 '짜장면' 등 그동안 표준어로는 인정되지 않았지만 실제언어생활에서 많이 쓰이고 있던 단어들을 새롭게 표준어로 인정하기에 이르렀다.

그러면서 표준어를 장려하는 것만으로는 실제언어와 규범언어 간의 괴리를 좁힐 수 없어, 현실을 반영해 표준어를 확대하게 됐다고 그 배경을 설명했다. 여기서 국립국어원의 설명내용을 좀 더 자세히 분석해 보면 몇 가지 중요한 사실을 읽을 수 있다. 그동안 일상생활에서는 언론, 방송, 관공서, 학교기관들을 통해 꾸준히 표준어를 쓸 것을 종용해 왔다. 그러나 실제언어와 규범언어 간에는 좁혀지지 않는 차이가 있었고, 그래서 불가피하게 '현실'을 인정하여 표준어를 확대하지 않을 수 없었다는 것이다.

그렇다면 여기서 우리는 그동안 일상에서 쓰는 실제언어와 규범언어인 표준어 간에는 왜 차이가 생길 수밖에 없었을까를 생각해보지 않을 수 없다. 위에서 보았다시피, 규범언어와 실제언어의 괴리는 모순된 맞춤법의 필연적인 결과다.

현재 우리가 쓰고 있는 표준어의 기본 틀과 방향이 정진 것은 1933년 제정, 공표된 한글맞춤법과 이어진 표준어 규정에서였다. 이로써 창제 이후 오랫동안 지켜져 오던 소리대로 적던 표음, 연철連綴, 이어쓰기규정을 그대로 인정하되, 이에 독서 생활을 고려하고, 특히 독립적 의미를 더해 새로 어법적 형태에 따라 본래 모습을 지닌 표의, 분철分綴, 원형을 밝혀 나눠쓰기 규정을 더하게 되었던 것이다. 이렇게 하여 '꼬치'라고 적던 것을 본래 형태소 '꽃'을 밝혀 '꽃이'라고 적음으로써 단어를 소리보다 모양, 형태로 인식하는 시각적, 독립적, 내면적, 근대적 성격을 부여했던 것이다. 다시 말해 새로 추가된 어법규정은 그 시대적, 애국적, 진보적 의미를 오롯이 담아낸 역사적 형식이었던 셈이다.

표준어는 또한 한반도를 지역적 조건으로 하는 '상상적' 근대의 소산이기도 했다. 베네딕트 앤더슨의 말대로 '상상의 공동체'인 근대 민족주의 국가의 출발은 인쇄자본주의의 과정과 함께한 나라세우기 과정이었다. 『독립신문』(1896)최초의 한글전용 시행과 근대적 의미의 띄어쓰기, 문장부호 사용을 통해 우리는 국민(민족)국가의 형성form에는 민족어의 정리와 표준어의 정리가 필수적이었음을 확인하게 된다. 우리의 경우 **교양 있는 사람들이 주로 쓰는 현대 서울말**이 표준어 사정의 기준이 되었다. 그리하여 언문일치가 실현되고 한때 상놈들이 쓰던 글이라며 '언문諺文' 취급을 받았고, 심지어는 '똥글', '암클'이라고 천대받고 냉대 받던 상놈들, 종놈들의 말글(고은-김형수 대담, 『경향신문』)이 대한민국을 대표하는 국문인 '한글'로 격상하게 되었던 것이다.

그러나, 표준어를 제정하는 과정에서 어법이 강조되고, 교양 있다는 서울말이 채택됨에 따라 소리가 지니는 청각적 효과가 감소되고, 일상언어와 지방언어(방언, 사투리)의 문화적 가치가 축소되기에 이르렀다. 그 결과 말 따로 글 따로의 언문불일치가 초래되고, 규범언어와 실제 언어 사이에도 불일치를 불러왔다. 이는 다시 삶을 이상적 삶과 현실적 삶으로 갈라놓는 의미를 갖는다. 이에 이상적 삶에서는 이상적 언어, 곧 규범언어가 요구되고, 일상현실에서는 현실언어가 사용되는 언어생활의 이원화, 차별화, 위계화가 초래되었다. 여기에는 다시 암암리에 이상언어, 규범언어는 바람직하고 가치 있는 것이고 현실언어, 일상언어는 그렇지 못하다는 심리가 겹치게 된다. 서울-지방간의 표준어와 사투리의 불화도 마찬가지다. 지난 2009년의 헌재 판결은 표준어의 중요성과 필요성을 다시 한 번 확인시켰다는 의미도 있지만 그만큼 표준어 사용에 불만이 많다는 반증이기도 하다. 이는 곧 근대적, 이상적 의미를 지니고 있는 표준어의 기능이 정보화, 세계화를 맞아 다원화, 상대화 되고 있는 이때, 근대적 의미로서의 민족 통합적 성격을 지닌 표준어가 이제 그 시대적 소명을 다했다는 강한 암시로도 볼 수 있다. 그러는 동안 맞춤법, 표준어 규정은 근대적 의미와 더불어 시대적 한계를 지닌 어문 규정으로 오랫동안 내부 식민지 언어로 군림했다.

이런 맞춤법에 따르면, '짜장면'도 맞는 말이고(소리규정), '자장면'도 맞는 말이다(어법규정). 그러나 현실에서는 '어법' 규정이 더 강한 영향력을 발휘했기 때문에 그동안 모두들 '짜장면'이라고 자연스럽게 발음하면서도 '자장면'이라고 돌아보는 웃지 못 할 비극이 발생했던 것이다.

여기서 우리가 눈여겨봐야 할 것은 '자장면'과 '짜장면'을 각각 고수하겠다고 하는 양측의, 그러니까 이상주의자와 현실주의자가 갖는 사회, 역사적 의미를 음성학적으로 따져볼 필요가 있다는 것이다.

우선, '자장면'을 고수하는 이상주의자들의 망탈리테가 갖는 사회역사적 의미가 무엇인지부터 보자. 고중세의 자연음이 불청불탁不淸不濁의 ㄴ, ㄹ, ㅁ, ㅇ 음을 주로 구사하는 것은 그대로 그 자연음이 시와 음악이라는 당시의 모방적 형식을 드러내는 가장 효과적인 음이었기 때문이었을 것이다.

둘하 노피곰 도도샤
어긔야 머리곰 비취오시라
어긔야 어강됴리 아으 다롱디리

즌 재재 녀러신고요
어긔야 즌디롤 드디욜셰라
어긔야 어강됴리

어느이다 노코시라
어긔야 내 가논디 졈그롤셰라
어긔야 어강됴리 아으 다롱디리

—조재훈, 『한국시가의 통시적 연구』, 국학자료원

가사가 유일하게 전해지고 있다는 백제의 고전 가요로 알려진 〈정
읍사〉다. 이 가요는 어느 여성 화자가 남편의 안녕을 걱정하는 내용으
로 된 서정가요이지만 후렴구로 보아서 분명 집단적으로 가창되었을
것이다. 백제가요를 깊이 있게 연구한 조재훈은, 따라서 이 고대가요
를 음악과의 연관을 무시해서는 안 된다고 했다. 조동일도 어떤 노래
가 집단적으로 가창되기 위해서는, 그리하여 대중의 애호를 받기 위해
서는 무엇보다 말이 아름답고 가락이 뛰어나야 한다고 했다. 〈정읍사〉
또한 마찬가지다. 실제 노랫말을 보니, 'ㄴ, ㄹ, ㅁ, ㅇ'의 불청불탁음, 그
러니까 유기적 자연음이 음악적 기조를 이루면서 아름다운 가락을 이
루고 있음을 알 수 있다.

　망부석 설화를 연상케 하는 이 노래를 현대시로 번역하면 곧 읽는시
가 된다.

달이여 높이 돋으시어
멀리 비추어 주십시오.

시장에 가 계시옵니까?
진 데를 디딜까 걱정스럽습니다.

아무데나 부려놓고 계십시오.
내가 가는 길이 저물까 두렵습니다.

노래시와 읽는시는 기본적으로 고중세적 집단적 양식인 민요시와

근대적 개인적 양식인 서정시와의 차이를 보여준다. 우리는 여기서 민요시인 정읍사가 주로 불청불탁음 ㄴ, ㄹ, ㅁ, ㅇ인 자연음에 의지하고 있다면, 서정시는 전청음全淸音, 그러니까 완전히 맑은 소리, 일종의 순수음, ㄱ, ㄷ, ㅂ, ㅅ, ㅈ, ㅇ에 기대고 있는 것을 확인할 수 있다.

근대문화체계의 기본을 이루는 이상음은 순수음가를 지닌 전청음을 기본음으로 하고 있다. 그렇다면 전청음이, '자장면'이 갖는 의미가 무엇인가 생각해 보자. 근대는 무엇보다 과학적 이성에 의한 힘으로 자연을 지배할 수 있다는 자신감에 충만했던 시기였다. 근대를 가장 길게 잡았을 때의 '시기적 근대'는 15세기 말 북부 이탈리아 도시국가(피렌체, 밀라노, 베니스)들에서 터져 나온 르네상스를 출발점으로 해서 이후 5백 년간 유럽 일원에 걸쳐 진행된 과학혁명, 종교개혁, 산업혁명, 정치혁명, 사상혁명, 사회혁명, 문자혁명 등의 세계 전 영역에 걸친 근본적인 대혁신의 시기를 말한다. 이때 각각의 혁명의 소산이 되게 한 근본적인 요인은 원소, 개별, 도시, 주체, 개인, 형태라고 볼 수 있다. 다시 말해 하나의 역사로서의 근대는 '집단'에서 '개체'로 떨어져나간 독립의 시대를 말한다.

이런 개체를 문자체계로 최소화시킨 순수형상이 바로 '형태소形態素'다. 이 순수형상인 원형으로서의 형태소의 바탕이 되는 음소音素가 바로 전청음인 것이다. 즉 전청음은 기본음이다. 동시에 전청음은 실체화된 음가로서 부르주아의 물질적, 심리적 실체를 대변하는 순수음가다. 왜냐하면 자본을 통해 권력을 움켜쥔 부르주아는 영원히 변치 않는 관념의 이상세계, 표준어를 지향하기 때문이다. 이것은 소설의 언어이자 과학의 언어이지 시의, 연극의 언어가 아니다. 여기서 우리는

한글맞춤법의 '근대'적 의미

다시금 드 보세앙 자작 부인이 "성공하기를 원하면, 우선 그처럼 감정을 노골적으로 드러내지 마세요"라던 대목을 상기하게 된다. 또한 부르주아 언어학자인 소쉬르가 현실음인 '파롤'을 제쳐두고 순수한 이상음인 '랑그'의 세계, '형태form'의 세계에 왜 그토록 집착했었는지를 비로소 이해할 수 있을 것이다.

그렇다면 현실음인 '파롤'은 어떨까. 지금, 여기 현장의 목소리를 대변하는 '짜장면'은 바로 파롤이다. 안도현과 백석의 '빼앗겨'와 '쌔하얗게'가 바로 현실음 파롤이다. 곧 '자장면'이 현실이 소거된 신화라면, '짜장면'은 살아있는 역사다. 신화가 가상이라면, 역사는 현실이다. 이런 현실의 역사를 대변하는 '파롤'로서의 언어는 '랑그'라는 순수형상 언어인 '이상음'에 의존하기보다는 살아 생동하는 감각언어인 '현실음'에 기댄다. 이런 현실음은 구어口語, 즉 입말을 바탕으로 한다. 음성학적으로 볼 때, 입말, 구어는 이상음과 거리가 멀다.

> 그 방은 퍽 좁아야 하고 될 수 있는 대로 깨끗지 못해야 하고, 칸막이에는 콩알만한 구멍들이 몇 개 뚫려 있어야 어울린다. (…중략…) 방석도 때에 절어 윤이 날 듯하고, 손으로 잡으면 단번에 찍하고 달라붙을 것 같은 것이어야 앉기에 편하다.

— 정진권, 「짜장면」

이런 곳에 앉아, 다시 말해 좀 침침한 작은 중국집에서 막말로 '짱께'를 즐기고 싶은 사람이라면 누구나 호기있게 "어이, 여기 짜장면 곱빼기 둘!" 하고 외칠 일이지 "여기, 자장면 두 그릇 주시오" 할 사람은 없을 것이다. 여기서 '짜'은 전탁음全濁音, ㄲ, ㄸ, ㅃ, ㅉ으로 흔히 말하는 '된소리'다. 이를 더 강하게 하면 차청음次清音, ㅋ, ㅌ, ㅍ, ㅊ, ㅎ 즉, 격한 소리가 난다.

짜장면

1883년 인천항이 개항하면서 부둣가의 짐꾼과 인력거꾼인 중국인 노동자苦力들이 처음 만들어 먹었다는 짜장면(사진)은 '장醬을 볶는다炸'는 뜻의 작장면炸醬麵으로 처음 선을 보였다고 한다. 이 말을 중국의 현지발음에 맞게 병어로 쓰면 **zha jiang mian**, 곧 '쯔아 지앙 미안'이 된다. 우리말은 합철이니 '쯔아'를 합치면 '짜'가 된다. 그러나 '자장면'을 발음하기 위해서는 불가피하게, 아니 의도적으로 zha에서 'h'음을 제거해야한다. 'h'음은 우리말 음가가 'ㅎ'이므로 차청음, 격한 소리에 해당한다. **요약하면 '자장면'은 감정을 노골적으로 드러내는 것을 경계하고자 의도적으로 조절되고 선택된, 자의적**恣意的 **언어 랑그다.**

그렇다면 여기서 우리는 부르주아(자작부인)들이 감정을 노골적으로 드러내기를 기피하는 심리에는 어떤 것이 전제되어 있는가를 생각해 보자. 우선, 감정을 기피하는 부르주아의 심층에는 '이성'을 우선시하는 사고가 깔려 있다. 감정을 기피하는 부르주아의 저 깊은 심층 심리의 밑바닥에는 — 라깡의 말대로 언어도 무의식처럼 구조화되어 있다는 것을 염두에 두자 — 부르주아와 서민들은 서로 다르다는 상대적 우월감에 기초한 계급적 위상심리가 짙게 깔려 있는 것을 엿볼 수 있다. 이런 것을 구조화, 형태화시킨 언어가 바로 '형태소'다. 무엇보다 그들이 '자장면'을 고집하는 것은 그들 스스로가 그렇게 하고 싶어 하기보다는 그들의 삶이 노동현장, 생활현장과 유리되어 있기 때문이다.

확실히 '부르주아'는 다른 문화권에 소속되었는데 그 문화권은 무엇보다
도 일을 하지 않았다는 것으로 규정되는 것이었다.

— 로버트 단턴,『고양이 대학살』, 문학과지성사

이에 부르주아 언어의 명사화, 형태화, 관념화, 추상화, 가치중립화,
중성화 경향을 읽을 수 있다.

그러나 세상은 변하고 있다. 이제 근대의 인쇄문명은 인터넷 상에서
모든 시민이 기자이고, 글쓰기 이웃이며, 다성적 목소리의 주인공인
웹 2.0시대, 디지털 문명으로 대체되고 있다. 도정일은『오늘의 문예
비평』에서,

구비문학시대를 지나고 근대시기에 들면서 그 언어기호에 의한 의미조
직으로서의 문학의 생산과 유통을 거의 절대적으로 지배하게 된 것은 인
쇄매체, 문자기호, 책이다. 문학 종언자들이 주목하는 것은 현대적 '매체의
교체' 현상이다. 매체교체란 정보기술(IT)혁명이 가져온 각종 신매체들이
마치 세대교체의 경우처럼 구매체(인쇄매체, 책)들을 급격히 노화시켜 문
화의 변방으로 몰아냄으로써 의미의 조직, 생산, 유통의 전 과정에 큰 변화
를 발생시킨 현상을 지칭한다. 이 교체현상은 부정할 필요가 없는 우리시
대의 현실이다. 지금은 영화, 텔레비전, 게임, 비디오, DVD 등의 영상매체
가 문자의존형의 구매체들을 압도하고 디지털에 의한 의미생산, 유통, 향
수의 새로운 방식들이 고정적 인쇄매체들을 주변화하고 있는 시대이다.

라며 우리는 지금 문자문화에서 영상문화로 바뀌고 있다며 시대의 변화를 진단하고 있다. 구체적인 사례를 들어보자. 외신에 따르면 근대 문자혁명을 주도한 독일의 인쇄산업이 몰락하고 있다고 한다. 최근 세계 3대 윤전기 제조사인 독일 만로란트사의 파산으로 6,000명의 직원이 실직 위기에 놓였다고 한다. 이는 물론 유럽의 재정 위기로 인한 자금난이 직접적인 원인이기도 하지만 디지털 시대의 도래에 따라 설자리가 좁아진 것이 주요 요인이라는 분석이 지배적이다.

이뿐만이 아니다. 서구 인쇄문화의 상징이던 『브리타니카 백과사전』의 출판 중지 결정과 전자책의 전격 시판은 근대의 종언, 활자문명의 종언을 상징한다.

또 미국 시사주간지 『뉴스위크』 인터넷 판은 최근 인터넷 기술의 급속한 발달로 전화번호부, 비디오 대여점 등을 쉽게 찾아볼 수 없게 됐다며 '사실fact'이 사라졌다고 보도했다. 이는 무엇보다 정보의 생산, 유통, 소통 방식이 예전과는 비교가 되지 않을 정도로 획기적으로 변화됐음을 보여준다.

이 모든 것들은 우리가 지금 말과 문자의 시대를 넘어 '이미지' 시대에 살고 있음을 방증하고 있다. 이미지가 편재遍在, ubiquity한 시대, 우리는 지금 그 어느 때보다도 이미지에 대한 반성을 요구받고 있다. 이미지는 우리시대의 언어이다. 대체 이미지란 무엇인가.

이미지는 즉각성을 띤 현실체로 다가온다. 즉 이미지는 현실적 구상체다. 그렇다고 현실은 아니다. 또 다른 현실일 뿐이다. 그러나 그렇다고 이를 부정하기도 어려운 게 현실이다. 왜냐하면 어원상 이미지image라는 말은 이미타리imitari 즉 모방하다에 결부되어 있는 것을 보더라도 이미지의 토대가 되는 것은 바로 현실이기 때문이다. 실재도 아니고, 그렇다고, 네오 실재도 아닌, 파생실재는 존재하지 않지만 분명 존재하기도 하는 전자 사회가 만든 새로운 현실 공간이다. 장 보드리야르는 이에 대해

〈이미지의 반역〉 ⓒ 르네 마그리트

이미지는 심오한 현실을 나타내기도 하고, 그 현실을 은폐하기도 하며, 또한 그 현실과는 아무런 관련도 없다고 말한 바 있다.(『시뮬라시옹』, 민음사) 중요한 것은 이미지가 대중매체시대의 하나의 중요한 기호로서 현실을 압도하고 있다는 점이다. '천안함 사태'만 하더라도 사태의 진실보다 천안함에 대한 이러저러한 과잉 해석된 언어적 이미지가 현실을 대체하고 있음을 볼 수 있었고, 그 자체가 현실로 다가오면서 과잉 해석된 파생현실이, 곧 이미지가 우리 시대의 언어적 실체임을 증명시키고 있다.

　위의 그림도 마찬가지다. 화가 마그리트는 한 개의 파이프를 그려 놓고는 버젓이 '이것은 파이프가 아니다'라고 써 놓았다. 다소 충격적인 생각에 빠지게 하는 이 그림과 메시지에 대해 화가는 '이미지의 반역'(사진)이라는 제목을 달았다. 사람들은 그동안 파이프를 보고 '이것은 파이프다' 하면 그대로 파이프로 알았던 시대가 있었다 — 아르놀트 하우저의 『문학과 예술의 사회사』에 따르면 그림은 대상의 재현이자 대상 그 자체라는 현실모사적 성격은 고대 예술관의 기본이다 —

그러나 우리는 그림까지 포함하여 언어는 기표와 기의의 자의적인 결합으로 이루어진 기호의 일종으로 반드시 사실과 일치하는 것이 아님을 안다. 그러나 말과 사물이 일치하던 고중세 시대는 이렇게 동일성의 시대로 말의 권위가 인정되던 실재론의 시대였다. 아리스토텔레스가 이를 대변하면서 '언어는 실체다language is a substance'라고 정리했다.

그러나 중세 후기 말은 하나의 보편적인 관념에 불과한 것이라며 언어의 실체적 허구를 간파한 오캄 등의 유명론이 대두하면서, 말과 사물의 '그' 마술적인 결합이 사실은 거짓이고 미몽이었음이 밝혀지면서 가령, 마녀가 그 말 그대로 실재하는 게 아니라 특권을 가진 어떤 권위자에 의해 만들어진 자의적인 산물이라는 사실을 계몽적으로 깨닫게 되면서 언어는 비로소 그 독립적 자율성을 획득하게 되었다. 소쉬르가 이를 대변하면서 아리스토텔레스의 전통을 전복시켰다. '언어는 형태이지 실체가 아니다language is a form not a substance.' 마찬가지로 이것은 파이프가 아니고 하나의 그림, 형태화된 기호일 뿐이라고 화가는 말하고자 하는 것을 알 수 있다.

그러나 말과 사물이 분리되면서 말 따로 글 따로의 언문불일치가 초래되었음을 우리는 '짜장면' 논쟁을 통해서 확인할 수 있었다. 짜장면 논쟁을 통해 우리는 우리의 어문 정책이 어떻게 가야하는지를 예고하고 있음을 볼 수 있다. 더구나 전자시대, 영상 이미지의 범람은 이미지를 무시하고서는 현재의 언어정책은 겉돌 수밖에 없음을 시사한다. 따라서 앞으로의 어문정책의 근간이 되어야 할 것은 결코 실재론도 아니고, 왜냐하면 이는 말에 지나치게 고대적인 이미지를 부여하기 때문이다. 말이 그대로 사실이 아니라는 관점에서 이는 정당하다. 그렇다고 유명론적인 근대의 관점도 대안은 아니다. 말이 분명 사실이 아니기는 하지만 그렇다고 말이 갖고 있는 현실규정력을 무시할 수도 없기 때문이다.

그렇다면 무엇인가. '짜장면' 논쟁을 통해서 앞으로의 언어정책은 일방적인 결정이 아니라 현실음에 기반한 '합의'가 하나의 기본 전제가 되어야함을 다시 확인하게 된다. 언어정책을 주도하는 주체는 일부 소수의 정책가가 아니라 다수 대중이기 때문이다. 고중세가 영웅들의 절대적인 말씀에 의지했고, 근대가 부르주아 근대 시민계층이 이끄는 언어정책에 의지했다면, 이제 언어는 다시 대중들의 언어가 될 수밖에 없다. 이런 관점에서 볼 때, 이제 언어는 영웅서사에서 시민서사로, 다시 시민서사에서 대중서사의 어법에 걸맞은 언어체계를 갖춰야 하리라 본다. 더구나 지금은 지구촌이 하나가 된 세계화 시대 아닌가. 이에 단일 민족주의적 특수성이 갖는 근대의 고유형태만 가지고서는 일정한 한계가 있다. 가령, 김치만 하더라도 이제 그 세계적 범용성을 갖춘 상품으로 거듭나고 있는 것처럼 우리의 언어 또한 세계화 시대에 거듭날 수 있는 현실적 어법으로 다시 탄생할 시대적 소명을 갖는다.

그렇다면, 세계화 시대에 거듭날 수 있는 우리말글의 현실어법은 무엇인가. 그것은 현실적으로 세계어 역할을 하고 있는 로마자(알파벳)와 한글 알파벳과의 호환 가능성 문제이다.

현재, 국어의 로마자 표기는 음가를 기준으로 —이를 전사轉寫라고 한다— 쓴 국제표기법에 따라 전음법轉音法을 따르고 있다. 가령, '신라'를 어법에 따라 **sinla**로 표기하지 않고 발음을 기준으로 **silla**로 표기한다. 이는 매우 바람직한 현상이다. 세계화 시대, 국제적인 상호 호환의 현실적합성에 잘 부응하기 때문이다. 그러나 아직도 일부 분야에서는 음가의 현실을 무시하고 '어법'에 비교적 충실한 문법 형태를 고수하고 있다. 외래어 표기법상 된소리를 불허하는 원칙도 문제다. 가령, 재즈 jazz는 '째즈' 해야 제 맛이고 또 실제로도 그렇게 들린다. 잼jam도 마찬가지다. 서비스service는 또 어떤가. '서비스'보다는 '써비스' 해야 한결 인간미가 있고 언어의 표정이 살아난다.

몇 가지 사례를 통해 볼 때, 언어정책은 역시 '현실음'을 기준으로 해야 타당성을 확보할 수 있다는 것을 알 수 있다. 이런 점에서 볼 때, '짜장면'을 '자장면'과 더불어 복수 표준어로 결정한 국립국어원의 이른바 8.31조치는 매우 선구적인 의의를 갖는 언어사적 사건이라고 평가하지 않을 수 없다.

우리는 지금까지 한글과 한글맞춤법의 역사를 개괄하고 그 의미를 새겨보면서 문자에는 그 시대가 요구하는 소명이 형식화되어 있음을 볼 수 있었다. 특히 근대화 과정에서 어문 문제는 나라세우기 과정이라는 역사적 소명과 함께하는 중대한 문제였음을 알게 되었다. 언어와 문자 및 표기법이 정비되지 않고서는 국민적 소통과 교육이 원활하게 이루어질 수 없는 바, 우리의 경우는 특히 국가의 정체성과도 관련되는 매우 중차대한 문제로 인식되었음을 알게 되었다.

어느 시대나 지배 권력은 도량형을 통일하고 문자를 정비하여 의식의 통일을 꾀하기 마련이다. 그러나 무리한 통일과 정비 의지는 때로 불편과 불만을 가져오기도 했다. 또 언어문제를 애국심 하나만으로 접근하던 시대도 지나가고 있다. 이제 우리는 영웅서사, 시민서사 단계를 지나 대중들이 이 시대의 진정한 주역으로 떠오른 대중서사시대로 진입하고 있다.

역사를 보면 당대 현실이 요청하는 시대적 소명에 충실하게 주체적으로 대응해 온 집단만이 그 시대의 주역이 되었음을 알 수 있다. 그렇다면 지금 우리 시대가 요청하는 당대 현실을 껴안을 주체는 누구인가. 당연히 이 시대의 대부분의 기층민들이다. 이에 기층민들을 구성하고 있는 당대인의 언어를 주목하지 않고서는 당대가 요청하는 소명이 무엇인지 알 수 없으며, 당연히 그들의 이익을 충실히 반영하기도 어려울 것이다.

그러나, 정보화 네트워크가 일상화된 시대, 대부분의 기층민들은 이미지라는 허상虛像에 둘러싸여 있다. 사실이 아니지만 그렇다고 사실이 아니라고 할 수도 없는 이미지 세상, 이 불일이불이不一而不二한 언어에 우리가 주목하지 않으면 안 되는 이유다. 그런 시대의 언어인 이미지는 무엇보다 즉각적인 진실을 추구하는 '감성'언어에 촉수가 닿아 있다. 시장에서, 미용실에서, 일터에서, SNS 화상으로 만나게 되는 언어는 불청불탁음도 전청음도 아닌 차청음과 탁음의 세계다. 이 생생한 역사의 현장을 전하는 언어에 주목하지 않으면 안 되는 이유가 바로 여기에 있다. **말뿐인 정의**nominal justice보다는 **실질적인 정의**real justice가 더 중요하기 때문이다. 따라서 저자는 현행 대한민국 한글맞춤법 제1장 총칙 제1항을 다음과 같이 바꿀 것을 제안하는 바이다.

한글 맞춤법은 표준어를 소리대로 적되, **그 현실적** 어법에 맞도록 함을 원칙으로 한다.(강조―저자의 제안 부분)

　　이렇게 함으로써 우리는 언어적 보편성을 따르면서 우리말글의 특수성을 유지함은 물론 현실적인 적합성까지 갖춘, 그야말로 세계사적 의의를 지닌 **글로컬**glocal — '글로컬'은 'global'과 'local'의 합성어로 민족주의와 세계주의를 지양한 시대적 이상을 함축하는 개념이다 — 한 한국어를 탄생시킬 것으로 믿는다.

4장
글쓰기의 방법론에 대하여

1. 어법쓰기, '그' 단어를 찾아라

속담에 '야'해 다르고 '어'해 다르다는 말이 있다. 같은 내용의 말이라도 '운전수'와 '기사'의 어감이 다르고, '후진국'과 '개발도상국'의 뉘앙스가 다른 것처럼 이렇게 말할 때와 저렇게 말할 때가 다르니 말을 할 때에는 신중하게 해야 함을 일깨우는 말이다. 이뿐이 아니다.

저희 선친께서

— 어느 칠순 청첩장 중에서

'선친先親'은 '돌아가신 아버지'를 일컫는 말이다. 예를 갖추려다 오히려 코를 떼인 경우다. 이처럼 우리는 언어생활에 각별히 주의해야 한다. 이는 곧 단어를 정확하게 알고 써야 함을 주문한다. 글이란 사회적인 약속이자 규범으로 이루어진 의사소통의 한 수단이다. 따라서 어법을 준수하고 사용법을 숙지해야 한다.

어법語法, 그러니까 표준어는 왜 필요했던 것일까. 다음 일화를 보자.

> 나로서는 그 때 압록강 행로에서 얻은 느낌이 중대한 것을 이제 다시 인식하게 되는 것이 있다. 그것은 그 때에 느낌에 내가 조선어 연구에 관심하게 된 첫 출발점이오 또 조선어 정리로 한글 맞춤법 통일안과 외래어표기법 통일안과 표준어 사정과 조선어 대사전 편찬 등의 일에 전력을 바치게 된 동기이다. 이 항행 중에 하루는 일행이 평북 창성양인 압록강변 한 농촌에 들어가서 아침밥을 사서 먹는데 조선 사람의 밥상에는 떠날 수 없는 고추장이 밥상에 없었다. 일행중의 한 사람이 고추장을 청하였으나 고추장이란 말을 몰라서 그것을 가지고 오지 못한다. 그래서 우리는 여러가지로 형용을 하였더니 마지막에는 "옳소 **댕가지장**말씀이오" 하더니 **고추장**을 가지고 나온다. "사투리로 말미암아 일상생활에 많이 쓰이는 고추라는 말을 서로 통하지 못하니 얼마나 답답한 일일까."(강조—인용자)
>
> — 이극로, 『고투 40년』, 을유문화사

여기서 우리는 언어와 문자 및 표기법이 정비되지 않고서는 지식의 소통이 원활해 질 수 없음을 알 수 있고, 이런 상황에서는 국민적 일체감 형성이 어렵고, 근대화 또한 어려웠을 것임을 미루어 짐작할 수 있다. 즉 표준어는 근대의 결과이다.

단어의 정확한 사용과 관련하여 우리는 유명한 이야기를 알고 있다.

한 가지 생각을 표현하는 데는 오직 한 가지 말 밖에는 없다.

— 플로베르

명사든, 동사든, 형용사든 오직 한 가지 말, 유일한 언어, 즉, 그 뜻에 딱 들어맞는, '그' 말을 찾아 써야 한다는 것이다.

단어를 정확하게 사용해야 한다는 말에는 말과 사물은 일치한다는 실재론적인 '자연주의적' 언어관이 깔려 있다.

그렇다면 그가 과연 그의 말을 제대로 실천하고 있는지 그의 대표작인 『마담 보바리』 도입부를 잠깐 살펴보자.

우리가 자습실에서 공부를 하고 있으려니까 교장 선생님께서 어떤 평복 차림의 신입생과 큰 책상을 든 사환을 데리고 들어오셨다. 졸고 있던 아이들이 깨어났고, 각자 정신없이 공부를 하다가 깜짝 놀랐다는 듯이 자리에서 일어났다.

교장 선생님께서는 우리들에게 다시 자리에 앉으라고 손짓을 하셨다. 그리고 자습교사 쪽으로 돌아서서 "로제 씨"하고 나직이 말씀하셨다.

"여기 이 학생을 좀 부탁해요. 중등반 2학년에 들어왔습니다. 하지만 학업과 품행을 보아서 양호하면 제 나이에 맞는 상급반으로 올려주지요."

출입문 뒤 모퉁이에 서 있어서 눈에 잘 보이지도 않는 그 신입생은 열댓 살 가량 되어 보이는 **시골뜨기**로, 키는 우리들 중 그 누구보다도 컸다. 머리를 이마 위로 가지런하게 잘라서 촌동네 성가대원 같았고 얌전하면서도 매우 거북해하는 표정이었다. 어깨가 넓은 것도 아니었는데 까만색 단추들을 단 녹색 천의 정장 저고리는 겨드랑이께가 거북살스러운 모양이었고,

소매끝 솔기 사이로는 언제나 맨살을 내놓고 지내 버릇해서 뻘개진 양 손 목이 드러나 보였다. 멜빵에 당겨 덜렁 들린 누런 바지 밑으로 청색 긴 양말 을 신은 두 다리가 나와 있었다. 그는 징을 박아서 튼튼해 보이기는 하나 제 대로 닦지도 않은 구두를 신고 있었다. (강조-인용자)

이 부분은 소설에서 흔히 말하는 '발단' 대목으로 대개 인물을 소개 하고 배경을 제시하며, 사건의 실마리를 제시하고 있는 곳이다. 어린 학생 시절의 보바리를 소개하고 있는 이 대목을 통해 작가는 보바리 부인의 비극을 예고하고 있다. 영화의 한 장면 같은 인상적인 묘사를 통해 서술자는 대놓고 그를 '시골뜨기'라고 한다.

그가 이렇게 감각이 무딘 시골뜨기라는 사실은 훗날 그의 부인이 바 람을 피우다 결국 음독자살로 생을 마감하게 되는 것과 인과적 관련이 있음을 암시하는 소설적 장치, '복선'임을 알 수 있다. 그런데 여기서 우리의 눈을 자극하는 것은 그의 예리하고도 정확한 현실 묘사와 치밀 한 언어 사용이다. 단어 하나하나에 빈틈이 느껴지지 않고 비약이 없 다. 먼지 하나라도 놓치지 않으려는 듯한 자연주의 작가의 강박에 가 까운 단어에 대한 철저한 의식을 확인해 볼 수 있다. 특히 그의 복색과 인상착의를 묘파하는 대목에 이르러서는 마치 X선 촬영을 당하는 것 같은 투시력과 강밀도가 느껴져 과연 보통 작가가 아니라는 첫인상을 심어주고 있다.

다른 예를 더 들어보자.

연암 박지원의 글을 모아놓은 『연암집』에는 「답창애」라는 짧지만 놀라운 이야기가 실려 있다.

里中孺子. 爲授千字文. 呵其厭讀. 曰. 視天蒼蒼. 天字不碧. 是以厭耳. 此兒聰明. 餒煞蒼頡.

마을의 어린애에게 『천자문千字文』을 가르쳐 주다가, 읽기를 싫어해서는 안 된다고 나무랐더니, 그 애가 하는 말이

"하늘을 보니 푸르고 푸른데 하늘 '천'이란 글자는 왜 푸르지 않습니까? 이 때문에 싫어하는 겁니다" 하였소.

이 아이의 총명이 창힐로 하여금 기가 죽게 하는 것이 아니겠소.

100년, 1000년이 지나도 우리는 이 부분이 틀린지 모르고 그저 앵무새처럼 복창하기만 하였을 뿐이다. 여기서 우리는 실학자 연암의 '사실주의적' 언어관을 마주한다. 오늘날의 생각으로 보면 뭐 특별할 것도 없는 비판적 사고의 일단을 보여주는 대목이지만 그 당시는 그렇지도 않았다. 명나라를 무조건 신봉하는 존명사대 의식이 선비들의 뇌를 감싸고 있던 몽롱한 시절, 중국의 전적들은 감히 건드릴 수 없는 일종의 경전이나 마찬가지였다. 이런 시대에 다산까지도 『다산천자문』을 통해 중국의 천자문을 우리식으로 고친다고 한 게, "천지부모天地父母", 즉 하늘은 아버지이고 땅은 어머니라는 지극히 지배 이데올로기적인 사고로 가득 차 있던 때 ― 물론 그의 충정은 진심어린 것으로 우리 모두가 믿어 의심치 않는 바이다 ― 천자문을 송두리째 부정한다는 것은

역시 그다운 발상이 아닐까 싶기도 하다.

듣기로는 천자문을 지었다는 주흥사가 주역을 참고했다는 설이 있다. 아닌 게 아니라 『주역』의 「곤위지」편을 보니, '천현이지황天玄而地黃 곧 '하늘은 검고 땅은 누렇다'는 말이 보인다. 비록 주역에 그렇게 나와 있고 이를 그대로 천자문의 지은이가 인용했다 하더라도 '호메로스도 때로 끄덕인다'는 말처럼 우리는 주역도 잘못이 있을 수 있다는 생각을 왜 하지 못하는가.

물론 주역은 본래 고중세시대의 점술占術 교본이다. 그렇게 때문에 그리스의 델포이 신탁처럼 의미를 분명히 말하지 않고 애매하게 말하다보니 — 그래서 'delphic' 하면 '애매한'이라는 뜻이 생기게 되었다고 한다. 소크라테스가 말했다는 그 유명한 '너 자신을 알라'는 말도 원래는 그리스 델포이 신탁 앞에 걸려 있었던 애매한 경구였다고 한다 — 주역 또한 마찬가지로 여러 가지 우주 현상을 나타내는 상징(괘)을 써서 우주만물의 변화의 이치를 설명하고 풀이하는 운명서로서의 주역의 위상을 생각해 볼 때, 그 표현의 형이상학적이고 현학적인 표현의 어쩔 수 없었음을 이해할 수는 있다.

그러나 기본적으로 천지현황은 잘못된 표현이다. 우선 천지현황의 뜻부터 보자. 하늘 천天, 땅 지地, 검을 현玄, 누를 황黃. 하늘은 검고 땅은 누렇다. 기본적으로 사자성어로 된 이 구절은 대구對句로 되어 있음을 알 수 있다. 대구라면 대등한 자격을 지닌 단어가 나열되는 게 순리다. 가령, '비행기는 날고 자동차는 굴러간다'처럼 비행기와 자동차 둘 다 움직이는 물체다. 그러나 만약 '비행기는 움직이고 자동차는 굴러간다'라고 표현하면 어떨까. 왠지 어색하다. 왜일까. 움직이는 것은 날아가

글쓰기의 방법론에 대하여

고 굴러가는 것을 추상화한 말이다. 한쪽은 추상어, 다른 한쪽은 구체어로 서로 어울릴 수 없다. 따라서 천자문 첫 구는 잘못되었다.

그렇다면 어떻게 표현해야 맞을까. 간단하다. 천지청황天地靑黃, 하늘천, 땅 지, 푸를 청, 누를 황. 하늘은 푸르고 땅은 누렇다. 그래야 말과 사물, 언어와 실제가 부합한다. 실학자 박지원의 눈에는 '검을 현玄'이 관념론자들의 허위의식을 대표하는 말처럼 보였던 모양이다.

그렇다면 몇 가지 사례를 통해 오늘날 현대인들의 언어에 대한 인식은 어떤가 알아보자.

① 옷이 잘 안 맞으시네요. 이건 잘 맞으시네요. 가격은 십만 원이십니다.
② 날씨가 너무 더운 것 같습니다. 갑자기 여름이 온 것 같습니다.
③ 노동자 여러분, 노동법이 개정되어야 산업평화를 가져올 수 있습니다.
④ 북한과 미국이 핵 폐기를 둘러싸고 치킨게임을 벌이고 있다.

우리는 ①, ②, ③, ④를 통해 비인간화가 심화되어가는 현대사회의 언어적 단면을 엿볼 수 있다. 우선 ①을 통해서 우리는 인간과 사물, 아니 사물과 인간의 관계가 역전되고 있음을 알 수 있다. 존칭선어말어미 '시'가 사물은 물론 모든 서비스 분야까지 확대되었음을 본다. 이는 단순한 어법파괴 현상이라고만 볼 수 없다. ②는 자신감의 실종이라고밖에 볼 수 없는, 물론 겸양의 미덕이 없지는 않지만 지나친 겸양이다. ③은 우리 일상 언어생활이 얼마나 자동화, 습관화되었는지를 알 수 있는 대목이다. 더구나 노동자가 이렇게 외쳐서야 산업평화가 올 수 있겠나. 수동태로는 결코 역사를 바꿀 수 없다. 김지영은 『피동형 기자들』에서 피동형 남용은 80년대 공포, 억압 정치의 산물이며 피동형은 무책임한 문체의 전형이라며 비판했다. ④는 우리 의식 속에 깃든 허위의식을 보여준다. 뭔가 한자나 영어를 쓰지 않고서는 안 된다는, 다시 말해 우리말글이 상스럽고 촌스럽다는 낡은 의식과 허위의식이 우리의 의식 속에 깊이 뿌리박혀 있음을 보여준다.

유홍준은 그의 책에서 송강의 「장진주사」를 인용하며 자신은 그의 낭만과 호기를 부러워하면서도 그렇다고 송강의 「장진주사」를 무작정 좋아하는 것은 아니라면서 그 이유는 자신에게는 그럴만한 풍류도 허무도 없다고 하며, 더더욱 마지막 구절 '원숭이 휘파람 불 때'라는 표현이 아주 못마땅하다며 혀를 차고 있다. 왜냐하면 송강은 분명 원숭이를 본 일도 없었을 뿐더러 동시대 독자인들 그런 이국의 짐승을 알리 만무한데 그것을 왜 마지막 구절에, 그것도 가장 결정적인 부분에 '떡' 하니 집어넣었는지 도무지 이해할 수 없었다는 것이다.

참고로 이백의 「장진주」를 모방한 「장진주사」의 원문을 소개하면 다음과 같다.

한 잔 먹세그려, 또 한 잔 먹세그려

꽃 꺾어 셈하면서 무진무진 먹세그려

이 몸 죽은 후에

지게 위에 거적 덮어 졸라매어 지고 가나

화려한 꽃상여에 만인이 울며가나

억새, 속새, 떡갈나무, 백양 속에 가기만 하면 누른 해, 흰달, 가는 비, 굵

은 눈, 쌀쌀한 바람 불 때

누가 한 잔 먹자 할꼬

하물며 무덤 위에 **원숭이 휘파람 불 때** 뉘우친들 무엇하리(강조―인용자)

송강이 만약에 '원숭이 휘파람 불 때'를 '송장 메뚜기 뛰놀 때'라고 했으면 확연히 그 의미가 살아났을 것이 아닌가 하고 아쉬움을 토로하고 있다. 이런 사실은 사실 송강뿐만 아니라 이 글을 쓰고 있는 저자에게도 매우 날카로운 맹성猛省을 촉구한다. 그것은 바로 지식인들의 예의 그 허위虛威의식이다. 그의 말대로, 모든 것을 자기 정서에 내맡기지 못하고, 뭔가 남모를 유식한 끼가 있어야 차원이 높아 보이고, 이국적인 냄새도 약간 풍겨야 촌스러움에서 벗어날 것 같은 불안감과 우쭐감, 그리고 착각에서 오는 자신감의 상실.

차이의 철학자 데리다의 말대로 '모방은 초조함의 산물'이다. 스스로 자신이 되지 못하는 비주체적인 미숙한 태도 말이다. 중요한 것은 나의 목소리다. 다음처럼 당당하고 바르게 써야 한다.

옷이 잘 안 맞습니다. 이건 잘 맞네요. 가격은 십만 원입니다.

날씨가 매우 덥습니다. 갑자기 여름이 온 듯 합니다.

노동자 여러분, 노동법을 개정해야 산업평화를 가져올 수 있습니다.

북한과 미국이 핵 폐기를 둘러싸고 끝장승부를 벌이고 있다.

단어를 정확하게 구사하는 데는 조지 오웰만한 사람도 없을 듯하다

① 익히 봐왔던 비유는 절대 사용하지 않는다.

② 짧은 단어를 쓸 수 있을 때는 절대 긴 단어를 쓰지 않는다.

③ 빼도 지장이 없는 단어가 있을 경우에는 반드시 뺀다.

④ 능동태를 쓸 수 있는데도 수동태를 쓰는 경우는 절대 없도록 한다.

⑤ 외래어나 과학 용어나 전문용어는 그에 대응하는 일상어가 있다면 절대 쓰지 않는다.

⑥ 너무 황당한 표현을 하게 되느니 이상의 원칙을 깬다.

— 조지 오웰, 『나는 왜 쓰는가』, 한겨레출판

마치 『동물농장』의 '7계명'을 보는 듯하다. '절대', '반드시'란 말을 여러 번 쓰는 것을 보면 오웰의 극단적 성향을 보는 듯하다. 그러나 이런 극단적이지만 철저한 자기 원칙이 있었기에 세계의 작가가 된 것이다. 그런 그도 때로는 원칙을 깨는 파격을 두고 있음도 잊지 말아야 한다.

그러나 단어의 정확한 사용, 그러니까 어법의 문제는 현실적으로 선택의 문제이자 신념을 요구하는 문제다. 다시 말해 언어는 가치평가로 물들어 있다. 이는 곧 언어는 단순히 사물을 지시할 뿐만 아니라 그 사물에 대한 태도까지 내포하고 있음을 암시한다. '자장면 / 짜장면', '고추장 / 댕가지장'의 경우처럼 단어는 일원화되어 있지 않기 때문이다. 다음 경우를 보자.

"이 **핀지** ……"

소화는 약간 옆으로 돌아서 치마 말기 속에 감추어진 정하섭의 **편지**를 꺼

내 낙안댁에게 내밀었다.

"아드님이 ……"

소화는 자신도 모르게 눈을 떨구고 있었다. 정하섭의 얼굴이 선하게 떠
오르며, 낙안댁이 그럼 자기와는 어떻게 되는가 하는 생각이 불현듯 느꼈
던 것이다.(강조―인용자)

― 조정래, 『태백산맥』 1, 한길사본

"이 핀지 ……"라는 표현을 통해 우리는 소화의 정하섭에 대한 정감
을 느낄 수 있다. 그러나 '편지'를 통해서는 서술자의 중립적 거리를 확
인할 수 있다. 즉 핀지는 파롤, 말(담론)이고, 편지는 랑그, 언어다.

여기서 우리는 현행 맞춤법 체계의 혼란을 다시 확인할 수 있다. 즉
구어, 입말은 소리 나는 대로 현실을 그대로 복사한 표음주의를 따르
고, 문어, 글말은 어법 기준에 따라 이상을 자의적으로 형태화한 표의
주의를 준수하고 있다. 이는 그대로 한국어에 계층 간 언어적 위계가
있음을 나타내는 표지다.

자장면/고추장/편지	짜장면/댕가지장/핀지
부르주아언어	대중언어
읽기중심언어	말하기중심언어
이상음(뜻 중심)	현실음(소리 중심)
이성언어	감성언어

이런 언어 간, 계층 간 언어의 불일치는 갈등과 혼란을 초래할 수도
있다. 그러나 현실적으로 볼 때, 이는 매우 당연한 것으로 볼 수 있다.
다시 말해, 다양한 언어 계층이 어울려 살아가는 현실을 감안해 볼 때,
이런 사실은 언어생활을 더욱 풍부하게 살찌울 수 있는 토양이지 결코

타기할 만한 상황은 아니다. 부르디외식으로 말하면, 언어의 장은 매우 역동적이다. 특히 한국어의 경우 첨가어라는 특성상 조사나 어미를 어떻게 운용하느냐에 따라 그 쓰임새와 언어가 풍기는 뉘앙스는 날카로울 뿐만 아니라 매우 생동적인 것을 확인할 수 있다. (이태준의『문장강화』부분 참고)

영어라고 해서 예외는 아니다.

오세요 (You)Come!

꼭 오세요 (You)Do come!

오시지 않으실래요 Wouldn't you like to come

오실꺼죠, 그렇죠? You will come, won't you?

오신다고 약속해 주세요 Do say you will come

당신이 오신다면? Suppose (you)came?

오셔야 합니다 You ought to come

이리 오세요 (You)Come here

여기요 (You)Here

오실꺼죠? Will you come?

당신은 오실 것입니다 You will come

부디 오세요 (You) Kindly come

부디 와 주세요 Would you be so good as to come

기꺼이 꼭 와 주시길 (You) Be a sport, do come

제발 오세요 (You) Come please!

부탁입니다. 오세요 Come, I beg you

당신이 와주시길 바랍니다 I hope you will come

당신이 오실 것이라고 믿습니다 I'm counting on you to come

— 삐에르 부르디외, 『상징폭력과 문화재생산』, 새물결

이렇게 언어의 층이 다양하고 그 운용 현실 또한 풍요하다는 사실은 무엇을 말해주는가. 이는 무엇보다 언어는 고정되어 있지 않다는 것을 암시한다. 언어는 역사적으로 생성된 것으로 결코 고정된 형태가 아니다. '짜장면'이 다시 표준어가 되는 것처럼, 언어는 '파롤'이지 '랑그'가 아니다. 다시 말해 언어는 현실적 발화를 통해 끊임없이 생성, 변화, 소멸, 재생하는 자의적인 '형태'이고 텍스트적 산물이지 불변의 법칙을 따르는 형이상학적 순수 '실체'가 아니다. 이는 결과적으로 원본이 없음을 나타낸다. 다양한 변이형들이 있을 뿐이다.

형태뿐만이 아니다. 의미도 마찬가지다. 언어는 결코 일의적이지 않다. 언어는 구체적인 현실에서 발화되는 파롤이기 때문이다.

이 ①새끼가 그 ②새끼 ③새끼란 말이지?(번호─인용자)

— 최인훈, 『광장』, 중에서

여기서 새끼 ①, ②, ③은 같지만 같지 않다. 즉 새끼 ①은 (월북한 이형도의 아들) 이명준이고, ②는 이형도이고 ③은 이형도의 아들이다. 이 사례는 순수하고 완전한 기호, 그러니까 현실을 떠난 랑그는 없음을 잘 보여주고 있다.

김광규의 「나」처럼 나는 표준어를 사용해야 하는 사회의 한 일원이지만 다양한 삶의 국면과 맥락과 상황에 따라, 다시 말해 구체적인 현실에서 나는 '말'을 쓸 수밖에 없다. 가령, 내가 공무중일 때는 '자장면 / 짜장면'을 써야 하지 '짱께' 하면 부적절하다. 반대로 절친한 친구 앞에서는 오히려 '짱께'가 더 어울린다. 곧 언어는 추상이 아니고 현실이다. 이런 사실은 과연 '언어공동체는 단일하지 않다'는 것을 일깨운다.

물론 '댕가지장'의 경우처럼 표준어의 필요성은 현실이다. 소통과 화합이라는 현실적인 요구가 있기 때문이다. 그러나 이런 현실을 감안하더라도 생활 현실에 기반하지 않은 무리한 언어 강요는 오히려 불편과 혼란을 초래할 뿐이다. 꼭 '자장면'을 고집할 필요는 없다. '짜장면'도 좋고 때에 따라서는 '짱께'도 좋다. 천편일률적인 정확한 언어 사용보다는 문맥상황에 따른 적절한 언어 구사의 묘를 발휘할 필요가 있다.

2. 문장쓰기, 하나의 '의미'를 담아라

버려진 섬마다 꽃이 피었다. (강조―인용자)

동인문학상 수상작인 김훈의 『칼의 노래』는 이렇게 시작하고 있다. 베토벤의 '운명'처럼, 첫 시작은 매우 중요하다. 시작이 반이라고, 첫 문장으로 독자에게 강한 인상을 주고 흡인력 있는 언어를 구사하지 못하면 누가 그 책을 거들떠보기나 하겠는가. 그래서 사려 깊은 작가라면 누구나 첫 문장에서 운명 같은 서곡을 준비해 두는 것이다.

I have a dream. (마르틴 루터 킹 목사)

어느 시대나 그 시대의 고유한 주요 질병이 있다. (한병철, 『피로사회』)

인간은 본래 자유인으로 태어났다. 그런데 그는 어디서나 쇠사슬에 묶여
있다. (루소, 『사회계약론』)

애비는 종이었다. 밤이 깊어도 오지 않았다. (서정주, 「자화상」)

새침하게 흐린 품이 눈이 올 듯하더니 눈은 아니 오고 얼다가 만 비가 추
적추적 내리는 날이었다. (현진건, 『운수 좋은 날』)

이렇게 첫 문장에서는 지금 쓰고자 하는 글의 의미, 상징성, 그리고
숨겨진 큰 그림 같은 내용을 단문에 함축implication 해내야 한다. 글은 짧
을수록 생명력이 있다. '네 이웃을 사랑하라'는 예수님의 말씀이나 '자
비를 실천하라'는 석가님의 말씀이 가슴을 치는 것은 무엇보다 간략하
다는 점이다.

난마같이 얽히고설킨 복잡한 사회, 그럴수록 사회는 단순하고 명쾌
한 답을 원한다. 기업은 기업대로 상대를 한 방에 제압할 수 있는 **kill
idea** 개발에 고심하고, 정부는 정부대로 국민을 설득시킬 멋진 **slogan**
개발에 부심하고 있는 이유다. 그러나 흥분은 금물이다. 차가운 이성의
붓으로 현실을 밑감으로 거리감 있게 써야 한다. 자칫 흥분하여 현실과
의 비판적 거리를 놓치다보면 맹목적인 글이 되기 때문이다.

그런데, 왕년의 글쓰기 도사였던 김훈도 『칼의 노래』 첫 문장 앞에
서는 자못 흥분이 되었던 모양이다. 자전적 에세이, 『바다의 기별』을

보면 처음에는 그도 "버려진 섬마다 꽃은 피었다"로 쓰고는 자못 호기 있게 담배 한 개비를 빼물었다 한다. 그런데 웬걸, 뭔가 이상하다는 것을 직감적으로 느꼈음인지 그는 며칠 있다가 다시 담배 한 갑을 태우면서 '고민 고민'하던 끝에 다시 "버려진 섬마다 꽃이 피었다"라고 고쳤다고 창작과정을 회상하고 있다.

그렇다면 도대체 '꽃은'과 '꽃이'의 '은'과 '이'가 어떤 차이가 있길래 글쓰기로 둘째가라면 서러워할 작가가 며칠 동안 고민하고 또 고민하였을까. 이는 현대판 퇴고의 사례를 보여주는 흥미로운 사례이자 후학들에게 문장쓰기의 어려움을 보여준 대표적인 일화가 됨직하다.

그도 밝혔듯이, '은'과 '이'의 차이는 하늘과 땅의 차이가 있다. 다시 말해 '은'은 설명의 문제이고, '이'는 묘사의 차원이다. 다시 '은'이 가치의 차원이라면, '이'는 사실의 범주다. 그래서 '은'이 이차적이고 입체적인 세계라면, '이'는 일차적이고 평면적인 세계를 이룬다. '이'가 신정보를 이루고 객관의 세계를 이룬다면, '은'은 구정보로 신정보에 대한 판단을 담은 주관의 세계를 이룬다. 흔히 글은 '사실'과 '의견'이라고 말할 때, '이'가 사실의 세계를 보여준다면, '은'은 의견의 세계를 나타낸다. 이에 작가는 스스로의 직관과 경험을 성찰하고는 두 글의 우주론적인 차이를 깨닫고 이를 다시 고침으로써 새로운 세계를 열 수 있었다. 그것은 바로 사실에 기초한 철저한 수사학적 엄밀성이 있었기에 가능한 일이었다. 프랑스에 **일물일어**一物一語 정신의 소유자 플로베르가 있다면 한국에는 문장가 김훈이 있다.

이렇게 그는 어깨 힘을 쭉 빼고 차가운 이성의 붓으로 있는 그대로의 사실의 세계를 충실하게 묘파描破했다. 이렇게 해서 그는 역사의 이순신을 실존적 인간으로 다시 불러내 IMF 이후 참혹한 세상에 무력하게 홀로 맞서 힘겹게 살아가는 당대의 많은 사람들의 가슴을 두드리는 데 성공하였다.

그러면 다음 문장들을 자세히 보면서 문장의 세계를 좀 더 알아보자

① 달이 / 매우 밝다.
② 비가 / 많이 내린다.
③ 인문학은 / 유익한 학문이다.
④ 화석연료 사용을 / 줄여야 한다.

우리는 대개 학교문법을 통해 주어와 서술어로 이루어진 글의 구조가 바로 문장이라고 배운다. 곧 문장이란 주어라는 주성분과 이를 기술하는 서술어라는 종속성분이 유기적으로 결합된 언어구조라는 것을 배워서 알고 있다.

①~④에서 빗금의 왼편은 주어이고, 바른편은 서술어다. 이처럼 문장은 주어와 서술어가 유기적으로 결합되어 일정한 의미를 드러내는 언어의 구조라 볼 수 있다. 여기서 우리는 하나의 문장이 성립하기 위해서는 **주어**, **서술어**, **구조**, 그리고 **의미**가 필수적임을 알 수 있다.

우선, 우리는 **주어**를 통해 글쓴이가 무엇에 관심이 가 있고, 그 관심 대상을 어떻게 기술하려고 하는지 '조사'를 통해 가늠할 수 있다. 다시 말해 '이 / 가'를 통해서는 대상을 객관적인 사실에 따라 기술하려는 인식을 볼 수 있고, '은 / 는'을 통해서는 대상을 주관적으로 판단하려는

태도를 알 수 있으며, '을 / 를'을 통해서는 대상을 문제해결의 대상으로 바라보고 있음을 읽을 수 있다. 왜냐하면 주격조사 '이 / 가'는 행위의 주체가 누구이고 인식의 대상이 무엇인지를 나타내고, 한정사 '은 / 는'은 지칭된 그 대상에 대한 특별한 의미를 던지려는 것을 암시하며, 목적격조사 '을 / 를'은 추구하고자 하는 당위의 내용이 무엇인지를 예고하고 있기 때문이다. 이렇게 우리는 주어 + 조사로 결합된 어구를 통해 글쓴이의 기술 의도를 짐작할 수 있고, 이에 따라 전개 내용을 예의 주시하면서 비판적인 자세로 상대의 의중을 파악할 수 있게 된다. 이런 점에서 볼 때, 우리말글이 비판적으로 사고할 기회를 빼앗을 수 있다며, 영어에 비해 이점이 부족하다고 지적한 교과서(「국어의 특질」, 『고등국어』 상, 2001)의 지적은 터무니없다.

곧이어 우리는 **서술어**를 통해 글쓴이가 기술하려했던 내용이 무엇인지를 다시 확인할 수 있고 ①에서는 묘사, ②에서는 서사, ③에서는 설명, ④에서는 논증이 그것이다. 곧 ①에서는 무엇이 '어떠하다'는 것이고, ②에서는 무엇이 '어찌한다'는 것이며, ③에서는 무엇은 '무엇이다'는 것이고, ④에서는 무엇을 '어찌해야 한다'는 것이다.

여기서 우리는 다음 예문을 보더라도 무엇이 '어떠하다'는 묘사와 무엇이 '어찌한다'는 서사가 주어에 대한 단순 서술 기능을 갖는 것을 확인할 수 있다.

㉠ 장미가 활짝 피어 있다.

㉡ 자동차가 한 대 지나간다.

다시 말해, 이때 '활짝 피어 있다'와 '한 대 지나간다'는 장미와 자동차의 종속적인 내용을 단순하게 말하고 있는 고중세의 객체 서술어다.

그러나 무엇은 '무엇이다'와 무엇을 '어찌해야 한다'는 그 서술어의 성격이 앞의 것과 매우 다름을 알 수 있다. 곧 '무엇이다'는 대상 주어의 본질을 말하는 것으로 이것은 단순한 기술이 아니라 벌써 누군가에 의해 그 대상이 낱낱이 읽혀진 내용이다. 그렇다면 '무엇이다'는 종속적인 서술 기능을 말하고 있는 게 아니라 오히려 그 대상을 종속화시키고 있는 근대의 주체적 서술어다. 다음 예문처럼 주어가 서술어, 객어보다 하위개념을 쓰는 이유가 바로 여기에 있다.

ⓒ 장미는 장미속 장미과에 속한 관목이다. (관목＞장미)

'어찌해야 한다'는 서술어는 또 어떤가. '어찌해야 한다'는 대상을 전제로 한다. 그 대상은 변해야 하는 대상을 일컫는다. 그러나 현실적으로 그 대상이 변하기 위해서는 합리적 설득을 바탕으로 해야 한다. 따라서 '어찌해야 한다'는 서술어는 상호주체에 따른 공감을 얻어야 가능한 현대의 상호주체적 서술어다.

또한 우리는 문장의 주어와 서술어는 분리될 수 없는 하나의 **구조**임을 알 수 있다. 주어, 서술어는 마치 부부와 같다. 하나도 아니지만 그렇다고 둘도 아니다. 하나이면서 둘이고 둘이면서 하나다. 즉 주어, 서술어로 이루어진 하나의 문장은 상호유기적인 생명체로 완전한 독립을 이루고 있는 직물, 텍스트다.

그리고 문장에는 **의미**의 씨앗이 박혀 있다. 의미는 차이를 통해 드러난다. 다시 말해 문장의 본질적 속성은 차이다. 이 변별적 차이가 문장의 실체다. 그리하여 ①은 달이 '매우 밝다'는 것이고, 이는 곧 어둡지 않음을 말한다. ②는 비가 '많이 내린다'는 것이며, 이는 적게 내리지 않는다는 것이며, ③은 인문학은 '유익한' 학문이고, 따라서 무익하지 않다는 것이며, ④는 화석연료 사용을 '줄여야 한다'는 것이고, 늘이지 말라는 뜻과 같다.

　문장은 기본적으로 의미를 나타낸다. 이를 **외시의미** 또는 **기본의미**de-notation라 한다. 문장은 또한 기본 의미 안에 또 다른 내용을 암시한다. 이를 **공시의미** 또는 **부가의미**connotation라고 한다. 이를 가지고 문장에 적용해 보자. 가령, 황순원의 「소나기」에서

　　㉠ 소녀는 분홍스웨터와 남색스커트를 입었고, 팔과 목덜미가 희다.
　　㉡ 소년은 무명겹저고리와 잠방이를 입었고, 얼굴이 검게 탔다.

　우리는 이런 주인공에 대한 외양 묘사를 통해 이런 사실이 단순한 외시의미만을 가리키고자 제시된 것이 아님을 금방 알아차릴 수 있다. 다시 말해 독자는 곧 소녀의 신분이 높은 집안출신의 아이임과 동시에 허약한 체질을 갖고 있음을 이해한다. 이와는 달리, 소년은 가정의 신분이 낮은 집의 아이임을 드러냄과 함께 건강한 아이로 살아왔음을 알게 된다. 이는 결과적으로 두 인물이 서로 사랑으로 결합하기에 근본적인 한계가 있음을 예고하는 소설적 장치이고 그 한계가 또 '소나기' 때문이었음을 보여준다. 이렇게 「소나기」는 자연과학적 사실을 외면하지 않고 계급적 진실 또한 충실하게 반영하였다.

　자, 그렇다면 제시된 문장이라는 사실이 가리키는 공시적, 부가적 의미가 무엇인가 분석해 보기로 하자.

　'달이 매우 밝다'는 것은 1차적 의미, 외시의미로 볼 때, '무엇이 어떠하다'는 것을 나타낸다. 이를 다시 2차적 의미, 공시의미로 보면, 결국 어떤 대상에 대한 '사실'을 전하고 있는 단순한 서술임을 알 수 있다. '비가 많이 내린다' 또한 마찬가지다. 이를 외시의미로 보면 '무엇이 어찌한다'는 것이고, 공시의미로 보면 이 역시 어떤 대상에 대한 '사실'을 말하고 있음을 알 수 있다. 다시 말해, 그리기와 이야기, 곧 묘사와 서사는 모두 사실 차원이라는 것을 읽을 수 있다. 사실은 서술 내용이 종속적이다. 이는 다시 말해 말과 사물의 일치라는 실재론적 의미를 지니는 언어형식이다. '~있다', '~한다'의 세계는 또한 주체인 내가 개입할 수 없는 객체의 세계를 보여준다. 즉 묘사는 고중세의 실재론을 대표하는 동일성의 언어형식이다.

　그렇다면 '인문학은 유익한 학문이다'는 어떤 형식인가. 이 문장은 우선 '무엇은 무엇이다'는 꼴을 형성한다. 이를 다시 2차적 의미로 읽어보면 이는 어떤 대상의 본질이 무엇이라는 식으로 그 대상의 본질적 속성을 분석하는 형태로 '설명'임을 알 수 있다. 설명은 설명대상, 주개념이 빈개념에 종속된다. 이는 어떤 대상을 있는 그대로가 아니라 분류할 수 있다는 인식을 전제로 한다. '~이다'는 대상을 일정한 질서체계 속에 분류할 수 있다는 자신감에서 나오는 단정의 언어표지다. 다시 말해 '~이다'는 일종의 지배형식이다. 인위적 굴절의 언어다. 따라서 이는 근대적 주체가 객체인 타자를 인식하는 언어형식임을 알 수 있다. 설명은 근대의 유명론을 대표하는 차이의 언어다.

그리고 '화석연료 사용을 줄여야 한다'는 문장은 1차적으로 '무엇을 어찌해야 한다'는 형식적 특징을 보이고, 이는 결국 무엇을 왜 어찌해야 하는가를 묻는 형식을 요구하므로 '논증'임을 알 수 있다. '무엇을 어찌해야 한다'는 당위는 현재에 대한 변화를 전제로 한다. 변화는 설득을 요한다. '~을'은 바로 공동 이슈를 다루겠다는 신호다. 이를 '어찌해야 한다'는 상태로 바꾸기 위해서는 정당화 과정이 필수적이다. 따라서 정당화에는 상대를 의식하지 않을 수 없다. 이에 논증은 현대 대중글쓰기 사회의 언어형식을 담고 있는 공존의 기호임을 알 수 있다.

이러한 문장기호 분석을 통해, 우리는 문장에는 크게 세 가지 층위를 지닌 문장이 존재함을 알 수 있다. 곧 문장에는 **사실층위**, **가치층위**, 그리고 **정책층위**의 세 단계가 있다. 사실은 진위판단의 대상이고, 가치는 시비판단의 대상이며, 정책은 당위판단의 대상이다. 다시 말해 진위판단인 사실의 세계는 비판적인 검증의 대상이고, 시비판단을 이루는 가치의 세계는 옳고 그름을 따지는 윤리도덕의 영역이며, 당위판단을 이루는 정책의 세계는 정치적 실천의 영역을 아우른다. 여기서 중요한 것은 이런 각 층위의 문장들이 서로 유기적으로 결합하면서 하나의 옷감을 짜듯이 ― '텍스트'의 원어인 라틴어 'textus'는 '실로 짜여진'이라는 뜻을 가지고 있으므로, 텍스트는 어원적으로 **직물**織物이라는 뜻을 내포하고 있다 ― 하나의 완성된 의미를 엮어내게 된다는 사실이다.

다음 시와 해설을 통해 문장의 층위를 확인해 보자.

새벽 동대문

어두운 길바닥을 잘 들여다보면

극빈의 털이 온몸을 뒤덮은 그를 만날 수 있다

노상에 두른 오색 천막 안에서

오지 않는 손님을 기다리며 잠의 그물을 짓는 납거미

지게꾼들의 선잠을 들여다보면

육모꼴 색색의 실들이 겨드랑이 사이로 반짝인다.

달빛의 무전을 받으면 여덟 개의 다리가 생기는 남자

남겨진 지게들은 곤충이 되지 못한 슬픈 허물이다

주행성의 곤충이 벗어놓은 허물로

불 밝히는 평화시장

비닐고치 동여맨 옷가지들

지게에 얹으면 등껍질이 돋아난다

노점상의 만두 주위로 몰려든 더위

층마다 가격이 매겨지는 삶의 고개를 넘을 때

굽은 등은 어디쯤 온 것일까

그림자만으로 이루어지는 하루치 장사

점포 진열대마다 지나온 흔적들

남자가 뿜어낸 실이 졸음처럼 몰려온다

잘 팔리지 않는 평화

새벽 동대문에 가면 검은 벽을 타고 다니는 그림자

지게꾼 거미를 만날 수 있다.

— 하명희, 「거미의 상징」

거미는 일상에서 혐오동물로 분류되고 있다. 이런 혐오동물의 일종인 거미에 대해 시인은 거미가 '벌레'가 아니라 '지게꾼'이라는 새로운 약호code를 부여한다. 그는 과연 거미처럼 어두운 곳에 살고, 털이 뒤덮여 있으며, 발이 여덟 개나 되고, 주로 밤에 활동하며, 등이 납작하게 굽어 있다. 그러나 그가 이렇게 음지에서 납작하게 엎드려 고단한 삶을 살아가는 **납거미**같은 존재에 불과한 노동약자로 보일지 모르지만, 그는 평화시장을 떠받치는 숨은 조력자라는 이미지로 다가온다. 그리하여 그의 고단한 삶에 화자의 시선이 머무는 순간, 그는 비로소 존재의 의미를 띠고 빛을 발하기 시작한다. 그리하여 지게꾼은 비록 열심히 일을 해도 좀처럼 삶이 개선되지 않고 있는 사회적 노동 약자로, 워킹 푸어working poor로 살아가고 있지만 우리의 삶의 기반을 이루는 근저에는 잘 보이지는 않지만 바로 이런 존재의 미미한 의미가 덧대어져 나 또한 존재하고 있다는 따뜻한 결속감과 강밀한 신뢰감을 부여받는다.

이렇게 시인이 새롭게 약호를 부여한 기호대상에 대한 약호풀기 과정을 통해 우리는 시인이 지게꾼을 애정 어린 시선으로 따뜻하게 바라볼 것을 넌지시 전하고자 하는 섬세한 감수성의 소유자임을 확인하게 된다.

위 시를 다음처럼 표현해 보자.

① 평화시장에 가면 납거미처럼 살아가는 지게꾼이 있다.
② 그는 '납거미'처럼 음지에서 고달픈 삶을 이어가고 있다.
③ 다시 말해 그는 사회적 노동 약자이다.
④ 그러니 그를 좀 더 따뜻하게 바라보아야 한다.

글쓰기의 방법론에 대하여

①은 사실의 세계를 서술한 문장으로 '무엇(누가)이 어떠하다'는 묘사의 세계를 보여준다. ②는 ①의 그가 그동안 어찌했는가에 대한 반성이다. '그는', '고달픈 삶', '이어가고 있다'는 삼인칭과 일반화가 그 증거다. 이는 단순한 사실의 세계가 아니다. ①이 1차 사실의 세계를 이룬다면, ②는 2차 사실의 세계로서 1차 사실의 세계를 반성한 개념적 서사의 세계를 형성한다. ③은 벌써 질적으로 다르다. ①이 단순한 양적 세계를 이루고, ②가 이에 대한 일정정도의 사실-가치의 중간 형태를 보여준다면, ③은 분명 사실에 대한 가공을 통해 질적 전환이 이뤄진 주관적 평가의 세계다. 따라서 ③의 형식은 '무엇(누구)은 무엇이다'는 형식인 설명이다. ④는 또 다르다. ④는 사실도 아니고 단순한 가치도 아니다. ④는 '당위'의 세계를 지향한다. 당위는 도덕을 근거로 한다. 따라서 가치의 영역인 당위는 도덕 가치 ③을 전제로 하고 '무엇(누구)을 어찌해야 한다'는 논증의 형식을 갖추게 된다. 이렇게 기호의, 문장의 세계는 다양한 층위와 변별기능을 지니고 있다.

3. '문장소'의 탄생과 콘텐츠 생산

이제까지의 글쓰기 과정을 통해 독자는 뭔가가 정리되고 일반화, 추상화되고 있다는 느낌을 가졌을 것이다. 그동안 우리는 이런 표현을 **주제문**, **명제** 또는 **논지**로 불러왔다. 그러나 기호학자 퍼스가

그것을 앎으로써 다른 모든 것을 알 수 있게 되는 것이 바로 기호이다

라고 한 것을 떠올려 볼 때, 저자는 여기서 모든 서술의 기본이 되는 문장의 기초 단위를 하나의 기호 개념, 그러니까 푸코가 그의 인식론의 기본 개념으로 **인식소**epistemﬦ를 하나의 기호로 활용하고 있듯이 저자 또한 저자의 대중서사글쓰기의 기본 개념으로 **문장소**sentenceme를 하나의 기호로 사용할 것을 제안한다.

'문장소'는 아직 낯선 개념이다. 아직까지 그 누구도 사용한 적이 없기 때문이다. 그러나 저자는 오랫동안 글쓰기를 전문으로 가르쳐오면서 글쓰기의 모든 것을 간단하고 효과적으로 설명해낼 수 있는 이른바 '만능키' 같은 개념 도구의 필요성을 절감하여 왔다. 그러던 중, 화학의 '원소'나 레비 스트로스의 '신화소'처럼 '기초' 또는 '근본'의 의미로 쓰이고 있는 '바탕소素'의 의미에 주목하여 드디어 모든 글쓰기의 기초 단위와 의미를 나타내는 개념 도구를 창안해 내기에 이르렀다.

추론하건대, 음운에 소리의 기본값을 이루는 자음과 모음 같은 **음소**音素'가 있고 단어에 그 뜻을 규정짓는 가령, '한국사람' 할 때 '한국'과 '사람'이라는 두 개의 최소값인 **형태소**形態素가 있는 것처럼, 글에는 반드시 사실과 가치의 기본값에 해당하는 '사실소'와 '가치소'라 할 만한 기본 문장 형식이 있음을 확신한다.

'형태소' 보다 '문장소'에 더 관심이 요구되는 것은 언어의 장은 대단히 역동적임에도 불구하고 '형태소'는 이를 담아내는데 제한적이기 때문이다.

소쉬르의 기호개념은 분명히 **단어지향적**이다. (강조—인용자)

— 허창운 편,『현대문예학의 이해』, 창작과비평사

라는 랑그 중심의 형태적 언어관이 지닌 한계가 여기에 있다.

만두에 만두소가 있고 김치에 김치소가 있는 것처럼, 그리하여 그 만두소와 김치소가 없으면 만두가 아니고 김치가 아닌 것처럼, 우리는 하나의 글을 접할 때마다 '이 글의 핵심은 무엇인가?'를 기어코 확인하고자 한다. 우리는 한 개의 사과를 먹으면 하나의 사과 씨를 발라내고서야 비로소 직성이 풀리는 것처럼 글을 읽고 쓸 때마다 우리는 한 편의 글에 담겨 있는, 흔히 '메시지'라 부르는 핵심문장 — 문장의 생성 기반이라고 상정되는, 가장 기본적인 구조의 문장 — 즉, '모든 이들의 아우성을 끝장내고 길들이게 할 어떤 위대한 일반화'(E. H. 카)를 주목하게 된다.

요는 어떤 글의 핵심내용을 담고 있는 핵심문장, 곧 문장소를 파악하면 그 글의 전체 내용을 한눈에 꿸 수 있다는 것이다. 유홍준의 『나의 문화유산답사기』도 사실은

우리나라는 전국토가 박물관이다.

라는 이 한마디 문장소에 답사기의 의미가 다 담겨 있다. 우리 문화유산에 대한 새삼스런 발견과 소중한 의미를 일깨운 흥미진진한 이 문화유산 탐방기도 사실은 이 한 마디로 물결을 일으켰다가 이 한 마디로 응결되고 있다. 그런데 우리는 문화유산 하면 고궁이나 유적지, 박물관에만 있다고 생각하기 쉽다는 게 작가의 생각인 듯하다. 그러나 잘

들 보시오. 문화유산은 주변의 나무 한 그루, 돌담장, 항아리, 하다못해 우리 서민들의 생활풍경과 그들의 주름진 얼굴표정 하나하나가 다 문화적 가치를 지닌 소중한 감상 대상이 될 수 있습니다 라고 그는 말하고 있는 듯하다. 그리하여 우리 문화재는 주변에 널려 있으니 그들을 사랑하는 마음으로 대하면 비로소 보이기 시작하고, 그때 보이는 것은 전과 같지 않다고 말하고자 하는 것을 느낄 수 있다. 이 모든 것을 커버하는 한마디가 문장소다.

이렇게 **문장소**文章素 개념이야말로 하나의 열쇠로 모든 문을 열 수 있는 '만능키'같은 개념 도구이자 복잡한 문장 작법의 실타래를 명쾌하게 풀어낼 수 있는 '쾌도난마快刀亂麻' 같은 도구기호가 아닐 수 없다.

	문장소	기표	기의	종류
글	사실소	무엇이 어떠하다	묘사소	주관적묘사(고중세) 객관적 묘사(근대)
		무엇이 어찌하다	서사소	행동서사(고중세) 개념서사(근대)
	가치소	무엇은 무엇이다	설명소	정의, 개념, 비교 / 대조, 분석, 분류, 유추, 구분, 인과, 과정(근대)
		무엇을 어찌해야 한다	논증소	연역추론, 귀납추론, 인과추론, 유비추론, 변증추론(현대)

〈문장소의 의미와 종류〉

그렇다면 이런 문장소를 사용하여 실제로 어떻게 콘텐츠를 생산할 수 있을까. 앞에서도 말했듯이, 밀가루를 반죽하여 빵을 구워내듯이 우리는 사실을 주물러 가치를 생산할 수 있다. 다시 말해 우리는 독자이자 또 하나의 작가로서 하나의 작품을 읽고 그 작품에 대한 자신의 의견을 가미함으로써 새로운 작가로 탄생할 수 있는 것이다. 유홍준이 『나의 문화유산답사기』(사진)에서 송강의 「장진주사」에 대한 **비평적 에세이**를 통해 '원숭이 정서'로 대변되는 지식인의 허위적 속성을 날카롭게 비판함으로서 「장진주사」를 넘어서 새로운 문화 창조의 기반에 다리를 놓았던 것처럼 나 또한 하나의 작품에 적극적이고 창의적인 의미를 부여함으로서 콘텐츠 생산의 주인공이 될 수 있는 것이다. 따지고 보면 송강의 「장진주사」도 이백의 「장진주」에 감흥 되어 쓴 작품이 아닌가. 원본은 없다. **테리 이글턴**의 말처럼 '문학'이라는 실체는 없다. 생성될 뿐이다.

이순신의 『난중일기』도 임진란이라는 역사적 사실이 없었다면 탄생되지 못했을 것이다. 이 『난중일기』가 다시 『칼의 노래』로 탄생한 것 아닌가. 그러니 또 누가 있어 이 『칼의 노래』에 또 다시 의미를 보탠다면 이 또한 제2, 제3의 가치가, 우수한 콘텐츠가 탄생하게 될 것이다.

자, 그렇다면 저자의 경험담을 또 늘어놔 보자. 다음 시는 어느 날 망원역을 지나다 채록한 벽시다. 기다림, 텅 빈 시간, 바로 그곳에 시가 다가왔다.

나뭇잎이
벌레 먹어서 예쁘다.
귀족의 손처럼 상처 하나 없이 매끈한 것은
어쩐지 베풀 줄 모르는 손 같아서 밉다.
떡갈나무 잎에 벌레구멍이 뚫려서

그 구멍으로 하늘이 보이는 것은 예쁘다.

상처가 나서 예쁘다는 것이 잘못인 줄 안다.

그러나 남을 먹여가며 살았다는 흔적은

별처럼 아름답다.

—이생진, 「벌레 먹은 나뭇잎」

이 시에 대한 **비평적 에세이** critical essay 는 다음과 같다.

이 시는 일상의 비근한 소재로도 얼마든지 훌륭한 시를 쓸 수 있다는 범례를 보여줬다. '예쁘다', '밉다', '아름답다' 등 일상어를 그대로 쓰면서 새로운 의미를 더했다. 귀족의 손처럼 매끈하고 예쁘지는 못하지만 평민의 손처럼 투박하고 다정하다. 갑자기 빈민의 성녀, 테레사 수녀의 굵은 주름과 커다란 손마디가 떠오른다.

시각 또한 참신하다. **벌레 먹어서 예쁘다**는 해석은 참 신선하다. 이러한 해석에서 의미가 발생한다. 의미는 차이다. 다르게 보기다. 일상에서 이 같은 행위는 중요하다. 그래야 삶이 빛나기 시작한다. **못난 놈들은 서로 얼굴만 봐도 즐겁다**는 시어는 얼마나 즐겁고 신나는 표현인가. 더구나 떡갈나무 잎에 뚫린 구멍으로 바라보는 하늘은 얼마나 크고 파란가. 잊힌 동심을 소생하게 한다.

이처럼 이 시는 김치처럼 친근한 소재에다 겉절이처럼 참신한 맛을 더하였다. 벌레 먹은 나뭇잎에 **희생의 가치**를 담았다. 소품 小品과도 같은 작은 작품에서 소박하지만 넉넉하고 건강한 눈길을 만난다는 것은 참으로 큰 기쁨이 아닐 수 없다.

위의 콘텐츠 생산의 과정을 일반화 해보자. 시인은 어디를 가다가 주위에 떨어진 **벌레 먹은 나뭇잎**을 보았을 것이다. 우리는 대개 그냥 지나치기 일쑤지만 시인의 눈길은 역시 다른 것이다. 그는 이 나뭇잎에서 갈라터진 어머니의 손길을, 희생의 가치를 발견하고는 이렇게 하나의 아름다운 가편佳篇을 낳았을 것이다.

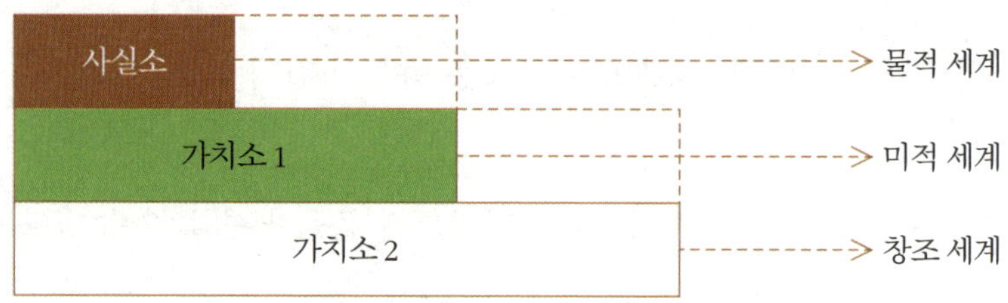

〈대중 서사 글쓰기의 기본 모델〉

여기서, '벌레 먹은 나뭇잎'은 하나의 사실로서 **물적 세계**를 지시한다. (〈대중서사 글쓰기의 기본 모델〉 참조) 그러나 시인에게 있어 이 사실은 다시 '희생의 가치'를 지닌 **미적 세계**로 다가왔다. 여기서 우리는 칸트가 물적 현실에 기반한 근대의 이성적 형식, 즉 개념(인식) 판단 못지않게 감성적 형식, 즉 미적(취미) 판단 또한 중요한 가치라며 다음과 같이 말하고 있는 것을 떠올려 볼 수 있다.

취미판단은 인식판단이 아니며, 그러니까 논리적이 아니라, 미감적 / 감성적이다.

— 칸트, 『판단력비판』, 아카넷

결국 하나의 작품은 사실과 가치, 사실소와 가치소의 결합으로 탄생하는 것이다. 이렇게 해서 탄생한 작품은 하나의 가치이자 하나의 사실로 다시 독자와 만나면서 새로운 의미의 옷을 입게 된다. 이렇게 독자에게 있어 작품은 단순한 사실이 아니다. 글쓴이가 쓴 **비평적 에세이**처럼 새로운 **창조 세계**를 낳게 하는 작품은 하나의 문제적 **텍스트**#가 되는 것이다.

사실소(事實素)　떡갈나무 잎이 벌레 먹어서 구멍이 뚫렸다.

가치소(價値素)① 벌레 먹은 나뭇잎은 아름다운 희생의 손이다.

가치소(價値素)② '벌레 먹은 나뭇잎'은 소박하지만 넉넉하고 건강한 시다.

'어떻게 살 것인가.' 이는 결코 간단한 문제가 아니다. 그러나 이는 결국 사실의 세계를 어떻게 바라보고 이를 어떻게 가치로 창조할 것인가라는 **미학적**美學的, aesthetic 문제로 귀결된다. 이래저래 중요한 건 사실이고, 그 사실에 대한 우리들의 태도다. 따라서 우리들은 다시 '이 세계를 어떻게 볼 것인가'라는 **인식론**認識論, epistemology의 세계로 돌아간다.

이 세계를 어떻게 볼見 것인가. 삶은 결국 철학적 인식론의 문제다.

누구나 사실을 주물러 가치를 생산할 수 있다

이제까지 쓴 이야기를 정리·요약하면 다음과 같다.

저명한 마르크스주의 문예비평가 테리 이글턴이 그의 주저 중의 하나인 『문학이론입문』을 쓰면서, '문학고유의 실체는 없다'라며 리얼리즘에 기반한 생성론적 문학관을 펼치고 있듯이, 이 책 또한 기본적으로는 '원본은 없다'는 텍스트 논리를 그 인식론적 모토로 삼고 있다. 물론 그렇다고 원본이 아주 없는 것은 아니다. 현실적으로 하나의 작품이 그 실체성을 인정받고 있는 것은 사실이기 때문이다. 그러나 그 작품도 알고 보면 누군가의 작품에 영향을 받았거나 궁극적으로는 숱한 농산물, 공산품이 땅에서 나온 것처럼 '현실'을 기반으로 한 2차, 3차 텍스트에 불과하다. 이런 작품의 텍스트성을 무시할 때 나타나는 현상이 바로 사실절대주의와 사실상대주의라는 맹목의 세계다.

총론은 문제제기를 보여주고 있다. 우리는 지금 고급문화콘텐츠가 요구되고 있는 문화산업시대에 살고 있음에도 불구하고 아직도 맹목적인 사고에 길들여져 있다는 것이 저자의 기본 인식이다. '원숭이 정서'로 얘기될 수 있는 지식인의 허세에서부터 돈교, 미국교, 대학교라는 일반 대중들의 허상숭배 현상, 그리고 대중문화의 각종 마비성 기만논리까지 우리는 지금 거짓신화에 속아 창조적인 문화콘텐츠 생산이라는 현실과는 거리가 먼 무기력하고 나약한 세계에 빠져있다는 것이다.

이런 가운데 우리는 '대중서사시대'라고 부를 만한 새로운 현실을 맞이하고 있다. SNS를 통한 문명의 이기가 이를 가능케 하고 있다. 모든 사람이 기자이고, 글쓰기 이웃사촌이며, 다성적 목소리의 주인공인 것처럼, 우리는 지금 누구나 정보를 생산하고 참여하는 이른바 웹 2.0시대를 살고 있다. 그러나 중요한 것은 질적으로 우수한 콘텐츠다. 이런 질적으로 우수한 콘텐츠가 없으면 우리는 '꽃신'이라는 무서운 속박에서 벗어날 수 없으며, 그래서 철학이 필요하다는 것이다.

제1부는 이런 문제인식을 바탕으로 대중글쓰기를 통해 창조적 콘텐츠를 만들기 위한 인식론의 기초를 제시하고 있는 부분이다. 인터넷에 기반한 지식정보사회에서 인식의 기초는 기호를 통한 접근이 기본이다. 따라서 소쉬르의 기호학적 지식을 전제로 하면서 이를 비판적으로 접근할 필요가 있다. 왜냐하면 소쉬르의 논리는 기본적으로 '안정'을 중심으로 하는 부르주아의 변질된 인식을 반영하고 있는 낡은 근대의 논리이기 때문이다. 그것이 바로 '형태form'에 대한 '자의적'이고 '고정적' 인식이다. 그러나 이런 보수적인 관점으로는 변화의 논리를 담아낼 수 없다고 보는 게 저자의 기본인식이다. 따라서 기호는 다시 '사실'과 '가치'로 재구될 필요성이 있다면서 다양한 사례를 들어 이를 논증

하고 있다.

이렇게 사실과 가치에 대한 재인식을 통해 저자는 비로소 부르주아의 거짓신화를 탈은폐시킴으로써 텍스트를 창조적으로 생산할 수 있는 이론적 지주점을 만들어낼 수 있었다. 이에 대한 다양한 예를 제공하는 부분이 바로 '고전과 텍스트' 부분이다. 이를 통해 저자는 고전이 여전히 우리 삶에 크나큰 수원이 되고 있는 마르지 않는 샘물임을 재미있게 풀어놨다고 본다.

저자가 관심을 가지고 본격적으로 통시적인 전개를 시도한 대목이 제2부다. '시대와 형식, 그리고 의미'라는 제목은 이들이 서로 다른 게 아니라 긴밀한 상동관계에 있다는 인식을 담고 있다. 이런 인식은 실제로 고중세를 보아도 알 수 있다. 고중세는 그야말로 신이 중심이 된 사회다. 물론 그 신은 집단의 우두머리들이다. 이런 집단의 우두머리가 그 집단의 운명을 좌우하던 시대, 영웅서사시는 자연 고중세의 대표양식이 될 수밖에 없고, 그 기술방식이 바로 주관적 묘사 '비유'라는 것이다.

근대의 시민서사시도 마찬가지다. 상업자본가를 중심으로 한 부르주아가 시민적 권력을 획득하면서 시작된 근대는 자연 '자유'의 논리, '개인'의 논리를 우선할 수밖에 없는 시대성을 지니고 있었고, 이는 결국 현실에 대한 자의적 개입이자 일방적 굴절을 의미하는 것이다. 바로 이러한 시대논리를 형식적으로 반영한 것이 바로 '소설'의 말하기와 보여주기의 분리이다. 특히 저자는 이런 논리를 루카치와 바흐친을 벗삼아 그리스의 소크라테스까지 추적해서 보여줌으로써 역사의 흐름과 발전을 보여주고자 했고, 이를 동양과 우리의 역사에도 적용함으로써 균형을 맞추려고 노력했다.

그러나 근대의 논리는 이성이고 설명이고, 따라서 차이이자 배제라는 뼈아픈 현실을 초래했다. 그 결과가 바로 1, 2차 세계대전이고 유대인 학살이고 식민주의 역사다. 한글맞춤법, 분단도 마찬가지다. 따라서 이제 근대의 성과를 수용하면서 그 폐해를 극복해야 하는 현실에 와 있다. 그러나 이런 근대 논리의 극복은 '대중'에 의해서만, 대중지성들의 적극적인 참여를 통해서만 가능하다고 본다. 그래야만 대중들의 전체이익과 부합할 수 있기 때문이다. 이때 대중들의 기호를 전달하는 방법이 바로 '논증'과 '유비'다. 논증은 대중독자를 전제하고서만이 쓸 수 있는 변화의 언어다. '비평적 에세이'가 대표적이다. 근대의 일방적인 '소설적' 논리로는 의미가 없다. 바야흐로 생활비평, 대중비평의 시대다.

유비 또한 중요하다. 비유가 아니다. 비유는 원관념, 주인을 전제로 한 수사법이다. 이는 결국 아리스토텔레스의 성채를 빛내는 곰털 장식일 뿐이다. 그러나 유비는 다르다. 유비는 대등 논리에 기초해 있다. 우리는 인터넷에서, 페이스북에서 대등하게 만나고 흩어진다. 여기서 바로 텍스트의 논리가 개입한다. 만남의 근거가 텍스트이고 만남의 내용 또한 텍스트다. 이런 과정을 통해 우리는 텍스트 생산의 상호주체가 될 수 있다는 것이다.

제3부는 이런 텍스트 논리를 가지고 현실적으로 우리말글에 적용해보고자 한 부분이다. '우리말글의 구조와 특징'은 설명문에 해당하는

글로 우리말글에 대한 기본지식과 이해를 돕고자 한 부분이다. '한글 맞춤법의 '근대'적 의미'는 저자가 대중글쓰기를 위해 특별히 마련한 파트다. 왜 지금 우리는 근대의 맞춤법 체계를 다시 돌아봐야 하는지. 그 의의와 한계, 그리고 대안은 무엇인지를 주로 '짜장면' 논쟁과 결부시키면서 다루고 있다. 국내의 그 어느 학자도 다루지 않은 독창적인 리서치라 자부한다.

가장 중요한 부분은 역시 '문장소文章素'를 소개하고 있는 '문장소의 탄생과 콘텐츠 생산'이다. '콘텐츠 생산'이 마지막 개념코드로 등장하고 있다는 것은 결국 이 책의 집필의도가 질적으로 우수하고 창의적인 콘텐츠 생산에 저자가 어떤 강박 같은 소명에 매달리고 있었음을 보여준다. 여기서 콘텐츠 생산의 대중글쓰기 기본단위로 제시한 개념이 바로 '문장소'다. '문장소' 개념은 아직 그 누구도 사용한 바 없다. 그러기에 저자로서는 매우 조심스러운 대목이다. 그러나 우리는 자신 있게 선진국에 앞서 이론을 주도할 필요가 있다고 본다. 문장소 개념은 사실과 가치를 모두 사용하여 새로운 가치창조의 세계를 보여주고 있으므로 사실절대주의와 사실상대주의를 비판적으로 극복하는 데에도 의미가 있다고 본다.

대중글쓰기시대, 마치 밀가루를 반죽하여 빵을 구워 내듯이, 우리는 누구나 사실을 주물러 가치를 생산할 수 있다. 이 책, 『텍스트는 젖줄이다―대중서사론 입문』이 누구나 재미있게 읽고 누구나 창의적이고 우수한 콘텐츠 생산의 주체로 거듭나게 하는데 하나의 부식토腐植土가 되었으면 하는 바람이다.

문장소(文章素)를 활용한 글쓰기 사례

다음 문장소들을 참고하면서, 대중서사글쓰기의 실체를 확인해 보자.

01 다음 문장들을 '사실'과 '가치'로 구분하시오.

① 소크라테스는 피부가 희다. (사실)

② 기차를 타고 가는 게 더 안전하다. (가치)

③ 생산직에 종사하는 사람들은 교육 정도가 낮은 편이다. (사실)

④ "나는 밤새 혼자 앉아 있었다."(『난중일기』)(사실)

⑤ 김동인의 자연주의 문학은 가치가 없다. (가치)

⑥ 국제화 시대에 영어는 필수다. (가치)

⑦ 민주주의 국가에서는 국민의 의견이 반영되어야 한다. (가치)

* 참고 : '사실'은 '진위판단'의 대상으로 확인 · 증명 가능하고, '가치'는 '시비판단'의 대상으로 우열 · 비교의 성격을 지닌다.

02 다음 문장소들의 잘못된 부분을 고쳐 쓰고, 그 이유를 설명해보자.

① 지속되는 경제 불황은 사회를 조금씩 병들게 한다.

답변; 객관적인 사실의 세계이므로 다음처럼 고쳐 써야 한다.
➡ 지속되는 경제 불황<u>이</u> 사회를 조금씩 병들게 한다.

② 거리에 나가보면 노출 패션이 가히 절정이다.

답변; 사실을 말하고 있으므로 다음과 같이 고쳐야 한다.
➡ 거리에 나가보면 노출 패션이 가히 절정에 달해 <u>있다.</u>

③ 아파트촌에 있는 소형 상가들이 대단위 유통시설이 등장함에 따라 문을 닫아야할 처지다.

답변; 이 또한 마찬가지다.
➡ 아파트촌에 있는 소형 상가들이 대단위 유통시설들이 등장함에 따라 문을 닫아야 할 처지에 놓여 <u>있다.</u>

④ 2001년 한국은 부르주아 계급지배의 헤게모니가 관철되고 있다.

답변; '2001년 한국'이라는 특정 대상에 대해 주장하는 글이므로 다음과 같이 표현해야 한다.

➡ 2001년 한국은 부르주아 계급지배의 헤게모니가 관철되고 있는 시공간이다.

⑤ 계집 목소리로 문득 생각난 듯이 조선달은 비죽이 웃는다.(『메밀꽃 필 무렵』)

답변; '―비죽이 웃는다'는 것은 객관적인 묘사이므로 '이'가 맞다.
➡ 계집 목소리로 문득 생각난 듯이 조선달이 비죽이 웃는다.

03 다음 기본 문장소를 활용하여 글 쓰는 과정을 알아보자.

① 롯데마트가 5,000원에 통큰 치킨을 판매하고 있다.(사실소)
② 다른 영업점에서는 여전히 15,000~16,000원에 치킨을 팔고 있다.(사실소)
③ 서민들이 롯데마트에 몰려가고 있다.(사실소)
④ 롯데마트의 통큰 치킨 판매는 부당 덤핑 영업행위다.(가치소)
⑤ 롯데마트가 비정상적인 가격에 치킨을 팔고 있다.(사실소)
⑥ 롯데마트의 통큰 치킨 판매는 우리사회의 상생분위기를 해치는 불공정 영업행위다.(가치소)
⑦ 롯데마트가 원가에도 못 미치는 턱없는 가격으로 치킨을 판매해 다른 치킨점들의 생계를 부당하게 위협하고 있다.(사실소)
⑧ 정부는 롯데마트의 통큰 치킨 판매를 즉각 중지시켜야 한다.(정책소)

①, ②, ③은 모두 사실층위의 문장소다. 따라서 서론에 쓸 수 있는 언어기호다. ④, ⑥은 가치층위('부당', '불공정')로 분류되는 문장소다. 따라서 본론에 배치할 수 있는 언어기호다. ⑤, ⑦은 ①, ②, ③을 2차 평가한 사실층위의 문장소다. 따라서 가치층위를 뒷받침하는 언어로 사용가능하다. 뒷받침 보조정보는 수식으로 처리할 수 있다. ⑧은 가치층위에서 판단한 내용을 근거로 한 문장소로 정책층위의 언어기호다. 기본적으로 의견은 가치를 전제로 하고, 다시 가치는 사실을 근거로 한다. 따라서 사실층위에서 가치층위를 거치지 않고 정책층위로 비약할 수 없다. 칸트의 말대로 개념 없는 행위는 맹목이고, 감각 없는 개념 또한 공허하기 때문이다. 따라서 사실-가치-정책을 거쳐 쓴 글은 다음과 같다.

롯데마트가 5,000원에 통큰 치킨을 판매하고 있다. 그러나 다른 영업점에서는 여전히 15,000~16,000원에 치킨을 팔고 있다. 그래서 서민들은 롯데마트로 몰려가고 있다.

그러나 롯데마트가 이렇게 비정상적인 가격에 치킨을 팔고 있는 것은 부당 덤핑 영업 행위이고, 또한 롯데마트가 원가에도 못 미치는 턱없는 가격으로 치킨을 판매해 다른 치킨점들의 생계를 부당하게 위협하고 있는 것은 우리 사회의 상생분위기를 해치는 불공정 영업행위다.

따라서 정부는 롯데마트의 통큰 치킨 판매를 즉각 중지시켜야 한다.

04 다음 ①, ②, ③을 보고 적절한 답을 쓰되, 왜 그렇게 쓰는지 설명해 보자.

① 김 선생님은 어질고 자상한 성품을 갖고 있다.
② 김 선생님은 자식들의 존경과 남편의 사랑을 받고 있다.
③ 친구들이 다들 김 선생님을 부러워하고 있다.

①, ②, ③을 활용하여 생각해본 답은 다음과 같다.

김 선생님이 친구들의 부러움을 사고 있는 것은 그분의 성품이 어질고 자상하여 자식들의 존경과 남편의 사랑을 받고 있기 때문이다.

설명; 잘 알다시피, 글쓰기의 기본은 사실과 가치의 결합이다. 위에서 사실은 ①, ②, ③이다. 그러나 같은 사실이라 하더라도 중요한 사실이 있고 부차적인 사실이 있다. 여기서 중요한 사실은 김 선생님이 친구들의 부러움을 사고 있다는 사실 ③이다. 부차적 사실은 이런 중요한 사실 ③에 대해 그 의미를 밝히는 2차적 사실, 가치로서 여기서는 결과에 대한 원인을 나타내는 사실적 가치로서 ①, ②다. 그런데 김 선생님의 어질고 자상한 성품이 자식들의 존경과 남편의 사랑을 받은 원인이 되므로 ①이 ②보다 먼저다. 따라서 사실(결과, ③)에 대한 가치(원인, ①, ②)를 배치하다보면 정답을 구안할 수 있다.

05 이번에는 '콘텐츠'를 생산하는 실제 과정을 따라가 보자.

어느 작은 골방 컴퓨터 앞에 한 청년이 앉아 있다. 재떨이에는 수북이 쌓인 꽁초 사이로 담배 한 개비가 스스로 타고 있다. 책상 옆으로 빈 콜라병, 우유팩 등이 어지럽게 널려 있다. 방안을 둘러보면 먹다버린 컵라면, 나뒹구는 소주병, 구겨진 휴지, 찌꺼기가 말라붙은 자장면 그릇 등 쓰레기 하치장 같은 풍경이다. 피폐한 모습의 청년이 실신 상태에 이르러 거의 누운 자세로 컴퓨터 게임을 하고 있다. 한 네티즌이 '컴퓨터 폐인'이라는 제목으로 게임중독자의 방을 묘사한 패러디 영상이다. 이쯤 되면 그 청년은 인터넷 중독에서 헤어나기 어려울 듯 보인다.

게임시간이 계속 늘고 중단했을 경우 불안, 우울, 불면 등의 증세가 나타난다면 인터넷 중독을 의심해 봄직하다. 인터넷 중독은 자아상실을 수반하고, 내성과 금단현상이 생긴다는 게 전문가들의 공통된 의견이다. 중독에 빠져드는 과정도 자연스럽다. 머드게임, 채팅 룸, 포르노 사이트 등을 서핑하다 관심 사이트를 '즐겨찾기'로 고정하고 접속 횟수가 많아지면서 대리만족을 느끼기 시작한다. 게임의 경우 어느 단계에 이르면 '고수' 지위를 얻게 되고 현실에서는 맛볼 수 없는 즐거움을 만끽한다. 자극적 화면은 지루한 일상을 잊게 하고 해방감마저 안긴다. 그러나 지속적으로 게임을 탐닉하다 보면 급기야는 현실감각이 사라지고 가상세계에 살아야 더 평화롭고 행복감을 느낀다는 것이다. 인터넷 중독은 객관적으로 중독 여부를 가리기가 쉽지 않다. 중독자가 인정하지 않으면 치료도 어렵다고 한다.

인터넷 게임에 빠진 부부가 생후 3개월 된 딸을 지하 단칸방에 방치해 굶어 죽게 한 어처구니없는 사건이 발생했다. 아이는 '미라'처럼 말라 있었고 우유병에는 곰팡이가 생겼다고 한다. 부부는 인근 PC방에서 밤새 게임을 한 것으로 드러났다. 더욱 충격적인 것은 부부가 즐긴 게임이 한 소녀를 양육하는 내용을 담은 '프리우스 온라인'이었다고 한다. 현실과 가상세계를 혼돈한 컴퓨터 폐인의 소행치고는 너무도 엽기적이다. 얼마 전에는 5일간 밤낮없이 게임하던 30대 남성이 PC방에서 숨지는가 하면, 인터넷 게임을 한다고 나무라는 모친을 폭행해 숨지게 하는 사건도 벌어졌다.

— 여적, 「컴퓨터 폐인」, 『경향신문』

주제―인터넷의 명암two sides of internet

서론(사실소); 정보화시대가 도래하였다.
본론(가치소); 인터넷은 마법의 상자다.
　　　　　　　인터넷은 판도라의 상자다.
결론(정책소); 따라서 분별력을 지녀야 한다.

위의 기초 자료와 문장소(서술식 개요)를 활용하여 쓴 글은 다음과 같다.

::모범예시문

정보화시대, 인터넷 사용이 일반화되면서 인터넷을 통해 정보를 손쉽게 얻고 주고받는 편리한 세상이 되었다. 그러나 모든 것에 양면이 있듯 인터넷 또한 마찬가지다. 최근 게임에 빠진 부부가 생후 3개월 된 딸을 지하 단칸방에 방치해 굶어 죽게 했다는 보도처럼 기술의 편리 이면에는 가시와도 같은 독소와 부작용도 만만치 않음을 환기한다.

　물론 인터넷은 인류가 그 동안의 기술적 집약을 통해 만들어 낸 최고의 발명품임에 틀림없다. 하나의 정보를 얻기 위해 수많은 시간과 경비를 써 가며 손품, 발품을 아끼지 않던 시절을 생각하면, 간단한 검색으로 산더미 같은 정보를 얻을 수 있는 인터넷의 놀라운 능력은 가히 마법 상자에 비견할 만하다. 또한 인터넷은 일방적인 TV와는 달리 상호 호환이 가능한 쌍방향 시스템이라는 장점까지 갖춘 이기로 '민주화 기술'이라 불리는 이유도 바로 여기에 있을 것이다.

　그러나 인터넷의 편리함과 달콤함이 주는 아늑함에 취해 딸에게 베풀어야 할 부모의 의무마저 게을리 한다면 문제는 심각하다. 너나없이 인터넷 신화에 눈이 멀어 제 할 일을 제쳐놓고 게임에 탐닉하거나 가상 세계에서 더 행복하고 편리한 도피처를 발견하고, 기껏해야 야동이나 보고 즐기는 상황이 만성화된다면, 게다가 '타블로 사태'의 경우처럼 익명의 그늘에 숨어 마녀 사냥의 또 다른 가해자가 되어 인터넷 폭력의 보이지 않는 흑마법의 주인공이 된다면 인터넷이 민주화 기술은커녕 오히려 새로운 '파시즘 도구'가 될 수도 있을 것이다.

　인류는 끊임없는 기술적 진보를 거듭한 끝에 '인터넷'이라는 놀라운 문명의 이기를 창조해 냈다. 그러나 인터넷은 그 놀라운 기능 못지않게 순기능이 뒷걸음칠 때 인류에게 불행을 몰고 올 판도라의 상자가 될 수도 있다. 이에 우리는 인터넷을 하나의 도구선으로 지혜롭게 활용할 줄 아는 분별력 있는 네티즌이 되어야 하겠다.

06 이번에는 서사문(사실소, 무엇이 어찌하다)을 만들어보자.

여승은 합장을 하고 절을 했다

가지취의 내음새가 났다

쓸쓸한 낯이 옛날같이 늙었다

나는 불경佛經처럼 서러워졌다

평안도의 어늬 산 깊은 금덤판

나는 파리한 여인에게서 옥수수를 샀다

여인은 나어린 딸아이를 때리며 가을밤같이 차게 울었다

섶벌같이 나아간 지아비 기다려 십 년이 갔다

지아비는 돌아오지 않고

어린 딸은 도라지꽃이 좋아 돌무덤으로 갔다

산꿩도 설게 울은 슬픈 날이 있었다

산절의 마당귀에 여인의 머리오리가 눈물방울과 같이 떨어진 날이 있었다

위 시를 활용하여 서사적으로 재구하면 다음과 같다.

➡ 여인은 지아비와 딸 하나를 데리고 농사를 지으면서 살았다. 그러다가 농사일로 생계를 꾸릴 수 없어서 지아비는 집을 나가 광부가 되고, 여인은 십년을 기다리다가 남편을 찾아 금광을 돌며 옥수수 행

상으로 떠돌았다. 딸은 이런 고생을 못 이기고 투정만 부리다가 죽고
말았다. 여인은 딸을 도라지꽃이 많이 핀 곳에 돌로 만들어 묻은 다음,
절로 가서 여승이 되었다.

07 이번에는 기본 문장소를 활용하여 일기를 써 보자.

    ① 나는 아침밥을 먹었다. (사실소)

    ② 나는 학교에 갔다. (사실소)

    ③ 나는 국어숙제를 하지 않았다. (사실소)

    ④ 나는 걱정이 되었다. (사실소)

    ⑤ 국어 시간이 되었다. (사실소)

    ⑥ 나는 선생님께 혼이 났다. (사실소)

    ⑦ 나는 기분이 나빴다. (사실소)

    ⑧ 나는 집에 왔다. (사실소)

    ⑨ 동생이 말을 듣지 않았다. (사실소)

    ⑩ 나는 동생을 때렸다. (사실소)

    ⑪ 동생이 울었다. (사실소)

    ⑫ 나는 엄마한테 혼났다. (사실소)

    ⑬ 오늘은 기분이 나쁜 날이다. (가치소)

→ 나는 아침밥을 먹고 학교에 갔다. 그런데 국어숙제를 하지 않아서
걱정이 됐다. 결국 국어시간에 선생님께 혼이 나고 말았다. 기분이 나쁜
상태로 집에 왔는데, 동생이 말을 듣지 않았다. 나는 동생을 때려 울렸

다. 그 바람에 엄마한테 혼이 났다. 오늘은 정말 기분이 나쁜 날이다.

08 다음은 김동인의 『감자』를 서사소로 요약한 것이다. 이를 완성해보자.

① 복녀는 가난하게 살아 온 처녀였다.

② 복녀는 정직한 농가에서 규칙 있게 자라난 도덕적인 여자다.

③ 복녀는 무능하고 게으른 남편과 결혼했다.

④ 일제시대는 인륜이 마비되고 도덕가치가 실종된 반인륜의 시대였다.

⑤ 복녀에게 도덕의식은 중요하지 않았다.

⑥ 복녀는 빈민굴에서 감독, 거지, 왕 서방에게 몸을 팔아 목숨을 연명했다.

⑦ 복녀의 도덕의식은 점차 무너져 갔다.

⑧ 복녀는 왕 서방과의 미련을 버리지 못했다.

⑨ 왕 서방이 어린 처녀와 새 장가를 들었다.

⑩ 복녀는 질투 끝에 왕 서방과 다투다 죽임을 당하였다.

→ 복녀는 가난하게 살아 온 처녀였지만 정직한 농가에서 규칙 있게 자라난 도덕적인 여자였다. 그러나 무능하고 게으른 남편과 결혼하고 인륜이 마비되고 도덕가치가 실종된 일제시대에 그녀에게 도덕의식은 그렇게 중요하지 않았다. 그녀는 빈민굴에서 감독, 거지, 왕 서방에게 몸을 팔아 목숨을 연명해야 했다. 그러면서 그녀의 도덕의식은 점차 무너져갔다. 그런데도 왕 서방과의 미련을 버리지 못한 복녀는 왕 서방이 어린 처녀와 새 장가를 들자 질투 끝에 그와 다투다 끝내 죽임을 당하고 말았다.

이번에는 사실소를 주물러 가치소를 만들어보자.

09 다음 '사실'(묘사소 / 서사소)을 '가치'(설명소 / 논증소)로 바꾸어 보자.

① 그가 오늘도 술을 마시고 있다.

➡ 그는 술꾼(또는 알콜 중독자)이다.

② 그는 글을 읽을 줄도 쓸 줄도 모른다.

➡ 그는 까막눈(또는 문맹)이다.

③ 정부가 감세, 민영화를 가속화 하고 있다.

➡ 우리 정부는 신자유주의 정권이다.

④ 성공하기 위해서는 감정을 노골적으로 표현하지 말아야 한다

➡ 성공을 위해서는 완곡婉曲하게 표현해야 한다.

⑤ 현대물질문명은 수학적 이성에 기초한 허구의 세계다.

➡ 현대는 신화다.

⑥ 자전거는 생각보다 빠르다

　자전거는 공해를 줄일 수 있다.

　자전거는 에너지도 절약할 수 있다.

➡ 자전거는 녹색 교통수단이다.

⑦ 그는 좋은 교육을 받았다

　그는 몸가짐이 세련되었다.

　그는 사람들과 사귀는데 은근한 언어를 구사한다

　그는 사람들과 접하는 능숙한 태도를 지니고 있다.

　그는 정신적으로 매우 신중한 태도를 지니고 있다.

　그는 감정을 잘 제어할 줄 안다

　그는 풍부한 지식을 소유하고 있다.

➡ 그는 교양인이다.

⑧ 웬만한 주머니 사정이면 누구나 살만한 가격이다. 식당에 가서 정식으로 식사를 할 처지가 못 되는 많은 사람들이 한 개의 샌드위치로 만족한다. 패스트푸드는 그들에게 주머니 사정에 적합한 해결책을 제공한다. 생활수준이 어느 정도이건 관계없이 누구나 무리하지 않고 이러한 햄버거, 라면 류의 음식을 구입할 수가 있다.

➡ 패스트푸드는 매우 경제적인 식품이다.

10 이번에는 사실소(결과)를 가지고 가치소(원인)를 생산하는 과정을 보자.

다음 글을 요약한 뒤, 이런 연구결과(사실소)가 어떤 의미(가치소)를 지니는지 서술하되, 반드시 '보기'의 단어들을 활용하시오.

수험생 부모의 소득과 학력에 따라 대학수학능력시험의 점수가 비례한다는 사실이 실증적 연구를 통해 드러났다. 수능점수와 계층적 배경 사이의 상관관계를 밝힌 김경근 고려대 교수의 연구결과는 수능점수와 사교육비 지출의 정비례 관계를 수치로 보여주고 있다는 점에서 주목된다. 특히 부모의 경제력과 학력, 사교육비 지출규모, 수능점수 등 3가지가 모두 비례한다는 사실은 사교육을 매개로 부와 학력에 의한 점수의 양극화가 이뤄지고 있음을 그대로 보여준다. 경제력 차이-사교육 기회의 차이-수능점수 격차라는 교육 불평등의 악순환 고리가 구체적으로 드러난 것이다.

보기; 지식기반사회, 빈부격차, 학력격차, 학벌계급, 교육양극화, 분열기제

::모범예시문

제시된 글은 수능점수와 계층적 배경 간에는 긴밀한 상관간계가 있음을 보여주고 있다. 김경근 고려대 교수의 연구결과는 시험성적과 부모의 소득 간에는 이런 정비례 관계가 있다는 사실을 확인시켜준다.

이렇게 학생의 시험성적과 그 부모의 소득이 서로 정비례하고 있는 것은 지식과 정보가 돈이 되고, 그 돈으로 다시 지식과 정보를 구매하

는 일이 일상화된 **지식기반사회**에서 **빈부격차**는 그대로 **학력격차**로 이어지고, 이는 다시 **학벌계급**을 형성하는 결정적인 원인이 되고 있기 때문이다. 다시 말해 유복한 가정에서 태어난 아이는 경제적 여유를 바탕으로 한 문화적 환경과 부모의 효율적인 지원 덕분에 공부에도 유리한 입장에 서게 된다. 반대로 가난한 집에서 태어난 아이는 훨씬 더 제한된 여건에서 출발하고 부모의 지원 또한 미비하고 열악하다. 따라서 예전처럼 가난을 무릅쓰고, 아니, 오히려 가난했기 때문에 더욱 이를 악물고 공부하여 명문대에 진학했던, 이른바 '고학苦學'의 신화는 재현되기가 쉽지 않게 되었다.

이는 결과적으로 지식기반사회에서 계층 간의 격차가 사교육 기회의 차이를 불러오고, 수능점수 격차라는 교육불평등, **교육양극화**를 더욱 심화, 확대시키는 **분열기제**로 작동되고 있음을 실증하고 있다.

11 이번에는 문장소를 활용하여 육식을 위주로 하는 식생활의 문제점(사실소)과 글쓴이의 주장에 대한 의견(가치소)을 비판하는 과정을 보자.

환경 운동가로 널리 알려진 제레미 리프킨은 『쇠고기를 넘어서』라는 책에서 개인의 건강을 위해서든, 지구 생태계의 보전을 위해서든, 굶주리는 사람을 위해서든, 동물 학대를 막기 위해서든 산업 사회에서 고기 중심의 식생활 습관은 하루빨리 버려야 한다고 역설하고 있다.

그가 인용한 자료에 따르면, 소와 돼지, 닭 등 가축들이 지구상에서 생산되는 곡물의 3분의 1을 먹는다고 한다. 미국에서 생산되는 곡물의 70% 이상이 가축의 먹이로 사용된다. 초식 동물인 소가 풀이 아닌 곡식을 먹게 된 것은 우리 시대에 일어난 일인데, 이런 사실은 농업의 역사에서 일찍이 없었던 새로운 현상이다. 오늘날 미국에서는 1파운드의 쇠고기를 생산하는 데에 16파운드의 곡식이 든다고 한다. 고기 중심의 식사 습관이 이처럼 한정된 식량 자원을 낭비하고 있다.

가난한 제3세계에서는 곡식이 모자라 어린이를 비롯해서 수백만의 사람들의 굶주려 죽어 가는데, 산업화된 나라에서는 수백만이 넘는 사람들이 동물성 지방을 지나치게 섭취하여 심장병, 뇌졸중, 암과 같은 병으로 죽어 가고 있다.

리프킨의 책을 읽으면서 우리 인간이 얼마나 잔인하고 무자비한가를 같은 인간으로서 부끄러워하지 않을 수 없었다. 어린 수송아지들은 태어나자마자 거세去勢된다. 좀 더 순하게 만들고 고기를 연하게 하기 위해서이다. 비좁은 우리에서 짐승들끼리 상처를 입히지 않도록 하기 위해 쇠뿔의 뿌리를 태우는데, 소를 마취도 하지 않고 뿌리를 태우는 약을 사용한다. 그뿐만 아니라, 최소한의 시간에 최대한 빨리 성장하도록 성장 촉진 호르몬을 주사하거나 소한테 여러 약들을 먹인다. 또, 가두어 기르는 사육장은 질병이 발생하기 쉽기 때문에 항생제를 쓰는데, 특히 젖소들한테 많이 투여된다. 사람들이 먹는 쇠고기에 항생제 성분이 남아 있을 것은 뻔하다.

— 법정, 「먹어서 죽는다」

필자는 지나친 육식위주의 식생활이 소, 돼지 등 가축들이 곡식을 먹이로 사용함으로써 한정된 식량자원을 낭비하고 동물성 지방을 과다 섭취하여 신장병, 뇌졸중, 암 등 질병을 유발시키며, 질 좋은 고기를 얻기 위해 어린 송아지를 거세하거나 성장호르몬을 주사하는 등 동물들을 학대하는 일도 있다고 지적한다. 이렇게 필자는 육식 위주의 식생활은 문제가 많으니 이런 식습관을 하루빨리 버려야 한다고 주장한다.(사실소)

그러나 필자의 주장이 반드시 타당하다고 볼 수는 없다. 왜냐하면 건강한 식생활은 균형 잡힌 식단에서 나오기 때문이다. 다시 말해 육식을 멀리하고 채식만으로 건강한 삶을 유지하기는 힘들다. 물론 필자의 주장대로 지나친 육식은 문제가 있는 게 사실이다. 그러나 그렇다고 해서 육식을 완전히 폐기할 필요는 없다. 지나친 육식은 피해야 하겠지만 건강한 신체를 유지하기 위해 적정량의 육식은 불가피하다. 따라서 채식과 유식을 고루 섭취하는 식단의 균형이 필수적이다.(가치소)

12 이번에는 문장소를 활용하여 요약하는 과정을 집중적으로 검토해 보자.

"세상에는 많은 공부가 있다. 제일 어려운 것이 과거 공부이고 그 다음이 행정실무 공부이고 그 다음이 고문古文 공부이다. 고문인 문文 · 사史 · 철哲을 익히 배운 뒤에 과거 공부나 행정실무 공부를 하면 큰 힘을 들이지 않고도 쉽게 성공할 수 있으나 고문에는 어두우면서 과거 공부만 한다면 뒷날 아는 것이 없어서 크게 고생만 한다."

다산 정약용의 '위다산제생증언(爲茶山諸生贈言, 제자들을 위해 베푼 말)'을 박석무 다산연구소 이사장이 풀어 쓴 글이다. 다산은 이렇게 고문, 요즘 말로 문학, 역사학, 철학이 모든 학문의 기초임을 일깨웠다.

원로 역사드라마 작가 신봉승은 '문사철 600'의 전도사다. 이 말은 "30대안쪽에 문학책 300권, 역사책 200권, 철학책 100권을 읽어야 참된 지식인, 교양인 대접을 받을 수 있다”는 뜻이다. 문학은 ‘언어의 보고寶庫’로서, 역사는 ‘체험의 보고’로서, 철학은 ‘초월의 보고’로서 가치를 발휘한다는 것이다. 그는 인터넷에서 얻는 단편적 지식으로 삶을 풍요롭게 할 수 없다면서 젊은이들에게 ‘문사철 600’에 도전할 것을 권하고 있다.

문학·사학·철학 순으로 부르는 것은 관행일 뿐이다. 철학을 앞세워도, 역사가 앞에 가도 상관없다. 문사철은 학문의 근본이 되는 인문학, 즉 인간의 존재와 가치에 대해 본질적 질문을 던지는 학문을 뭉뚱그린 말이다. 그럼에도 이미 오래 전부터 인문학, 문사철은 이 땅에서 외면당하고 있다. 대학에서 취업률이 낮아 미달사태가 나고 폐과의 운명을 겪기도 한다. 몇 년 사이 없어진 철학과만 해도 10여 곳에 이른다.

이런 형편과는 달리 미국에서는 요즘 철학이 대학생들을 끌어들이고 있다는 소식이다. 『뉴욕타임스』에 따르면 이라크 전쟁의 도덕성이나 최근 정치적 관심사에 대해 철학적 관점으로 접근하려는 신세대 학생들이 늘고 있다. 이에 따라 많은 대학에서 철학 전공자가 1990년대와 비교해 2배나 늘었다. 정치학이든 자연과학이든 철학이 그 모선母船 역할을 한다는 인식이 확산된 덕이다. 탁상공론식이고 철학고전에 의존하던 교육방식을 바꿔 심리학, 경제학 등 다른 학문과 접목시키는 시도도 주효했다. 요컨대 학생들이 재미를 느끼게 하는데 성공했다는 얘긴데 우리에게 타산지석이 될 수 있을지 모르겠다.

— 김철웅 논설위원, 「여적」, 『경향신문』

윗글을 재구하면 다음과 같은 문장소로 조직되어 있음을 어렵지 않게 파악할 수 있다.

> 사실소(결과); ① 한국에서는 철학이 외면당하고 있다
> ② 미국에서는 오히려 철학이 부활하고 있다
> 가치소(원인); ① 철학은 인문학의 기초다
> ② 이것은 철학이 모선母船 역할을 다하고 있다는 인식이
> 확산되었기 때문이다.

따라서 결과로 나타난 사실소와 원인으로 제시된 가치소를 한 문장으로 결합하면 답은 다음과 같다.

➡ 한국에서 철학 등 인문학이 외면당하고 있는 현실과는 달리 미국에서 철학이 부활하고 있는 것은 철학이 인문학의 기초로서 그 모선 역할을 다하고 있다는 인식이 확산되었기 때문이다.

13 비슷한 유형을 하나 더 보자.

출판계에서 2000년대 들어 소설과 자기계발서가 주름을 잡아온 베스트셀러 목록에 정치철학 분야의 인문서가 종합 1위에 오르며 기염을 토하고 있다. 인문서가 주간 베스트셀러 종합 1위에 오른 것은 8년 만이며, 철학서로는 10년 만의 일이다. 특히 책이 가장 안 팔린다는 월드컵 기간 중에 일어난 일이어서 놀라움을 더한다.

교보문고, 예스24, 알라딘 등 대형서점들은 지난 8일 번역서인 『정의란

무엇인가』가 지난 1주 동안 가장 많이 팔린 책이었다고 각각 발표했다. 전국 10개 대형서점의 판매현황을 집계한 한국출판인회의의 베스트셀러 목록에서도 『정의란 무엇인가』가 신경숙의 소설 『어디선가 나를 찾는 전화벨이 울리고』를 누르고 1위에 올랐다. 지난 30년간 베스트셀러 집계를 해온 교보문고를 기준으로 보면 인문서가 종합 1위에 오른 것은 2002년 『신경림의 시인을 찾아서』1 이래 처음이다. 철학서가 1위에 오른 것은 2000년 김용옥이 쓴 『노자와 21세기』2가 마지막이었다.

마이클 샌델 하버드대 교수의 실제 강의를 단행본으로 엮은 『정의란 무엇인가』는 지난 5월 말 출간됐다. 출고기준으로 13만 부가 제작되어 11만 부가 판매됐다. 이 책을 출판한 김영사는 "이번 주 들어 매일 1만 부 가량씩 주문이 들어오고 있다"고 말했다. 일반적으로 인문서의 주요 독자층이 30~40대 남성인데 비해 『정의란 무엇인가』는 20대와 여성 독자층이 두터운 것도 특징이다.

『정의란 무엇인가』의 선전은 '정의'라는 키워드가 민감하게 다가오는 사회 분위기, 미국 최고의 명문이라는 하버드대가 부여한 권위, 어려운 주제를 예화를 들어가며 풀어나간 저자의 글솜씨, 출판사의 마케팅 능력 등이 어우러졌기 때문으로 분석된다.

일단 『정의란 무엇인가』는 출간 당시 『경향신문』을 비롯해 일간지 북 섹션에서 중요하게 다뤄지면서 존재를 알리는 데 성공했다. 김영사는 샌델 교수의 실제 강의 모습을 5분짜리 동영상으로 만든 뒤 노트북 컴퓨터에 담아 대학 구내 서점들을 비롯한 지역 거점 서점 50여 곳에 설치, 홍보활동을 펼쳤다. 우석훈 박사, 금태섭 변호사, 김용철 변호사, 김민웅 교수 등이 참여한 대담회를 열기도 했다.

이 책이 한국간행물윤리위원회의 '이달의 도서', 삼성경제연구소의 'CEO가 휴가 때 읽을 책 14선'에 오른 것도 독자들의 주목을 받는데 도움을 줬다.

그러나 '정의란 무엇인가'라고 묻는 제목의 책이 주목을 받은 것은 역설적으로 '부정의' 혹은 '불의'를 떠올릴 수밖에 없는 국가적·사회적 분위기가 가장 크게 영향을 미쳤다는 것이 출판계 내외의 일반적인 분석이다. 익명을 요구한 정치철학 전공 대학 교수는 "예화가 풍부하게 들어있다고는 하지만 이 책은 결코 쉽다고 할 수는 없는 수준"이라면서 "그럼에도 이 책이 많이 팔린다는 것은 '인저스티스(불의)'한 사회경제적 구조가 영향을 미친 것이라고 봐야 한다"고 말했다.

'로쟈'라는 필명으로 블로그에 인문서 서평을 꾸준히 쓰고 있는 이현우씨도 같은 분석을 내놨다. 이씨는 "책 내용도 내용이지만 제목에 있는 '정의'라는 키워드 자체가 우리 사회의 화두와 맞아떨어진 것 같다"고 말했다. 그는 "과거엔 민주주의가 화두였다면, 이제 형식적 민주주의로 충분한 게 아니고 뭔가 다른 가치가 필요하다는 요구가 생겨났는데 여기서 '정의'라는 말이 크게 다가온 것으로 보인다"고 덧붙였다.

이 글도 기본적으로 사실과 가치로 짜여진 글이다.

사실소(결과); 『정의란 무엇인가』란 책이 인문서로는 드물게 베스트셀러로 선전하고 있다.

가치소(원인); 『정의란 무엇인가』의 선전은 우리 사회에 만연한 '인저스티스(불의)'한 사회경제적 구조 때문이다.

따라서 위 문장소들을 간략하게 줄이면 다음과 같다.

➡ 『정의란 무엇인가』가 인문서로는 드물게 베스트셀러로 오르는 등 선전하고 있는 것은 우리 사회에 만연한 '인저스티스(불의)'한 사회 경제적 구조 때문이다.

14 이번에는 다음 글을 세 개의 문장소로 줄여보자.

제임스 캐머런, 스티브 잡스, 빌 게이츠.

부모 입장에서 우리 아이들이 이들처럼 자라기 바라는 지식사회의 대표적 과학 영재들이다. 그런데 흥미롭게도 이들은 모두 대학 중퇴자들이다. 이들은 학교라는 공간 대신 사회라는 넓은 야생의 공간에서 스스로 체험하고 고뇌했던 자율학습자들이다. 그러나 우리 아이들은 어떤가? 불행히도 여전히 한정된 교육 공간에 갇혀 시험성적 중심으로 교육되고 있는 타율학습자들이다.

뜨거운 교육열의 서울 어느 학군에서는 청소년의 26.9%가 KAIST 사태의 저변에 깔려 있는 우울증에 시달리고 있다. 세계 최고의 교육열을 자랑하는 '대한민국 학군'에서는 청소년 자살률이 세계 최고라고 한다. 이것이 대학 진학을 위한 주입식·암기식 위주의 타율적인 학교 교육 속에서 병들고 나약해진 우리 아이들의 모습이다. 창의적 과학 인재가 국가 미래의 주인공인데, 우리 교육 처방의 무엇이 우리 아이들을 이렇게 만들었을까?

우선 편향적 교육방식이 문제다. 현대 사회는 유형의 규격품을 공장에서 대량생산하는 생산성 중심의 산업사회에서 무형의 다양한 지적 재산을 머리에서 만들어 내는 창의성 중심의 지식사회로 변했다. 지식사회의 중심은 사람의 뇌다. 좌뇌는 논리적·이성적 사고 및 암기력을, 우뇌는 상상적·감성적 사고 및 직관력을 관장한다. 일부 전문가들은 자연과학적 사고는 좌뇌가, 인문학적 사고는 우뇌가 담당한다고 한다. 수학 문제 풀이마저 암기식으로 배우는 우리 교육은 산업사회식의 좌뇌 교육에 편중되어 왔다. 게다가 철학·예술·체육 등의 인문 예술분야가 입시제도에 밀려나게 되면서 청소년들은 우뇌 쪽의 감성이 더욱 메마른 편향적 사고를 키우게 되고 결국 모험과 실패를 두려워하는 나약한 존재가 됐다.

　교육공간도 마찬가지다. 야생 멧돼지와 들소는 구제역에 죽지 않는다. 반면 비좁은 우리 안의 돼지, 소와 같은 가축은 구제역에 쉽게 감염되어 죽게 된다. 후자後者가 비좁은 공간, 좁은 행동반경 내에서 타율적으로 사육되기 때문에 생존면역력이 약화되는 반면 전자前者는 야생의 공간을 누비며 직접 먹이를 찾고 상대와 경쟁함으로써 생존면역력이 강화되기 때문이다. 우리 학생들은 마치 가축과도 같이 비좁은 교실 안에서 시험성적을 위해 집중 관리되면서 진학·취직 등 각종 사회적 스트레스라는 바이러스에 대한 면역력을 잃게 된 것이다.

　우리 교육을 위한 희망 백신은 첫째 남성과 여성이 서로 사랑해 2세를 출산하듯 인문학을 강화해 좌뇌와 우뇌의 조화로운 발달을 통해 긍정적·창의적인 사고를 배양토록 하는 것이다. 두 번째는 온라인on-line과 오프라인off-line을 아우르는 시공을 초월한 무한대의 야생 교육공간을 조성하는 것이다. 야생동물처럼 자율학습, 현장학습, 새로운 인간관계 형성을 통해 아날로그 세계와 디지털 세계를 모험적으로 넘나들면서 생존면역력과 지적 창출 능력을 배양토록 해야 한다. 과학의 달 4월을 맞아 우리 청소년들이 과학관이라는 야생 방목장에서 생존면역력과 창의력을 키울 수 있는 교육 변혁의 새로운 계기가 마련되기를 바란다.

— 「시론」, 『중앙일보』, 이상희

(사실소) 안타깝게도 아이들이 타율학습에 길들여져 병들고 나약해지고 있다.
(가치소) 이는 좌뇌 중심의 편향적 교육 방식과 면역력을 떨어뜨리는 비좁은 교육공간 때문이다.
(정책소) 이에 인문학을 강화하고 야생교육공간을 조성해 창의력과 생존면역력을 갖춘 자율학습능력을 키워야 한다.

15 다음 글을 사실소, 가치소, 정책소로 재구해 보자.

타계한 미당 서정주 시인을 두고 언론이 저마다 민족 최고의 시인이라는 말을 사용하는데, 이는 또 다른 역사왜곡이다. 안타깝게도, 그가 일제 말기에 다쓰시로 시즈오로 창씨개명을 하고 황국신민화 정책의 선전에 앞장섰다는 사실을 아는 사람은 아주 드물다. 또한 조선 청년들에게 일본을 위한 전쟁에 나가서 싸우다 죽을 것을 권하고 일본 군대를 쫓아다니며 종군기사를 썼던 사실을 기억하는 사람도 거의 없다.

그는 1942년 친일 어용 문학지 『국민문학』과 『국민시가』의 편집 일을 맡게 되면서 본격적으로 친일작품을 양산했다. 그가 쓴 친일작품은 평론 1편, 시 4편, 단편소설 1편, 수필 3편, 르포 1편 등 10편에 이른다. 그는 조선독립을 위해 힘쓰는 동족을 '불령선인'으로 매도하고 또한 조선청년들에게 일본을 위한 전쟁에 나가서 싸우라고 독려했다. 뒤에 그는 "일본이 그렇게 쉽게 항복할 줄은 꿈에도 몰랐다. 못 가도 몇백 년은 갈 줄 알았다"라고 말했는데, 기회주의자의 모습이 아니고 무엇인가.

해방이 되자 미당은 친일파들이 그랬듯이 우익 쪽을 선택해 국내에 정치적인 배경세력이 없었던 이승만을 적극 지원하는 활동을 폈다.

1980년 광주민중항쟁 이후 불의한 현실에 싸우기 위해 활동했던 '민중문학'의 기세에 맞서기 위해 1986년 『문학정신』을 만들어 사상논쟁을 일으키면서 우익세력을 대변하였다. 지난 1981년에는 쿠데타를 일으킨 전두환 대통령 후보를 위한 텔레비전 지원 연설을 하였다. 또 '6월 항쟁'이 있었던 1987년 그가 회장으로 있던 한국문인협회에서는 '4·13호언조치'를 구국의 결단이라고 지지하는 성명을 내 국민의 민주화의 열망에 찬물을 끼얹었다.

우리는 지금까지 반민족 행위자에 대해 역사의 이름으로 단죄하지 않고 오히려 칭송하고 본받게 하여 역사를 바로잡지 못했다. 언제까지 이 그릇된 역사를 반복해야 하는가.

— 조규봉, 「독자칼럼」, 『한겨레』

(사실소) 서정주가 일제 말기 황국식민화정책에 앞장섰다.

서정주가 조선청년들을 죽음으로 몰아넣는데 일조했다.

서정주가 친일작품을 쓰고, 조선독립운동을 왜곡 또는 방해했다.

서정주가 해방 후에도 민족의 이익에 배치되는 활동을 계속했다.

(가치소) 서정주는 반민족행위자로서 역사에 해악을 끼친 자다.

(정책소) 따라서 미당 서정주를 칭송할 아무런 이유는 없다.

16 이번에는 좀 난도가 있는 문제를 다뤄보자.

　노래가 전할 수 있는 사상과 감정은 참으로 다양하다. 그러나 대부분의 대중가요는 사랑 타령이다. 왜 그럴까? 가장 진부한 대답은 '사랑이 인간의 기본 정서 중 하나'라는 것이다. 이 말은 맞다. 사랑의 감정은 인간의 기본 정서에 포함된다. 그러나 그것은 말 그대로 많은 정서들 중 '하나'일 뿐이다. 그러므로 '남녀 간의 사랑이 대중음악의 대부분을 차지해야 할 필연적 이유는 없다. 그 이유를 알기 위해서는 오늘날 대중가요가 어떻게 유통되고 소비되는지를 살펴볼 필요가 있다.

　어떤 노래가 대중적으로 알려지기 위해서는 거대 미디어 기업이라는 '필터'를 통과하는 것이 무엇보다 중요하다. 방송사와 인터넷 포털 같은 미디어 기업들은 수많은 노래들 중에서 무엇을 유통시킬 것인가를 결정한다. 그런데 미디어 산업은 그 자신이 문화상품을 생산, 판매하는 장사꾼이면서 여타 제조업 분야의 상품 소비를 촉진시키는 바람잡이 역할도 한다. 그 필터를 통과하기 위해 문화상품은 미디어 산업의 이런 성격을 고려하고 만족시키지 않으면 안 된다. 그것은 대중가요도 마찬가지이다.

　미디어 기업을 통한 홍보와 마케팅이 '1차 확산'이라면, 옷·화장품·휴대폰 매장·음식점·카페·백화점·마트·헬스클럽·술집·나이트클럽 같은 업소들을 통한 확산은 '2차 확산'이라 할 수 있다. 이런 업소들 역시 그 자신이 음악의 소비자이면서, 행인과 손님들에게 음악을 알리는 전파자 역할도 한다. 여기에도 전제가 있다. 음악이 소비를 막거나, 적어도 장사에 방해가 되어서는 안 된다는 것이다. 만약 상점 안에서 사회비판적이거나 소비문화를 비판하는 내용의 노래가 흐른다고 생각해보라. 돈 쓰러 온 사

부록_ 문장소를 활용한 글쓰기 사례

람들에게 찬물을 끼얹는 것과 같을 것이다.

사랑 노래는 당신이 고독하고 소외감을 느끼는 것이 '사랑하는 사람을 만나지 못해서' 혹은 '실연 때문'이라고 말한다. 사랑 노래는 사람들이 느끼는 모든 불만, 불안, 분노, 슬픔의 정치사회적 함의를 거세하고, 개인적인 남녀의 연애문제로 수렴시킨다. 특히 사랑의 아름다움을 노래하는 경우, 세상을 긍정적으로 바라보게 하는 효과도 있다. 그것은 기득권의 입맛에도 맞다. 남녀 간의 사랑은 중요하다. 그러나 우리의 생활감정이 늘 그것에 착목해 있는 것은 아니다. 우리가 사회적으로 느끼는 정서가 모두 연애문제로 귀결되는 것은 더더욱 아니다.

노래를 만들고 부르는 사람들 입장에서도 사랑을 주제로 삼는 것은 편하다. 정치적 검열을 받을 염려도 없고, 대자본의 필터를 통과하기에도 좋다. 게다가 사랑 노래는 불특정 다수인 대중에게 소비되는 데에도 적합하다. 사랑 노래는 아무도 적으로 만들지 않으면서도 모두에게 어필할 수 있다. 세상에 '왜 하필 사랑을 노래하느냐?'고 시비 걸 사람은 없다. 이것이 사랑 노래가 과잉인 이유이다.

우리는 흔히 '검열' 하면, 정치 검열을 주로 떠올린다. 그러나 어떤 면에서는 자본에 의한 검열을 더 경계해야 한다. 정치 검열은 사회적 의제로 떠오르기 쉽고, 저항을 불러일으키기도 쉽지만, 자본에 의한 검열은 공공연히 이루어질 때조차 비난의 표적이 잘 되지 않기 때문이다. 자본은 정치사회적 의도를 갖고 문화상품을 통제하는 경우에도 '다만 장사가 될 것 같지 않아서 어떤 문화상품의 생산에 투자하지 않고, 그것을 유통시키지 않는다'고 말하면 그만이다.

대자본은 다양한 문화적 생산물들 중에서 어떤 것이 대중의 눈과 귀에 닿게 되는가를 결정한다. 대중은 대자본에 의해 허락된 문화 생산물들 중에서만 호불호를 정할 수 있을 뿐이다. 대중가요도 마찬가지이다. 정치적이고, 사회비판적이며, 대중 의식을 일깨우는 노래는 잘 만들어지지 않는다. 설사 만들어졌다 해도, 문화상품의 유통을 대자본이 독점하고 있어 대중과 만나기 어렵다. 대중가요가 사랑 타령만 하는 것은 이러한 문화산업의 구조 탓이 크다.

— 박민영, 『경향신문』

윗글을 문장소의 원리, 그러니까 사실 + 가치의 원리에 따라 요약하면 다음과 같다.

사실소(결과); 대중가요가 사랑타령으로 넘치고 있다.
가치소(원인); 대중가요의 사랑타령은 문화산업의 구조 때문이다.

사실소와 가치소를 한데 묶으면 다음과 같다.

대부분의 대중가요가 '남녀 간의 사랑'을 주제로 하고 있는 것은 (또는 '사랑 타령'으로 넘쳐나고 있는 것은) 문화산업의 구조 때문이다.

여기까지 해 놓은 것도 좋지만 독자에게는 미흡한 글이다. 독자로서는 '문화산업의 구조'가 어떤 것인지를 알고 싶어 하기 때문이다. 이에 문화산업의 구조적인 이해를 돕기 위해서는 윗글을 구조적인 짜임으로 다시 재구reconstruction, 가공processing, 개작rewriting해야 한다.

대부분의 대중가요가 '남녀 간의 사랑'을 주제하고 있는 것은 문화산업의 구조 때문이다. 소비자본주의 사회에서 모든 것은 상품으로서의 특정한 의미를 갖는다. 노래 또한 예외가 아니다. 따라서 노래가 문화상품으로서 의미를 지니고 살아남기 위해서는 소비자본의 이런 상품적 성격을 고려하고 만족시키지 않으면 안 된다. 이 과정에서 작사자는 자체 검열을 통해 사회비판적이거나 소비문화를 비판하는 내용의 노래를 줄이고 대신 소비를 촉진시키는데 도움이 될 보다 자극적인 가사를 선택하게 된다. 바로 이런 이유로 말미암아 대중의 눈과 귀에 가장 쉽게 어필할 수 있는 '달콤한' 사랑 노래가 과잉 생산 되고 있는 것이다.

17 끝으로, 다음 글을 세 문장으로 요약해 보자.

오늘은 일제의 지배에서 우리나라가 해방된 지 60년이 되는 날이다. 지난 60년은 해방에 연이은 국토분단을 시작으로 하여, 한국전쟁, 군부독재 등 비극적인 일들을 거치면서 또 한편으로는 세계 역사상 두세 손가락 안에 꼽히는 급속한 경제발전을 이루기도 한, 격변의 시기였다.

지금 진행되고 있는 해방 이후 역사에 대한 재평가에 대한 논쟁이 첨예한 것은 바로 이 시기가 이렇게 '복잡한' 시기였기 때문이다. 평가 대상이 되는 시기가 복잡하다 보니, 어떤 면을 어떻게 평가하고 그 비중을 어느 정도 두느냐에 따라 전반적인 평가가 매우 달라질 수 있기 때문이다. 이러한 해방 이후 역사의 재평가에 있어 경제발전을 전가의 보도처럼 휘두르며 독재와 부정부패, 인권탄압을 정당화했던 과거의 '기득권' 세력에 대한 심판은 꼭 필요한 것이다. 그러나 한 가지 걱정스러운 것은 이러한 '기득권' 세력의 심판 과정에서 우리가 이룬 경제발전이 지나치게 폄하되는 것이 아닌가 하는 점이다. 심지어는 독재와 부패 속에서 이루어진 경제발전은 아무런 의미가 없는 것이라고 평가하는 사람들도 있다. 그러나 경제발전이 과연 그렇게 의미 없는 것인가?

측정 방법에 따라 조금 차이가 있기는 하지만, 지난 60년간 우리의 1인당 소득은 20~25배가량 증가하였다. 1인당 소득이 아프리카 평균에도 못 미치던 나라가 말석이나마 선진국 대열에 끼게 된 것이다.

그러나 경제발전은 '돈이 더 많아졌다'는 사실에 그치는 것이 아니다. 경제발전은 삶의 질을 바꾼다. 두 가지만 예를 들어보자.

1940년 일제 하에서 우리나라의 1세 미만 유아 사망률은 1,000명당 107명이었다. 지금 우리나라의 유아 사망률은 1,000명당 5명으로 일본, 스웨덴 등(3명) 보다는 높지만 미국(7명) 보다도 낮은 수준이다. 우리 조부모들만 해도 아이 열 명을 낳으면 그 중 하나는 돌 전에 죽는 슬픔을 안고 살아야 했지만, 이제는 유아 200명 중에 1명만이 돌 전에 죽는다는 이야기이다. 경제발전이 되어 국민의 건강과 위생상태가 개선되고 의료기술이 발달하지 않았으면 이루지 못했을 일이다.

경제발전이 되었기에 수돗물과 전기가 집집마다 들어오고, 세탁기, 청소기 등이 광범하게 보급되었으며, 외식산업이 발달하면서 필요한 가사 노동의 양이 엄청나게 줄어들었다. 주부들이 그만큼 육체적인 고통을 덜 받고 여가시간을 더 많이 갖게 되었고, 무엇보다도 중요한 것은 그에 따라 여성의 노동시장 진출이 쉬워지면서 이를 통해 여성의 경제적, 사회적 지위가 향상되면서 남녀관계도 훨씬 평등해졌다는 점이다.

이와 같이 경제발전은 우리 사회에 대단히 긍정적인 변화들을 많이 가져

왔다. 단순히 돈이 더 많아졌다는 것이 아니다. 더 깨끗한 환경에서 더 오래 더 건강하게 살고, 집 안팎의 일이 모두 육체적으로 덜 고통스러워졌으며, 어린 자식을 잃는 비극도 훨씬 덜 겪게 되고, 남녀 관계도 더 평등해지는 등 엄청난 삶의 질의 개선이 있었던 것이다.

물론 우리 경제발전 과정에 그늘도 많았다. 세계 1위의 장시간 노동에 시달렸고, 독재와 인권탄압도 큰 문제였다. 남녀평등, 소수자 권리, 부정부패 등의 문제도 많이 나아졌다고는 하지만 아직도 갈 길이 멀다.

물적 소비수준, 건강과 수명, 일상생활의 안락함, 노동환경, 정치, 인권 등 상이한 요소들을 종합하여 한 시대를 평가하는 것은 어렵고 정답도 없는 일이다. 그러나 분명한 것은 경제발전이 가져온 삶의 질의 향상을 고려하지 않고서는 해방 이후 지난 60년의 역사를 제대로 평가할 수 없다는 것이다.

— 장하준, 「광복 60돌 경제발전의 의미」, 『한겨레』

(사실소) 광복 이후 지난 60년의 경제발전이 무의미하다고 과소평가하는 사람들이 있다.

(가치소) 그러나 그동안의 경제발전은 유아사망률 감소와 남녀관계 개선 등 삶의 질 변화라는 의미 있는 결과를 가져왔다.

(정책소) 물론 급속한 경제발전 과정에 인권탄압과 같은 부작용도 없지는 않았지만 분명한 것은 경제발전이 가져온 '삶의 질 향상'을 부정할 수는 없다는 사실이다.

둘째 단락의 두 번째 문장에서 필자는 '원인 + 원인' 구조로 정보를 구성했다. 따라서 다음과 같이 '원인 + 결과' 구조로 바꿔야 한다.

➜평가대상이 되는 시기가 복잡하다보니, 어떤 면을 어떻게 평가하고 그 비중을 어느 정도 두느냐에 따라 전반적인 평가가 매우 달라질 수밖에 없었던 것이다.

이로써 글쓰기에 대한 천고의 의문이 풀렸다!

참고문헌

가다머, 한스게오르크,『진리와 방법』1, 이길우 외역, 문학동네, 2000.

__________________,『진리와 방법』2, 임홍배 역, 문학동네, 2012.

강만길,『분단시대의 역사인식』, 창작과비평사, 1997.

고진, 가라타니, 조영일 역,『근대문학의 종언』, 도서출판b, 2006.

기형도,『기형도전집』, 문학과지성사, 1999.

김경용,『기호학이란 무엇인가』, 민음사, 1994.

김근,『한시의 비밀』, 소나무, 2008.

김동석,『부르주아의 인간상』, 서음출판사, 1989.

김봉영,『나는 도스토예브스키 아내』, 문음사, 1986.

김상봉,『서로주체성의 이념』, 길, 2007.

김욱동,『포스트모더니즘의 이해』, 문학과지성사, 1990.

김준오,『시론』, 삼지원, 1982.

김태준,『증보조선소설사』, 한길사, 1990.

김학주,『논어』, 서울대 출판부, 1985.

김형효,『원효에서 다산까지』, 청계, 2000.

김훈,『칼의 노래』, 생각의 나무, 2001.

나관중, 황석영 역,『삼국지』, 창작과비평사, 2003.

노신,『노신전집』, 김시준, 서울대 출판부, 1996.

니담, 조셉, 이석호 역,『중국의 과학과 문명』1, 을유문화사, 1989.

__________________,『중국의 과학과 문명』2, 을유문화사, 1990.

__________________,『중국의 과학과 문명』3, 을유문화사, 1989.

니스벳, 리처드, 최인철 역,『생각의 지도』, 김영사, 2004.

니체, 프리드리히, 강수남 역,『권력에의 의지』, 청하, 1988.

다윈, 찰스 로버트, 이민재 역,『종의 기원』, 을유문화사, 1995.

데리다, 자크, 김성도 역,『그라마톨로지』, 민음사, 2010.

들뢰즈, 질·가타리, 펠릭스, 김재인 역,『천 개의 고원』, 새물결, 2001.

디포, 대니얼, 윤혜준 역,『로빈슨 크루소』, 을유문화사, 2008.

라캉, 자크, 민승기 역, 『욕망 이론』, 문예출판사, 1994.

러셀, 버트런드, 서상복 역, 『러셀 서양 철학사』, 을유문화사, 2009.

루소, 장 자크, 주경복 역, 『언어 기원에 관한 시론』, 책세상, 2002.

루카치, 게오르크, 박정호 역, 『역사와 계급의식』, 거름, 1986.

_____________, 문학예술연구회 역, 『우리시대의 리얼리즘』, 인간사, 1988.

_____________, 반성완 역, 『소설의 이론』, 심설당, 1989.

마르크스, 엥겔스, 김영기 역, 『마르크스 엥겔스의 문학예술론』, 논장, 1989.

마르크스, 칼, 강유원 역, 『경제학-철학 수고』, 이론과 실천, 2006.

_____________, 강신준 역, 『자본』 1-1, 길, 2008.

_____________, _______, 『자본』 1-2, 길, 2008.

맥도넬, 다이안, 임상훈 역, 『담론이란 무엇인가』, 한울, 1992.

문용, 『한국어의 발상·영어의 발상』, 서울대 출판부, 1999.

밀즈, 찰스 라이트, 강희경 역, 『사회학적 상상력』, 돌베개, 2004.

바르트, 롤랑, 정현 역, 『신화론』, 현대미학사, 1995.

_____________, 김희영 역, 『텍스트의 즐거움』, 동문선, 2002.

바흐친, 미하일, 『도스토예브스키 시학』, 정음사, 1988.

_____________, 송기한 역, 『마르크스주의와 언어철학』, 흔겨레, 1990.

_____________, 전승희 역, 『장편소설과 민중언어』, 창작과비평사, 1998.

_____________, 이덕형 역, 『프랑수아 라블레의 작품과 중세 및 르네상스의 민중문
　　　화』, 아카넷, 2001.

_____________, 김희숙·박종소 역, 『말의 미학』, 길, 2006.

박용규, 『조선어학회 항일투쟁사』, 한글학회, 2012.

박종채, 김윤조 역, 『역주 과정록』, 태학사, 1997.

박지원, 신호열·김명호 역, 『연암집』, 돌베개, 2007.

발자크, 오노레 드, 이동렬 역, 『고리오 영감』, 서울대 출판부, 1998.

베르낭, 장 피에르, 김재홍 역, 『그리스 사유의 기원』, 길, 2006.

보들레르, 샤를 피에르, 윤영애 역, 『악의 꽃』, 문학과지성사, 2003.

부르디외, 피에르, 정일준 역, 『상징폭력과 문화재생산』, 새물결, 1995.

_____________, 최종철 역, 『구별짓기』 상, 새물결, 2005.

_____________, 최종철 역, 『구별짓기』 하, 새물결, 2005.

비트겐슈타인, 이영철 역, 『논리 철학 논고』, 책세상, 2006.

서정수, 『국어문법』, 한양대 출판부, 1996.
세르반테스, 미겔 데, 김현창, 『돈키호테』, 동서문화사, 1989.
소쉬르, 페르디낭 드, 최승언 역, 『일반언어학 강의』, 민음사, 2006.
송철의, 『주시경의 언어이론과 표기법』, 서울대 출판원, 2010.
守本順一郎, 김수길 역, 『동양 정치사상사 연구』, 동녘, 1985.
스넬, 브루노, 김재홍 역, 『정신의 발견』, 까치, 1994.
쑨 잉퀘이 · 양 이밍, 박삼수 역, 『주역』, 현암사, 2007.
아도르노, 테오도르 · 호르크하이머, 막스, 김유동 역, 『계몽의 변증법』, 문예출판사,
　　　　1995.
아리스토텔레스, 김진성 역, 『범주론 명제론』, 이제이북스, 2005.
　　　　　　　　　　　　, 『형이상학』, 이제이북스, 2007.
아우어바흐, 에리히, 김우창 외역, 『미메시스』 1, 민음사, 1987.
　　　　　　　　　　　　, 『미메시스』 2, 민음사, 1999.
아이스킬로스, 소포클레스, 에우리피데스, 곽복록 · 조우현 역, 『그리스 비극』, 동서
　　　　문화사, 2007.
알튀세르, 루이, 김웅권 역, 『재생산에 대하여』, 동문선, 2007.
앤더슨, 베네딕트, 윤형숙 역, 『상상의 공동체』, 나남, 2004.
에코, 움베르토, 이윤기 역, 『장미의 이름』 하, 열린책들, 1986.
　　　　　　　　　　　, 『장미의 이름』 상, 열린책들, 1986.
에코, 움베르토, 김광현 역, 『기호-개념과 역사』, 열린책들, 2009.
엥겔스, 프리드리히, 김대웅 역, 『가족 사유재산 국가의 기원』, 아침, 1989.
오웰, 조지, 이한중 역, 『나는 왜 쓰는가』, 한겨레출판, 2010.
옹, 월터 J, 이기우 역, 『구술문화와 문자문화』, 문예출판사, 1995.
와트, 이언, 강유나 외역, 『소설의 발생』, 강, 2009.
왕리췬, 홍순도 외역, 『진시황 강의』, 김영사, 2013.
위고, 빅토르, 정기수 역, 『파리의 노트르담』, 민음사, 2005.
윌리엄즈, 레이몬드, 이일환 역, 『이념과 문학』, 문학과지성사, 1991.
유홍준, 『나의 문화유산답사기』 1, 창작과비평사, 2011.
이글턴, 테리, 김명환 역, 『문학이론입문』, 창작과비평사, 1989.
이기문, 『국어표기법의 역사적 연구』, 한국연구원, 1963.
이기백, 『한국사신론』, 일조각, 1999.

이덕일, 『송시열과 그들의 나라』, 김영사, 2000.

이동순, 『백석 시전집』, 창작과비평사, 2003.

이상섭, 『문학이론의 역사적 전개』, 연세대 출판부, 1985.

______, 『시학』 1, 문학과지성사, 2005.

이세열, 『한서예문지』, 자유문고, 1995.

이익섭, 『한국의 언어』, 신구문화사, 1997.

이정우, 『세계철학사 1 ─ 지중해세계의 철학』, 길, 2011.

정약용, 박석무 역, 『다산문학선집』, 현대실학사, 1996.

제임슨, 프레드릭, 윤지관 역, 『언어의 감옥』, 까치, 1985.

조동일, 『한국문학통사』 1, 지식산업사, 2005.

______, 『한국문학통사』 2, 지식산업사, 2005.

______, 『한국문학통사』 3, 지식산업사, 2005.

______, 『한국문학통사』 4, 지식산업사, 2005.

______, 『한국문학통사』 5, 지식산업사, 2005.

______, 『한국소설의 이론』, 지식산업사, 2004.

조재훈, 『한국시가의 통시적연구』, 국학자료원, 1996.

차봉희, 『수용미학』, 문학과지성사, 1988.

천병희, 『시학』 2, 문예출판사, 2002.

최익한, 『실학파와 정다산』, 서해문집, 2011.

최정화, 『외국어 나도 잘 할 수 있다』, 조선일보사, 2000.

카, 에드워드, 김택현 역, 『역사란 무엇인가』, 까치, 1997.

칸트, 임마누엘, 『순수이성비판』 1, 아카넷, 2006.

____________, 『순수이성비판』 2, 아카넷, 2006.

____________, 『실천이성비판』, 아카넷, 2009.

____________, 『판단력비판』, 아카넷, 2009.

쿤, 토마스, 김명자 외역, 『과학혁명의 구조』, 까치, 1999.

쿤데라, 밀란, 이재룡 역, 『참을 수 없는 존재의 가벼움』, 민음사, 1999.

팔머, 리차드, 이한우 역, 『해석학이란 무엇인가』, 문예출판사, 2011.

퍼스, 찰스 샌더스, 김성도 역, 『퍼스의 기호 사상』, 민음사, 2006.

푸코, 미셸, 이광래 역, 『말과 사물』, 민음사, 1980.

________, 김현 역, 『이것은 파이프가 아니다』, 민음사, 1995.

프롬, 에리히, 차경아 역, 『소유냐 존재냐』, 까치, 2007.

플라톤, 박종현 역, 『국가』, 서광사, 1997.

＿＿＿, 황문수 역, 『소크라테스의 변명』, 문예출판사, 1999.

＿＿＿, 김인곤·이기백 역, 『크라튈로스』, 이제이북스, 2007.

플로베르, 귀스타브, 김화영 역, 『마담 보바리』, 민음사, 2000.

하우저, 아르놀트, 백낙청 역, 『문학과 예술의 사회사』, 창작과비평사, 1999.

하이데거, 마르틴, 박휘근 역, 『형이상학 입문』, 문예출판사, 1994.

＿＿＿＿＿＿＿, 전양범 역, 『존재와 시간』, 동서문화사, 2008.

하정일, 『20세기 한국문학과 근대성의 변증법』, 소명출판, 2000.

함석헌, 『뜻으로 본 한국역사』, 한길사, 2006.

허창운, 『현대문예학의 이해』, 창작과비평사, 1989.

헤겔, 게오르크 빌헬름 프리드리히, 권기철 역, 『역사철학강의』, 동서문화사, 2008.

헤시오도스, 김원익 역, 『신통기』, 민음사, 2003.

호메로스, 천병희 역, 『오뒷세이아』, 숲, 2006.

＿＿＿＿＿＿＿, 『일리아스』, 숲, 2006.

황도경, 『문체로 읽는 소설』, 소명출판, 2002.

『고등학교문법』, 교육인적자원부, 2002.

『국어어문규정집』, 대한교과서주식회사, 1988.

『비평』 2호, 생각의 나무, 2000.

『살아 숨쉬는 어식문화』, 농림수산식품부, 2008

『오늘의 문예비평』, 산지니, 2007 겨울.

『창작과 비평』, 창작과비평사, 2010 겨울.

『창작과 비평』, 창작과비평사, 2013 가을.

찾아보기